미스
함무라비2

미스 함무라비 2

문유석 오리지널 대본집

문학동네

일러두기

1. 작가의 오리지널 대본이므로, 드라마와 일지하시 않는 부분이 있습니다

2. 드라마 대본의 생동감을 그대로 전하기 위해, 대사의 경우 한글맞춤법과 외래어표기법에 어긋나더라도 고스란히 살려두었습니다.

3. 단행본은 『』, 시와 기사는 「」, 노래와 그림 등은 〈 〉로 표기했습니다.

4. 본문 속 지은이주는 '—지은이'로 표기했습니다.

차
례

작가의 말

변명으로 시작하는 글치고 변변한 글 없다. 그래서 뻔뻔하게 시작하고자 한다. 우선 〈미스 함무라비〉 출생의 비밀부터. 〈미스 함무라비〉는 〈태양의 후예〉의 자식이다.

원작 소설 드라마화 얘기가 처음 나왔을 즈음, 나는 특유의 '아님 말구' 스피릿으로 그거 대본도 내가 직접 써보면 안 되겠느냐는 말을 제작사 측에 꺼냈다. 누구나 그렇듯 나도 만화나 영화, 미드를 워낙 좋아하기 때문이다. 문제는 습작 경험은커녕 드라마 작법, 용어조차 전혀 모른다는 점. 거기다가 미드는 많이 보지만 끝까지 본 한국드라마는 손에 꼽을 정도다. 〈카이스트〉〈대장금〉〈혼술남녀〉〈나인〉〈응답하라 1988〉〈미생〉 정도? 그런 주제에 뻔뻔하게도 직접 써보겠다고 나선 것이다. 믿는 구석이 있었기 때문이다.

어차피 판사 이야기이니 이야깃거리와 디테일에 관한 한 내가 직접 쓰는 게 제일 나을 수밖에 없다. 작법 측면이나 기술적인 측면은 제작사 측에서 프로에게 의뢰하여 재가공할 게 틀림없으니 난 자유롭게 하고픈 얘기를 마구 쓰면 되는 것 아닌감(설마하니 내가 쓴 대본으로 그대로 찍을 줄은 몰랐다. 제작비를 아끼고 싶었던 게 틀림없다). 이런 편한 마음으로 시작했는데, 아무리 그래도 뭔가 형식이라도 알아야 될 것 같아서 제작사 측에 샘플을 좀 달라고 했더니 온 것이, 〈태양의 후예〉 대본 파일이었다. 그렇다. 〈태양의 후예〉 제작사였던 것이다.

대한민국 국민 38.8퍼센트가 봤다는 대히트작을 뒤늦게 대본으로 접하게 된 나는 O.L., 플래시컷 등 모르는 용어가 나오면 네이버 검색의 도움을 받아가며 교과서 공부하듯 죽 읽었는데, 역시 뭔가 다르더라. '사과할까요, 고백할까요?' 같은 대사가 툭 튀어나오는데, 와우. 감명받은 나는 이 대히트작의 기운(?)에 묻어가고자 하는 순수한 마음으로 아예 〈태양의 후예〉 대본 파일에 덮어쓰기로 〈미스 함무라비〉 대본을 썼다.

파죽지세로 3부까지 쓰고는 의기양양해 있는데, 제작사 대표가 조용히 누군가와의 만남을 주선했다. 누구냐면, 바로 〈태양의 후예〉를 쓴 김은숙 작가! 세상에, 이건 발성 연습을 시작했는데 마리아 칼라스를 만난 격이다. 게다가 그 바쁜 작가님이 말도 안 되는 내 초고를 꼼꼼히 다 읽고는 이건 재밌고 이건 별로고, 일일이 다 줄 치고 물음표 치고 표시해놓은 것이다. 여긴 지루하다, 어수선하다, 대사가 길다, 어렵다, 가차없는 야단을 맞으면서도 마스터클래스를 받는 황송함에 기분이 날아갈 듯했다. 가르침의 핵심은, '재판 이야기'에 더 집중하라는 지적이었다. 그게 본질인데 저 꼴 민 대로 샌다는 말씀. 그리고 쉽게 쓰라는 지적. 시청자 내부분은 배석판사가 뭔지, 그게 사람 이름인지도 모른다는 것이다. 정신이 번쩍 나는 지적들이었다. 그래도 고무적인 것은, 개그 또는 '심쿵'을 위해 쓴 임바른 마음의 소리들을 다 좋아하시더라는 점이다. 대한민국 최고의 '로코' 장인이 말이다. 이런 요소들 역시 함께 가져가도 좋겠다는 자신감을 얻었다. 김 작가님에 대한 감사한 마음은 후반부 대본 어딘가에 이스터 에그처럼 살짝 녹여놓았다.

그런데, 써나갈수록 내가 정말 쓰고 싶은 것은 '법'이나 '재판'이 아니라 그걸 통해 바라본 우리 사회, 그리고 그 속에서 살고 있는 사람들이라는 걸 깨닫게 되었다. 20년 동안 재판을 하면서 참 다양한 사람들을 봤고, 이 사회의 볼 구석, 못 볼 구석을 봤다. 20년 동안 법원이라는 조직에서 생활하면서 마찬가지로 다양한 사람들을 봤고, 볼 구석, 못 볼 구석을 봤다. 그러면서 나도 모르게 가슴속에 쌓여온 것들이 있었나보다. 그건 솔직히 울화에 가까운 것이었다. 세상은 젊은 시절 막연히 생각한 것과 달랐다. 세상은 완고하고 인간은 제각기 어리석었다. 선악은 분명하지 않았고, 이해관계는 분명했다. 손쉬운 정답은 없었고, 자기가 정답이라고 착각하는 이들은 많았다. 난 홀린 듯이 내가 보아온 인간 세상의 단면들을 대본 곳곳에 채워넣고 있었다. 그래서 뭘 어쩌겠다는 결론도 없이 말이다. 힘든 일상으로부터 잠시 도피하고 싶어서 TV를 켠 시청자분들께 참 못할 짓을 한 것이다.

특히 주인공 박차오름이라는 인물을 그릴 때 내가 현실에서 겪어온 혼돈과 좌절이 집중되었다. 극의 주인공이란 영웅이어야 하고, 매력적이어야 한다. 관객들이 쉽게 감정이입할 수 있어야 하고, 그의 일거수일투족에 웃고 울며 응원하고 싶게 만들어야 한다. 사람들은 본래 지는 쪽에 판돈을 걸고 싶어하지 않는다. 그들은 결국 이기는 편이 우리 편이기 바란다. 그건 본능이다. 이 모든 것을 잘 알기에 난 처음에는 박차오름이라는 캐릭터를 두 가지 중 한 가지로 만들려 했다. 대장금처럼 언제나 지고지순하고 예의 바른 천재인데 주변의 못나고 악한 자들로부터 끊임없이 일방적으로 핍박받는 인물. 아니면 요즘 트렌드를 반영하여 〈마녀의 법정〉의 마이듬처럼 이미 처음부터 능수능란하고 권모술수에도 능해서 든든한 인물. 하지만, 그게 안 되더라. 내가 보아온 현실과의 '거리 두기'가 안 되더라.

내가 현실에서 보아온 것은 내부고발자가 왕따 당하고, 피해자는 집단적 2차 가해를 당하고, 타인의 고통에는 짜증내며 자기 '손톱 밑의 가시'가 세상에서 제일 중요한 사회였다. 사람들은 늘 사회에 대해 불평하지만 정작 자기 곁의 누군가가 그것에 문제를 제기하면 시끄러워지는 게 싫어서 짜증을 낸다. 문제를 제기한 사람은 눈치 없고 혼자 예민 떨고 대책 없는 '갑분싸' 또는 '프로불편러'가 된다. 나는 생채기 하나 입지 않으면서 멀리 어딘가에서 엄청나게 힘세고 완벽한 누군가가 나타나서 세상을 확 뒤집어 엎어주기만 바란다. 평론가 신형철이 적절히 지적했듯이, 사람들은 타인은 단순하게 나쁜 사람이고 나는 복잡하게 좋은 사람이라고 믿는다. 하지만 실제로는 우리 모두가 대체로 복잡하게 나쁜 사람들인 것이다.

유감스럽게도 나를 포함해서 대부분의 사람들이 이렇기 때문에 뭔가 기존의 것에 문제제기를 하는 소수의 사람들은 대체로 매사에 '과한' 사람들일 때가 많다. 과하게 울고, 과하게 분노하고, 과하게 행동하고, 과하게 일반화하고. 그게 그들이 겪은 상처 때문인지, 또는 인구 중 일정 퍼센트는 유전적으로 그런 성격으로 태어나기 때문인지는 모르겠다. 여하튼, 그런 사람들은 끊임없이 시대와 불화하고, 세상과 불화하고, 유감스럽게도 바로 자기 곁의 사람들과도 불화한다. 그들은 잘해야 소수의 열광적 지지를 받을 뿐 침묵하는 다수에게는 불편한 존재가 된다. 그들이 더 분노할수록 사람들은 더 그들에게 등을 돌린다. 그들은 불나비처럼 자기 몸을 불태우며 앞만 보고 나아간다. 그들은 태생적으로 비극적이다. 심지어 한 나라의 대통령이 된 후에조차, 자신의 거친 분노를 끝내 세련되게 다듬지 못한 이는 조롱과 혐오의 대상이 되고 만다. 우리는 그들을 참 쉽게 내친다.

더욱 유감스러운 것은, 그렇다고 그들을 비극적인 영웅으로 상찬할 수만도 없다는 것이다. 그들의 과한 자기확신과 공격성은 그들의 선한 의도에도 불구하고 더 나쁜 결과를 낳을 때도 많다. 그들은 목적을 위해 수단을 정당화하는 유혹에 빠지기 쉽고, 잠시 멈추어 자신이 가는 방향이 옳은지 돌아볼 여유가 없다. 그들은 옳고자 하지만 그들 자신만으로는 계속하여 옳을 수 없다. 우리 인간은 모두 불완전한 존재이기 때문이다.

〈미스 함무라비〉에서 진정 중요한 것은 익숙한 모든 것들에 문제를 제기하는 예외적인 존재인 박차오름이 아니다. 그를 둘러싼 사람들이 이 불편한 존재를 어떻게 받아들이느냐가 관건이다. 안정을 해치는 위협으로 받아들인다면 시스템에는 아무 변화가 없고, 문제를 제기하는 소수는 희생될 뿐이다. 변화의 계기로 받아들인다면 시스템도 한 단계 앞으로 나아가고, 그 소수도 설자리를 얻게 된다. 〈미스 함무라비〉를 여주가 사고 치면 남주가 왕자님처럼 구해주는 이야기로 속단할 이들도 있겠지만, 난 단지 여자 남자 얘기만을 하고 싶었던 건 아니다. 소수와 다수, 개인과 시스템에 더 관심이 있다. 다만 현재의 사회구조에서는 여성이 박차오름의 입장에 설 가능성이 더 높을 뿐이다.

임바른, 한세상, 정보왕, 이도연, 홍은지, 수석부장, 배곤대, 성공충, 심지어 화장실 판사들까지도 어떤 방향으로든 박차오름으로 인해 시작된 변화로부터 자유로울 수는 없다. 그 변화에 어떻게 반응하는지에 따라 그들은 전과는 조금 다른 사람이 될 것이고, 그런 작은 변화들이 모이다보면 어느 순간 철벽같은 시스템에도 새로운 균열이 생길지 모른다. 출구 없는 분노가 가득한 세상에서, 우리의 박차오름들이 부디 벽에 몸을 던져 깨지고 마는 계란이 아니라, 벽 사이에서도 뿌리를 내리고 꽃을 피우는 담쟁이덩굴이 되어 살아남아주기를 안타깝게 바라본다.

그러려면 우리는 무엇을 해야 할까. 선의를 외롭게 두지 않으려면, 우리는.

박차오름 (서울중앙지법 민사44부 좌배석판사)

사회적 약자에 대한 공감 능력이 뛰어나고, 불의를 보면 참지 못하는 정의파 초임 판사. 능청과 애교를 적절히 섞는 화술로 사람들을 자기편으로 만드는 친화력 또한 엄청나다. 술도 시원시원 잘 마시고 악성 민원인 할아버지에서 법원 청소원 아주머니까지 누구와도 쉽게 잘 어울린다. 그녀가 있는 곳은 언제나 수다와 웃음으로 와자지껄하다.

임바른 (서울중앙지법 민사44부 우배석판사)

'점수가 남아서' 서울법대에 가고 '남한테 굽실거리며 살기 싫어서' 판사가 된 개인주의자. 엘리트 중의 엘리트지만, 출세도 싫고 멸사봉공도 싫은 혼자 놀기의 달인. 판사 개인의 동정심이나 섣부른 선의로 예외를 인정하는 것은 법관의 권력 남용이라고 생각하는 원칙주의 판사이기도 하다.

한세상 (서울중앙지법 민사44부 부장판사)

출포판. 법원 수뇌부가 가장 무서워한다는 '출세를 포기한 판사'다. 법원의 주류 엘리트 코스를 밟기에는 출발부터 글러먹은 비주류. 법정에서도 거침없는 언행으로 '막말 판사' 논란을 여러 번 일으켰다. 고시도 결혼도 늦고 모든 게 늦은 인생이나, 판사의 판결이 한 사람에게 미치는 영향에 대해 깊이 고민하는 현실주의 판사다.

정보왕 (서울중앙지법 민사43부 우배석판사)

서울중앙지법 최고의 정보통. 임바른의 X알친구 또는 웬수. 각종 인사 정보 및 뒷얘기 전문가. 걸어 다니는 찌라시. 오지랖 대마왕. 바퀴벌레 같은 친화력과 호감형 외모로 모든 판사실을 들쑤시고 다니는 통반장 스타일.

이도연 (서울중앙지법 민사44부 속기실무관)

44부 판사실 부속실에서 비서 업무를 수행하며 동시에 속기사로 법정에 들어온다. 물어보기도 전에 척척 귀신같이 자질구레한 일을 처리할 정도로 일 잘하기로 법원 전체에 소문이 자자하다. 일 외의 사생활은 모두 베일에 가려 있다.

민용준 (NJ그룹 후계자)

박차오름 아버지의 절친인 NJ그룹 회장의 아들, 재벌3세. 박차오름과는 어린 시절부터 친하게 지내왔다. 왕국의 후계자로 잘 교육받아 똑똑하고 매너 있다. 박차오름의 외할머니, 시장통 이모들과도 능청맞게 잘 어울릴 줄 아는 매력남이다.

맹사성 (서울중앙지법 민사44부 참여관)

계장님으로 불리며 재판조서를 작성하는 업무를 담당한다. 9급 실무관으로 법원에 들어온 후 16년이 지났지만 승진시험에 통과 못해 사무관 승진은 꿈도 못 꾸는 만년 7급 계장.

윤지영 (서울중앙지법 민사44부 실무관)

서류 송달, 새판기록 관리, 민원전화 응대, 전자결재 초안 작성 등 법원 일반직 중 가장 많은 일을 담당하는 피라미드의 제일 밑변. 세 살배기 아들을 혼자 키우는 싱글맘이다.

이단디 (서울중앙지법 법원경위)

크지 않은 체구에 귀여운 외모를 지녔지만, 태권도 국가대표 상비군 출신이다. 유도, 검도 유단자로 다 합치면 십 단이 넘는 무도인 겸 체육인으로 법원경위 일을 한다.

수석부장 (서울중앙지법 민사 수석부장판사)

톱클래스 성적으로 서울중앙지법에 초임 발령받은 후 법원행정처 등 핵심 요직을 모두 거친 성골로 매사에 신중하고 속내를 잘 드러내지 않는다. 후배들의 동경의 대상이다.

성공충 (서울중앙지법 민사49부 부장판사)

눈 가린 경주마처럼 대법관 자리만 보고 평생 달려온 판사. 무슨 수를 써서라도 언제나 사건처리나 조정률 1등을 놓치지 않으려고 해 법원 안팎으로 원성이 자자하다.

배곤대 (서울중앙지법 민사43부 부장판사)

정보왕이 속한 민사43부의 꼰대 기질 부장판사.

시장통 이모들

각자의 아픔을 뒤로하고 박차오름, 외할머니와 함께 한 가족으로 살며 시장에서 분식장사를 한다. 박차오름이 힘들 때마다 유쾌하고 걸진 수다 한판으로 박차오름을 위로해준다.

법원장

경력 30년의 관록 있는 법관. 좀처럼 속을 드러내지 않는다.

외할머니

시장에서 작은 포목점을 운영중이다. 박차오름의 정신적 지주.

용어 설명

cut to   한 씬 안에서 다른 장소나 주제로 전환이 될 때의 용어.

E   effect. 효과음. 주로 화면 밖에서의 소리를 장면에 넣을 때 사용한다.

F   filter. 전화 수화기를 통해서 들려오는 소리.

N   내레이션. 등장인물이 화면 밖에서 상황을 해설하거나 극의 전개를 설명할 때 사용한다.

O.L.   오버랩의 약자. 장면이 흐릿하게 사라지면서 다음 장면이 서서히 등장해 겹치게 하는 기법. 소리나 장면이 맞물린다. 앞사람 대사가 끝나기 전에 뒷사람 대사가 치고 들어갈 때 주로 사용한다.

V.O.   voice-over. 영상에서 등장인물이나 해설자 등이 화면 속에 나타나지 않고 대사, 해설, 생각 등 목소리만 나올 때 쓴다.

몽타주   각기 다른 시간과 장소의 컷들을 이어 붙인 장면.

씬   scene. 장면이라는 의미로, 동일 시간 동일 장소에서 이뤄지는 행동, 대사가 하나의 씬으로 구성된다.

인서트   insert. 화면 삽입. 무언가에 집중시키거나 자세히 설명하기 위한 장면을 삽입하는 것으로, 특정 부분을 확대하는 클로즈업을 통해 이뤄지는 경우가 많다.

페이드아웃   fade-out. 화면이 서서히 어두워지는 기법.

플래시백   flash back. 과거에 나왔던 씬을 불러오는 용어. 주로 회상 장면이나 인과를 설명하기 위해 넣는다.

플래시컷   flash cut. 화면과 화면 사이에 인서트로 삽입한 빠르게 움직이는 화면. 화면의 속도를 증대시키거나 시각적인 충격 효과를 창출하기 위해 사용한다.

8부

힘든 일이 있으면
같이 감당해야죠

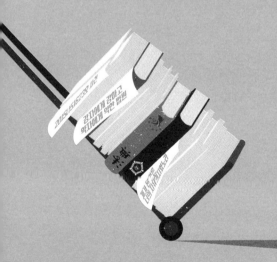

S#1. 배석판사실 (낮)

어둡고 긴박한 배경음악. 어두운 표정의 임바른, 힘든 듯 손으로 이마를 짚고 있다.

임바른N 가슴이 답답하다. 입맛이 없다. 출근하기가 무섭다. 일이 손에 안 잡힌다. 같은 방에 있는 사람을 대하는 게 너무나 힘들다⋯ 내성적인 나 자신이 싫다.

건너편에서 일하고 있는 박차오름, 힐끗 바라본다.

임바른N 대화가 어렵다. 눈 마주치기 힘들고 걸려오는 전화를 받아도 말문이 막힌다. 헛구역질, 손 떨리고 기⟩⟨려 떨어린다

펼쳐진 사건기록과 휘갈겨 쓴 메모지 등으로 너저분한 임바른의 책상.

임바른N   먹으면 토한다. 말도 안 나오고 대화는 안 된다. 죽고 싶다. 근무
         도중 왼쪽 어깨에서 팔까지 경직되면서 떨림이 심했다.

         진단서, 의사소견서 여러 장이 번갈아 겹쳐 클로즈업되며 지나간다.

임바른N   중증 우울증, 역류성 식도염, 위염.

         잠시, 정적이 흐른다.

임바른N   …칼로 손목을 그어 자살 시도.

S#2. 배석판사실 (낮)

         무거운 표정으로 사건기록을 읽고 있는 임바른.

박차오름   (임바른이 보고 있는 사건기록 쪽을 보며) 무슨 사건이에요?
임바른   내일 재판 들어갈 사건 보고 있어요. 출근 스트레스로 우울증 걸
         린 사람 사건.
박차오름   저런… (임바른을 보더니) 그런데 임 판사님도 안색이 안 좋아요.

         임바른, 코가 막혔는지 휴지로 코를 풀고 기침도 한다.

박차오름   …괜찮으세요? 감기가 심한 것 같은데.
임바른   괜찮아요.

박차오름 (걱정스러운 눈빛) …혹시 그때 불편하게 주무셔서 그런 거 아녜요? 죄송해요. 저희 이모들 때문에…

임바른 아닙니다. 편하게 잘 잤는데요.

인서트 〉7부 58씬, 족발집. 신나게 막걸리를 마시고 있는 이모들과 취한 채 방구석에서 슬픈 표정으로 새우잠을 자고 있는 임바른. 추운지 몸을 떤다.

박차오름 정 판사님은 중간에 도망갔는데 괜히 임 판사님만 붙잡히셔서…

임바른 아침에 봤는데 걘 아직도 속이 별로인가봐요. 과식하더라니. (휴지로 코를 훔치다가 재채기)

S#3. 화장실 (낮)

화장실 뒷담화 전문 두 젊은 판사, 소변기 앞에서 수다중.

천성훈 44부 속기사 알지?

지현민 그 야하게 생긴 여자? 늘 뭐 잘못 먹은 표정으로 다니고?

천성훈 아네. 역시 나름 셀럽.

지현민 (킬킬대며) 눈에는 띄잖아.

천성훈 어젯밤에 강남에서 봤잖아. 외제차 끌고 지나가는데, (휘파람 불며) 완전 딴판이던데?

지현민 …출근하나보네.

천성훈 출근?

지현민 밤에 출근하는 여자라는 소문이 있던데 뭘. 자기 입으로 밤에 하는 일이 있다고 당당하게 얘기한다던데?

천성훈   그럼 그렇지, 속기사 월급으로 그 옷에 그 차가 웬일?

킬킬대는 두 판사, 이때 두 판사 뒤에서 끼익 열리는 화장실 문소리. 경악하며 돌아보는 두 판사, 창백한 얼굴의 정보왕이 휘적휘적 힘없이 걸어나온다.

천성훈   (당황하며) 어, 보왕 선배, 거기 계셨어요?

지현민   저흰 아무도 없는 줄 알고…

정보왕   (됐다는 듯 손을 흔들며) 알았어, 알았어. 일들 봐.

손도 안 씻은 채 휘적휘적 몽유병 환자처럼 걸어나가던 정보왕, 화장실 문에 쿵 머리를 부딪힌다.

천성훈   (놀라서) 괜찮으세요?

정보왕   (아프지도 않은지 넋 나간 채) 괜찮아, 괜찮아. 이까짓 거… (휘청휘청대며 복도로 걸어나간다)

S#4. 배석판사실 (오후)

임바른, 열심히 일하고 있는 박차오름의 옆모습을 힐끗 본다.

플래시컷 〉 /부 57씬.

박차오름   (펄쩍 뛰며) 이모, 무슨 그런 소리를. 임 판사님, 좋은 선배이고 늘

잘 도와주셔서 정말 고마운 분이긴 한데, (검지손가락을 좌우로 까

딱까딱하면서 고개 흔들며 단호하게) 내 스타일 아닙니다. 전혀.

쓸쓸한 표정의 임바른, 다시 재판기록으로 눈을 돌린다.

박차오름   (뭔가 생각하다가) 그런데 임 판사님,

임바른   (시큰둥하게) 네?

박차오름   …정 판사님, 아무래도 혼자 맘고생하는 눈치인 거 같아요.

임바른   이 실무관님 때문에?

박차오름   네. 티 다 나잖아요. …그런데 워낙 시크해서 말 붙이기도 쉽지

않고. 항상 먼저 사라지고.

임바른   에이, 보왕이가 무슨 사춘기 소년도 아니고, 그렇게 일일이 소심

하게 신경쓰겠어요?

박차오름   그런가요?

그때, 박차오름의 핸드폰 울린다.

박차오름   (전화 받는다) 네. (자기도 모르게 임바른의 눈치를 흘깃 본 후 목소리

를 낮추며) 용준 오빠?

흠칫하는 임바른.

박차오름   (고개를 돌려 소곤소곤) 그렇게 갑자기 쳐들어오고 그럴래 자꾸?

…빽은 또 뭐냐, 빽은. 챙피해서 죽는 줄 알았네. 그날은 이모들

이 난리 쳐서 어어어 하다가 지나갔는데, 택배로 다 돌려줄게 가져가… 응? …직접?

무심한 척 일하고 있는 임바른.

박차오름   …응. …알았어. 그래 나 바빠. 이따 얘기해. 끊어. (전화 끊는다)

전화 끊은 박차오름, 임바른이 신경쓰인다. 힐끗 임바른 쪽을 훔쳐보니 무심히 일하고 있다. 아무 일 아닌데 괜히 미안해지는 박차오름.

박차오름   죄송해요. 일하는데 시끄러우셨죠? 이 오빠는 쓸데없는 일로 자꾸 전화를…

임바른   (O.L.) 해명하실 필요 없잖아요.

박차오름   네?

임바른   저한테 일일이 설명해주고 그럴 필요 없잖아요. (혼잣말하듯) 우배석일 뿐인데.

박차오름   (어색해진다) 아니, 그게 아니라…

임바른   (심통 맞은 표정) 정보왕, 이 인간은 뭐하는 거야? 맘에 들면 우물쭈물 말고 같이 아트박스라도 가서, (7부에서의 민용준 흉내. 왼쪽 끝에서 오른쪽까지 죽 가리키며) 여기에서 여기까지 다 사줄 수 있다, 뭐 이런 거라도 해야지, 원.

박차오름   (어이없다) 네?

임바른, 속이 타는지 벌떡 일어나 문을 열고 나간다.

임바른E　이 실무관님, 냉장고에 뭐 시원한 거 없어요?

어처구니없어 하며 임바른 뒷모습을 쳐다보고 있는 박차오름.

S#5. 화장실 (오후)

팽, 하고 코를 풀더니 소변기 앞에 가서 서는 임바른, 심기가 매우 불편한 표정.

임바른　(작은 소리, 혼잣말) 지는 뭐 대단히 내 스타일인 줄 알아? 예전엔 몰라도 지금은 아니야. 지금은 완전 나대고 내가 질색하는 스타일인데 어쩌다 내가…

물 내리는 소리 들리더니,

한세상E　뭐가 질색이라고?

홉, 놀라며 돌아보는 임바른, 한세상이 나오고 있다.

임바른　아, 아닙니다. 준비서면을 길고 짜증나게 쓰는 변호사가 있어서요.

한세상　그래? (이상하다는 듯 힐끗 쳐다본 후 손은 씻으며 혼잣말) 요즘 젊은 애들은 이상해. 다들 비 맞은 중처럼 혼자 중얼중얼거리고 그런단 말야.

임바른   (무안하다) ……

S#6. 배석판사실 (오후)

이도연, 결재판을 들고 들어온다. 혼자 있는 박차오름.

이도연   박 판사님, 강제집행정지 한 건 들어왔습니다.
박차오름   (받으며) 네.
이도연   (나가려다 말고 뭔가 이상하다는 표정으로 코를 킁킁하더니) …향수
뿌리셨어요? 별일이네.
박차오름   (살짝 당황하며) 그냥요. …선물 받은 게 있어서.

S#7. 배석판사실 (밤)

벽시계는 밤 9시 반. 콜록콜록하며 어두운 표정으로 사건기록을 읽고
있는 임바른. 걱정스런 표정으로 보는 박차오름.

박차오름   …저, 오늘은 일찍 들어가시는 게 어때요? 힘들어 보이는데.
임바른   (쌀쌀맞게) 알아서 하겠습니다.
박차오름   ……

cut to

시계는 밤 11시.

박차오름　(자리를 정리하고 일어서서는 무심히 일하는 임바른을 잠시 보다가) 먼
저 들어갈게요.

임바른　(돌아보지도 않으며) 안녕히 가세요.

목례한 후 걸어나가는 박차오름, 문을 열다가 잠깐 돌아보고는, 나간다.
혼자 남은 임바른, 답답한지 단정하게 맨 넥타이를 거칠게 밑으로 끌어
내리고 와이셔츠 소매를 걷어붙이고는 팔로 이마를 짚은 채 기록을 넘
긴다.

S#8. 법정 (낮)

원고엄마　(핏발 선 눈으로 원고 직속상관인 팀장에게 달려들어 멱살을 잡으며)
니가 내 아들 괴롭힌 놈이냐!! 눈이 있으면 봐라! 저게 산 사람이
냐 죽은 사람이냐!!

손으로 옆을 가리킨다. 따라가면 원고 이영수 앉아 있다. 고개를 숙이고
왼손 검지로 엄지손톱 끝을 끊임없이 만지작거리고 있다. 쓸 수 없게 된
오른팔은 고무줄처럼 축 늘어져 있다. 눈이 텅 비어 있다. 혼자만의 세
계에 틀어박힌 듯. 박차오름, 안타까운 눈초리로 이영수를 보고 있다.

팀장　(건장한 체격. 멱살 잡힌 것을 뿌리치며) 이거 놓으세요! 저는 팀장으
로서 팀 전체와 회사를 위해 팀원들을 이끌었을 뿐입니다!

원고아버지 뭐야 이놈아!

이단디 (양측을 제지하여 갈라놓으며 단호하게) 앉으세요! 여기 법정입니다!

팀장 오히려 팀의 단합을 해치고 피해를 끼친 건 아드님입니다. 그렇게 나약해서 어떻게 사회생활을…

원고아버지 이 죽일 놈아! 사람을 이렇게 만들어놓고 그게 할 소리냐!!

한세상 (날카롭게) 그만들 하세요!

양측, 움찔하며 법대 위의 한세상을 본다.

한세상 …심정은 충분히 이해합니다만, 법정에서 그러시면 안 됩니다.

원고아버지 (고개를 숙이며) 죄송합니다, 판사님.

원고엄마 (옆에서 서럽게 흐느낀다)

팀장 (입을 굳게 다물고 있다)

피고변호사 (3부 성희롱사건 피고 회사 변호사와 동일인물. 자리에서 일어서며) 재판장님, 원고 측은 팀장의 가혹행위로 인해 이영수 씨가 저렇게 됐다고 주장하고 있습니다만, 증거도 없고, 그런 사실도 없습니다.

원고아버지 없기는 뭐가 없어! (낡은 수첩을 들어 보이며 한세상에게) 판사님! 저희 애가 성격이 꼼꼼해서 수첩에 일기를 자주 씁니다. 일 저지른 날짜 무렵을 보니까 저 인간이 저지른 짓들이 적혀 있었습니다!

피고변호사 재판장님, 어떤 구타행위도 없었고 심한 욕설도 없었습니다.

원고아버지 사람을 병신 취급해놓고 아무 일도 없었다는 겁니까!

피고변호사 대한민국 직장인 중에 그 정도 맘고생 안 하는 사람 있습니까? 저도 로펌 대표님한테 반날 깨집니다.

원고아버지 뭐야!

원고엄마	(아들을 붙잡고 흐느낀다) 영수야… 영수야…
피고변호사	재판장님, 저희 피고 우일증권은 아무런 법적 책임이 없습니다. 이 사건은 이영수 씨의 내성적인 성격과 개인 사정으로 인해 생긴 일일 뿐입니다.
원고아버지	(한탄) 사람이 이렇게 됐는데 어떻게…
피고변호사	(O.L.) 다만,
한세상	다만?
피고변호사	1등 기업으로서의 사회적 책임을 고려해서, 법적 책임과는 무관하게 합리적인 선에서 이영수 씨에게 위로금을 지급할 용의는 있습니다. 우일 가족의 일원이었던 사람에 대한 배려로서. 조정기일을 지정해주십시오. 조정절차에서 신속하고 원만하게 마무리되기를 바랍니다.

S#9. 법원 야외 테라스 (낮)

임바른, 박차오름과 맹사성, 이단디, 윤지영 함께 커피를 마시고 있다.

맹사성	이해가 안 갑니다. 이해가.
이단디	뭐가요? 계장님.
맹사성	아, 그 자살기도한 우일증권 직원 사건 말이지 뭐겠어.
이단디	아, 그 사건.
맹사성	대한민국 최고 명문대 나왔겠다, 대한민국 일류 대기업 다니겠다, 이쁜 마누라에 이쁜 딸 있겠다, 대체 뭐가 아쉬워서 그런 짓을 하냐고요.

임바른   …사람 속은 알 수 없는 거죠. 겉만 봐선.

박차오름   임 판사님이 조정기일 진행하기로 했으니 알아내시겠죠. 속사정.

윤지영   …그 부모님 심정은 어떨까요.

이단디   (한숨) 그러게요…

윤지영   힘들게 키운 자랑스러운 아들이 한순간에…

임바른   (생각에 잠겨) 과연 한순간이었을까요?

박차오름   (임바른을 본다)

맹사성   (답답한 심정) 에휴, 나도 그 부모 속 타들어갈 거 생각하니 마음
              이 그렇네. 아, 대체 누가 사람을 그 지경으로 만든 거야!!

S#10. 배석판사실 (밤)

몰입한 표정으로 사건기록에 철끈으로 연결된 낡은 수첩을 열심히 읽
고 있는 임바른.

박차오름   (임바른의 표정을 살피다가 조심스럽게 말을 건다) …오피스텔에서
              자살을 시도했다면서요?

임바른   목숨은 건졌지만, 근육을 다쳐서 팔을 못 쓰게 됐어요.

박차오름   저런…

임바른   게다가 중증 우울증 상태예요. 모든 의사소통을 거부하고 있어
              요. (펼쳐놓은 낡은 수첩을 힐끗 본다. 몸을 뒤로 기대며) …왠지 죄책
              감이 드네요.

박차오름   죄책감이요?

임바른   네. 이상하죠? 사체 부검 사진을 볼 때는 오히려 이런 느낌이 없

었어요. …타인의 내면을 읽는다는 게 더 힘드네요. 이래도 되나 싶기도 하고.

박차오름　(무거운 표정의 임바른을 본다)

S#11. 배석판사실 (밤)

임바른, 수첩 한 면을 유심히 들여다보고 있다. 임바른 내레이션.

누가 울새를 죽였나?
나, 참새가 말했네.
내 활과 화살로 내가 죽였다네.

누가 울새가 죽는 것을 보았나?
나, 파리가 말했네.
내 조그만 눈으로 내가 보았네.

누가 울새의 피를 받았나?
나, 물고기가 말했네.
내 조그만 접시로 받았네.

(영국의 구전동요집 『마더 구스의 노래』 중 「누가 울새를 죽였나?」 일부)

S#12. 조정실 (낮)

임바른과 맹사성(기록 및 진행 보조를 위해 참여), 이영수 부모, 팀장, 상무 앉아 있다.

임바른 원활한 진행을 위해 한 분씩 말씀을 듣겠습니다. 우선 팀장님만 남으시고 다른 분들은 잠시 밖에서 대기해주시죠. 계장님?

맹사성 (자리에서 일어서며 원고 부모를 향해) 자, 절 따라 나오세요.

S#13. 조정실 (낮)

임바른, 팀장을 가만히 쳐다보다가 묻는다.

임바른 원고 이영수 씨의 직속상관인 팀장 되시지요.

팀장 그렇습니다.

임바른 부서 회식에 빠졌다고 원고를 질책하신 적 있으십니까?

팀장 질책은요, 요즘 누가 회식 빠진다고 질책하겠습니까?

임바른 (가만히 쳐다본다)

S#14. 원고의 회사 사무실 (낮)

팀장 이거이거, 조직인으로서의 기본 자세도 안 된 놈이냐?

원고 (고개를 푹 숙이고 벌받듯 서 있다) 죄송합니다, 팀장님. 몸이 너무 안 좋아서…

팀장 (O.L.) 진단서 제출하고 얘기해. 부서 회식도 업무의 연장이야.
어디서 개인 행동을 하려고 잔꾀를 부려?

S#15. 조정실 (낮)

팀장 (당황하며) 그거야 그냥 가볍게 핀잔 정도 준 거 아니겠습니까?
조직생활은 단합이 생명이라는 걸 일깨워주는 차원에서…

임바른 단합이 생명이라, 그렇군요. 그래서 와이셔츠 색깔도 통일돼야
하는 거군요.

팀장 네? 무슨 말씀이신지…

S#16. 원고의 회사 사무실 (낮)

혼자만 유색 와이셔츠를 입고 있는 원고, 팀장 앞에 벌서듯 서 있다.

팀장 넌 눈이 없는 거냐, 눈치가 없는 거냐?

원고 ……

팀장 한번 둘러봐. 다들 어떻게 입고 출근하는지.

둘러보니 모두 흰색 와이셔츠에 ┳세쎄 네더이 치러듯.

팀장 1등 회사는 1등답게 단정해야 하는 거야. 넌 그렇게라도 튀고 싶

냐? 능력이 부족하니까 딴걸로라도 튀려고?

원고   …… (고개 숙이고 듣다가 무심코 팀장을 쳐다본다)

팀장   (과장되게) 와, 무서워. 얘 눈빛 봐라? (사무실을 둘러보며) 다들 봤
어? 역시 그쪽 출신이라 무섭네. 아우 무서~

그 말에 일제히 웃는 직원들. 흰 셔츠 입고 웃는 사람들 사이에서 유색
셔츠 차림으로 혼자 서 있는 원고.

S#17. 조정실 (낮)

팀장   판사님, 저희는 매일 전쟁하는 사람들입니다. 1등 아니면 의미
없는 전쟁이요! 일사불란한 팀워크가 없으면 죽습니다!

임바른   팀장님은 우일증권에서도 실적 1위인 팀을 이끌고 계셨더군요.

팀장   (자부심에 찬 눈빛) 네, 그렇습니다. 저희 팀은 베스트 오브 더 베
스트죠.

임바른   이번 일로 타격을 입으셨겠네요.

팀장   (고통스러운 표정) 저 개인이 문제가 아니라, 우리 팀과 회사의 명
예에 누를 끼친 게 죄스러울 뿐입니다.

임바른   …그렇군요. '팀과 회사'에 대해 죄스러울 뿐이군요. (팀장을 잠
시 보다가) 이영수 씨는 우수한 병사가 아니었습니까?

팀장   현대전은 속도전입니다. 이영수 씨는 남들보다 느리고, 답답했
어요. 그건 죄악입니다.

임바른   그렇군요. 펀드상품이 고객보호에 충실한지 꼼꼼히 띠지고 있는
팀원은 죄악이군요. 무슨 수를 써서라도 빨리 실적부터 올려야

되는 전쟁터에서는.

팀장   (움찔했다가) 판사님! 저도 조직에서 살아남으려고 발버둥치는 처
지입니다. 제가 무슨 힘이 있겠습니까! 위에서 까라면 까는 거죠.

임바른   …… (조용히 본다)

S#18. 조정실 (낮)

임바른   상무님은 미국에서 경영학을 전공하셨더군요.

상무   네.

임바른   이번 사건 같은 일이 미국의 일류 기업들에서도 벌어지는 일일까
요?

상무   (미소를 띠며) 흔히들 글로벌 기업에 대한 환상을 많이들 갖고 계
시죠. 상하관계 없이 평등하다, 복장이 자유롭다, 회사가 놀이공
원 같다.

임바른   네, 저도 그런 기사 많이 읽었습니다.

상무   겉만 보고 하는 순진한 얘기들이죠. 그런 회사들은 동시에 철저
하게 실적에 따라 평가받고, 언제 가차없이 해고당할지 모르는
곳들입니다.

임바른   ……

상무   게다가 처지가 다릅니다. 우리는 맨주먹 붉은 피로 죽어라 따라
가는 후발주잡니다. 우리 상황에 맞는 조직문화가 있는 것 아니
겠습니까.

임바른   (상무를 가만히 보다가) …예를 들자면 그룹 임원연수 때 회장님
앞에서 촛불의식을 한다든지?

상무   (흠칫 놀란다)

S#19. 기업 연수원 앞마당 (밤)

캠프파이어가 활활 타고 있고, 고급 양복 입은 중년남성들(임원들)이 손에 촛불을 들고 거길 둘러싸고 있다. 상석에는 의자에 앉아 지켜보는 회장.

상무   (회장 앞으로 한 걸음 나아간다. 감격에 벅찬 표정) …세계로 웅비하는 우일그룹의 명예와 승리를 위해 이 한 몸 초개와 같이 바칠 것을 회장님 앞에 엄숙히! 맹세합니다! (눈물 흘리다가 안경을 벗어 닦는다)

고개를 끄덕이는 회장.

S#20. 조정실 (낮)

임바른   우일그룹 명물, 임원연수. 신문기사로 읽은 적이 있습니다. …MIT 박사가 하기엔 좀 힘든 일 아니었습니까? 상무님.

상무   (불편한 표정) …로마에 오면 로마법을 따라야겠죠.

임바른   그렇군요. 알겠습니다. 경영전문가가 보시기엔, 이번 시즌의 문제점이 뭡니까.

상무   근본적으로는 채용부터 문젭니다. 명문대 출신 우등생이 꼭 기업이 찾는 인재는 아니라는 좋은 예지요. 그래서 인성이 중요합니다.

임바른 그래서 신입사원연수 때 매주 풀코스 마라톤을 뛰게 하시는 거군요. 낙오자 없을 때까지.

상무 …그렇습니다.

임바른 회사가 말하는 '낙오자'란 이런 경우입니까?

임바른, 사건기록을 넘기더니 펼친 페이지를 읽기 시작한다.

임바른N 신규 펀드상품 분석 시작. 회사 마진은 높으나 지나치게 복잡한 구조, 고위험. 신상품 문제점 분석 보고서 제출. 팀장이 문자. '너 때문에 팀 전체가 피해를 보고 있다. 암덩어리 같은 놈.' 저성과자 해고대상 명단에 올라 있다는 얘기를 들었다.

상무, 입을 굳게 다문 채 임바른의 눈을 마주보고 있다. 침묵이 흐르는 조정실.

S#20-1. 44부 부속실 (낮)

타이핑하던 이도연, 멈추더니 잠시 멍하니 생각에 빠진다.

플래시컷 〉 7부 54씬 시장통.

이도연 …제가 꼭 하고 싶은 일에 도움이 돼요.

정보왕	속기사 일이?
이도연	(고개를 끄덕끄덕)
정보왕	꼭 하고 싶은 일이 뭔데요?
이도연	(미묘한 웃음을 지으며) …알면 놀랄걸요?
정보왕	뭐길래…

이도연	…아무한테도 얘기한 적 없는데. (책상 위 중년 신사와 다정하게 찍은 사진을 보며, 마치 신사에게 묻듯) …왜 얘기했을까요? 그 사람한테. (잠시 멍하고 있다)
한세상E	이 실무관!
이도연	(퍼뜩 정신차리며) 네! 부장님. (돌아보니 한세상이 부장실 문 열고 고개 내밀고 있다)
한세상	(의아하다는 듯) 이 실무관도 멍때리고 있을 때가 있나? 거 혹시, 나한테 택배 하나 안 왔어?
이도연	(얼른 평소의 시크한 표정) 네, 아까 수령해서 책상 오른쪽 끝에 갖다났습니다. (한세상 빤히 쳐다보며 덧붙인다) 전립선약 200캡슐.
한세상	(기겁하며) 남의 택배 내용을 보면 어떡해!
이도연	겉봉투에 대문짝만하게 써 있었습니다만.
한세상	(괜히 헛기침하며 변명) 어험, 어험. 장인 영감 볼일 보시는 게 영 시원찮으셔서 이거 참… 사위 노릇하기 힘들구만…
이도연	(다다닥 타이핑하며) 부장님, 자꾸 흘리시면 앉아서 소변보시는 거 추천합니다, 위생적이에요.
한세상	뭐얏!

S#21. 조정실 (낮)

원고엄마 (서럽게 울며) 내 귀한 아들, 내 귀한 아들을 이놈들이… 저 애가 원래 판사님처럼 나라를 위해 일했어야 하는 애인데…

임바른 (중간에 자르며) 아드님이 고등학생 때 무슨 과목을 제일 좋아했었나요?

원고엄마 (어리둥절) 네?

임바른 혹시 문학 쪽을 좋아하지 않았습니까?

원고엄마 그랬던 것 같기도 한데, 그게 이 일과 무슨 상관이…

임바른 수첩 곳곳에 낙서가 있는데, 시구들이더군요. 외국의 구전동요도 있고.

원고아버지 판사님, 그런데 그 말씀은 왜…

임바른 아드님은 국문과나 영문과에 진학하고 싶었던 것이 아닐까요.

원고아버지 그거야, 어린 시절 잠시 변덕일 수도 있고요, 성공한 후 나중에 취미로 공부해도 되는 거 아니겠습니까.

임바른 (원고아버지를 가만히 보다가) 은행에 다니시죠?

원고아버지 그렇습니다.

임바른 실례지만 대학 때 무얼 전공하셨습니까.

원고아버지 (자부심을 느끼는 표정) 저, 법대 나왔습니다. (표정이 어두워지며) …비록 고시는 결국 안 됐습니다만.

임바른 …아드님이 그 한을 풀어주길 바라신 건 아닙니까.

원고아버지 (정곡을 찔린 듯 움찔하다가) …어차피 학교에서도 법대나 경영대 아니면 원서 안 써준다고 했습니다!

임바른 전교 1등이 국문과 진학하는 건 학교 실적에 도움이 안 되나보군요.

원고아버지 ······

원고엄마 (억울한 듯) 판사님! 그 아이 열두 살 때부터 대치동에 살다시피하며 보낸 학원이 몇 군덴데 국문과를 보냅니까?

인서트 〉 대치동 학원 거리. 학원 앞에 정차해놓은 승용차 안에서 열두 살 이영수 입에 김밥을 허겁지겁 넣어주고 있는 원고엄마.

임바른 결국 법대에 진학했지만 고시는 계속 떨어졌더군요.

원고엄마 그래도 천만다행이죠. 그 대신 1등 회사에 척, 하니 붙어서. 우리 애가 원래 머리는 있는 애잖아요. (자랑스러워하는 표정) 우리 귀한 아들!

임바른 (원고엄마를 잠시 보다가) ···그 귀한 아들이 걱정되셔서 회사에 전화를 자주 하신 거군요.

원고엄마 네?

S#22. 이영수의 회사 (낮)

팀장 (전화기가 울리자 받는다) 네. 전화 바꿨습니다. 네? ···이영수 씨 어머님?

맞은편에서 일하던 이영수, 깜짝 놀라 팀장을 쳐다본다.

원고엄마F 팀장님, 어떻게 그러실 수가 있어요?

팀장 네? 무슨 말씀이신지···

원고엄마F 저희 애가 몸이 좀 약하다고 말씀드렸잖아요. 이렇게 매일같이 야근을 시키시면 되겠어요?

팀장 (어이가 없는 듯) 지금 저희 팀 전부 비상입니다. 이렇게 회사로 전화를 하고 하시면 제가 좀 불편합니다만. (이영수를 노려본다. 이영수, 겁에 질려 고개를 숙인다)

원고엄마F 오죽하면 제가 이러겠어요? 엄마 마음을 좀 이해해주세요 팀장님!

팀장 전화 끊습니다. (불쾌한 표정으로 전화 내려놓는다. 사색이 된 이영수)

S#23. 조정실 (낮)

임바른 (사건기록을 거칠게 넘기며) 팀장이 제출한 경위서에 나와 있더군요. (원고엄마를 본다) …직접 회사로 찾아가기도 하셨지요?

S#24. 이영수의 회사 (낮)

앉아서 일하고 있는 팀원 네댓 명과 이영수.

이영수 (고개를 들어 엄마를 보고는 놀라서, 작게) 엄마!

원고엄마, 활짝 웃는 얼굴로 음식이 가득한 쇼핑백을 들고 들어오더니 팀원들에게 꾸벅꾸벅 인사하며 쇼핑백에서 일식집 도시락을 꺼내 하나씩 돌린다.

원고엄마 안녕하세요, 영수 엄마예요! 이거 요 앞에서 사왔는데 같이 나눠 들 드시고 우리 영수 잘 좀 봐주세요~

어색해하면서 도시락을 받아드는 팀원들. '아 네.' ' 잘 먹겠습니다.'

원고엄마 애가 착한데 요령이 좀 없어요. 잘 좀 봐주세요~

이영수 (창피하고 황당해서 안색이 창백할 지경. 얼른 엄마 옆으로 가서 옷자락을 붙잡으며) 엄마, 일하는 데 오면 어떡해? 빨리 나가.

원고엄마 (뿌리치며) 얘, 넌 좀 가만있어봐. 다 널 위해서 이러는 거야.

고개를 돌리며 피식, 웃는 한 팀원.

이영수 (얼굴이 흙빛이 되며 자기도 모르게 버럭) 엄마!!

순간 정적. 원고엄마도 놀라서 이영수를 처다본다.

원고엄마 왜 그래 영수야? 엄마가 잘못했니? 영수야…

S#25. 조정실 (낮)

임바른, 입을 꾹 다물고 있는데 자기도 모르게 분노로 몸이 조금씩 떨린다. 그런 임바른을 걱정스럽게 처다보는 맺사성.

원고엄마 (억울한 표정) 오죽하면 제가 그랬겠어요 판사님? 애가 사무실에서 왕따를 당한다고 풀이 죽어 있는데, (두 손으로 가슴을 짚으며) 그걸 보니 가슴이 찢어지는 것 같아서… (흐느낀다)

원고아버지 (옆에서 깊은 탄식) 하아…

임바른 (가만히 보다가) 회사 측은 부인과의 가정불화가 자살기도의 원인이라고 주장하는데, 그건 어떻습니까.

원고엄마 (언성을 높이며) 말도 안 돼요 판사님! 죽자사자 연애해서 결혼한 애들인데요!

임바른 …그렇습니까? (수첩을 넘기며) 부모님이 중매업체 통해 '수준에 맞는 집안 처자'를 물색해서 결혼시키신 것 아닌가요?

원고엄마 …그래도 연애결혼 못지않게 둘이 좋아라…

임바른 집안 어른들이 혼수가 부족하다고 두고두고 뭐라 하셨지 않습니까? 다른 며느리들은 친척들한테도 봉투 돌리더라, 돈이 아니라 성의 문제다…

원고엄마 ……

임바른 …잠시 쉴까요.

S#26. 법원 야외 테라스 (낮)

커피 들고 있는 임바른과 맹사성.

맹사성 …집안의 기대라는 거, 그거 참 무서운 겁니다. 제 고향 장흥에 가면 다들 저를 뭐라고 부르는지 아십니까?

임바른 글쎄요, 계장님.

맹사성 (허탈하게 웃으며) 맹 판사라고들 부릅니다. 서울 가서 법원 들어

갔으니 판사 된 거라고 부모님이 동네방네 얘기하고 다니셔서 말입니다.

임바른   ······

맹사성   처음엔 누가 그렇게 부르면 아니라고 손사래를 쳤는데요, 이젠 그러려니 냅둡니다. 언제 가실지 모르는 부모님 낙이 동네에서 큰소리치는 거인데, 어쩌겠습니까.

임바른   ······ (손에 든 커피를 마신다)

맹사성   제 이름 맹사성 석 자. 누가 지어주신 줄 아십니까?

임바른   ···글쎄요.

맹사성   구십이 다 된 증조할아버지께서 지어주셨대요. 귀한 장손, 나중에 커서 맹사성 재상처럼 청백리가 되라고.

임바른   그러셨군요···

맹사성   여그서는 만년 계장이지만, 고향에서는 저도 나름 신동 소리 듣고 컸습니다. 판사님. (커피를 마시고는) ···어머니는 계장 십 년 하면 판사 시켜준다고 철석같이 믿고 계십니다. 하도 판사, 판사 하셔서 제가 뻥을 좀 쳐놨거든요, 판사님.

맹사성, 쓸쓸히 웃는다. 조용히 지켜보는 임바른.

S#27. 임바른의 회상. 고등학생 시절 임바른의 집 (밤)

시디플레이어에 이어폰 연결해서 귀에 꽂은 채 공부하고 있는 임바른.
임바른의 방밖에서 시끌벅적한 소리 들려오나 술자리 벌이긴 듯.

삼촌E	형님, 바른이가 또 전교 1등 했다면서요?
아버지E	내 말했잖아. 저놈이 나중에 우리 사회에 꼭 필요한 사람이 될 거라고.
삼촌E	또 한가한 소리 하시네. 아 재벌 집에 장가보내서 열쇠 몇 개는 챙겨야 할 거 아니우. 장손이면 집안부터 일으켜야지. 바른아! 이리 나와서 삼촌한테 술 한잔 따라봐라. 미래의 판사님 잔 한번 받자!
임바른	(얼굴을 찡그린다) ……
삼촌E	이놈아! 나오라니까! 어른들 말이 말 같지 않냐!
어머니E	술들 좀 작작 먹어! 동네 시끄러워 죽겠네.

짜증스러운 표정의 임바른, 듣고 있던 시디플레이어의 볼륨을 점점 올린다. 음악이 바깥의 소리를 묻어버린다. 듣고 있던 음악은 라디오헤드의 〈Creep〉.

음악소리E	'What the hell am I doing here, I don't belong here…'

S#28. 법원 옥상 (저녁 무렵)

난간에 기대 서울을 내려다보는 임바른. 상자갑같이 네모난 아파트들. 공동묘지 같은 교회 십자가들. 빼곡한 학원 간판들. 바쁘게 움직이는 무표정한 사람들. 착잡안 표정의 임바른. 그 위로 임바른 내레이션.

누가 울새를 죽였나?

나, 참새가 말했네.

내 활과 화살로 내가 죽였다네.

누가 울새가 죽는 것을 보았나?

나, 파리가 말했네

내 조그만 눈으로 내가 보았네.

누가 울새의 피를 받았나?

나, 물고기가 말했네.

내 조그만 접시로 받았네.

S#29. 배석판사실 (밤)

여전히 안 좋은 안색에 기침을 하며 사건기록을 넘기고 있는 임바른.

박차오름   (걱정스럽게 쳐다보다가) …임 판사님, 이제 그만 들어가시죠.

임바른   (묵묵부답)

박차오름   임 판사님!

임바른   (기록을 탁 덮으며) 제가 알아서 한다고 했잖아요!

박차오름   임 판사님. 계장님한테 얘기 들었어요. 조정실에서 너무 흥분하시는 것 같아서 걱정되더라고.

임바른   ……

박차오름   열심히 하시는 건 좋지만, 사건에 너무 몰입하고 계신 꺼 아닌가요? …본인 일같이 느껴지세요?

임바른	……! (속내를 읽힌 듯하여 움찔)
박차오름	저한테 늘 하던 말씀 있잖아요. 너무 몰입하지 말고 거리를 유지하라고.
임바른	……
박차오름	몸도 안 좋으신데 들어가세요. 제가 추가제출된 증거들 검토해서 중요한 부분만 추려놓을게요.
임바른	(퉁명스럽게) 제 일은 제가 합니다.
박차오름	(화난 표정) 합의부는 팀으로 일하는 거예요. 어린애 같은 소리 말고 팀에 지장 없게 컨디션 회복이나 해요!
임바른	(기세에 놀라 움찔) ……
박차오름	(씩 웃으며) …이거 꼭 한번 해보고 싶었는데.
임바른	(자기도 모르게 피식, 웃으며 비로소 굳었던 표정이 풀어진다) …네. 알겠습니다. 좌배석판사님.
박차오름	(미소)

S#30. 조정실 (낮)

30대 여성(이영수 부인) 앉아 있다. 추가제출된 증거서류 묶음을 내려다보는 임바른. 박차오름이 색색 포스트잇을 곳곳에 붙여놓았다.

부인	…남편은 자존감이 좀 낮은 편이었어요. 사소한 일에도 위축되고. 전 신경노 안 쓰는데.
임바른	그렇습니까? (포스트잇이 붙어 있는 증거서류를 찾아 펼치며) 회사 측이 팀원들 진술서를 냈더군요. 평소 이영수 씨가 본인 가정에

대해 언급했던 말들을 모아서.

부인   ……

임바른   대출받아서라도 큰 평수로 이사 가자고 계속 말씀하시지 않았던
가요? 자존심 상해서 못살겠다고.

부인   그, 그건… 딸애 때문이에요!

임바른   따님 말씀입니까.

부인   …네. 길 건너편에 평당 4000짜리 아파트 단지가 들어섰는데요,

S#31. 고급 아파트 놀이터 (낮)

시설 좋은 놀이터, 좋아라 하며 이것저것 만지작거리는 이영수의 딸. 놀
고 있던 또래 여자아이들 두 명, 이영수의 딸을 쳐다보더니,

여자애1   야, 너 우리 아파트 사는 거 맞어?

딸   …… (머뭇거린다)

여자애2   짜증나, 싼 아파트 애들이 자꾸 남의 아파트에 와서 놀고 난리
야.

여자애1   니네 놀이터 가서 놀아!

딸   …미안해. (울상)

S#32. 이영수의 아파트 (밤)

지친 표정의 이영수, 화난 표정으로 이영수를 몰아세우는 부인,

| 부인 | 싼 아파트 애가 왜 우리 놀이터에서 노냐고 그랬대잖아! 왜 우리 |
| | 딸이 그런 소릴 들어야 되냐구! |

울고 있는 딸아이. (모습만 스케치)

S#33. 조정실 (낮)

불만스러운 표정으로 입을 다물고 있는 부인.

임바른	사건 한 달 전에 이영수 씨에게 이혼을 요구하신 적 있지요.
부인	…네.
임바른	이유가 뭐였습니까.
부인	(고개를 들며) 부정행윕니다.
임바른	이영수 씨가 외도를 했나요.
부인	틀림없습니다.
임바른	증거는요?
부인	저 몰래 쪼끄만 오피스텔을 월세 내고 빌렸더라고요! 뻔한 거 아
	니겠어요! 어쩐지 야근한다며 늦게 오는 날이 늘어나더라니…
임바른	부군이 그 방에서 뭘 하고 있었는지 아십니까.
부인	말씀드렸잖아요. 뻔한 거 아닌가요?
임바른	(책상 위 서류 더미에서 노트를 한 권 한 권 꺼내 내려놓는다)
부인	그게 뭔가요?
임바른	…부군은 거기서 시를 쓰고 있었습니다. 습작 시들. 이건 거기
	책상 서랍 구석에서 발견된 노트들입니다.

부인	……
임바른	…어쩌면 유서를 쓰고 있었던 건지도 모르겠네요.
부인	…… (멍한 표정으로 고개를 숙인다)
임바른	(부인을 가만히 보고 있다가) 이제 마무리할까요. 계장님, 모두 들어오시라고 전해주시겠습니까. 오늘은 이영수 씨도 오셨지요?

S#34. 조정실 (낮)

이영수, 이영수의 부모, 부인, 팀장, 상무 모두 앉아 있다.

임바른	(여전히 손가락을 만지작거리며 혼자만의 세계에 빠져 있는 이영수를 잠시 본 후) 상무님,
상무	네, 판사님.
임바른	이영수 씨는 신입사원연수 때 굉장히 감명을 받았더군요.
상무	그렇습니까?
임바른	신입사원들이 몸으로 회사 이름을 만드는 매스게임이 있나보죠?
상무	네.
임바른	(노트 하나를 찾아 펼치며) 이렇게 썼네요. '혼자서는 보잘것없는 존재인 나 따위도 위대한 큰 그림의 한 부분이 될 수 있었다. 나보다 훨씬 우수한 동료들이 나와 어깨를 걸고 하나가 되어주었다. 가슴이 벅차올라 눈물이 멈추지 않았다.'
상무	……
임바른	한 오라기의 실도 흐트러지지 않는 게 '일사불란'이지요. 매사에

꼼꼼하고, 원칙주의고, 어눌한 이영수 씨는 흐트러진 단 하나의
실오라기 아니었습니까? 잘려 나가야 될.

상무   ……

팀장   (반항적인 표정으로 임바른을 쳐다본다)

임바른, 팀장을 가만히 본다.

S#35. 이영수 회사 식당 (낮)

왼손으로 수저를 드는 이영수의 왼팔이 식사중인 옆 사람의 오른팔과
부딪힌다.

이영수   죄송합니다.

옆을 보는 이영수, 팀장이다.

팀장   (짜증스러운 표정) 아이씨, 이쁘다 이쁘다 하니 아주 이쁜 짓만 골
               라서… (이영수 손에 든 수저를 보더니) 너 왼손잡이냐?

이영수   …예.

팀장   (비웃는 표정) 하여튼… 야, 걸리적거리니까 저기 구석에 가서 혼
               자 먹어.

이영수   …예. (식판을 들고 일어선다)

S#36. 조정실 (낮)

팀장을 쳐다보던 임바른. 다시 상무 쪽으로 시선을 옮긴다.

임바른   다시 한번 여쭙겠습니다. 회사는 아무 책임이 없습니까?

상무   (입술을 깨문 채 묵묵부답)

임바른   부모님은?

임바른, 원고의 부모를 쳐다본다. 원고의 부모, 어리둥절한 표정.

원고아버지   저희는 아들을 끔찍하게 사랑한 죄밖에 없습니다!

임바른   네, 사랑하셨지요. 하지만, 한 번이라도, 단 한 번이라도 이영수 씨를 독립된 한 명의 인간으로 존중해주신 적이 있습니까?

원고아버지   ……

임바른, 원고의 부인을 본다. 눈이 마주치자 고개를 숙이는 부인. 차례로 관련자들을 죽 둘러보는 임바른.

임바른   여기 계신 모든 분이 공범입니다.

부모   (놀라 임바른을 쳐다본다)

임바른   이영수 씨는 그저 자기가 태어난 대로 살고 싶었을 뿐입니다. 그런데 여러분은 남들과 같은 모습을 강요했습니다.

부모, 부인. 고개를 숙인다,

임바른   안타깝지만, 이영수 씨 본인도 책임이 있습니다.

임바른, 이영수를 본다.

임바른   (안타까워하며, 조심스럽게) 이영수 씨는 주변 분들이 원하는 대로 순종했을 뿐, 한 번도 거부하지 못했습니다. …그 책임을, 스스로 지고 계십니다. 아주 고통스러운 방식으로.

침통한 표정의 원고아버지, 흐느끼기 시작하는 원고엄마, 고개 숙인 부인.

임바른   …가족들도 그 고통을 함께 짊어지게 되겠지요.

임바른, 상무와 팀장을 쳐다본다.

임바른   (원고 가족들을 대할 때와 달리 냉정하게) 이제 여러분도 책임을 지셔야 합니다.

상무   (다급히) 판사님, 회사 측에서는 도의적인 차원에서 소액이나마 위로금을 지급할 용의도 있습니다만…

임바른   언론보도 때문입니까? 소송이 길어지면 회사 이미지 실추가 크다는 분석이 나왔겠군요.

상무   ……

임바른   조정은 신속하고, 조용하고, 원만한 해결을 위한 절차입니다. 이 사건은 조정에 적합한 것 같지 않군요. (단호하게) 천천히, 공개적으로, 엄정하게 책임을 가리는 게 맞을 것 같습니다.

상무	(놀라며) 판사님!
임바른	(무심하게) …참고로, 공무원은 직무상 발견한 범죄를 고발할 의무도 있습니다. 부당노동행위 혐의가 밝혀지면 재판부가 고발을 검토하겠습니다.
상무, 팀장	(경악, 겁에 질린 표정) ……
임바른	법정에서 봅시다. (자리에서 일어난다)

S#37. 법원 복도 (낮)

착잡한 표정으로 걸어가는 임바른. 내레이션.

누가 조종을 울리겠나?
나, 멋쟁이새가 말했네.
나라면 당길 수 있으니 울새를 위해 내가 하겠네.

하늘의 모든 새들은
탄식하며 울었다네.

불쌍한 울새를 위해
울려퍼지는 조종을 들으며.

S#38. 법원 복도 (낮)

걷고 있던 임바른, 맞은편에서 오는 사람에게 목례한다. 미소 띠고 있는
수석부장과 활짝 웃는 얼굴로 그 뒤를 따르며 열심히 뭔가 말하고 있는
성공충. 수석부장, 임바른을 향해 미소 지으며 가볍게 답례하고, 성공
충은 순간 굳어진 채 외면하며 지나간다. 두 사람의 뒷모습을 잠시 보는
임바른.

S#39. 배석판사실 (낮)

박차오름   …힘드셨죠?

임바른   …네.

박차오름   (임바른을 물끄러미 보다가, 일부러 밝은 목소리로) 오늘 우리 층 민
사부 회식 있는 거 아시죠? 수석부장님 주최.

임바른   오늘이었나요?

박차오름   네. 젊은 판사들 배려한다고 파스타집으로 잡으셨대요. 우리 부
장님은 안 가신다는데요? (한세상 말투 흉내내며) 파스타 나부랭
이 그거 소화 안 돼!

S#40. 파스타집 (낮)

수석부장을 중심으로 배곤대, 성공충 상석에 앉아 있고 임바른, 박차오
름, 홍은지, 정보왕, 김동훈, 천성훈, 지현민 앉아 있다. (천성훈, 지현민

도 같은 층 민사부 배석) 다들 수석부장이 먼저 메뉴 고르도록 조용히 기다리고 있다. 옆에 웨이터 서 있다.

수석부장   (메뉴를 잠시 뒤적이다, 웃으며) 고르기 복잡하니까 런치세트로 할 게요.

배곤대   (바로) 저도 그렇게 하겠습니다. 원래 잘 모르겠으면 세트 아니겠습니까, 허허허.

성공충   (싱글싱글) 아예 통일하시죠, 수석부장님. 세트가 싸고 좋습니다.

조용히 있는 배석판사들. 정보왕도 이도연 때문에 번민하느라 표정이 어둡다.

임바른   (쓸쓸한 표정, 마음의 소리) …여기도 똑같네.

웨이터   아 네, 그럼 런치세트 열 개죠? (메뉴판 받아들고 자리를 뜨려 하는데)

박차오름E   잠깐만요. 저도 메뉴판 좀 볼게요.

일제히 박차오름을 바라보는 좌중.

박차오름   (신나서 재잘재잘) 이거, 키조개 관자를 곁들인 들깨 크림 스파게티 특이해 보이는데 맛있어요?

웨이터   네, 많이들 좋아하시죠.

박차오름   아님 해물 누룽지 스파게티를 먹어볼까? 아이참. 구내식당 밥만 먹다 모처럼 나왔는데 통일이라뇨. 시무하게.

신나 죽겠다는 표정으로 메뉴를 넘기고 있는 박차오름. 불편한 표정으로 헛기침하는 배곤대, 똥 씹은 표정으로 박차오름을 노려보는 성공충. 홍은지, 옆으로 고개를 돌리며 슬쩍 미소 짓고, 김동훈, 헤 웃음이 나오다가, 배곤대가 째려보자 얼른 자세를 바로 한다. 임바른, 오늘 처음으로 입가에 환한 미소를 띠기 시작한다.

임바른   (웨이터에게) 저도 메뉴판 좀 주시겠어요?

S#41. 법원 구내도로 (낮)

점심식사를 마치고 부장들은 부장들끼리, 배석들은 배석들끼리 두셋씩 걸어서 돌아가고 있다. 정보왕과 함께 걷는 임바른.

임바른   …요즘은 웬일로 우리 방에 안 나타나냐?

정보왕   (우울한 표정) 내가 그 방에 왜 가야 되는데?

임바른   ……? (이상하다는 표정으로 정보왕을 본다)

이때, 홍은지와 팔짱을 끼고 웃으며 재잘거리는 박차오름이 임바른 옆을 스쳐간다.

박차오름   아유, 나와서 먹으니 든든하네. 구내식당 밥은 신기하게 4시만 되면 배가 고파진다니까.

홍은지   젊어서 그래. 젊어서.

임바른, 박차오름이 곁을 스치자 향기에 흠칫 놀란다.

플래시컷 〉7부 49씬. 예쁜 향수들이 진열된 쇼윈도를 들여다보는 임바른.

웃으며 걸어가는 박차오름의 뒷모습을 멍하니 보는 임바른.

S#41-1. 44부 부속실 (오후)

타이핑하던 이도연, 앞 복도로 정보왕이 걸어오는 모습에 일을 멈추고 반가운 표정으로 본다. 하지만 정보왕, 어두운 표정으로 앞민 보며 44부를 지나쳐 계속 걸어간다. 실망한 표정으로 정보왕이 사라진 쪽을 멍하니 보는 이도연.

S#41-2. 배석판사실 (오후)

임바른, 열심히 일하고 있는 박차오름을 슬쩍 보고 있다.

임바른   (망설이다가) 박 판사님,
박차오름   네?
임바른   ···혹시, ···오늘 그때 그···

이때 박차오름이 전화기 울린다.

박차오름 잠시만요, 임 판사님. (전화 받는다) 네, 조사관님. …네. 지금 내
　　　　　려갈게요.

임바른 ……

박차오름 (전화 끊으며) 죄송, 면접교섭실 좀 다녀올게요.

임바른 …네.

박차오름, 서둘러 나간다.

임바른 (박차오름이 사라진 쪽을 보며, 마음의 소리) 뿌리고 온 건가요… 내
　　　　　가 준 그, …향수.

S#42. 면접교섭실 관찰실 (오후)

박차오름 (환한 미소) 아빠 곰과 아기 곰들 같네요.

박차오름, 관찰실 유리창으로 면접교섭실 내부를 들여다보며 가사조사
관(여성)과 이야기를 나누고 있다. 사람 좋은 인상의 40대 남성(원고),
두 딸아이들을 불끈 힘준 두 팔에 매달고 풍차처럼 빙빙 돌고, 온 방안
을 뛰어다니며 잡기 놀이를 하고 있다. 일곱 살, 아홉 살의 두 딸아이는
까르르까르르 웃느라 숨이 넘어갈 지경이다. 관찰실 유리창은 밖에서
는 안이 보이지만 안에서는 밖이 보이지 않는다. 면접교섭실 내부는 놀
이방 같다. 온갖 장난감이 쌓여 있고, 비단도 벽도 밝은 색깔이다.

박차오름 일단 아이들이 아빠를 무서워한다는 피고의 말은 사실과 다르다

고 봐야겠네요.

가사조사관 네, 판사님. 아빠와 아이들의 유대관계에 문제가 없어 보여요.

S#43. 면접교섭실 (오후)

뛰어다니다 지친 아이들은 이제 아빠한테 기대앉아 그림책을 보고 있다. 재잘거리며 책장을 넘기던 첫째, 얼굴이 환해지며 말한다.

첫째 우와, 우리 엄마 같다!
둘째 진짜! 엄마랑 똑같아!

펼쳐진 페이지에는 한가득 천사가 그려져 있다. 순백의 옷에 활짝 펼친 날개, 긴 머리칼과 아름다운 얼굴. 계속 싱글벙글하던 원고의 표정, 갑자기 일그러진다. 미소 띤 천사의 얼굴을 한참 노려보던 원고,

원고 (무뚝뚝한 말투로 내뱉듯) 니네 엄마는 천사가 아니야. 약속을 저버리는 나쁜 사람이야.

원고, 주머니에서 핸드폰을 꺼내더니 화면을 휙휙 넘기며 뭔가를 찾기 시작한다.

박차오름 지금 뭐하시는 겁니까!

놀란 박차오름, 면접교섭실 문을 열고 뛰어들어가서 아이들 쪽으로 핸

드폰을 내미려는 원고의 손목을 붙잡고 핸드폰을 잡아챈다. 핸드폰 화면에는 여관방 침대 위에서 찍힌 피고와 어느 남자의 놀란 얼굴 사진(원고가 불륜 현장을 덮쳐 찍은 사진)이 떠 있다. 아이들, 놀라 울음을 터뜨린다. 가사조사관이 아이들을 달래는 사이, 화장실 갔던 엄마(피고)가 달려와 아이들을 껴안는다.

원고   (흥분해서 소리를 질러댄다) 애들에게 엄마가 어떤 여자인지 알려줘야죠! 왜 아무 잘못 없는 제가 애들을 뺏겨야 합니까! 저 여자는 제가 집을 나간 것처럼 말을 꾸며내서 애들이 저와 멀어지도록 만들고 있어요. 진실을 밝혀주세요!!

S#44. 법정 (오후)

한세상   (잔뜩 화난 표정) 무슨 짓입니까 원고! 그게 애아빠가 할 행동입니까!
원고   (고개를 푹 숙인 채, 어눌하게) 죄송합니다, 판사님…
한세상   아무리 양육권 분쟁중이어도 그렇지, 어디 애들한테 그런 걸…
원고   죄송합니다… 제가 미쳤었나봅니다… (눈물 흘린다)

법대 밑의 윤지영, 원고의 눈물을 유심히 본다.

S#45. 법원 야외 테라스 (오후)

박차오름 1심에서 애들 친권 및 양육권을 엄마한테 줬거든요.

윤지영 네? 애엄마가 바람피워서 이혼당한 사건이라면서요.

박차오름 그래도 애들은 아직 어려서 엄마가 계속 키우는 게 맞다고 본 거죠.

윤지영 그렇게 된 거군요…

박차오름 항소이유서에, 바람피운 아내한테 집이고 뭐고 다 주겠다. 애들만 내가 키울 수 있게 해달라, 이렇게 썼던데요.

윤지영 …최소한 애들을 너무나 사랑하는 아빠긴 하네요. (한숨 쉬며) 그런 남자 흔치 않은데.

박차오름, 윤지영을 가만히 본다.

S#46. 배석판사실 (오후)

임바른 엄마 혼자 애 둘 돌볼 만한 환경이긴 한가요?

박차오름 부장님이 양육환경 조사명령 내리셨어요. 가사조사관님이 방문 면담 다녀오셨으니 결과를 봐야죠.

S#47. 배석판사실 (오후)

가사조사관 14평 원룸 아파트인데요, 정돈이 잘된 환경은 아니었습니다. 빨래랑 장난감이 여기저기 널려 있고, 애들끼리 컵라면으로 끼니 때운 흔적도 있었어요.

임바른 애들 엄마가 많이 바쁜가요?

가사조사관 어린이집 보육교사인데, 밤에 일하는 부모들을 위해 야간에도 운영하는 곳이에요.

박차오름 많이 힘들겠네요…

가사조사관 자기 애들도 학교 끝나면 어린이집에 오라고 해서 같이 있기도 했는데, 원장이 싫어해서 그것도 힘든가봅니다.

박차오름 애들 아빠도 직업상 집에 자주 못 온다면서요.

가사조사관 네. 원고는 중장비기사인데, 건설현장을 따라 전국을 돌아다니는 상황입니다.

박차오름 …애들이 외롭겠어요.

임바른 애들은 엄마 아빠와 다같이 살 수만 있으면 더 바랄 것이 없을 텐데.

박차오름 (착잡한 표정)

S#48. 법원어린이집 (오후)

윤지영, 아이들이 노는 모습을 방 창문 밖에서 보고 있다. 여자애들이 많다. 여자애들끼리 인형놀이를 하는 옆에서 혼자 공을 위로 던졌다 받았다 하는 윤지영의 아들. 눈물 맺히는 윤지영.

S#49. 법정 (오후)

한세상   시골로 내려가 과수원을 하며 애들을 키우겠다고요?

원고   (눈에 반짝반짝 생기가 감돈다) 네, 판사님!

한세상   자금은 어떻게 마련할 계획인데요?

원고   포클레인도 처분했고요. 십 년 넘게 저축한 돈도 있어요. 시골에
서 농사짓고 사는 것이 꿈이어서 입을 것 안 입고 먹을 것 안 먹
고 총각 때부터 이 악물고 적금을 부었습니다, 판사님. 그리고
부족한 부분은 농협에서 영농자금대출을 받으려고요.

한세상   과수원 일이 바쁠 텐데 어린애들을 돌볼 수 있겠어요?

원고   (열심히 설득) 이모랑 이모부님이 살고 계신 마을로 내려가려고
요. 이모님 댁 바로 옆집을 사기로 했어요. 이모님이 엄청~시럽
게 좋아하셔요. 아예 같이 살자고 성화신데 제가 우거서 옆집에
살기로 했어요. 마을 분들도 어서 이사 오라고 난리예요!

박차오름, 안타까운 눈으로 원고를 바라본다. 법대 밑의 이도연도 원고
를 힐끗 본다.

원고   (꿈꾸는 듯한 눈으로) 마당 넓은 집에 강아지도 키우고 토끼도 키
우며 살 수 있어요. 종일 어린이집에 있다가 저녁에는 코딱지만
한 아파트에서 TV나 보며 사는 딸애들 생각하면 못 견디겠습다,
판사님. 시골 학교지만 널찍한 운동장에서 동네 친구들과 뛰어
놀고, 들판에 나가서 신나게 잠자리 잡고 메뚜기 잡으며 살면 얼
마나 좋아요!

한세상   (고개를 갸웃거리며) 그래도 과수원 농사짓는 게 보통 일은 아닐

텐데 애들까지 건사할 수 있을까요? 그것도 아빠가.

원고 (떨리는 목소리로 절박하게) 판사님, 애들이 없으면 전 죽습니다. 죽어요. 참말로요. 살 이유가 없어요.

한세상 …… (묵묵히 원고를 바라본다)

슬픈 표정의 박차오름. 애써 담담하게 표정을 가다듬는다.

S#50. 한세상의 아파트 (저녁)

고무장갑을 끼고 한참 설거지를 하고 있는 한세상. 현관 쪽에서 문 열리는 소리 들린다.

한세상 (반가워하며) 작은딸! 왔냐?

작은딸 (시큰둥) 어.

한세상 쪽은 쳐다보지도 않고 자기 방으로 휙 들어가는 작은딸(중2).

한세상 (서운해서) 이것아! 들어왔으면 아빠한테 얼굴은 보이고 들어가야지!

한세상 바지 주머니에서 띵똥, 소리 들린다. 의아해하며 장갑을 벗고 핸드폰을 꺼내는 한세상. 작은딸이 시큰둥한 표정으로 셀카를 찍어 메시지로 보냈다.

| 한세상 | (분통이 터지며) 이 썩을 것이, 야 이놈아! |
| 마나님E | 시한폭탄보다 위험한 중2 건드리지 말고 하던 일이나 하시지? |

거실 쪽을 보는 한세상, 마나님은 빨래 개키고 있다. 조용히 다시 고무
장갑을 끼는 한세상. 또 현관 쪽에서 문 열리는 소리 들린다.

| 한세상 | (또 활짝 웃으며) 큰딸내미! 오셨소! |
| 큰딸 | (손에 든 영어단어장 보며, 시큰둥) 넹. |

방으로 휙 들어가는 큰딸(고1).
목을 빼고 큰딸 쪽을 쳐다보다가 목이 삐끗했는지 아파하는 한세상. 고
개를 이리저리 돌리더니, 접시를 요란하게 달그락달그락 닦아댄다.

마나님E	…그거 엄마들끼리 해외직구 카페에서 공동구매한 그릇인 거 알지?
한세상	(놀래서 동작 그만)
마나님E	우리, 평화롭게 살자? 나 요즘 명상 많이 하고 있어. 이효리 보고. 나마스떼.

조용조용히 설거지하는 한세상의 뒷모습.

S#51. 한세상 부장판사실 (낮)

| 이도연 | 부장님, 편지가 왔습니다. |

한세상 뭔 편지? (두툼한 편지봉투를 받아 앞을 보더니) 이거 양육권사건 원고가 보낸 거구만. 윤 실무관한테 주고 사건기록에 편철하라 그래.

이도연 네. (편지를 가져가려 하는데)

한세상 잠깐만. (잠시 생각하더니) 두고 가. 보고 줄게.

이도연 네, 부장님. (돌아 나간다)

cut to

두툼한 편지를 읽는 한세상. 한 장씩 정성껏 살피는 모습. 착잡한 표정.

S#52. 한세상 부장판사실 (낮)

한세상 애 키우는 거 도와줄 거라는 이모. 진짜 이모는 아니야.

박차오름 네?

한세상 원고는 부모도 일가친척도 없어. 고아원 앞에 버려진 아이였다는구만.

임바른 ……

한세상 원장이 툭하면 매질을 했나봐. 열다섯 살 때 뛰쳐나와서 구걸도 하고 잡일을 하다 만난 사람이 그 이모랑 이모부래. 3년을 같이 살면서 과수원 농사일을 도왔대.

박차오름 그랬군요, 그래서 과수원을…

한세상 이모가 적금 들어주고 서울 가서 기술 배우라고 등 밀어서 중장비기사가 된 거래. 다행히 좋은 분들을 만난 거지.

임바른   ⋯오래 외롭게 살았던 사람이군요. 그래서 애들에 대해 집착에 가까울 정도로 그렇게⋯

한세상   그렇지. 다시는 외톨이로 살지 않으려고 이 악물고 돈을 모았대. 결혼도 하고. (한숨을 쉬며) 그런데 말야, 정작 결혼한 후에는 그놈의 마당 넓은 집에서 애들 뛰어놀게 하고 싶다는 욕심에 잠시도 쉬지 않고 일감 따라 전국을 돌아다닌 모양이야. ⋯정작 자기 마누라를 외롭게 만들고 있다는 생각은 하지 못한 거지. 사람의 어리석음이라는 게 참⋯

박차오름   (착잡한 표정의 한세상 얼굴을 바라본다)

한세상   어떻게 해야 되나, 의견들은 어때?

임바른   (자기 메모지를 보며) 양육자 지정에 관한 대법원 판례의 기준은 어디까지나 자녀의 성장과 복지에 가장 도움이 되는 방향으로 판단하라는 겁니다. 부모의 애정, 양육의사의 유무, 경제적 능력⋯

한세상   (O.L.) 모든 걸 다 고려하라는 소리야 당연한 소리고.

임바른   다만 이미 한쪽이 아이를 양육하고 있는 상황에는, 현상태를 유지하는 쪽에 좀더 무게를 두고 있고요.

한세상   (짜증스러운 표정) 그놈의 판례 타령은 집어치우고, 임 판사, 뭔가 좀 잘못된 것 같지 않아? 왜 아무 잘못 없는 남편이 애들을 뺏겨야 되지? 바람피운 건 피고인데.

임바른   판례상 유책배우자라고 하여 양육자 지정에서 배제되는 것은 아니고 어디까지나 자녀 복리를 기준으로⋯

줄줄 읊어대던 임바른, 옆에서 박 판사가 쿡 찌르자 미묘소 부정의 표정을 살피고 입을 닫나, 쩝그린 표정의 한세상.

S#53. 배석판사실 (오후)

박차오름   부장님은 아무래도 원고 처지가 많이 안타까우신가봐요. 저렇게
　　　　　애들을 절박하게 사랑하는데…

임바른   …사랑만으로는 충분하지 않습니다.

박차오름   (임바른을 쳐다본다)

임바른   (착잡한 표정으로 뭔가 생각하고 있다)

플래시컷 〉 조정실에 앉아 왼손 검지로 엄지손톱 끝을 끊임없이 만지작거리
고 있는 이영수.

임바른   행복한 가족이란 사랑만으로 완성되는 건 아니에요. 이영수 씨
　　　　　부모도 아들을 끔찍이 사랑했죠.

박차오름   ……

임바른   가족도 결국은 남 아닐까요. 그걸 존중해주지 않으면 가족이 감
　　　　　옥이 될 수도 있어요.

박차오름   (가만히 생각하다가) …그 말도 맞을지 몰라요. 하지만… (이때 핸
　　　　　드폰 울린다. 발신자 보더니 놀라는 박차오름) 잠시만요. (일어서서 밖
　　　　　으로 나가며) 네, 원장님. …네.

쳐다보는 임바른.

S#54. 계단 (오후)

엘리베이터 옆 계단 출입구로 들어가 문을 닫고 계단에서 통화하는 박
차오름.

원장F   어머님 상태가 이번주에 많이 안 좋아지셨어…
박차오름   (덜컥 놀라며) 네?
원장F   전에는 그래도 정신이 돌아오실 때가 꽤 있었는데, 요즘은 며칠
            째 아무것도 기억을 못하시네…
박차오름   (울음을 애써 참으며) …몸은, 몸은 어떠세요?
원장F   (걱정스레) 하루 종일 누워만 계셔서 근육위축도 진행중이아…
            세상 아무것에도 관심을 보이질 않으셔… 우리도 최선을 다하고
            있지만 걱정이야…
박차오름   (필사적으로) 제가 매일 갈게요!
원장F   법원 일로 힘든데 어떻게 그러겠니…
박차오름   아무리 늦어도 꼭 엄마 보러 갈게요! 엄마가 지금은 절 못 알아봐
            도, 언젠가는, 언젠가는… (그만 자리에 주저앉아 참았던 울음을 터
            뜨린다)

S#55. 배석판사실 (오후)

힘없이 들어오는 박차오름. 걱정스럽게 쳐다보는 임바른. 자기 자리에
앉아서 눈꼬리에 맺힌 눈물을 슬쩍 닦아내며 기록을 펼치는 박차오름.

S#56. 44부 부속실 (오후)

이도연 자리 뒤 공간(비품, 찻잔과 접시 둔 선반, 여분 의자 등이 놓인 여유 공간)에 서서 차를 마시고 있는 이도연, 박차오름, 윤지영.

윤지영 (서글픈 표정) 마당 넓은 집에서 애들과 살고 싶다는 얘기할 때, 원고 얼굴 봤어요? 어쩜 눈이 그렇게 반짝반짝 빛나는지… 가슴이 뭉클했어요.

이도연 …글쎄요. 전 그놈의 시골이 싫어서 서울로 왔는데.

박차오름 (우울한 표정)

이도연 서울 살기가 팍팍하지만, 전 도시 체질이더라구요. 사람마다 다른 거죠.

윤지영 그렇죠. 그런데, 애들한테 더 중요한 건 우선 충분히 사랑받는 거 아닐까요?

이도연 (윤지영을 가만히 본다)

윤지영 …아시잖아요. 제 상황. 싱글맘이니 뭐니 남들이 색안경을 끼고 보는 거는 견딜 만한데요. (우울한 표정) 내 사랑만으로 애한테 충분한 걸까? 아빠가 필요한 건 아닐까? 애를 외롭게 하고 있지 않나… 싶을 때 제일 힘들어요.

박차오름 (안타까운 표정) …윤 실무관님,

윤지영 (눈물을 글썽인다) 도시든 시골이든, 애들은 여러 사람한테 사랑받으며 크는 게 행복하지 않을까요? 원고 얘기 들으니 시골에 가면 애들이 외롭게 크지는 않을 것 같더라고요.

박차오름 (웃으려 애쓰며, 윤지영의 손을 잡으며) 윤 실무관님 아이, 절대로 외롭지 않을 거예요. 엄마가 이렇게 사랑하는데요. 친구들도 많이 있고요. …아빠가 정 필요하면, 멋지고 잘생긴 아빠 한 명 만들어주면 되죠 뭐! 이렇게 젊고 예쁜 엄마가 뭐가 걱정이에요? 소개팅 한번 하실래요?

윤지영, 눈물 맺힌 눈으로 픽, 웃는다.

S#57. 여자화장실 (오후)

거울 앞에 선 박차오름, 윤지영을 위로하며 애써 참았던 눈물이 흘러내린다. 아들을 애틋하게 아끼는 윤지영의 모습에서 엄마의 예전 모습을 자꾸만 떠올릴 수밖에 없는 박차오름.

인서트 〉

• 2부 족구대회 때 아들과 함께 활짝 웃는 윤지영의 모습.
• 6부 51씬. 침대 머리맡에 앉아 어린 박차오름의 머리를 쓰다듬어주며 허밍으로 자장가를 불러주는 엄마의 미소.

S#58. 한세상 부장판사실 (밤)

사건기록을 넘기며 고민하다, 한숨 쉬며 창밖을 부는 한세상.

S#59. 한세상의 아파트 (밤)

한세상 나 왔어.

얼굴이 살짝 붉어진 채 들어오는 한세상.

마나님 (찡그리며) 한잔했어?

한세상 요 앞 편의점에서 한잔했어. 영 마음이 쓰이는 사건이 있어서 답 답~하더라구.

마나님 술 핑계도 가지가지셔.

한세상 …애들은 자나?

마나님 그럼. 요즘 애들이 우리보다 바빠. 학원 다녀와서 숙제하다가 곯 아떨어졌어. 둘 다.

한세상 (애들 방문을 슬쩍 열며) 자냐?

마나님 으이구, 깨우지 마.

한세상 아, 잠깐만. 잠깐만.

S#60. 한세상네 아이들 방 (밤)

방으로 들어서는 한세상, 낡은 침대 위에 두 딸이 꼭 부둥켜안고 자고 있다.

한세상 (씩 웃으며) 그리 어른 행세하며 잘난 척하는 것들이, 잘 때는 애 기네, 애기야. …이제 둘이 자기엔 좁겠구만. 이 침대. (낡은 침대

를 내려다본다)

한세상, 침대맡에 앉아 두 딸의 머리칼을 조용히 쓰다듬어본다. 침대 옆
화장대에는 조그맣고 동글동글한 네댓 살 무렵 녀석들 사진이 놓여 있
다. 사진을 하염없이 쳐다보는 한세상.

S#61. 한세상의 회상. 한세상의 아파트 (밤)

네댓 살 정도의 어린 시절 큰딸. 인형 가지고 놀고 있다.

한세상	이제 잘 시간이다, 코~ 자야지?
큰딸	싫어!
한세상	자고 내일 또 놀자. 착하지?
큰딸	싫어! 나 똥 매려!
한세상	그래, 그럼 똥 누러 가자.

S#62. 한세상의 회상. 화장실 (밤)

어른 양변기 위에 애들용 변기 커버 올려놓은 채, 거기 앉아 있는 큰딸,
손에 든 인형 머리칼을 만지작거리며 흥얼흥얼 노래를 부르고 있다. 화
장실 문턱에 걸터앉은 한세상, 손에는 휴지를 들고 기다리고 있다. 시치
고 짜증난 표정.

마나님E	아직이야? 한 시간 되어가.

한세상, 돌아보니 거실에는 포대기에 둘째를 업고 왔다갔다하며 재우고 있는 마나님. 한세상, 지친 얼굴로 끄덕끄덕.

한세상	아직이니?
큰딸	응. 아직이야.
한세상	멀었어?
큰딸	멀었어.
한세상	그럼 들어가서 코~ 자다가 나중에 또 나올까?
큰딸	싫어.
한세상	(슬슬 짜증) 너, 똥 매려운 거 아니지? 자기 싫어서 그러는 거지?
큰딸	(도리도리) 아냐, 나 똥 매려. (인형 볼에 뽀뽀한다) 아빠, 그림책 읽어줘. 그럼 나올지도 몰라.
한세상	그러지 말고 우리 자고 내일 놀자. 아빠도 코 자고 일찍 출근해야 돼요.
큰딸	싫어! 안 잘 꺼야! 나 똥 매렵단 말야!
한세상	(벌컥 화가 나서) 똥 마려우면 여기서 너 혼자 싸!

애를 안아서 화장실 바닥에 내려놓고 씩씩대며 밖으로 나가는 한세상.

S#63. 한세상의 회상. 거실 (밤)

소파에 앉아 있는 한세상.

한세상   (투덜투덜) 누굴 닮아서 저리 고집이 센 거야… (시계를 보며) 아직
         도 안 나오고 앉았네.

일어나 화장실을 들여다보다가, 갑자기 놀라 뛰어들어가는 한세상.

S#64. 한세상의 회상. 화장실 (밤)

화장실 타일 바닥 위에서 엉덩이를 내밀고 힘이 들어 바들바들 떨리는
두 다리로 엉거주춤하게 선 채 조그만 이마를 한껏 찡그리고 힘을 주고
있는 큰딸. 심한 변비인 듯 땀이 송골송골 맺혔다. 한세상, 미친 사람마냥
달려가 큰딸을 꼭 껴안고 배를, 엉덩이를, 손바닥으로 연신 쓸어주며,

한세상   미안해. 아빠가 잘못했어. 미안해. 우리 딸 힘들었지…

눈에선 주책없이 자꾸만 눈물이 흘러내리는 한세상. 큰딸, 오만상을 쓰
면서 한껏 힘을 주더니 겨우 매달려 있던 똥이 떨어진 듯, 비로소 활짝
웃는다. 우는 아빠를 보며 갸우뚱하는 큰딸.

큰딸   아빠, 왜 울어? 어디 아퍼? 아빠도 똥 안 나와?
한세상   …아니야, 아빠 안 아파.
큰딸   (고개를 다리 사이로 숙여 자기가 싼 똥을 보더니 뿌듯한 표정으로) 아
         빠, 완전 커. 고구마 같다. 왕 고구마.
한세상   (울다 웃으며) 그래, 대단하네 우리 딸. 아빠 똥보다 훨씬 크네.
큰딸   그치? (헤에 웃는다)

딸을 꼭 껴안고 있는 한세상. 어느새 문밖에 서서 보고 있는 마나님 눈에 도 눈물이 맺혀 있다. 포대기에 안긴 둘째는 쌔근쌔근 잘도 자고 있다.

S#65. 현재. 아이들 방 (밤)

어린 시절의 애들 사진을 보고 있는 한세상. 울적한 표정.

한세상   (마음의 소리) 왜 애들은 이렇게 빨리 커버리는 거야. (사진을 보며) 저 새끼 오리 같던 녀석들은 영원히 다시 만날 수 없는 건가.

한세상, 주책없이 눈물이 핑 돈다. 눈물 맺힌 눈으로 딸들 머리를 쓰다 듬는 한세상.

한세상   (마음의 소리) 이 녀석들이 없다면 난 살 수 있을까…

S#66. 법정 (낮)

피고(엄마), 묵묵히 고개 숙이고 있고, 원고(아빠)는 간절한 표정으로 한 세상을 쳐다본다. 한세상, 판결문을 들고 읽으려다가 잠시 망설인다. 판결문을 내려놓고 원고를 바라본다.

한세상   원고, 둘째 딸이 세상에서 제일 무서워하는 게 뭔지 알아요?
원고   (어리둥절한 표정) ……

한세상　벌레래요. 나방이 제일 무섭지만, 다른 벌레도 모두. 그럼 첫째 딸 요즘 소원이 뭔지 알아요?

원고　(한세상을 멍하니 쳐다보고만 있다)

한세상　방탄소년단 공연 보러 가는 거랍니다. 같은 반 단짝 친구 넷이 랑 같이. …솔직한 마음은 박보검 닮은 옆 반 반장이랑 같이. 아동심리 전공인 가사조사관이 애들과 금세 친해졌더만요. 두툼한 보고서 읽느라 재판부가 고생 좀 했어요.

임바른　(살짝 한세상을 쳐다본다)

한세상　(원고를 지그시 바라보며) 아이들은 모두 하나하나의 새로운 세계 예요. 원고가 평생 꿈꾼 마당 넓은 시골집은 아름답지만, 아이들 의 꿈은 아닙니다. 아이들은 이미 자기 세계 속에서 자기 꿈을 꾸 기 시작했어요. 아이들은 아빠를 기다려주지 않고 훌쩍 먼저 커 버리지요.

원고의 송아지 같은 눈에서 눈물이 뚝뚝 떨어지기 시작한다. 박차오름, 눈을 깜빡이며 애써 맺히는 눈물을 감춘다. 임바른도 착잡한 표정.

한세상　(감정이 북받쳐오르는 걸 애써 참으며) …원고, 미안합니다. 원고는 자신의 고통 때문에 아이들의 세계를 지켜줄 마음의 여유까지 잃 은 것 같습니다. 지금 법이 원고에게 해줄 수 있는 것은 없습니 다. …그저, 법보다 훨씬 현명한 시간의 힘이 이 가정의 상처를 치유해주길 기도할 뿐입니다.

고개 숙인 피고의 눈에서도 눈물이 흘러내리기 시작한다.

S#67. 여자화장실 (저녁)

화장실 칸 안에서 애써 소리내지 않으며 오열하는 박차오름.

S#68. 배석판사실 (저녁)

자리에 돌아와 앉는 박차오름, 힐끗 보는 임바른. 박차오름, 우울한 표정으로 일을 하려 마우스를 잡는다.

임바른 (눈은 사건기록을 보면서) …울었어요?

박차오름 네?

임바른 운 것 같아서. …아니면 됐고요.

박차오름 (임바른을 잠시 쳐다보다가, 고개를 떨구며) …임 판사님한테는 자꾸 들키네요.

임바른 (사건기록 넘기던 손이 멈춘다)

박차오름 …울었어요. 부러워서요.

임바른 …누가요?

박차오름 양육권사건 원고의 딸들도 부럽고, 윤 실무관님 아들도 부럽고.

임바른 …힘든 일을 겪고 있는 가정들인데요?

박차오름 그래도 최소한, 그 아이들은 자기를 죽도록 사랑해주는 엄마나 아빠가 곁에 있잖아요…

임바른 (박차오름을 가만히 본다. 지난번에 들은 박차오름네 집 사정을 떠올리며, 조심스레) …그래도 어머님이 계시잖아요. 박 판사.

박차오름 네, 계시죠. 그런데요, (울 듯한 표정) 그게 더 힘들어요. 곁에 있

　　　　　는 엄마를 하루하루 잃어가는 거.

임바른　　(놀라며) 어머니 병세가 많이 안 좋으신가요?

박차오름　…정확히 말하자면, 제가 엄마로부터 하루하루 잊혀져가고 있는
　　　　　거예요.

　　　　　놀라서 박차오름을 쳐다보는 임바른. 이때, 박차오름의 핸드폰에서 띵
　　　　　똥 소리. 얼른 메시지 확인하는 박차오름.

박차오름　(표정 굳어진 채 자리에서 일어서며) 저 먼저 좀 나가볼게요.

임바른　　(다짜고짜) 같이 가요.

박차오름　네?

임바른　　뭐라도 제가 도울 일이 있을지도 모르잖아요. 같이 가요.

박차오름　아니에요. 도와주실 일 아무것도 없어요. 제가 감당할 일들이에
　　　　　요.

임바른　　같이 감당하면 안 됩니까.

박차오름　네?

임바른　　(억지인 건 알지만 혼자 못 보내겠다. 뭐라 말할지 망설이다) …우린
　　　　　합의부잖아요. 난 우배석이고. 좌배석한테 힘든 일이 있으면 함
　　　　　께 감당해야죠. …일에 지장이 없도록.

　　　　　박차오름, 입을 꾹 다문 채 임바른을 본다.

S#69. 전철 (저녁)

외곽 지역에 있는 요양병원으로 가는 전철. 나란히 앉아 있는 임바른과 박차오름. 우울한 표정의 박차오름. 임바른, 박차오름을 보다가 뭔가 생각난 듯 주머니에서 이어폰을 꺼낸다.

임바른   (이어폰 한쪽을 내밀며) …갈 길이 먼데 음악이나 들으며 갈까요?

박차오름   (잠시 보다가 받아들며) …네.

cut to

한쪽씩 이어폰을 낀 두 사람. 음악을 듣고 있는 박차오름. 스티비 원더의 〈You Are the Sunshine of My Life〉 들려온다.

You are the sunshine of my life

That's why I'll always stay around

You are the apple of my eye

Forever you'll stay in my heart

박차오름   (음악을 듣다가) 'You are the apple of my eye.' 넌 내 눈 속의 사과. 무슨 뜻일까요?

임바른   …영어권에선 눈동자의 동공을 사과라고 부른대요. 사과처럼 동그라니까.

박차오름   동공?

임바른   누군가를 쳐다보면 그 사람이 내 눈동자에 비치잖아요. 내가 가

장 많이 쳐다보는 사람은 늘 내 눈 속에 있는 거죠. 내 눈 속의 사
과처럼.

박차오름 ……

임바른 (망설이다가) 박 판사가 태어난 후 어머니가 얼마나 많이 쳐다봤
을까요. 눈에 넣어도 아프지 않은 딸인데. …의학적으로 뭐라고
하든, 그 기억은 어딘가에 그대로 영원히 남는 걸 거예요.

박차오름 (고개를 숙인 채 슬쩍 눈물을 닦는다)

임바른 (모른 척 고개를 돌려 창밖을 바라본다)

두 사람 위로 흐르는 스티비 원더의 노랫소리.

S#70. 요양원 (저녁)

요양원의 널찍한 거실 한쪽 구석, 흔들의자에 앉아 있는 박차오름의 엄
마. 박차오름이 안타까운 표정으로 엄마의 손을 꼭 잡고 있지만 무심한
표정으로 거들떠보지도 않는다. 창밖만 쳐다보는 엄마. 뒤에 서서 안타
깝게 지켜보는 임바른.

cut to

수녀 한 명이 조용히 박차오름에게 다가온다.

수녀 원장님이 잠시 말씀 나눴으면 하세요.

박차오름 (얼른 일어나며) 네, 가시죠. (임바른에게) 죄송해요, 금방 다녀올

게요.

S#71. 요양원 (저녁)

창밖은 어느새 어둑어둑해졌다. 어색하게 박차오름 엄마 앞 의자에 앉아 있는 임바른. 박차오름 엄마는 여전히 무심한 침묵.

임바른　(망설이다가) 저, 저는 따님과 함께 일하는 임바른이라고 합니다.
엄마　……　(벽에 대고 얘기하는 듯 무반응)
임바른　(뭐라 할말을 찾으려 애쓰다) …따님은 아주 잘해내고 있습니다. 아직 초임이지만 좋은 판사예요. 앞으로 더 훌륭한 판사가 될 거구요.
엄마　……
임바른　(뭐라 더 말하려다, 아무 반응이 없자 한숨을 쉬며 멈춘다)

체념한 듯 의자에 기대앉은 임바른, 고개를 돌려 요양원 거실을 둘러보다가, 뭔가 발견한다. 서가 옆에 장식용인 듯 놓여 있는 낡은 클래식기타.

S#72. 요양원 (저녁)

원장실을 나와 복도를 따라 걷는 박차오름, 거실 문 쪽으로 가는데, 희미하게 기타 소리 들려온다. 의아해하며 문을 여는 박차오름.

S#73. 요양원 (저녁)

박차오름의 눈에 가득 들어오는 엄마의 환한 미소. 엄마가 부드러운 미소를 지은 채 눈을 감고 기타 연주에 귀를 기울이고 있다. 그 앞에서 한 음 한 음 정성스레 기타 연주중인 임바른. 열중해서 박차오름이 다가오는 것도 모른다. 연주하고 있는 곡은 〈카바티나〉. (최대한 천천히, 음과 음 사이 여백을 남기며 연주) 아련하고 따뜻한 선율이 공간을 가득 채운다. 눈을 감고 있는 엄마의 입에서 자그마한 허밍 소리 들린다. 멜로디를 허밍으로 따라 부르는 엄마. 순간 놀라는 박차오름, 눈에서 주체할 수 없이 눈물이 흘러내리기 시작한다.

플래시컷 〉

어린 박차오름(일곱 살 정도) 침대에 누워 있고, 젊고 아름다운 시절의 엄마(30대), 사랑스러워 죽겠다는 표정으로 딸을 바라본다. 머리를 쓰다듬어주며 허밍으로 같은 멜로디(〈카바티나〉)를 자장가처럼 불러주고 있다. 박차오름, 한없이 행복한 표정으로 서서히 눈을 감고 쌔근쌔근 잠이 든다.

엄마의 발치에 무너지듯 주저앉는 박차오름, 엄마 무릎에 얼굴을 묻고 하염없이 운다.

박차오름   엄마, 엄마…

엄마, 눈을 감은 채 아무렇지도 않게 박차오름의 머리를 조용히 쓰다듬어준다. 망가진 마음 어딘가에서 멜로디만은 기억하고 있는 듯. 눈을 감은 엄마와 하염없이 우는 박차오름, 그리고 곁에서 정성스레 계속 기타를 치고 있는 임바른.

• 실제로 가사사건은 가정법원에서 담당하지만 다양한 사건을 소개해드리기 위해 다루었습니다. ─지은이

9부
—
저도 괴팍하고 흥분 잘하고
고집 센 편이거든요

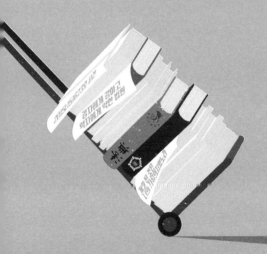

S#1. 배석판사실 (오후)

일에 몰두중인 임바른. 이마를 살짝 찌푸리고 있다. 그런 임바른을 자기도 모르게 멍하니 훔쳐보는 박차오름.

플래시컷 〉

요양원. 박차오름 엄마 앞에 앉아 〈카바티나〉를 연주하는 임바른, 정성들여 한 음 한 음을 짚는 손가락, 집중하느라 살짝 찌푸린 이마.

박차오름   (망설이다가) …임 판사님?
임바른   (바쁘게 마우스 클릭하며 무심하게) 네.
박차오름   …저기, 어제 감사했습니다.
임바른   (인쇄 버튼 눌러 프린트하면서 무덤덤하게) 네? 아, 죄송합니다. 저 때문에 불편하시지 않았나 모르겠네요.

박차오름   아니에요. 덕분에…

임바른   (프린트한 종이들을 모아들고 일어나면서) 죄송한데 합의하러 부장
            님 방에 가야 해서.

박차오름   (당황) 아, 네…

임바른   (일어나서 나간다)

박차오름   ……

S#2. 한세상 부장판사실 (오후)

임바른   부장님, 건의드릴 게 하나 있는데요.

한세상   ……?

S#3. 44부 부속실 (오후)

타이핑하다가 어깨가 뻐근한지 얼굴을 찡그리는 이도연. 멈추고 스트
레칭을 해보다가 일어난다.

S#4. 법원 야외 테라스 (오후)

잠시 바람 쐬러 나온 이도연, 햇살에 눈이 부신 듯 손으로 눈 위를 가린
다. 하늘을 치다보다가 고개를 점점 바로 하니 눈에 들어오는 실루엣.
테라스 난간에 기대어 허리를 숙이고 서 있는 남자의 뒷모습이다. 뒤로

내민 엉덩이에 시선을 주더니, 풋, 웃는 이도연.

이도연   여전히 이쁘네요.

정보왕   (목소리만 듣고도 흠칫했다가) …뭐가요.

이도연   (씩 웃으며) …알잖아요. (옆으로 와서 선다)

정보왕   (왠지 심퉁난 듯) 그거 성희롱입니다. 직장 내 성희롱.

이도연   그래요? (정색하며) 죄송합니다. 정 판사님. (정중히 허리를 숙인
        다)

정보왕   (당황해서) 농담이에요. 농담. 뭘 그렇게까지…

이도연   속기사가 감히 판사님 엉덩이 보고 이쁘다 그랬네요. 죄송합니
        다.

정보왕   아니에요! 그게 아니라…

이도연   성희롱 맞습니다. 총무과에 말씀 주시면 계약직 재임용 때 반영
        될 겁니다. 담당자는…

정보왕   (O.L. 이도연 두 팔을 꽉 붙잡으며) 아니라니까요!! 전 좋았어요! 듣
        기 좋았는데 뭐가 성희롱이에요!

이도연   뭐가요?

정보왕   네?

이도연   뭐가 좋았는데요?

정보왕   (기세에 눌려 자기도 모르게) 이쁘다고 한 거… 매력적인 여자가…

이도연   (정보왕을 잠시 쳐다보고 있다가) 저도 이쁘다고 한 거, 판사 엉덩이
        가 아니라 …그냥 귀여운 남자 엉덩이였거든요?

정보왕   (홀린 듯 입만 벌리고 멈춰다)

이도연   (정보왕이 잡고 있는 팔을 휙 털어내더니) 그러니까, 직장 내 성희롱,
        아니네요. 그럼. (휙 돌아서 또각또각 걸어간다)

정보왕   저, 저기요!

이도연   (계속 걸어간다)

정보왕   아빠 아니라면서요!

이도연   (걸음을 멈추고 돌아보며) 네?

정보왕   (필사적인 표정) 설마 진짜 애인이에요? 그 영감이?

이도연   (어처구니가 없다는 듯) 뭐래. 그래서 요즘 안 나타는 거였어? (고개를 절레절레 흔들더니 휙 다시 뒤돌아 걸어간다)

정보왕   (찌질하게 뒤에서 혼자 떠든다) 와, 사람 진짜 이상하네. 애인 있다면서 왜 자꾸 외간남자한테 집적대! 취향은 또 왜 그래! 빈티지가 유행이라고 남자도 빈티지냐…

S#5. 법원 야외 테라스 입구 (오후)

이도연, 문 열고 실내로 들어오는데 마침 테라스로 나가려는 박차오름과 마주친다.

박차오름   (놀라며) 어,

박차오름, 얼른 보니 테라스 끝 쪽에서 정보왕이 삿대질하며 뭐라뭐라 혼자 떠드는 모습이 보인다.

박차오름   정 판사님하고 무슨 일 있었어요?

이도연   무슨 일은요. 머리 식히시러?

박차오름   (이도연 뒤로 정보왕 쪽을 힐끔거리며) 네.

이도연	지금은 좀 시끄러울 거예요. 제가 커피 드릴 테니 제 자리로 가요.
박차오름	(이도연에게 끌려) …네.

S#6. 44부 부속실 (오후)

부속실 뒤쪽 공간. 머그컵에 커피를 내려 내미는 이도연. 웃으며 인사하고 받아드는 박차오름. 마주보며 커피를 마시는 두 사람.

박차오름	(이도연을 힐끔거리다가) 이 실무관님, (눈치를 보다가) 근데 정 판사님, 어떻게 생각하세요?
이도연	(정색) 뭐가요?
박차오름	(당황) 아니, 그냥요. (한번 떠보려다가 급히 둘러댄다) 사람 잘 보시잖아요. 법정에서 워낙 많은 사람들을 보시니까.
이도연	(픽 웃으며) 도련님이죠 뭐. 걱정없이 자라서 구김살 없는.
박차오름	그런가요? (잠시 생각하다가 미소) 우리 정 판사님이 그런 면이 좀 있죠.
이도연	…그런데 그런 남자는 아무 생각 없고 무신경한 면도 있죠.
박차오름	(이도연을 힐끗 본다) … (잠시 생각하다가) 근데 남자들이 원래 좀 무신경한 편 아니에요? 정 판사님만 그런 게 아니라.
이도연	(미소) 왜 자꾸 저한테 정 판사님에 대해 물으시죠?
박차오름	(당황) 아, 아니에요. 그냥 남자들이 보통 그렇지 않나, 하는 얘기죠.
이도연	어떤 남자가 또 무신경한데요?

박차오름	아니, 회사 다니는 제 친구 얘기예요. 무신경한 사수 때문에 피곤하다고.
이도연	(미소) 그렇대요?
박차오름	네. 그렇다나봐요. …뜬금없이 여자 엄마를 보러 가는 건 무슨 심릴까요?
이도연	… 그랬대요? (싱긋 웃으며 박차오름을 본다)
한세상E	이 실무관!
이도연	네! (내다보니 부장실 문밖으로 한세상이 머리를 내밀고 있다)
한세상	박 판사 혹시 봤어?
박차오름	(밖으로 나오며) 네! 부장님.
한세상	깜짝이야! 아니 거기서 뭐해?
박차오름	(우물쭈물) 아뇨, 그냥 수다 잠깐…
한세상	잠깐 들어와봐. (머리 들어간다)

S#7. 한세상 부장판사실 (오후)

한세상	우리 부 사건 통계를 보니까 박 판사 주심사건이 임 판사 것보다 훨씬 많네? 작년 박 판사 전임자가 중간에 사직하는 바람에 이렇게 된 거지?
박차오름	네.
한세상	이거 이대로 놔두면 박 판사 사건만 몇 달씩 늦어지겠는데? 주심 변경을 해서 키높이를 맞춰놓읍시다. 나중에 민원 들어오면 니 민 꼼치 아빠!
박차오름	(씩 웃으며) 그냥 제가 매주 몇 건씩 더 쓰겠습니다!

한세상　(핀잔) 하여튼 근거 없는 자신감은… 지금도 매일 야근하는 주제에.

박차오름　(머리를 긁적거린다) 에이, 부장님, 그래도 점점 속도가 붙고 있다구요. (걱정스러워하며) 그리고 이미 정해진 주심을 바꾸면 임 판사가 싫어할 텐데요…

한세상　합의부에 싫고 말고가 어딨어! 부장이 시키면 하는 거지! (기록을 하나 내밀며) 박 판사는 이거나 검토해봐. 다음주 들어갈 신건이야.

S#8. 고급 고깃집 룸 (낮)

능구렁이 같은 인상의 브로커와 마주앉은 걱정 가득한 표정의 중년남성(원고).

원고　진짜 황말동 변호사가 재판부랑 잘 통한단 말이죠?

브로커　성질 드럽기로 소문난 한세상 부장판사랑 유일하게 막역한 사이에요. 연수원 동기에 초임 때 좌우배석을 같이했다고요. 아, 저만 믿으세요! (불판에서 고기를 듬뿍 집어 우적우적 씹으며) 황말동 그 양반, 판사랑 형제나 다를 바 없다니깐!

S#9. 법원 구내식당 (낮)

한세상　(콩나물무침을 집어 우적우적 씹으며, 분통 터지는 표정) 황말동, 그 인간 이름만 들어도 이가 갈린다니깐!

임바른	(시큰둥) 황 변호사님과 인연이 많으신 거 아닌가요?
한세상	(벌컥) 그게 악연이지 인연이야?
박차오름	악연이요?
한세상	연수원 때는 나 나이 많다고 왕따시키고, 좌우배석 할 때는 부장한테 아부하면서 나 바보 만들고! 나중엔 같은 방 쓰면서 서로 말 한마디도 안 했다니까!
박차오름	브로커들은 연결고리만 있다~ 싶으면 무조건 친하다고 광고하나봐요?
한세상	세상 사람들은 다들 인간관계 참 좋은가봐? 가까운 곳에 웬수도 많다는 건 생각 안 하나?

S#10. 고급 일식집 룸 (낮)

브로커	(참치회를 듬뿍 집어 우적우적 씹으며) 이 사건은 워낙 애매하고 복잡해서 판사 맘대로인 사건이에요! 그래서 변호사가 중요하다니깐!

S#11. 설렁탕집 (낮)

한세상	(설렁탕 뚝배기를 들어 국물을 맛있게 후루룩 들이켜며) 황말동이 사건, 기록은 검토해봤어?
박차오름	계약서 문구가 워낙 냉확해서 어치피 걸론은 뻔하겠던네요? 이런 사건에 변호사가 왜 필요한지…

S#12. 고급 이태리 식당 (낮)

원고   네? 삼천이요? 그렇게 비싼가요? 요즘은 변호사 수임료가 좀 싸졌다고 들었는데…

브로커   (포크로 파스타를 돌돌돌 말아서 입에 쑤셔넣으며) 허허, 시장 바구니하고 루이비똥 빽하고 값이 같아요? 전관 아니오, 전관!

S#13. 중국집 (낮)

박차오름   요즘 변호사들이 힘들긴 힘든가봐요. 한 달에 한 건 수임료 삼백 벌기도 어려운 사람이 많다네요.

한세상   (젓가락으로 짜장면 면발을 듬뿍 집어 맛있게 먹으며) 바깥엔 더 어려운 사람들도 많아.

한세상과 임바른, 동시에 하나 남은 단무지에 젓가락을 갖다 댄다. 한세상, 임바른을 째려보자, 임바른, 조용히 젓가락을 거두어들인다.

S#14. 커피숍 (낮)

한세상은 테이블에 앉아 있고, 박차오름은 카운터에서 커피 세 잔을 한꺼번에 두 손으로 받아든다. 그런데 컵 하나가 박차오름의 손에서 떨어진다. 놀라는 박차오름. 순간 떨어지는 컵을 잡아채는 손. 임바른, 어디선가 나타나 한 손으로 떨어지는 컵을 잡아채고는 아무렇지도 않게 테이블 쪽으로 걸어간다. 임바른의 뒷모습을 잠시 보다가 어깨를 으쓱하곤 테이블로 가는 박차오름.

한세상　(반가워하며, 걸어오는 임바른 쪽으로 손을 내민다) 역시 짜장면 뒤에는 아메리카노지.

임바른　(무심하게 손에 든 커피를 홀짝 마시며 앉는다) 제 건데요.

한세상　(무색해진 손을 거둬들이며 임바른을 째려본다)

박차오름　부장님, 여기 있어요! (한세상에게 커피를 내민다)

한세상　(헤 웃으며 받아든다) 고마워 박 판사. (임바른을 한 번 더 째려본다)

S#15. 법정 (낮)

원고, 황말동 변호사(원고 대리인), 피고(회사) 측 변호사 출석.

황말동　존경하는 재판장님, 이 사건은 대기업의 횡포입니다! 아파트라는 것이 미관이 생명인데 도색을 싸구려 페인트로 하다뇨!

한세상　(한심하다는 표정) 원고 대리인, 지금 화장품 용기 납품 대금사건을 하고 있습니다.

황말동　그렇습니까? 죄송합니다. (수북이 쌓인 사건기록 봉투를 뒤적거리다가 다른 사건기록을 집어들며) 저희 사무장이 실수를 좀 한 모양입니다. 존경하는 재판장님, 이 사건도 대기업인 피고 아세아화장품의 횡포입니다! 원고가 납품한 화장품 용기에는 계약을 해제할 만한 중요한 하자가 없습니다!

임바른, 고개를 살짝 위아래로 움직인다.

임바른　(마음의 소리) 잠을 잘못 잤나? 목이 영 뻐근하네.

방청석에 앉은 피고 법무팀장과 대리, 심각한 표정으로 귓속말을 한다.

피고변호사　재판장님, 이미 제출한 을호증을 보시면 알겠지만, 피고가 납품한 용기 뚜껑 중 상당수에 흠이 나 있습니다.

황말동　뚜껑이야 열고 닫는 데 문제가 없으면 되는 것 아니겠습니까?

피고변호사　(어이없어하며) 화장품도 미관이 생명입니다.

황말동　일부 흠이 있는 물건들에 대해서는 하자보수를 완료했습니다!

피고변호사　저기, 하자보수라는 게 뻬빠로 문지른 거 말씀입니까?

박차오름, '뻬빠' 소리에 자기도 모르게 킥, 웃음이 나오다가 참는다. 한세상, 살짝 째려본다.

황말동　하자보수 방법이야 융통성 있게 적절히 할 수 있는 거지요!

피고변호사　계약서에 하자의 정의 및 하자 발견시 처리 절차에 대한 규정이 다 있는데요?

황말동　무슨 소립니까? 그런 조항이 어디에…

한세상　을1호증, 22페이지에 있습니다만.

황말동　(급당황) 아닙니다! 계약서는 저희도 증거로 제출했는데 그런 부분은…

한세상　원고 측이 내신 갑5호증은 아파트 하자보수 계약섭니다.

황말동　아… 뭔가 착오가 있었던 것 같은데 저희 사무장한테 검토해서 다시 제출하라고 얘기하겠습니다.

한세상 (참다 참다 못 견디고는) 그러지 마시고 아예 사무장이 직접 나와서 진행하시든가요.

황말동, 그제야 움찔한다. 원고, 걱정스러운 표정으로 황말동을 쳐다본다.

S#16. 법정 앞 복도 (낮)

한세상 (씩씩대며) 아, 승질나는 거 참느라 죽는 줄 알았네. 하도 대법원에서 친절하게 하라고 쪼아대니 이건 뭐 야단 한 번을 맘대로 칠 수가 있어야지. 나 죽어서 화장하면 아마 사리 꽤나 나올 거야. 주얼리 세트 만들 만큼.

박차오름 잘 참으셨어요, 부장님.

임바른 마지막까지 참으시면 더 좋았을 텐데요.

임바른을 째려보는 한세상.

S#17. 커피숍 (낮)

원고 (걱정 가득) 우리 변호사님 재판장과 친한 거 진짜 맞아요? 재판 집 왕시 까칠하넌네.

브로커 아, 그럼 상대방이 눈 시퍼렇게 뜨고 있는데 법정에서 친한 척하겠어요? 원래 판사들은 결론에서 봐주기로 마음먹으면 재판중에는 더 까칠하게 하고 그러는 거예요. 책잡히지 않게.

원고　그래요?

브로커　모르는 소리 말고 진행비용이나 좀 준비하세요.

원고　예? 무슨 비용 말씀인지…

브로커　그걸 일일이 얘기해야 아세요? 상식이지. 황 변호사님이 재판부 식사라도 한번 모셔야 하지 않겠어요? 대한민국에서는 일단 밥을 같이 먹어야 속내 이야기도 나오고 하는 거지.

원고　네, 그럼 얼마나?

브로커　뭐, 너무 많이는 말고, 한 오백?

원고　네? 밥 먹는 데 무슨 돈이 그렇게?

브로커　아따, 사장님. 진짜 사업가 맞소? 사람이 밥만 먹나!

원고　……

브로커　그 비용은 현찰로 나한테 직접 주셔야 돼요. 황 변호사님은 판사 출신이라 이런 말씀을 직접 하시지는 못하고, 내가 대신 말씀드리는 겁니다. 알았죠?

S#18. 황말동 변호사 사무실 (저녁)

동업하는 변호사와 얘기중인 황말동.

황말동　한세상, 그 인간은 하여튼 인간이 모질고 비뚤어졌어. 그 성노 사소한 실수 가지고 법정에서 면박이나 주고. 도대체 함께 근무한 동료에 대한 최소한의 인간적인 예의도 없다니까!

변호사 원래 성질 더럽기로 유명하잖어. 그러니 출세를 못하지. 누가 좋은 소리를 해주겠어?

황말동 그나저나 브로커한테 소개료 30프로씩 떼어주면서 사무실 운영하려니 억울해 죽겠어. 재주는 곰이 부리고 돈은 누가 번다더니…

S#19. 피고 회사 법무팀 사무실 (낮)

카메라, '아세아화장품 법무팀' 문패를 비춘 뒤 사무실 내부를 보면, 피고 회사 법무팀, 재판 후 회의중이다.

팀장 저쪽 변호사가 재판장하고 연수원 동기 전관이라며? 우리는 그냥 사내 변호사인데 괜찮을까?

대리 계약서에 딱 부러지게 써 있는데 문제 있을까요?

팀장 만에 하나라도 이 사건 잘못되면 다른 업체 건들에도 여파가 미쳐서 문제가 커져요. 그렇게 되면 깨지는 건 우리 법무팀이라고.

대리 그러고 보니 이상한 낌새가 있긴 합니다, 팀장님.

팀장 뭐가?

대리 분명 저쪽 변호사가 말도 안 되는 실수를 자꾸 하는데, 재판장이 별로 야단도 안 치지 않습니까? 봐주는 거죠.

팀장 그렇지? 언제부터 법원이 그렇게 친절했다고. 그게 다 전관이니까 봐주는 거야 (뭐가 떠오른 듯) 그러고 보니 배석판사들도 이상해!

대리 그랬나요?

팀장	그쪽 변호사가 자기네 제품에 하자가 없다 어쩌고 주장하니까 남자 판사가 고개를 끄덕끄덕, 했잖아!
대리	(눈이 번쩍!) 그렇네요! 야, 이것들 노골적이네. 가만있자, 그런데 우리 쪽 변호사가 반박하니까 여자 판사가 피식 웃었잖아요! 비웃듯이!
팀장	(결심한 듯) 그래, 이대론 안 되겠어. 이 사건도 로펌에 맡겨야겠어.
대리	또 거기요? 팀장님, 거긴 너무 비싼데요.
팀장	회사 돈 나가지 우리 돈 나가나? 업계 1위한테 맡기면, 결과가 안 좋아도 면피가 되잖아. 우린 할 만큼 했다고.
대리	(감탄) 역시, 팀장님의 경륜은…

S#20. 화장품점 (낮)

여성 손님	(화장품을 들어 가격 라벨을 보며) 어유, 뭐가 이렇게 비싸?

S#21. 배석판사실 (낮)

이도연	(들어오더니) 회의실로 오시랍니다.
박차오름	무슨 회읜데요?
이도연	'선관예우 의혹 해소·방안'이 주제라는데요. (나간다)
박차오름	전관예우 '의혹'이라. 의혹일 뿐일까요?
임바른	글쎄요, 시장에서 전관을 선호하는 건 팩트지만, 실제로 전관이

결과에 영향을 미치는지는 저도 잘…

이때 한세상, 문 벌컥 열며,

한세상   갑시다! 오라니 가야지.

S#22. 회의실 (낮)

실무연구회 세미나처럼 20여 명의 판사들이 양옆으로 죽 앉아 있다.

수석부장   이른바 전관예우에 관한 대책을 마련하라는 정치권과 언론의 바람이 거셉니다. 행정처에서는 이번에 판사실 전화를 녹음하도록 하는 방안을 발표할 예정인데,

한세상   (O.L.) 핸드폰으로 청탁하면 괜찮은 거입니까?

수석부장   (한세상을 쳐다본다)

한세상   (불만 가득) 거참, 요즘 무슨 놈의 전관예우가 있다고 그런 눈 가리고 아웅 식 대책이나 발표하고 하는 건지.

수석부장   한 부장님, 영 마음에 안 드시는 모양이네요.

한세상   아, 말이야 바른말이지, 전관예우라는 게 호랑이 담배 먹던 시절 얘기 아닙니까? 옛날엔 어땠는지 몰라도 요즘 누가 전관이라고 봐주고 그런답니까? 변호사 드나들까봐 스크린도어 설치하더니 이젠 뭐 전화를 녹음한다 그러고, 이건 뭐 판사들을 다 도둑놈 취급하는 거 아닙니까?

수석부장   (미소) 여러분, 법원은 공정해야 할 뿐 아니라, 공정하게 보여야

한다는 말을 모두 아실 겁니다. 외관이 더욱 중요한 겁니다. 국민이 의심하시면, 법원은 대책을 내놓아야 하는 것입니다.

S#23. 구내식당 (낮)

회의 후 점심식사중인 판사들. 한세상, 감성우 부장과 얘기중.

한세상　(아직도 화가 가시지 않은 듯) 참 나, 전관예우 같은 거 없다고 속시원히 해명을 할 일이지 이걸 대책이랍시고…

감성우　아, 형님은 매사에 뭘 그리 흥분하고 그러시우.

한세상　아, 당신이 비정상이지! 늘 허허허, 웃고만 다니고. 사람만 속없이 좋아서는…

권세중E　이번만큼은 저도 한 부장님 의견에 한 표입니다.

옆을 쳐다보니 형사48부장 권세중, 식판을 들고 와서 한세상 옆자리에 앉는다. 임바른, 박차오름은 한세상 맞은편에서 부장들 얘기를 들으며 조용히 식사중.

권세중　이건 지나쳐요. 이런 게 바로 포퓰리즘이라니까.

한세상　권 부장이 웬일로 나랑 의견이 같을 때도 있네.

권세중　저희 부에서 요즘 대룡그룹 회장 사건 하고 있잖습니까.

한세상　어, 그 사건. 배임에 탈세로 구속된 거.

권세중　그 사건 뒷말 안 나고 공정하게 하려고 제가 얼마나 애를 쓰는지 아십니까.

감성우	아, 신문에서 봤어요. 첫 기일에 아예 엄포를 놨다며. 혹시라도 청탁 전화가 오면 법정에서 공개하고 불이익을 주겠다고. 하이고, 뭘 그리 모질게 합니까, 둥글둥글하게 하지.
권세중	그렇게 철저하게 하고 있는데도 인터넷 댓글을 보면 가관이에요. 참 내, 무지한 사람들이 전관예우다 뭐다 한다고 법원이 이리 호들갑을 떨어서야…
박차오름	(듣다 듣다 못 참겠는 듯) 저, 외람되지만 한말씀 드려도 될까요?
권세중	(묘하게 웃으며) 박 판사가 외람된 거야 이미 당원에 현저한(따로 증명이 필요 없는 명백한 사실을 가리키는 소송법 용어-지은이) 사실 아닌가? 아 미안, 농담입니다. 농담.
한세상	(권세중을 째려본 후) 무슨 말인데? 박 판사.
박차오름	…과연 세상 사람들이 전부 바보여서 전관예우가 있다고 믿는 걸까요?
권세중	(노여운 표정) 그게 무슨 소리야?
박차오름	그렇게 믿을 만한 근거를 누군가는 제공해왔으니까 그런 거 아닐까요?
권세중	지금 초임 판사가 선배들을 썼었다고 의심하는 거야?
박차오름	아닙니다. 대부분 훌륭하시죠. 문제 있는 분이 있더라도 극히 일부겠죠.
권세중	그런데 뭘?
박차오름	부장님, 사과 상자에 든 사과 중 단 한 개가 썩었어도 그 상자는 썩은 사과가 든 상자 아닌가요.
임바른	(말이 지나치다 싶어서 제지하려) 박 판사님,
박차오름	(아랑곳 않고) 독이 든 사과라면 어떨까요. 먹는 사람 입장에서는 확률이 10분의 1이든 100분의 1이든 독사과를 집으면 먹고 죽는

데요. 백 퍼센트.

권세중   (기분 나쁜 표정) 그래서, 판사들 중에 썩은 사과를 색출해서 숙청이라도 하자는 거야 뭐야?

박차오름   게다가 현직에 있을 때는 전관예우 같은 게 어딨느냐고 흥분하던 부장님들이, 개업하시면 바로 재판장하고 친하니 나만 믿어라, 그러시는 거 아닌가요?

한세상   박 판사! 그만해!

권세중   (부들부들 떨며) 뭐가 어째? 시건방지게 지금 어디서 그런 소릴!

감성우   (말리며) 아이구~ 그만들 해요. 그만들. 초임이 시퍼렇게 소신이 뚜렷하기도 해야지. 뭐라 하지 마소.

권세중   (박차오름을 노려본다) ······

옆에서 걱정스러운 표정으로 박차오름을 보는 임바른.

S#24. 실내 라운지 (낮)

법원 건물 내 작은 식물원처럼 꽃과 나무 있고 통유리로 된 휴식공간. 박차오름, 생각에 잠겨 걷다가 감성우 발견한다. 눈을 감은 채 꽃향기를 흠뻑 맡고 있는 감성우.

박차오름   (반가워하며) 감 부장님!

감성우   (만면에 희박웃음) 오, **박** 판사.

박차오름   (꾸벅 인사) 아깐 감사했습니다.

감성우   뭘. 내가 뭐 했다고. (따뜻한 미소) 그런데요 박 판사, 칼에는 날카

로운 예검이 있고, 날이 무딘 둔검이 있어요. 그런데 말이에요,
세상에서 진짜 큰일을 하는 건 둥글둥글 모나지 않은 둔검이야.
예검은 쉽게 부러져요. 사람 사는 세상이 그렇거든.

박차오름   …네, 부장님.

감성우   박 판사는 큰일을 할 거야. 내가 실력은 없어도 사람 보는 눈은
좀 있다니까? (인자한 미소)

박차오름   (감동) 부장님!

근처 통로를 지나던 임바른, 두 사람을 본다.

S#25. 한세상 부장판사실 (낮)

한세상   (화난 표정) 박 판사! 아깐 말이 지나쳤어! 그러지 않아도 그놈의
전관예우, 전관예우 의심받는 것 때문에 부장들이 얼마나 기분
나빠 하는 줄 알아?

박차오름   죄송합니다, 부장님. 제 생각엔 너무 판사 입장에서만 말씀하시
는 것 같아서…

한세상   그만하라니까! 20년씩 한 선배들이 더 잘 알겠어, 초임이 잘 알
겠어?

박차오름   (뭐라 말하려다가 참는다)

한세상   당장 우리 부에도 그놈의 전관 사건 있잖아. 황말동이 사건. 내
가 개뿔 무슨 예우해주던가? 다른 전관한테는? 내가 전관이라
고 굿방귀라도 뀌는 거 본 적 있어?

임바른   …부장님은 평등하게 불친절하시죠.

한세상	뭐야?
임바른	아닙니다.

S#26. 배석판사실 (밤)

박차오름, 까치발을 한 채 캐비닛 위까지 쌓인 사건기록을 꺼내려고 끙 끙대는데, 기록이 옆으로 떨어지려 한다. 놀라는 박차오름. 이때 손이 불쑥 나와서 떨어지려는 기록을 잡아낸다. 돌아보니 임바른. 무덤덤하게 기록을 박차오름 책상 위에 갖다놓고는 자기 자리로 간다.

박차오름	고마워요, 임 판사님.
임바른	(그냥 어깨만 으쓱하고는 바쁘게 자기 사건기록을 이리저리 넘기며 메모를 한다)
박차오름	…요즘 야근 자주 하시네요?
임바른	(무덤덤) 그런가요?
박차오름	주심 변경한 거 때문이죠? 죄송해요. 원래 제 사건들인데.
임바른	(시큰둥) 합의부에 죄송이고 말고가 있나요. 부장님이 시키면 해야죠.
박차오름	그래도…
임바른	(일하다가 잠시 멈추더니) 박 판사님.
박차오름	네?
임바른	아까 우연히 봤는데, 감 부장님이 뭐라 하시던가요?
박차오름	아, …그냥, 격려해주셨어요.
임바른	…감 부장님이야 좋게 말씀해주실지 모르지만, 권 부장님 같은

분은 오늘 같은 일을 절대 잊지 않습니다.

박차오름 …제가 틀린 말을 했나요?

임바른 맞고 틀리고의 문제가 아니라, 굳이 적을 만드느냐 마느냐의 문제죠.

박차오름 …그래도 도저히 듣고 넘기기 힘드네요. 사람들이 무지해서 그렇다는 말.

임바른 ……

S#27. 법원 동문 앞 (오전)

출근길의 박차오름, 뭔가 보고 깜짝 놀란다. 깡마르고 수염 텁수룩한 중년남성, 개량한복을 입고 바닥에 앉아 시위중. 옆에 있는 벽보에는 대문짝만하게 한세상과 임바른의 사진과, '건물주 편드는 비리 판사 몰아내자!'라는 글이 써 있다. 한세상의 사진은 옛날 사진인 듯 촌스럽고 표정도 멍청해 보인다. '법조비리 처단 시민군' 플래카드가 걸려 있고, 허름한 옷차림에 성난 표정의 중년, 노년 남녀 일고여덟 명이 팔을 휘두르며 구호를 외치고 있다. "비리 판사 처단하라!" "처단하라~ 처단하라~" 놀라 서 있는 박차오름.

S#28. 배석판사실 (오전)

급히 들어오는 박차오름, 이미 출근해 일하고 있는 임바른.

박차오름	임 판사님, 보셨어요?
임바른	(시큰둥) 네. 법원 문 앞에 얼굴 한번 나붙어봐야 경력 쌓인 판사라는데, 영광이네요. 이렇게 일찍.
박차오름	대체 무슨 일 때문에…
임바른	석명준비명령을 했거든요.
박차오름	석명준비명령?
임바른	소장이 장편소설인데, 말이 되는 주장이 하나도 없더라구요. 이거이거를 중심으로 다시 정리해서 내달라고 준비명령을 했죠.
박차오름	그럼 그분을 도와드린 건데?
임바른	넌 나에게 모욕감을 줬어, 뭐 이런 거죠. 시민군 단장님께서는 본인이 독학으로 대단한 법률 전문가가 됐다고 생각하고 계시거든요.
박차오름	그렇게 된 거군요… 어찌나 놀랐는지.
임바른	괜찮아요. 그보다, 신기하지 않아요?
박차오름	뭐가요?
임바른	무슨 드레스 코드 같은 거 있는 걸까요? 왜 저런 분들은 다 수염에 개량한복이죠?
박차오름	……
임바른	거리에서 뭔가 외치는 분들 보면, 솔직히 이성적이고 합리적인 분은 드물어요. 괴팍하고, 흥분 잘하고 고집 세고…
박차오름	(불편한 표정) …이유를 알려드릴까요?
임바른	네?
박차오름	이성적이고, 합리적이고, 세련된 엘리트들은 절대 거리에 나오지 않으니까요.
임바른	……
박차오름	그런 분들은 조용하고 깔끔한 사무실에서 거리를 내려다보기만

하잖아요. '왜들 저렇게 비합리적이고 시끄럽지?' 하면서. (임바른을 쳐다본다)

임바른 (불편한 표정으로 박차오름을 마주보다가) …박 판사님, 무슨 얘길 하고 싶은지는 알겠는데, 그것도 너무 단순논리 아녜요?

박차오름 ……

임바른 서민이고 약자면 무조건 정당하다? 근거 없는 음모이론으로 비방해도 묵묵히 감수해라?

박차오름 ……

임바른 알기나 알아요? 그 단장님이 낸 소송이 스무 건이 넘는 거? 말도 안 되는 소송을 냈다가 지면 판사 고소하고, 똑같은 소송을 제목만 바꿔서 또 제기하고. 그 사람 때문에 진짜 억울한 사람들 재판이 늦어지고 있다구요!

박차오름 (굳은 표정) 죄송하지만, 임 판사님, 전 그렇게 일방적으로 매도하는 말씀은 듣기 불편하네요. …저도 괴팍하고, 흥분 잘하고, 고집 센 편이거든요.

임바른 (가만히 쳐다보다가) 그만합시다. (다시 사건기록을 넘기기 시작한다)

박차오름 (답답한 듯 임바른을 잠시 쳐다본다)

S#29. 실내 라운지 (낮)

점심식사 후, 배석 및 단독판사들 여러 명(홍은지, 김동훈, 천성훈, 지현민, 김웅재, 윤소영, 머리 하얀 소액단독)이 꽃나무 아래에서 웃으며 얘기 나누고 있는데, 감성우 부장이 시피 든 음료수 캐을 품에 안고 깽깽대며 나타나서 씩 웃는다. 판사들 얼른 음료수를 받아들며 꾸벅 감성우에게 인사한다.

cut to

익살스러운 표정을 지으며 수다떨고 있는 감성우를 에워싸고 음료수를 마시며 웃음꽃을 피우는 판사들. 근처를 지나던 박차오름, 이 모습을 본다. 박차오름, 표정이 밝아지더니 모여 있는 사람들 쪽으로 쪼르르 온다.

박차오름   감 부장님~
감성우   (박차오름을 보더니 활짝 웃는다)

S#30. 법원 건물 검색대 앞 (오후)

임바른, 문 쪽으로 걸어가는데, 검색대 쪽에 사람들이 모여 웅성거리는 모습 발견. 뭔가 하고 보는데, 제복 차림의 이단디가 웬 얼굴이 시뻘건 중년남성 앞을 단호하게 가로막고 있다. 남성 발치에 허름한 배낭 놓여 있다.

이단디   안 됩니다! 그 배낭 검색대에 올려놓으십쇼!
남성   (술냄새가 풀풀 난다. 만취한 듯) 아이씨, 이거 아무것도 아니라니까! 그냥 종이 쪼가리야!
이단디   올려놓으세요!
남성   아, 진짜 쪼끄만 년이 아주 쩍쩍쩍쩍… (발로 배낭을 퍽 찬다. 배낭 넘어지는데 안에서 유인물 쏟아진다. 한세상과 임바른의 사진이 붙은

시민군 유인물)

남성   됐냐! 됐냐고! (두 손을 세게 뻗어 이단디의 가슴팍을 밀쳐내려 한다)

임바른, 놀라 이단디 쪽으로 달려간다. 이단디, 가슴팍으로 뻗어오는 남성의 팔을 잡아채며 몸을 돌려 유도 업어치기 기술로 남성을 집어던진다. 어어어~ 비명을 지르며 넘어가는 남성. 머리가 건물 바닥에 닿기 직전, 아슬아슬 가까스로 멱살을 잡아 머리가 바닥에 부딪히지 않게 잡아주는 이단디. 잔뜩 겁먹은 채 기절 직전인 남성.

이단디   (어금니를 악문 채) 정당한 공무집행을 방해하시면 곤란하지 말입니다.

S#31. 법원 1층 로비 커피 자판기 (오후)

커피를 이단디에게 건네는 임바른. 언제 그랬냐는 듯 수줍게 받아드는 이단디.

임바른   큰일날 뻔했네요. 다친 데는 없죠?

이단디   (씩 웃으며) 법원경위가 이 정도쯤이야, 문제없습니다!

임바른   하긴, 이 경위는 무술이 도합 십 단은 된다면서요. 무서울 게 없겠네요.

이단디   아니요, 무섭습니다

임바른   (뜻밖의 대답에 살짝 놀란) 네?

이단디   아무리 뭐가 몇 단이어도, (아담한 자기 몸을 내려다보며 살짝 한숨)

물리적으로 저보다 훨씬 크고 힘센 남자는, 무섭죠. 아까야 술 취한 아재일 뿐이었지만요.

임바른 영화나 드라마 보면 유단자 여자 주인공이 깡패 여러 명도 다 해 치우고 그러던데.

이단디 영화나 드라마니까요. (씁쓸한 표정을 짓는다)

임바른 (이단디를 가만히 쳐다본다)

S#32. 배석판사실 (오후)

방에 들어오는 임바른, 일에 몰두하고 있는 박차오름을 본다. 두꺼운 사 건기록을 열심히 읽고 있는 박차오름.

임바른 (사건기록 표지를 보고는) 이거 단장님 사건이네요?

박차오름 네.

임바른 제 주심으로 변경된 사건인데 왜?

박차오름 (기록을 넘기며) …이분이 이렇게까지 하는 데에는 뭔가 이유가 있을 거예요.

임바른 (찡그린 표정) …박 판사의 사회적 약자에 대한 애정은 잘 알겠는 데, 그것도 상대를 좀 봐가면서 베풀었으면 싶네요.

박차오름 (기분 상한 표정으로 임바른을 본다)

임바른 그 사건은 제가 알아서 할 테니 본인 일이나 챙기세요. (혼잣말로) …챙길 일도 많은 사람이.

박차오름 네? 뭐라구요?

임바른 …아닙니다. (아무 말 없이 기록을 자기 자리로 가져간다)

박차오름   (임바른을 노려본다)

S#33. 판사실 복도 (오후)

혼자 복도를 걷고 있는 정보왕. 그런데 맞은편에서 이도연 나타난다. 이
도연, 정보왕을 보고는 살짝 미소 짓는데, 정보왕, 외면하면서 스쳐지나
간다. 뒤를 잠시 돌아보았다가, 조용히 부속실로 들어가는 이도연.

S#34. 법원 야외 테라스 (오후)

우울한 표정으로 테라스에 들어선 정보왕. 그런데 임바른이 테라스 난
간에 기대어 허리를 숙이고 먼 곳을 보고 있다. 잠시 보다가 조용히 임
바른 옆에 가 서는 정보왕.

정보왕   …나름 이쁘네.

임바른   (힐끗 본 후) 뭐가.

정보왕   엉덩이.

임바른   미친놈.

정보왕   휴우… (대꾸 않고 먼 곳을 보며 한숨 쉰다)

임바른   …안 어울린다.

정보왕   (이도연하고 안 어울린다는 말로 착각) 왜? 왜 내가 걔랑 안 어울리
           는데?

임바른   뭔 소리야. 너라는 인간하고 고민하는 포즈가 어울린다고 생각

하냐.

정보왕	어… 뭐 나라고 고민이 없는 줄 아냐.
임바른	(힐끗 보더니) …그러냐?
정보왕	그러는 넌 왜 이러고 있는데.
임바른	휴우… (자기도 모르게 한숨)
정보왕	……?
임바른	…됐다. (먼 곳을 본다)

S#35. 한세상 부장판사실 (오후)

한세상과 마주앉아 있는 임바른.

한세상	(한숨 쉬며) 하이고, 이건 또 웬 봉변이야? (흥분하며) 아니 그놈의 사진은 내 인생의 굴욕인데 하필 그걸 대문짝만하게!
임바른	옛날 법조인명부 뒤져서 찾은 모양입니다.
한세상	1인 시위 하는 건 좋은데 이왕이면 이쁜 사진 좀 붙여주면 안 돼? 이거 출근길마다 민망해서 원…
임바른	죄송하지만 이쁜 사진이 있다고 생각하십니…
한세상	(O.L.) 뭐얏!
임바른	아닙니다.
한세상	(잠시 노려보다가, 다시 한숨 쉬며) 그나저나 임 판사가 괜한 고생이구민.
임바른	……
한세상	그러게 왜 뜬금없이 와서 주심 변경하자 그러더니, 골치 아픈 사

건만 골라서 싹 가져갔어? (서랍에서 임바른이 1씬에서 프린트해 가져온 사건번호가 죽 써 있는 종이를 꺼내 들며) 건설에, 의료에… 이거 다 볼려면 야근깨나 해야 될걸?

임바른   …그래도 명색이 선임인데 제가 하죠 뭐.

한세상   박 판사 자존심 세니까 얘기도 하지 말라 그러고. 거참 별일이야. 당원에서 유명한 싸가… (흠칫 임바른의 눈치를 본 후 얼른 표정을 바꾸며) …지 있고 훌륭한 우배석이니까 그렇지, 그럼. (끄덕이며 건성으로) 훌륭해.

S#36. 법원 동문 앞 (저녁)

퇴근하는 임바른, 1인 시위중인 시민군 단장 쪽을 힐끗 본 후, 전철역 쪽으로 걸어간다.

S#37. 클럽 (밤)

날티 나는 차림으로 미녀 둘 사이를 비집고 들어가 능숙하게 춤추는 정보왕.

미녀1   (픽 웃더니) 오빠 쫌 귀엽네? 오빠 뭐하는 사람이야?

정보왕   (씩 웃으며) 나? 뭐하는 사람 같애?

미녀2   웅… 쫌 누는 날라리? (키 웃는다)

정보왕   그래? (피식 웃더니, 잠시 생각하다가) 사실 나 법원 다녀. 판사.

미녀1	(어이없다는 듯) 판~사~?
정보왕	응.
미녀2	(장난스럽게) 어디서 약을 팔어. 니가 판사면, 난 니 엄마다. (《스타워즈》 다스 베이더 흉내내며) 아임, 유어, 마더.
정보왕	(잠시 씁쓸한 표정을 짓다가 다시 씩 웃으며) 판사는 좀 심했지? 좀 노는 날라리, 맞어.
미녀2	그럼 오늘, 좀 놀까? 우리 생일파티 하는 건데.
정보왕	그래, 파티, 좋지. (두 팔을 위로 올리며 능숙하게 춤추기 시작)

환호하는 두 여자.

cut to

한잔했는지 얼굴이 빨간 정보왕, 춤추다 말고 흠칫 놀란다. 몸에 딱 붙는 미니 원피스를 입고 허리를 비틀며 춤추는 미녀1, 2의 모습에 3부 4씬의 이도연 모습(스커트 끌어올리고 허리를 옆으로 틀며 '십 센치' 하던)이 겹친다. 멍하니 멈춰 선 정보왕.

미녀1	오빠, 왜? (웃는다)

정보왕의 눈에는 9부 4씬 테라스에서 "여전히 이쁘네요" 하며 씩 웃는 이도연이 겹쳐 보인다. 눈을 질끈 감는 정보왕.

정보왕	(두 손으로 자기 머리를 두들기더니) 에이씨! 가! 좀 가…

미녀1, 2 놀란다. '또라이'라며 손짓하고 가버린다.

S#38. 임바른의 집 (밤)

거실 바닥에 앉아 엄마와 함께 빨래를 개키고 있는 임바른.

임바른 (속옷 빨래를 착착 접어서 한쪽에 쌓으며) …엄마.

엄마 응?

임바른 세상엔 사서 고생하는 팔자가 있나봐.

엄마 뭔 소리야?

임바른 …옳은 말 하다 미움받고, 남 위해 고생하고… (잠시 생각하다) 지도 힘든 주제에.

엄마 니 아버지? 에휴. 새삼스럽게 이제 와서 뭘…

임바른 어, …아냐. 회사 다니는 내 친구.

엄마 요즘도 그런 바보가 있어?

임바른 …그러게.

엄마 냅둬. 그런 팔자는 약도 없어.

임바른 …사서 고생하게 냅둘 수밖에 없는 거야?

엄마 어쩌겠니. 지 팔잔데. (빨래를 개켜서 얹어놓으며 씩 웃는다) 그래도 짚신도 짝이 있다고, 같이 고생할 팔자도 있잖니. 나 봐라, 나.

임바른 (엄마를 가만히 보다가 다시 빨래를 개키며) 엄마.

엄마 왜?

임바른 …아프지 마.

엄마 오늘 왜 이러니 얘가 진짜?

임바른   (묵묵히 하던 일을 계속한다)

S#39. 임바른의 집 (다음날 낮)

정장 입고 방에서 나오는 임바른.

엄마   어디 가?

임바른   친구 결혼식.

엄마   남의 결혼식만 다니지 말고 쫌…

임바른   (O.L.) 다녀올게~ (잔소리 시작되기 전에 휙 나간다)

S#40. 호텔 1층 (낮)

민용준E   어, 임 판사님?

임바른   (돌아보며) 민 부사장님?

활짝 웃으며 인사하는 민용준. 뒤에는 수행비서 두 명.

민용준   판사님, 여긴 웬일이세요.

임바른   지인 결혼식 왔다가 가는 길입니다.

민용준   이렇게 뵀는데 자나 한산하고 가시죠. 여기, 저희 계열사인데 보고받을 게 있어서 들른 참입니다.

임바른   (잠시 망설이다) 고맙습니다.

S#41. 호텔 스카이라운지 VIP룸 (낮)

통유리창으로 시내가 훤히 내려다보이는 고급스러운 방. 차를 놓고 마주앉은 둘.

민용준   임 판사님 요즘 고생 많으시다면서요. 1인 시위다 뭐다.

임바른   네?

민용준   오름이한테 들었습니다. (씩 웃으며) 솔직히 좀 질투나던데요? 어찌나 걱정을 하는지.

임바른   ……

민용준   법원도 전우애가 대단한가봅니다. 하긴, 그러니까 전관예우니 뭐니 하는 오해도 나오는 거겠죠.

임바른   …그런가요?

민용준   법원도 참 답답하겠습니다. 근거도 없이 의심부터 하는 사람들 때문에. 우리 사회의 고질병이죠. 사회 시스템에 대한 불신.

임바른   (조용히 차를 마신다)

민용준   저희 기업인들도 마찬가지 답답함을 느낍니다. 대기업은 무조건 환경파괴하고 노동자 피 빨아먹는 괴물 취급을 하죠. (피식 웃으며) …그래서 우리 강산 보전하고 우리 동포 피 못 빨아먹게 동남아로 공장 이전하겠다고 하면 또 안 된다고 난리들을 치시니…

임바른   (찻잔을 내려놓고 민용준을 본다)

민용준   임 판사님, 사람들의 법원에 대한 근거 없는 비난에 너무 신경쓰지 마십쇼. 과도한 비난의 배후에는 질투와 동경이 있기 마련이죠.

임바른   …그렇게 생각하십니까?

민용준	(미소) 그렇게 재벌 욕하는 나라지만 드라마 주인공도 전부 재벌이잖습니까. 뭐, 다들 어차피 속으론 (손으로 왼쪽에서 오른쪽까지 죽 가리키며) 여기에서 여기까지 다 사줄게, 이런 말 듣고 싶어하는 거죠.
임바른	(냉담한 표정) …맞는 얘기든 아니든, 민 부사장님 입으로 듣고 싶어지는 얘기는 아닌 것 같습니다만.
민용준	죄송합니다. 지나치게 솔직했나요? 이상하지만, 임 판사님과는 생각이 통할 것 같은 느낌이 들어서요. …강요한 의원님도 그런 말씀을 하시던데.
임바른	(놀라며) 네? 그게 무슨 말씀이죠?
민용준	강 의원님 사건을 담당하셨었다면서요. 저희 아버님이 그분 후원회장을 맡고 계십니다. 저하고도 친해요. 다보스포럼에 같이 간 적도 있죠. 미래 지도자 세션인가 뭔가.
임바른	…그러시군요. 몰랐습니다. (복잡미묘한 심정)
민용준	보십시오. 제가 강 의원님 사건에 관해 오름이나 임 판사님에게 한마디라도 부탁한 적 있습니까? 곧 선고할 대룡그룹 이 회장님 사건도 말이 많지만, 다 모르는 사람들 억측이라고 봐요. 지금 형사48부장님이 어떤 분인데요. 승진을 앞둔 중요한 시기에 오해 살 짓을 하실 리가 있습니까? 소신대로 하시겠죠.
임바른	(놀라며) 아니, 어떻게 그렇게 잘 아시죠?
민용준	(미소) 저야 이래저래 듣는 얘기가 많은 입장이라서요.
임바른	(뭔가 생각하더니) …NJ그룹 법무실장이 부장판사 출신이시죠? 중앙지법 부패전담부면… (깨닫는다) 형사48부.
민용준	……
임바른	…부실장은 중앙지검 금융조사부장 출신. 정확한 정보가 많으실

수밖에 없군요. 대단하십니다. 연결되지 않는 곳이 없군요.

민용준 (말없이 차를 마신다)

S#42. 임바른의 집 (오후)

들어오는 임바른. 호들갑스럽게 맞이하는 엄마.

엄마 (팔을 붙잡으며) 신부 친구 중에 마음에 드는 애 없든?

임바른 (팔을 흔들어 털어내며) 없어, 없어. 그런 거 보러 간 줄 알아?

엄마 야, 남들 부조만 하다가 거지 되겠다. 우리도 회수 좀 해야지!

임바른 1절만 해. 1절만. (방으로 들어가버린다)

엄마 아이참… (짜증스러운 표정 짓고 있다가 갑자기 옆구리가 아픈 듯 얼굴을 찡그리며) 아… (허리를 굽히고 있다가 좀 나은 듯) …왜 이러지? 아까부터 자꾸 아프네.

S#43. 임바른의 집 (밤)

책 읽고 있는 임바른, 밖에서 엄마의 고통스러운 비명소리 들려오자 놀라 뛰어나간다.

엄마E 아이고 나 죽네, 바른아, 바른아…

안방으로 뛰어들어가는 임바른, 옆구리를 붙잡고 데굴데굴 구르고 있는 엄마.

임바른   엄마 왜 그래? 어디가 아퍼? 엄마! 엄마!

엄마   아이고… 아이고…

엄마를 업고 뛰쳐나가는 임바른.

S#44. 병원 응급실 (밤)

엄마를 업고 황급히 뛰어들어오는 임바른.

임바른   의사선생님!

바쁘게 오가는 의사와 간호사들. 아무도 임바른을 쳐다보지 않는다.

임바른   의사선생님! (본체만체 바삐 걸어가는 의사 뒤를 따라가는 간호사를
붙잡으며 거칠게) 응급환자가 왔는데 왜 쳐다보지도 않는 겁니까!

간호사   (힐끗 보며) 접수부터 하세요.

임바른   네?

간호사   (휙 가버린다)

엄마   아이고 나 죽네… 악! (비명을 지른다)

임바른   (울 듯한 표정) 엄마! (엄마를 의자에 내려놓고는 황급히 접수실로 뛰어
간다)

S#45. 병원 응급실 (밤)

임바른   (영수증 들고 뛰어와서는 간호사에게) 접수했으니 빨리 좀 봐주세요!

간호사   지금 응급환자가 많이 밀려 있으니 좀 기다리셔야 해요.

임바른   아니 지금 환자가 죽어가는데 기다리라니요!

간호사   (끙끙 앓는 엄마 옆으로 와서 체온, 동공상태, 맥박 체크하더니) 일단 기다리세요.

임바른   아니 이렇게 아파하는데… (간호사, 휙 가버린다)

엄마   아이고… 아이고… (대기의자에서 옆으로 누워버린다)

임바른   엄마!! (두리번거리다 아까 지나간 의사가 고급 양복 차림에 눈을 감은 평온한 표정의 노인이 탄 휠체어를 끌고 가는 것을 보고는 달려간다)

임바른   (의사 멱살을 잡으며) 우리가 먼저 왔잖아! 당신 지금 뭐하는 거야!

의사   (거칠게 뿌리치며) 비켜! 뭐야 이거! (황급히 따라오는 간호사를 째려본다)

간호사   죄송합니다 선생님. 어서 가세요. (임바른을 밀어내며) 비키세요!

의사, 휠체어를 끌고 황급히 안쪽으로 사라진다. 거칠게 임바른을 밀어낸 간호사도 곧바로 의사를 뒤따라간다. 임바른, 분노로 부들부들 떤다.

엄마   <u>으으으으</u>… (아랫배를 움켜잡고 몸부림친다)

임바른, 이쩔 줄 몰라 하나가 황급히 품에서 핸드폰을 끼내디니 구식으로 가서 급히 연락처 목록을 죽죽 밑으로 내리다가 전화를 걸고, 초조하게 연결을 기다린다.

의사E　여보세요?

임바른　(다급하게) 나야, 바른이.

의사E　어, 임바른. 웬일이냐? 생전 연락도 없더니. 동창회도 안 나오고.

임바른　미안하다. 내가 무심했지. 정말 미안한데, 내가 좀 급해서 전화했어.

의사E　무슨 일인데?

임바른　어, 지금 너희 병원 응급실이야. 어머니가 좀 안 좋으셔.

의사E　그래?

임바른　정말 미안한데, 니가 얘기 좀 해줄 수 없겠냐. 생전 아프다는 소리 한 번 한 적 없는 우리 엄마, (자기도 모르게 울먹인다) 죽는다고 난리셔. 기다리라고만 하는데, 이러다 무슨 일 나면 어쩌냐… 부탁한다…

의사E　(곤란해하며) 어, 병실 좀 먼저 빼주고 하는 건 가능한데 응급실 쪽이 좀 빡빡해서… (잠시 망설이다) 그래도 전화해볼게.

임바른　고맙다, 고마워… 정말… (눈물을 닦는다)

S#46. 병원 응급실 (밤)

대기실 의자에서 고통스러워하는 엄마와 넋나가 서있고 있는 임바른. 진료실 안에서 간호사 나온다.

간호사	임바른 씨 맞으시죠?
임바른	네!
간호사	환자 모시고 이리로 오세요.

임바른, 얼른 엄마 부축해서 간호사를 뒤따라간다.

cut to

응급실에서 초조하게 혼자 기다리고 있는 임바른.

S#47. 병원 응급실 (밤)

지친 표정의 의사, 차트를 들고 진료실에서 나오더니 임바른 앞에 선다.

의사	임바른 판사님?
임바른	네! 선생님! 저희 엄마는 좀 어떤가요!
의사	요로결석입니다.
임바른	네?
의사	굉장히 아프긴 하지만, 생명에 지장 있는 병은 아닙니다. 들어가 있는 돌이 비교적 작아요. 진통제 놔드렸으니까 물 계속 많이 드시면 소변으로 나올 겁니다.
임바른	네에…
의사	(돌이시려다 잠시 망설이더니) …아까 그 휠체어 딘 노인분, 뇌혈관이 터져서 오신 거였습니다.

임바른	(놀라서 말을 잇지 못한다)
의사	환절기라 응급상황의 노인분들이 많습니다. 전 지금 사흘째 두 시간씩도 못 자고 있고요. (비꼬는 말투로) 판. 사. 님.
임바른	(할말이 없다, 고개를 숙이며) …죄송합니다… 선생님. 제가 아무 것도 몰라서 그만…
의사	(임바른을 잠시 노려보더니 정중히 목례를 하고 휙 돌아서 간다)

무색해진 임바른, 숙이고 있던 고개를 천천히 들어 응급실을 둘러본다. 아비규환이다. 울고불고하는 환자와 가족들. 지친 표정의 의사와 간호사들. 허름한 차림의 중년남자 한 명이 어머니로 보이는 왜소한 할머니가 앉아 있는 옆에 서서 버럭버럭 소리치고 있다.

중년남자	(악을 쓴다) 우리가 먼저 왔는데 왜 안 봐줘! 환자가 아프잖아! (임바른을 노려보며) 돈 있고 빽 있는 놈들만 먼저 봐주는 거냐 이 나쁜 놈들아!!

멍하니 중년남자를 쳐다보던 임바른, 터덜터덜 힘없이 그쪽으로 걸어가서, 중년남자 앞에 무릎을 꿇는다. 놀라는 중년남자.

임바른	(고개를 숙이며) 죄송합니다.
중년남자	……
임바른	제가 옳지 못한 짓을 했습니다. 잘못했습니다. 잘못했습니다… (눈물이 맺힌다)
중년남자	(노려보다가 휙 외면한다)

S#48. 법원 동문 앞 (오전)

출근길의 임바른, 문 옆에서 시위중인 시민군 단장을 조금 떨어진 곳에서 묵묵히 바라보다가, 법원으로 들어간다.

S#49. 배석판사실 (낮)

두꺼운 시민군 단장 사건기록을 열심히 보고 있는 임바른. 힐끗 임바른을 보는 박차오름.

S#50. 법정 (낮)

다시 화장품 용기 사건 변론기일. 피고 아세아화장품이 새로 선임한 대형 로펌 변호사 세 명이 앉아 있다. 머리 하얀 60대 노변호사 한 명과 젊은 변호사 두 명.

노변호사   (천천히 자리에서 일어서더니) 재판장님, 저희가 이번에 새로 선임되어서 아직 준비할 시간이 부족했습니다. 기일을 좀 넉넉히 뒤로 잡아주시지요.

한세상   …죄송합니다만, 더 하실 것이 있습니까?

노변호사   (놀라며) 네?

한세상   재판부가 보기엔 이리 오래 끌 사건이 아닌 것 같습니다만.

노변호사   그래도 저희가 새로 선임됐으니 조금 더 시간을 주셔야…

한세상	3주 넘게 시간이 있지 않았습니까? 이번 기일에 마친다고 예고도 했고요.
노변호사	저희가 워낙 사건이 많다보니…
한세상	그건 합당한 사유가 못 되는 것 같습니다. 더 내실 주장과 증거가 없으신 것 같으니, 이만 변론을 종결하겠습니다.

원고석의 황말동 변호사, 의기양양한 표정. 반면 방청석에 앉은 아세아 화장품 법률팀장과 대리, 얼굴이 사색이 된다.

팀장	(소곤소곤) 비상이다. 윗선에 빨리 보고드려야겠어.
대리	네. 팀장님.

S#51. 법정 밖 복도 (낮)

재판 마치고 걸어가는 세 판사.

한세상	(짜증스러운 표정) 대법관까지 하셨으면 좀 사회봉사나 하시며 살면 안 돼? 참 나. 이렇게 가다간 배보다 배꼽이 더 커지겠어. 변호사들만 돈 벌고.
임바른	(무거운 표정) 누가 이렇게 만든 걸까요…
한세상	뭔 소리야?

박차오름, 임바른을 본다.

S#52. 한세상 부장판사실 (낮)

한세상 하이고, 그놈의 시민군인가 뭔가 하는 단장 사건, 곧 기일 들어
가. 요주의 인물이니까 다들 정신 바짝 차려.

임바른 ……

한세상 아주 재판이 취미생활인 사람이야. 십 년째 법원 들락거리더니
독학해서 법률용어는 많이 안다네. 자기 맘대로 엉뚱하게 해석
해서 그렇지.

임바른 부장님, 그분이 그렇게 된 데에는 이유가 있는 것 같습니다. 십
년 전 최초로 낸 재판기록을 찾아봤습니다.

박차오름 (놀라며 임바른을 본다)

한세상 (짜증스러워하며) 아, 무슨 이유?

임바른 원래 장사하던 분인데, 건물주가 쫓아내려고 온갖 방법으로 영
업방해하고 괴롭혀서 권리금도 못 받고 나왔나봅니다. 나 홀로
소송으로 손해배상 청구를 했는데, (사건 메모지 사이에서 종이를
꺼내들며) 일 년 넘게 한 그 재판 판결 이유가 이겁니다.

임바른을 쳐다보는 한세상, 임바른, 종이를 들고 읽는다.

임바른 원고는 이상과 같이 주장하나, 갑1호증의 1부터 갑72호증의 8의
각 기재, 증인 이성연, 김준동의 각 증언만으로는 위 인정사실을
인정하기에 부족하고, 달리 이를 인정할 증거가 없다. (종이를 내
려놓으며) 세 줄이네요. 딱 세 줄.

한세상 으흠… (탄식)

임바른 제가 봐도 증거가 부족하긴 합니다. 건물주는 세입자 내보내고

빌딩 올리려고 컨설팅업체 자문받아가면서 치밀하게 했거든요.

한세상   …안된 일이긴 하지만, 증거가 없으니 어쩔 수 없었던 것 아닌 가.

임바른   그럴지도 모르죠. 그런데, 혼자서 힘들게 일 년 넘게 소송한 결과 받은 이유가 달랑 저 세 줄이면 어떤 기분이 들까요. …그것도 상대방 변호사는 재판장하고 절친한 전관 변호사라면.

한세상   ……

임바른   과연 그 결론을 받아들일 수 있을까요? 법적으로는 그 결론이 맞는 거였다고 해도?

박차오름 (감동한 표정으로 임바른을 바라본다)

한세상   …좋아. 억울할 만한 부분이 있다 치자구. 그런데 그건 십 년 전 일 아냐. 지금 그 사람이 반복해서 내고 있는 소송들이 뭐야. 그 빌딩 때문에 교통이 불편하니 손해배상해라, 빌딩 앞 조각상이 흉측해서 꿈에 나오니 손해배상해라, 건축허가 해준 구청장 시장 파면해라…

임바른   ……

한세상   게다가 딴사람들한테 어떻게 하면 재판을 질질 끌면서 재판부를 괴롭힐 수 있는지 코치까지 해주고 있어. 이미 그 사람은 피해자가 아니라 또다른 가해자가 되어 있다구!

박차오름 부장님, 그래도…

한세상   (고개를 TV 쪽으로 돌리며) 잠깐만.

방수석에 있는 TV에서 뉴스가 나오는데, 밑에 자막이 흘러나나. '긴급속보. 대롱그룹 이진수 회장 석방. 징역 3년에 집행유예 5년.'' 재판부, 피해액수 적지 않으나 국가 경제에 공헌한 바 크고, 현재 실업과 불황이 심각한 상황임을 고려했다고 밝혀.' 굳은 표정의 세 판사.

한세상 ···법원 문밖 시위대가 바뀌게 생겼구만.

S#53. 법원 구내식당 (낮)

식사하고 있는 44부 판사들. 그 옆 테이블로 식판 들고 와서 앉는 세 판사. 형사48부장 권세중과 그 배석판사들이다.

한세상 (권세중을 보며) ···요즘 맘고생이 심하지.

권세중 소신대로 했을 뿐인데, 무슨 맘고생이 있겠습니까. 세상의 비난이야 감수해야죠.

한세상 소신?

권세중 네. 판사가 국민보다 위에 있을 수는 없지 않겠습니까. 저, 정말 고민 많이 했습니다. 제 주변에 있는 거의 모든 사람들 의견을 다 들어봤어요. 동네 사람들, 교회 사람들, 동창들, 일가친척들··· 다들 한목소리더라고요.
죄는 밉지만 나라 경제 살리는 게 먼저 아니겠느냐, 나라가 망하고 난 다음에 정의를 세우면 무슨 소용이 있겠느냐. 대룡그룹 공장에서 일하는 사람이 3만 명이 넘습니다. 오너 구속을 틈타 외국 헤지펀드가 경영권 공격에 나섰고요. (결연한 어조) 만고의 역적이 되더라도 백성 목숨부터 살리겠다던 최명길을 생각하며 판결을 선고한 겁니다.

박차오름 ···죄송합니다만 부장님, 어느 동네 사시는지 여쭤봐도 될까요?

권세중   (웬 엉뚱한 소리냐는 표정으로 쳐다보며) 도곡동인데, 왜?

박차오름   …저번에 들으니 부장님, 강남에서 유명한 큰 교회 장로님이라
          고 하시던데, 맞으신가요?

권세중   (짜증내며) 아, 그래서 뭐?

박차오름   죄송하지만, 부장님이 널리 의견을 들으신 그 많은 지인분 중에,
          대학 못 나온 분이 한 분이라도 계신가요?

권세중   대체 뭔 소리야?

박차오름   월세 사는 분은요? 영업사원은 계신가요? 시장에서 장사하는
          분은요? 버스기사는? 대룡그룹 공장에서 일하는 노동자 중에는
          아는 분 있으신가요? 3만 명이 넘는다면서요.

한세상   박 판사,

박차오름   죄송합니다. 부장님이 말씀하시는 국민이 어떤 분들인지 얼핏
          이해가 안 되어서 여쭤봤습니다.

          권세중, 박차오름을 노려본다. 임바른, 걱정스러운 눈빛으로 박차오름
          을 본다.

S#54. 법원 동문 앞 (오전)

          출근길의 임바른, 문 앞에 멈춘다. 시위대가 바뀌어 있다. 플래카드에
          는 '재벌 돈 받고 재판하는 비리 판사 구속하라!'라고 쓰여 있고 구호도
          바뀌었다. "비리 판사 구속하라! 구속하라~ 구속하라~" 멈춰 서서 시
          위대를 바라보는 임바른. 여러 사람들의 얼굴이 떠오른다.

플래시컷〉

- 1인 시위하는 수염 난 시민군 단장.
- 황말동 변호사 옆에 수심 가득한 얼굴로 앉아 있는 화장품 용기 사건 원고.
- 우아하게 차를 마시는 민용준.
- 구내식당에서 열변을 토하는 권세중.

임바른   (마음의 소리) 돈도 연줄도 없는 이들은 막연한 분노로 거리로 나서고, 돈이라도 좀 있는 이들은 브로커 말만 믿으며 전관을 찾는데, 정말 힘있는 사람들은 굳이 로비할 필요조차 없구나. 이미 그들 중의 한 사람이 된 판사가 그들을 재판할 테니까.

S#55. 배석판사실 (낮)

일하고 있는 박차오름, 사무실 전화기가 울리자 받는다.

박차오름   네, 전화 바꿨습니다.

감성우F   박 판사? 나 감성우야.

박차오름   (반갑게) 네! 감 부장님. 어쩐 일이세요.

감성우F   우리 또 꽃향기 맡으며 커피나 한잔할까?

박차오름   네!

S#56. 법원 실내 라운지 (낮)

화분 사이에서 웃으며 커피를 마시고 있는 감성우와 박차오름.

감성우　(웃으며) 그런데 말이야 박 판사.

박차오름　네.

감성우　내 지인 중에 아주 훌륭한 사람이 하나 있어. 사업하는 분인데.

박차오름　네…

감성우　가지 많은 나무에 바람 잘 날 없다고, 큰 사업을 하다보니 어쩔 수 없이 여기저기 송사도 많은가봐.

박차오름　……

감성우　좀 질이 안 좋은 사람들이 말도 안 되는 소송을 걸곤 하는 모양 인데, 걱정이야. 세계시장 진출이 코앞인 우리 기업을 응원은 못 해줄 망정, 발목들이나 잡고, 참 나.

박차오름　죄송한데 지금 무슨 말씀을 하려고 하시는 건지…

감성우　어, 다름 아니라 박 판사 주심사건 중에 아세아화장품이라고 혹 시 있지 않나?

박차오름　(얼어붙는다) ……

감성우　다른 뜻은 없고, 그저 기록이나 정확히, 꼼꼼~히 봐줬으면 해서. 내가 아무리 걱정 말라고 해도, 하도 상대방이 전관을 붙였다는 둥 어쨌다는 둥 걱정을 해서…

박차오름　(정색) 부장님, 지금 제게 청탁을 하시는 건가요.

감성우　(눈이 둥그레지며) 박 판사, 그게 무슨 소리야? 난 그냥 있는 그대 로, 공정하게만 해달라는 얘긴데 무슨 말을 그렇게 서운하게 해?

박차오름　전 이만 들어가보겠습니다. (꾸벅 인사하고 돌아선다)

감성우	(안타깝게) 박 판사? 박 판사?

S#57. 배석판사실 (오후)

심각한 표정의 박차오름. 뭔가 고민하더니 법원전산망 사건검색창에 '아세아화장품'을 입력한다. 사건번호가 여러 개 주루룩 뜬다. 마우스를 클릭해보더니 사무실 전화기를 드는 박차오름.

박차오름	언니?
홍은지F	박 판사? 웬일이야?
박차오름	언니네 부에도 아세아화장품 사건 하나 있죠?
홍은지F	응, 어떻게 알아?
박차오름	(망설이다가) 저, 혹시… 감성우 부장님이 뭐라고 하신 적 없어요?
홍은지F	(곤란해하며) 감 부장님? 어, 글쎄…
박차오름	(단호한 표정으로 대답을 기다린다)
임바른	(놀란 표정으로 박차오름을 본다)

cut to

전화기를 내려놓는 박차오름.

임바른	감 부장님이 왜요? 무슨 일입니껴.
박차오름	…이건 범죄예요.

임바른	(놀라며) 범죄?
박차오름	아세아화장품 대표와의 친분을 내세워, 여기저기 슬쩍 청탁을 하고 계신 것 같아요.
임바른	감 부장님이? 설마?
박차오름	…이건 공식적으로 문제삼아야 할 것 같네요.
임바른	(걱정스레) 박 판사. 일단 좀더 알아보고 신중하게 합시다. 이건 지난번 성공충 부장님 건보다 훨씬 심각한 일이에요. 잘못하면 박 판사도 치명상을 입을 수 있어요. 감 부장님은 다들 좋아하는 신망이 높은 분인데…
박차오름	지금 그런 걱정할 때예요? 법원 안에서 버젓이 이런 짓이 벌어졌는데?
임바른	그래도 일단 참아봐요. 알아보고 문제제기하더라도 내가 대신할게요.
박차오름	제가 청탁을 받았는데 왜 임 판사님이 대신합니까!
임바른	(참다못해) 박 판사는 지켜야 할 사람이 있잖아요!
박차오름	(깜짝 놀란다) ……
임바른	…이 조직에서 살아남아야 한다면서요. 너무 성급하게 저지르지 말고, 잠깐만 더 생각해봅시다. (잠시 생각하다가) 그래요, 우선 우리 부장님하고 말씀 나눠보죠. 감 부장님하고 절친하시잖아요.
박차오름	……

S#58. 한세상 부장판사실 (오후)

한세상 (버럭) 그게 무슨 말도 안 되는 소리야!

박차오름 (꿋꿋이) 맞습니다. 제가 직접 들었고, 확인했습니다.

임바른 부장님, 홍은지 판사도 비슷한 부탁을 받았다고 합니다.

한세상 (고개를 흔들며) …뭔가 오해가 있을 거야. 그 친구가 그럴 친구가 아니야. (버럭) 경거망동들 하지 말고 있어! 내가 직접 확인해볼 테니까!

S#59. 감성우 부장판사실 (오후)

굳은 표정으로 들어서는 한세상.

감성우 (자리에서 일어서며) 형님, 어인 행차십니까?

한세상 (다짜고짜 의자에 앉으며) 나랑 얘기 좀 하세.

감성우 (의아한 표정) ……?

cut to

감성우 (얼굴이 사색이 되어) 아닙니다, 형님. 그게 그런 뜻이 아니라…

한세상 그런 뜻이 아니면 그게 뭔데?

감성우 별말도 아니었습니다. 그저 기록 꼼꼼히, 잘 봐달라고

한세상 대한민국 판사들이 부탁을 받아야 기록을 꼼꼼히 보나?

감성우 하이고, 형님. 그냥 별 뜻 없이 인지상정으로 한마디 거든 거지요.

한세상	인지상정?
감성우	형님, 한 대표. 그 사람. 아무 조건 없이 십 년 세월을 친형제보다 더 살갑게 저한테 잘해준 사람입니다. 저도 판사이기 이전에 사람인데, 어떻게 매몰차게 나 몰라라 하겠습니까.
한세상	…사람 노릇 그렇게 하고 싶었으면 판사는 그만뒀었어야지.
감성우	형님!
한세상	후배들한테 부끄럽지도 않아?
감성우	형님, 그게 아니라…
한세상	(감성우를 가만히 쳐다보다가) …자네, 작년에 애 유학자금 때문에 옷 벗을까 고민했었지.
감성우	(머뭇거리며) 예…
한세상	막판에 처갓집에서 도와줘서 겨우 판사 계속할 수 있게 됐다고 좋아했었지.
감성우	…네.
한세상	…정말 처갓집이 도와준 거 맞나?
감성우	(움찔하며) 네, 그럼요.
한세상	내 눈을 똑바로 보고 말해보게.
감성우	(눈을 피한다)
한세상	(깊은 탄식) 하아아… (눈을 질끈 감았다가 뜨며) 아무 조건 없이? 사업하는 사람이 그리 잘해주는 게 이상하지도 않았어?
감성우	(머뭇거리며) …정말 인간적으로 나를 너무나 좋아해주는구나, 하고 고맙게만…
한세상	(싸늘한 표정) 경계가 없는 게 아니라, 개념이 없는 사람이었구만. 내가 사람을 잘못 봤어. (자리에서 일어난다)
감성우	형님! 제 얘기를 조금만 더 들어주십쇼! 형님!

뚜벅뚜벅 걸어나가는 한세상.

S#60. 판사실 복도 (오후)

창가에 서서 깊은 한숨을 쉬는 한세상. 고뇌하는 눈빛.

S#61. 수석부장판사실 (오후)

앉아서 일하고 있던 수석부장, 문이 열리며 한세상이 들어오자 놀라며
자리에서 일어선다.

cut to

심각한 표정으로 마주앉은 수석부장과 한세상. 수석부장, 한세상에게
뭔가 얘기해보지만 한세상, 단호하게 고개를 젓는다. 고민하는 표정으
로 자리에서 일어나 왔다갔다하던 수석부장, 결국 결심한 듯 전화기를
든다.

S#62. 한세상 부장판사실 (오전)

굳은 표정으로 법복을 입고 있는 한세상. 잠시 거울에 비친 자신을 보고
있다가, 메모지가 든 파일을 챙겨 들고 자리를 나선다.

S#63. 법정 (낮)

방청석 앞자리엔 '법조비리 처단 시민군' 사람들이 기세등등하게 앉아 있고, 원고석엔 단장, 피고석엔 젊은 변호사 한 명 앉아 있다.

한세상   원고가 낸 준비서면은 다 읽어봤습니다. 그런데 이번에 하신 증거신청은 근거 규정이 없는 것 같은데요,

단장   잠깐!

한세상   ……

단장   더 할 것 없지 않느냐, 이러면서 바로 재판 끝내려는 모양인데, 내가 재판만 십 년 동안 수십 건을 한 사람이오. (자신만만한 표정) 내가 솔직히, 민사소송법도 재판장보다 많이 알 거요. 실력 대 실력으로 붙으면, 내가 당신, 이길 자신 있단 말이오!

이단디   말씀을 조심하세요! (단장 옆으로 다가간다)

한세상   (이단디를 향해 고개를 흔든다, 이단디, 뒤로 물러선다)

단장   근거가 없긴 왜 없어! 판사가 법도 제대로 모르는 거요?

이단디   이 양반이 정말,

한세상   이 경위! (이단디를 제지하더니 원시용 안경을 꺼내 쓰고 옆에 놓인 법전을 넘기기 시작한다. 자세히 읽어보는 한세상, 법전 구석을 손가락으로 짚더니) …그렇네요. 민사소송법에는 없지만 대법원규칙에 관련 규정이 하나 있네요. (자세를 바로 하더니 단장을 향해) 제가 몰랐구만요. 실무에서는 거의 쓰이지 않는 규정이긴 하지만, 그래도 미리 갈 찾아보고 왔어야 하는네. 죄송합니다. (정중하게 고개를 꾸벅 숙인다)

임바른과 박차오름, 놀라 한세상을 쳐다본다.

단장 (당황해서 순간 어쩔 줄 몰라 한다) …어, 어험.

한세상 근거가 있으니 신청하신 것은 채택하겠습니다. 그건 다음 기일에 조사하기로 하고, 그 외에 하시고 싶은 말씀 있으면 하시지요.

단장 …어, 오래 걸릴 텐데?

한세상 (빙긋 웃으며) 하실 말씀이 많으신 것 같아서, 뒷시간은 다 비워놨습니다. 말씀하시죠. 저희가 잘 듣겠습니다.

단장 (자기도 모르게 자세를 바로 하며) 고, 고맙습니다, 재판장님. 그러면 말씀드리죠. 이게 어떻게 된 일인고 하면요, 십 년 전으로 거슬러올라가는 일인데…

열심히 이야기하고 있는 단장과 메모하며 열심히 듣는 한세상. 임바른과 박차오름, 감동한 눈빛으로 한세상을 잠시 쳐다보다가, 연필을 들어 메모하기 시작한다.

S#64. 법원 야외 테라스 (낮)

난간에 기대어 먼 곳을 보며 뭔가 고민하고 있는 정보왕.

S#65. 44부 부속실 (낮)

타이핑하는 이도연의 시야에 갑자기 남자 다리가 들어온다. 고개 드는 이도연. 정보왕이 평소와 달리 진지한 표정으로 서 있다.

이도연	정 판사님?
정보왕	오늘 저녁 시간 돼요?
이도연	예?
정보왕	데이트합시다.
이도연	예??
정보왕	귀여운 남자가, 매력적인 여자한테 데이트 신청합니다. 애인이 있든 없든, 그게 누구든, 내게도 기회를 줘요.
이도연	(기세에 압도당해 멍하니 있다)
정보왕	(이도연을 뚫어져라 쳐다보며) 반했습니다. 이. 도. 연. 씨.

S#66. 배석판사실 (낮)

일하고 있던 박차오름, 전화기가 울리자 전화를 받는다. 뭔가 전해 듣고 놀라는 박차오름. 자리에서 일어나 서둘러 밖으로 나간다.

S#67. 법원 현관 앞 (낮)

검은색 승용차(검찰수사관 차) 서 있고, 초췌한 감성우, 양옆 검찰수사관에 팔을 붙들린 채 차로 걸어간다. 현관 앞에는 침통한 표정의 부장들과 젊은 판사들, 여럿 서 있다. 박차오름, 문을 열고 뛰어나와 문 옆에 괴로운 표정으로 선다.

cut to

수석부장, 침통한 표정으로 자기 방 창문 아래를 내려다보고 있다.

cut to

법원장, 자기 방 의자에 깊숙이 뒤로 기댄 채 눈을 감고 있다가, 번쩍 눈을 뜬다. 분노한 듯, 담담한 듯 알 수 없는 표정.

cut to

감성우, 검찰수사관에게 팔을 내민다. 수사관, 수갑을 채운다. 그 광경에 충격으로 얼어붙는 판사들. 차를 타는 감성우와 수사관들, 차가 출발하고, 판사들, 멍하니 바라본다.
맨 앞줄에 침통한 표정으로 서 있던 권세중, 우갑철, 배곤대, 뒤로 돌더니 박차오름을 차갑게 노려보고는, 박차오름 옆을 스쳐 건물 안으로 들어간다. 이어 성공충, 묘한 웃음을 띠며 박차오름을 힐끗 보고는, 박차오름을 지나쳐 간다. 침통한 표정의 생활한복 부장, 박차오름을 쳐다보지도 않은 채 지나간다. 괴로운 표정으로 서 있는 박차오름. 이어 천성훈, 시현빈, 김누우을 비롯한 젊은 판사들도 박차오름을 외면하고 지나간다. 물결처럼 홀로 서 있는 박차오름을 스쳐지나가는 사람들. 사람들의 물결이 지나가고 나자 외로이 서 있는 박차오름의 곁에, 어느새 임바른이 서 있다. 걱정 가득한 눈빛으로 박차오름을 바라보면서.

10부

흘려야 할 피라면…
흘리겠습니다

S#1. 법원 야외 테라스 (오후)

고민스러운 표정으로 바깥을 보고 있는 임바른. 호들갑스럽게 달려오는 정보왕.

정보왕   여깄었네! 나 했어! 했어!

임바른   (쳐다보지도 않는다)

정보왕   했대니까!

임바른   (짜증) 아, 뭘.

정보왕   (자랑스럽게) 고백!!

임바른   (외면) ……

정보왕   이도연한테 돌직구로 고백했어!! 오늘 저녁에 데이트할 거라구!!

임바른   (정보왕을 쳐다보며) …니 빙금 무슨 일이 있었는지 알기나 하냐?

정보왕   무슨 일? 야, 내가 지금 남의 일 신경쓰겠냐?

임바른   …그래. 그러시겠지. (다시 바깥을 보며) 잘해봐라.

정보왕   (어리둥절하고 있다가 시계를 보더니) 벌써 세 시? 빨리 판결 초고 마무리해서 갖다드려야겠네. (빵긋 웃으며) 데이트 늦을라!

후다닥 뛰어나가는 정보왕. 쓸쓸한 표정의 임바른.

S#2. 44부 부속실 (오후)

방으로 돌아오던 임바른, 일하고 있는 이도연을 힐끗 본다. 평소와 변함 없는 이도연.

이도연   (타이핑하면서) 뭐 시키실 일 있으신가요?
임바른   아, 아니요.
이도연   그럼 뭐 물어보고 싶으신 거라도?
임바른   (당황) 아뇨. …수고하세요. (어설프게 꾸벅하고는 방에 들어간다)
이도연   (임바른이 방에 들어간 후, 타이핑을 멈추고 주위를 살피더니, 키보드 옆에 뒤집어놓은 거울을 슬쩍 든다. 거울을 들여다보며 걱정스런 눈빛 으로 얼굴 곳곳을 유심히 살피다가, 뾰루지 하나를 발견하고는 짜증스 러운 눈빛) …짜증나. 왜 오늘이야. 하필… (또 주변을 살피더니 콤 팩트를 꺼내 뾰루지 위를 톡톡 덮는다)

S#3. 44부 부속실 (오후)

박차오름은 사무실 전화를 받고 있다. 긴장한 표정.

박차오름	네… 내일 9시, 529호 검사실. 알았습니다. (전화 끊는다)
임바른	(놀라며) 무슨 일입니까?
박차오름	참고인진술 하러 오라네요.
임바른	감 부장님 때매?
박차오름	네.
임바른	아니 우선 진술서나 제출해달라고 해도 될 텐데…
박차오름	현직 부장판사를 긴급체포했으니 검찰도 부담스럽겠죠.
임바른	(걱정스레) 괜찮겠어요? 내일 당장은 너무 급하니 일단 좀 미루고…
박차오름	(O.L.) 괜찮아요. 참고인진술인데요 뭐. (진지한 표정) …제가 시작한 이상, 피할 순 없는 거죠.
임바른	그래도…
박차오름	(방긋 웃으며) …그렇게 걱정되세요? (임바른을 장난스레 쳐다보며) 우배석판사님?
임바른	(살짝 당황, 외면하며) 걱정은 무슨, (쌀쌀맞게) 이번 주 판결은 다 썼습니까? 업무에 지장주지 말란 말예요.
박차오름	네네, 어머니~
임바른	(째려본다)

S#4. 43부 부속실 (오후)

타이핑하는 늙수그레한 남자 속기사. 정보왕이 판결 초고 몇 개를 들고 부장실로 들어가려고 하자,

속기사	부장님 지금 잠시 자리 비우셨습니다!
정보왕	(무심코) 네, 형님.
속기사	네? 판사님?
정보왕	아, 아니에요. 언제 오신대요?
속기사	글쎄요, 뭔가 큰일이 났는지 심각한 표정이시던데요.
정보왕	(초조) 아… 급한데 왜 하필 오늘…

S#5. 43부 배석판사실 (오후)

김동훈, 심각한 표정으로 들어온다. 일하고 있던 정보왕,

정보왕	표정이 왜 그래? 뭔 일 났어?
김동훈	모르세요? 감 부장님?
정보왕	감 부장님이 왜? 꽃향기 맡다가 벌에라도 쏘이셨어?
김동훈	(어이없어하며) 요즘 대체 어디 정신 팔고 다니시는 거예요?
정보왕	(어리둥절) 내가 뭘?

cut to

정보왕	(경악하며) 뭐야?! 세상에…
김동훈	(굳은 표정) 전 도저히 믿을 수가 없어요. …박 판사님이 오해한 거 아닐까요. 그분 좀…
정보왕	좀?
김동훈	(시선을 피하며) 아뇨, 뭐 그냥.

정보왕	……
속기사	(들어오며) 부장님 오셨습니다!
정보왕	(엉겁결에) 네! 형… (얼버무리며) 사부에 다녀오신 건가? 아닌가?
	(중얼거리며, 갸우뚱하는 속기사에게 가볍게 목례하며 지나쳐 간다)

S#6. 배곤대 부장판사실 (오후)

판결 초고 여러 개를 내밀고 있는 정보왕. 배곤대, 표정이 안 좋다. 초고를 받아 건성건성으로 훑어본다.

배곤대	이건 일단 놓고 가고, 조정 좀 들어가보지?
정보왕	네? 아, 그 여자랑 사귈 때 준 것들 다 돌려달라는 쫌팽이 사건 말씀이십니까?
배곤대	(짜증스러운 표정) 그래 그거.
정보왕	(곤란해하며) 저기, …죄송합니다만 오늘 조정은 부장님이 직접 들어가신다고…
배곤대	(짜증내며 버럭. O.L.) 동료 부장이 수갑 차는 꼴을 눈앞에서 봤는데! 내가 지금 조정이고 나발이고 할 기분이야?!
정보왕	(움찔하며 목을 움츠린다)
배곤대	(화난 눈빛으로) 박차오름. 하여튼 개가 문제야. 또 별것도 아닌 일을 침소봉대해서 조직에 똥물을…
성보왕	(어물어물거리며) 네 부장님, 그런 조정, 제가 한번 들어가모겠습니다. (얼른 꾸벅 인사하고 나간다)

S#7. 43부 판사실 앞 복도 (오후)

정보왕   (걱정스레) 박 판사 또 찍혔네. 하아, 지난번 판사회의로 벌써 마일리지 꽉 찼는데… (시계를 보더니) 그래 일단 조정부터. 뭐, 어차피 합의할 생각은 1도 없다는 사람들이니 금방 끝나겠지?

S#8. 조정실 (오후)

젊은 남녀. 여자는 팔짱 끼고 지겹다는 표정으로 외면하고 있다.

남자   판사님, 조정에 대해 다시 한번 곰곰이 생각해봤는데요…

정보왕   …그렇게 매사에 너무 깊이 생각하는 게 꼭 능사는 아니고요,

남자   …그래도, 재판부에서 권하시는데 일단 한번 찬찬~히, 이런저런 얘기도 나눠보면서…

정보왕   아니, 그게 얘기 길게 한다고 꼭 달라지는 게 아니라, 처음 느낌대로 가시는 것도…

남자   제가 그거 전부 다 돌려달라는 것까지는 아니고, 저쪽이 도의적으로 최소한의 성의만 표시하면…

여자   치사한 인간아! 나 좋다고 마누라 몰래 퍼줄 땐 언제고!

남자   뭐야, 이 배은망덕한 기집애가!

정보왕   (우거지상, 마음의 소리) 미치겠다. 오늘 왜 이러니…

S#9. 조정실 (저녁)

남녀, 뭐라고 계속 말싸움중이고, 정보왕, 애타는 표정으로 벽시계를 본다. 저녁 6시 20분.

정보왕   (마음의 소리) 7시 가로수길인데… 그렇게 고백해놓고 늦으면…

여자   (지친 표정) 남자는 다 그래? 처음엔 그렇게 좋다고 난리 치더니. (울음 섞이며) 남자는 도대체 믿을 수가 없어!

정보왕   (괜히 움찔. 초조해서 책상 밑으로 다리까지 덜덜 떨기 시작)

여자   (차고 있던 시계를 거칠게 풀어 탁 내려놓으며) 뭐 그리 대단하게 준 거 있다고 이제 와서! 가져가! 내 더럽고 치사해서!

남자   (얼른 시계를 챙기며) 야, 내가 해준 게 얼마나 많은데!

여자   뭐! 뭐!

정보왕   (얼른) 자, 그럼 그걸로 마무리할까요?

남자   잠깐만요, 판사님. (여자에게) 야, 내가 니 통신비 매달 내줬잖아! 그것만도 꽤 돼!

여자   (어이없다) 한 달 5만 원씩 반년? 지금 그거 돌려달라는 거야?

남자   돈이 문제가 아니라, 정리할 건 정리하는 게 깔끔…

정보왕   (손으로 탁자를 쾅 내리치며 O.L.) 그만!!

놀라서 쳐다보는 남녀. 정보왕, 성난 표정으로 지갑을 꺼내더니 5만 원짜리 여섯 장을 휙휙 꺼내서 테이블 위에 탁 내려놓는다.

정보왕   됐습니까 이제! (자리에서 벌떡 일어나서 나가다가 휙 돌아서 남자에게 삿대질하며) 그리고 당신! 인생 그따위로 살지 마!!

문을 쾅 닫고 나가는 정보왕. 어리둥절해서 쳐다보는 남녀. 남자, 그 와
중에 손은 스윽 탁자 위의 돈을 챙겨간다.

S#10. 도로 (저녁)

저녁의 강남 도로 막힌다. 초조한 표정으로 차를 운전하고 있는 정보왕.
힐끗 대시보드를 보니 6시 50분. 손톱을 깨물기 시작하는 정보왕. 전방
오른쪽에 골목이 보이자 우회전을 하려는데, 골목에서 나오던 차가 정
보왕의 차 앞을 쾅, 들이받는다. 벨트 맨 채 휘청, 했던 정보왕. 목이 아
픈지 뒷목을 붙잡는다.

정보왕   (찡그리며) 어우…

들이받은 차에서 중년남성이 얼른 내린다.

중년남성   (미안해 죽겠다는 표정) 어이구 이거 어떡하죠! 죄송합니다! 제가
         잠깐 전화를 받다가 그만…
정보왕   (아픈데도 마음이 더 급해서) 아닙니다. 그럴 수도 있죠 뭐.
중년남성   그럴 수도 있긴요! 이거 차가 꽤 찌그러졌는데, 나와서 보시죠.
정보왕   괜찮다니까요, 서울 살다보면 서로 받기도 하고 그런 거죠. 갈
         길 가세요.
중년남성   에이, 그게 말이 됩니까! (자기 차를 향해) 여보! 뭐해! 와서 사과
         드려! (고개를 꾸벅하며) 죄송합니다. 제가 원래 차를 이렇게 험하
         게 몰지 않는데…

정보왕   (얼른 차에서 내려서 중년남성을 도로 차에 태우며) 괜찮습니다 선생
        님! 아무렇지도 않아요! 이 정도 일로 이러지 마시고 갈 길 가세
        요! (내리려는 부인을 향해 처절하게) 나오지 마!! 제발!!

중년남성   (억지로 밀려서 차에 탄 후 다시 유리창을 위잉 내려 목을 쑥 내밀며) 정
        말 괜찮습니까?

정보왕   네!! (휙 자기 차에 올라타더니 부웅, 골목길로 차를 몬다)

S#11. 골목길 (저녁)

골목길을 요리조리 꼬불꼬불 달리던 정보왕. 그런데, 막다른 길이다!
울상인 채 폭풍 후진하는 정보왕. 가까스로 골목길을 빠져나와 큰길로
다시 나오니 꽉 막힌 도로. 시계를 보니 이미 7시.

S#12. 카페 (저녁)

우아한 차림으로 걸어 들어오는 이도연. 아름답다. 카페 안을 둘러보더
니, 창가 쪽 자리에 앉아서는 바깥을 하염없이 보고 있는 이도연.

S#13. 도로 (저녁)

정보왕, 꽉 막힌 도로 좌우를 절망적으로 둘러본다.

정보왕   (넋이 나간 듯) …이도연, 너에게로 가는 길은 험난하고도 멀구나.

정보왕, 다시 마음을 다잡은 듯 입을 꾹 다물더니, 갑자기 앞쪽에 있는 주유소로 차를 몰고 들어가서 주유소 구석 벽에 차를 붙여 세운다. 나이 드신 주유원 아저씨가 의아해하며 다가온다. 정보왕, 차에서 뛰어내린다.

정보왕   (주유원이 다가오자 지갑에 남은 돈을 모두 세어보지도 않고 꺼내 손에 쥐여준다. 바지 주머니를 뒤지더니 동전 두 개까지 꺼내 쥐여주며) 아저씨!! 목숨 하나 살린다 생각하시고 이 차 좀 부탁해요!! (차 키를 내민다)

주유원   예? (얼결에 받아든다)

정보왕   (다짜고짜) 고맙습니다 아저씨!! 복 받으실 거예요!! (휘잉 달려간다)

S#14. 카페/골목길 (밤)

카페에 앉아 기다리는 이도연. 화려한 밤거리를 미친듯이 달려가는 정보왕. 그 위로 정보왕의 내레이션.

네가 오기로 한 그 자리에
내가 미리 가 너를 기다리는 동안
다가오는 모든 발자국은
내 가슴에 쿵쿵거린다.
바스락거리는 나뭇잎 하나도 다 내게 온다.

기다려본 적이 있는 사람은 안다.

세상에서 기다리는 일처럼 가슴 에리는 일 있을까.

네가 오기로 한 그 자리, 내가 미리 와 있는 이곳에서

문을 열고 들어오는 모든 사람이

너였다가

너였다가, 너일 것이었다가

다시 문이 닫힌다.

사랑하는 이여

오지 않는 너를 기다리며

마침내 나는 너에게 간다.

_황지우, 「너를 기다리는 동안」 중

(『게 눈 속의 연꽃』, 문학과지성사, 1994)

내레이션 사이에 전력질주하는 정보왕과 카페에서 기다리는 이도연 교차. (이하 슬로모션) 약속이라도 한 듯 차례로 남녀노소에 외국인까지 정보왕 앞에 나타난다. 정보왕, 사람들을 피하고, 달려오는 오토바이를 피하고, 쓰레기봉투를 뛰어넘는다. 울 것 같은 표정으로 전력질주하는 정보왕. 이도연, 고개 숙이고 책을 보고 있다. 카페 문이 열릴 때마다 고개를 들어보고는, 다시 고개를 숙인다. 한숨 쉬는 이도연. 평소와 달리 자신 없어 보이는 표정.

S#15. 카페 근처 (밤)

드디어 카페 근처까지 달려온 정보왕. 창가 쪽 자리에 책을 보고 있는

이도연이 보인다. 정보왕, 환희에 넘치는 표정으로 열심히 한 손을 이도연을 향해 흔들며 달려간다.

정보왕   도연 씨!!

들렸는지 이도연, 고개를 들어본다. 정보왕을 발견하고는, 무표정하던 표정이 서서히 변한다. 수줍게, 이어서 활짝 웃는 이도연. 눈부시게 아름답다. 정보왕, 미친듯이 손을 흔들며 달려간다. 그런데 이도연, 놀란 표정으로 점점 변하더니 자리에서 일어선다. 환희에 찬 정보왕의 얼굴, 갑자기 '어?' 하는 표정으로 바뀌더니 부웅 날아간다. 이도연만 보고 달려가다가 문 쪽이 아닌 옆 화단 쪽으로 달려 들어간 정보왕, 화단에 걸려 제대로 넘어져 있다. 하지만, 바로 벌떡 일어나 카페 안으로 달려 들어가는 정보왕.

S#16. 카페 (밤)

흙투성이로 달려 들어오는 정보왕, 놀라서 맞이하는 이도연.

이도연   괜찮아요? 피 나는데?
정보왕   (격하게 고개를 끄덕인다. 이도연을 보더니 자기도 모르게 눈물 콧물이 터져나온다. 울음 섞이며) 괜찮아요! 괜찮아!
이도연   (얼른 정보왕을 붙잡아 자리에 앉히고는 손수건을 꺼내 이마에 조금 흐르는 피를 닦아준다) 괜찮긴요, 안 괜찮은데. 쇄 이 꼴로 왔어요. (수줍은 미소) …데이트하자며.

정보왕	(감정 대폭발) 괜찮아요! 진짜. 이제 다 괜찮아요! 이렇게 결국 만났는데, 뭐가 중요해요!
이도연	(살짝 감동한 눈빛이다)
정보왕	(자기 흥분에 겨워) 그동안 바보같이 망설였어요! 늙은 남자 쯤 만나면 어때! 술집 쫌 나가면 어때! 다 힘들어서 그런 건데!
이도연	(흠칫 놀라서 눈이 커진다) ……!
정보왕	(눈치 못 채고) 이제 걱정 말아요! 내가 이제 편하게 해줄… (철썩! 소리 나며 고개가 옆으로 휙 돌아간다)
이도연	(정보왕의 뺨을 힘껏 때리곤 상처받은 표정으로 노려본다)
정보왕	(어리둥절한 채 있다가 이제야 제정신이 돌아온다) 미, 미안해요! 내가 무슨 소릴!!
이도연	(아무 말 없이 자리에서 휙 일어나 돌아보지도 않고 나간다)
정보왕	(뛰어나가며 팔을 붙잡는다) 도연 씨!!
이도연	(휙 돌아보는데, 눈빛이 매섭다)
정보왕	(자기도 모르게 붙잡은 팔을 놓는다. 힘이 풀린다) 도연 씨…

이도연, 걸어나가고, 망연자실한 정보왕, 텅 빈 카페에 멍하니 서 있다.

정보왕N	…가엾은 내 사랑, 빈집에 갇혔네.

정보왕 뒤로, 이도연이 앉아 있던 자리에 읽던 책 그대로 놓여 있다. 기형도의 『입 속의 검은 잎』.

S#17. 밤거리 (밤)

터덜터덜 걸어가는 정보왕. 아까와 달리 뻥뻥 뚫리는 도로. 웃으며 옆을
지나가는 사람들. 정보왕 혼자 사람들과 반대방향으로 어깨가 축 처진
채 걸어간다. 손에는 이도연이 놓고 간 시집, 들려 있다.

S#18. 중앙지검 앞 (오전)

검찰청 앞에 선 박차오름, 심호흡을 하더니 안으로 들어간다.

S#19. 검사실 (오전)

밝은 인상의 젊은 여자 검사와 마주앉은 박차오름.

검사	(따뜻하게) 박 판사님, 쉽지 않으셨을 텐데… 대단하세요.
박차오름	고맙습니다. (착잡한 표정) …솔직히 쉽지는 않네요.
검사	(이해한다는 듯) …그러시겠죠. 죄송해요. 요식행위니까 빨리 끝낼게요. 꼭 필요한 것들만.
박차오름	네.

cut to

검사　(박차오름과 문답을 하며 참고인진술조서를 치고 있다) 네, 그렇게 된

	거군요. (자판을 두들기며) …평소 사이좋던 후배에게, …사건결론을 바꾸도록 …부정청탁을, 하였다.
박차오름	잠깐만요. 전 방금, '기록이나 정확히, 꼼꼼히 봐줬으면 한다' 이렇게 들었다고 진술했는데요.
검사	(웃으며) 에이, 그 말이 그 말이죠 뭐.
박차오름	정확히 제가 들은 말 그대로 적어주시죠.
검사	(묘하게 표정 변하며) …아직도 정을 못 떼셨나봐요?
박차오름	그게 무슨 말씀이죠?
검사	평소 후배 잘 챙기고 좋은 부장님이셨다면서요… 에이, 그게 다 밑밥이었던 거, 이젠 아시잖아요?
박차오름	……
검사	이왕 이렇게 된 거, 그냥 솔직하게 다 말해주세요~ (화사하게 웃는다) 네?
박차오름	(검사를 노려보며) …제가 거짓 진술을 하고 있다는 겁니까? 무슨 근거로?
검사	(손사래를 치며) 에유~ 용기 있게 제보하신 분한테 그럴 리가요. 다만, 모든 가능성을 확인해보는 게 저희 일이잖아요. (눈웃음) 아시면서.
박차오름	……
검사	말이 나왔으니 말인데, (기록을 넘기며) 결국 그 사건, 아세아화장품 쪽이 이겼더라고요? 상대방은 재판장하고 친한 전관까지 붙였는데.
박차오름	(팔짱을 끼며) 재밌네요. (검사실을 둘러보며) 이 동네는 부장검사랑 친한 검찰 전관 붙으면 무조건 이기나보죠?
검사	(미묘한 표정) ……

박차오름 이제 알겠네요. 검사님은 선배가 청탁한 걸 거부하고, 문제제기
하고. 이런 상황 자체가 전혀 이해가 안 되죠? 뭔가 이해관계가
없이 이런 미친 짓을 한다는 게?

검사 이것 봐요, 박차오름 씨!

박차오름 (머리를 쓱 쓸어넘기며) 박차오름 판삽니다. 피의자가 아니라 참
고인이고요. (시계를 보더니) 약속한 시간 다 됐네요. 궁금하신 게
더 있으면 다시 연락 주세요. (검사를 보며 생긋) 다음번엔 표정 연
기는 생략하고 바로 시작하죠?

검사, 표독스러운 표정으로 박차오름을 노려본다.

S#20. 배서판사실 (오전)

임바른, 걱정스러운 표정으로 창밖을 내다보고 있다. 굳은 표정으로 들
어오는 박차오름.

임바른 생각보다 일찍 왔네요! 잘 끝났어요?

박차오름 …생각한 거랑은 좀 다르네요.

이때 울리는 박차오름의 사무실 전화.

박차오름 (전화 받으며) 네, 전화 바꿨습니다. …네, 수식부장님. …네. 알
겠습니다. (끊는다)

임바른 찾으시나요?

박차오름 (고개를 끄덕) ⋯⋯

S#21. 수석부장판사실 (오전)

우아하게 보이차를 따라주고 있는 수석부장.

수석부장 미안해요. 지난번엔 경황이 없어서 차 한잔 대접을 못했었네.

박차오름 고맙습니다. (차를 마신다)

수석부장, 미소를 지으며 끓는 물을 다시 자사호에 부어 차를 우려낸다.

수석부장 (차를 다시 따라주고, 자기도 따라 마시더니) 일을 키우고 싶어하죠?
그 동네 사람들.

박차오름 (놀라며) 네?

수석부장 (미소) 요즘 그 동네, 수난시대 아닙니까. 이모저모로. 시선 돌리
기에 좋은 카드죠. 법원의 내부비리사건. (다시 자사호에 끓는 물을
부으며) ⋯물타기에도.

박차오름 ⋯⋯!

수석부장 아주 야심만만한 여검사한테 배정했더군요. 이 한 번의 기회로
윗선에 인정받고 싶어할.

박차오름 ⋯⋯

수석부장 (미소 지으며 다시 차를 따른다) ⋯박 판사는 누구한테 인정받고 싶
으신 건지 잘 모르겠지만, 현명하게, 잘 대처하시기 바래요. 큰
그림 그리고 싶어하는 애들의 욕망에 놀아나지 말고.

박차오름   (찻잔을 딱 내려놓으며) 전 정의를 위해서 제보했습니다! 법관으로
          서.

수석부장   …정의라.

박차오름   ……

수석부장   …유감스럽게도 세상이란 게, 추상적인 가치보다는 구체적인 욕
          망으로 돌아가더라고요.

박차오름   ……

수석부장   정의를 위해서든 뭐든, 일단 칼을 꺼내든 사람은, 어느새 칼날을
          쥐고 있게 마련이지요. …조심하세요, 박 판사. 너무 깊이 베이
          지 않게.

박차오름   (입을 굳게 다물고 있다가 수석부장을 마주보며) …흘려야 할 피라
          면, 흘리겠습니다.

          알 수 없는 표정의 수석부장.

S#22. 법원 실내 라운지 (오전)

          꽃나무 앞에서 심각한 표정으로 서 있는 임바른과 박차오름.

임바른   …박 판사한테 혐의점을 찾기 어려우면, 감 부장님하고 친했던
          다른 판사님들한테서 찾으려 들 겁니다.

박차오름   (입을 꾹 다물고 있다)

임바른   박 판사님이 확인했던 리스트. 김 부장님이 부탁하러 찾아갔던.
          그걸 키우고 싶어하겠죠. 막연히 애매한 부탁을 했는데 영향이

없었다, 보다 뭔가 거래가 있었고, 결과에도 영향을 미쳤다, 가 훨씬 이쁜 그림이니까.

박차오름 …그걸 확인하는 게 그쪽의 일이잖아요. 해야 될 일이라면, 해야죠.

임바른 박 판사…

그때, 뒤쪽에서 작게 수군거리는 소리 들린다.

천성훈E 정의의 사도 납셨네. …꼴에.

돌아보는 임바른, 한쪽 구석에 천성훈, 지현민, 김동훈 모여 있다. 천성훈, 얼른 고개를 돌린다. 임바른, 성큼성큼 천성훈에게 걸어가 대뜸 멱살을 잡는다.

임바른 (분노) 할말이 있으면 두 눈을 보고 말해봐! 뒤에서 떠들지 말고!
박차오름 임 판사님!
천성훈 (거칠게 뿌리치며) 이거 놓으시죠! 저도 판삽니다!
임바른 판사면 판사답게 굴어!
박차오름 (임바른의 어깨를 뒤로 밀며 고개를 젓는다)
임바른 (천성훈을 매섭게 노려보다가 멱살을 놓고 돌아선다)

라운지에서 나가는 두 사람.

지현민 (입을 삐죽이며) 눈물겨운데? 우배석의 의리?
천성훈 (잡혔던 와이셔츠를 털며) 사귀는 거야 뭐야. …꼴에.

김동훈　　　(착잡한 표정으로 입을 다물고 있다)

S#23. 검사실 (오전)

마주앉은 차가운 표정의 여검사와 박차오름. 박차오름, 진술중이고 검사는 이를 입력하고 있다.

S#24. 44부 부속실 (낮)

아무 표정 없이 타이핑하는 이도연. 그런데, 갑자기 복도에서 누군가 거친 발걸음으로 획 들어와 배석판사실로 들어가려 한다. 자리에서 벌떡 일어나는 이도연.

이도연　　　누구십니까!

김웅재　　　(돌아보며, 잔뜩 굳은 얼굴) 민사99단독, 김웅재 판삽니다.

이도연　　　무슨 일이신지…

김웅재　　　판사가 판사 만나러 왔는데, 이유 설명해야 됩니까? (문 벌컥 열고 들어간다)

이도연　　　(굳은 표정. 닫힌 문을 쳐다보다가 자리에 앉으며 나지막이) 그렇겠죠. …속기사 따위한테.

S#25. 배석판사실 (낮)

김웅재가 거칠게 문을 열고 들어오자 임바른, 박차오름 놀라 자리에서
일어선다.

박차오름 김 판사님?

김웅재 홍은지 판사, 검찰에 불려갔던 거 알아요?

박차오름 (놀라며) 네? 뭐라구요!

김웅재 뭘 놀랍니까! 박 판사가 벌여놓은 일이면서!

임바른 말씀 조심하십쇼! 감 부장님 잘못이지 박 판사 잘못입니까!

김웅재 대체 검찰에서 뭐라고 말했길래 다른 판사들까지 피의자 취급을
받냐 이겁니다!

박차오름 김 판사님, 저는 있는 그대로만…

김웅재 (O.L.) 박 판사가 오해하게끔 얘기해서 걔네들이 일을 키우는 거
아닙니까! 감 부장님이 이상한 소리 하고는 다녔겠죠. 네, 나한
테도 한 번 왔었어요!

박차오름 (놀라며) 김 판사님…

김웅재 애매하게 뭐라뭐라시길래 한 귀로 듣고 한 귀로 흘리고 말았어
요! 워낙 사람 좋고 주책없는 분이라고만 생각했으니까! 그게 그
리 큰 잘못입니까? 죄송하네요. 박 판사만큼 모질지가 못해서.

임바른 (김웅재 앞을 막아서며 눈을 마주본다) …돌아가시죠. 후회할 말씀
더 하시기 전에.

김웅재 (임바른을 노려보다가, 돌아서 나간다. 쾅 닫히는 문)

임바른 (박차오름을 돌아본다)

박차오름 (차분하게) …은지 언니한테 가볼게요.

S#26. 법원 20층 라운지 (낮)

중앙지법 건물 20층 실내, 소파들 있고 자판기 죽 있는 라운지. 유리창으로 주변 풍경 잘 보인다. 커피 들고 창가에 선 홍은지와 박차오름.

홍은지　　(미소) 걱정 마. 있었던 대로만 얘기하고 왔지 뭐. …자꾸 이상한 데로 몰아보려고 하긴 하더라.

박차오름　언니, 미안해. 또 나 때문에…

홍은지　　아니야. 차마 알리지 못한 내가 부끄럽더라. 니가 잘한 거야. 오름아.

박차오름　(뭉클) 언니…

홍은지　　(미소짓는다)

박차오름　(싱긋 웃으며 커피를 한 모금 마시더니 화제를 바꾼다) 그나저나, 요즘은 성 부장님이 안 괴롭혀?

홍은지　　말도 마. 요즘은 나한테까지 신경쓸 겨를도 없으셔.

박차오름　왜?

홍은지　　상사법원 전도사가 되셨어.

박차오름　상사법원?

홍은지　　요즘 윗분들 역점사업이잖아. 상사법원 신설.

　　　　　　(자막 상사법원商事法院: 주로 기업관계 분쟁을 전담하는 법원)

박차오름　그런데?

홍은지　　성 부장님, 요즘 그거 관련 논문 발표하랴, 아는 법조인들한테 홍보하러 돌아다니랴 정신이 없으셔.

인서트 〉

늦은 밤. 성공충의 집. 처자식 유학 보낸 기러기답게 책상에는 먹다 만 컵라면과 과자로 너저분하다. 책상 위에는 '꿈★은 이루어진다' 표어 붙어 있고, 성공충, 상하의 추리닝 차림으로 컴퓨터 앞에서 뭔가 열심히 치고 있다. 보면, 독수리타법으로 네이버 댓글을 열심히 달고 있다. '님하, 상사 법원 들어나봤삼? ㅋㅋ 기업 살리기를 위해 꼭 필요하다던데 ㅎ'

클릭해서 업로드한 후 어깨가 아픈지 어깨를 휘휘 돌리는 성공충. 다시 의지 넘치는 표정을 지으며 추리닝 윗도리를 휙 벗어던지고는 댓글 달기 시작한다. 안에 입은 흰 면 티셔츠 등판에는 '불꽃남자 정대만' '나는야 포기를 모르는 남자', 그리고 『슬램덩크』 정대만 얼굴이 그려져 있다.

박차오름 (어이없어하며) 참~ 열심히 사신다, 언제나.

그런데 홍은지, 놀라며 어딘가를 본다. 박차오름도 시선을 따라가보니, 라운지 한쪽에 놓인 TV에서 뉴스가 나오고 있다.

아나운서E 검찰 내부 소식통에 의하면, 이번에 구속된 브로커 부장판사는 평소 젊은 후배 판사들과 친분이 두터웠고, 그 친분을 이용해서 무차별적인 청탁을 해왔을 가능성이 있다고 합니다. 이미 일부 현직 판사에 대한 소환 조사가 이루어졌고…

S#27. 수석부장판사실 (낮)

심각한 표정으로 뉴스를 보고 있는 수석부장.

S#28. 법원장실 (낮)

의자에 푹 뒤로 기대어 눈을 감고 있는 법원장. 역시 TV 뉴스가 켜져 있다. 표정 변화 없는 법원장. 의자를 뒤로 돌려 창밖을 본다.

법원장   (가는 눈을 뜨며, 느릿느릿) …칼자루를 …잡았다고 … 착각하고들 …하지…

전화기를 드는 법원장.

여비서E   검사장님 연결됐습니다.

S#29. 생활한복 부장판사실 (낮)

신경질적으로 TV를 끄는 생활한복 부장. 탁자에 마주앉아 있는 한세상.

한세상   …너무 괘념 말아. 냄새 피워봐야, 없는 일을 어떻게 만들겠어.
생활한복   만들진 못해도, 흠집은 낼 수 있잖습니까. 사람들한테는 TV에 나오면 이미 기정사실이에요. 나중에 어떻게 밝혀지든.

한세상   ……

생활한복   형님, 박 판사, 매사에 너무 지나친 거 아닙니까? 꼭 이렇게 일을 키웠어야 합니까?

한세상   (얼굴 굳으며) 그런 소리 말아.

생활한복   자기 배석이라고 싸고돌지만 마시고요,

한세상   (버럭!) 싫은 소리 할려면 나한테 해! 내가 한 일이니까! 감성우 만나서 족쳐본 것도 나고, 수석부장한테 간 것도 나야.

생활한복   ……

한세상   (화가 잔뜩) 그리고 해선 안 될 일을 저지른 건, 감성우 본인이야. 엉뚱한 데 화풀이하지 말어!

S#30. 배석판사실 (오후)

박차오름   (전화가 울려 받는다) 네, 부장님.

한세상F   둘 다 내 방으로 와.

S#31. 한세상 부장판사실 (오후)

한세상, 아직도 화가 안 풀린 표정으로 자기 자리에 뒤돌아 앉아 있다. 박차오름과 임바른, 영문 모른 채 서 있다.

한세상   …기죽지 말어.

박차오름　(뭉클하다) …부장님!

한세상　…똥개들이 짖어도 기차는 가는 거야. 알지?

박차오름　네! 부장님. (씩 웃으며) 시끄럽긴 하네요.

임바른　……

한세상　임 판사는 뭐 할말 있어?

임바른　…아닙니다. (중얼거리듯) 뒤돌아계셨던 거, 설정인가 하고.

한세상　(휙 돌아보며) 뭐얏!

박차오름　부장님, 뒤통수는 이쁘세요! (엄지 척)

한세상　이것들이! (째려본다. 박차오름을 가만히 보더니) …세상엔 안 좋은 타이밍에 안 좋은 인연이 생기기도 하나봐.

박차오름　네?

한세상　(착잡한 표정으로 책상 위의 얇은 사건기록을 하나 내민다)

박차오름　(받아들어 힐끗 본다) …해고무효확인, (놀라며) 원고, 김다인?

임바른　…설마 그, 가슴털 사건 증인?

한세상　(착잡한 표정으로 끄덕끄덕)

S#32. 법정 (낮)

3부 가슴털 사건의 증인이자 내부고발자였던 김다인, 원고석에 앉아 있고, 광고회사 측 대리인이던 변호사 피고석에 앉아 있다.

피고변호사　재판장님, 긴박한 경영상의 필요로 인해 인원 삭감을 할 수밖에 없었습니다. 판례상 해고의 요건을 모두 갖춘 정당한 해고입니다.

한세상 광고1팀을 해체하는 방식으로 구조조정을 했군요? …성희롱 사건이 있었던 바로 그 팀.

피고변호사 그 사건 이후, 트위터를 중심으로 피고 회사가 광고하는 제품에 대한 불매운동까지 벌어졌습니다. 1팀 담당인 뷰티업계 광고 수주가 없어지다시피 했지요. 어쩔 수 없었습니다.

박차오름, 입을 꾹 다물고 있는데, 법대 위에 놓은 주먹이 조금씩 부르르 떨린다. 임바른, 걱정스러운 눈빛으로 힐끗 옆을 본다.

S#33. 배석판사실 (오후)

박차오름 (잔뜩 흥분) 말도 안 돼! 어떻게, (분노로 부르르 떤다) …그렇게 힘들게 용기를 낸 사람을…

임바른 …진정해요, 박 판사. (마음의 소리) 본인 일에는, 그렇게 침착하더니.

박차오름 이게 진정할 일이에요? 썩을 놈들! 뻔뻔한 가해자는 그렇게 감싸고돌더니, 용기를 낸 피해자한텐 바로 보복?

임바른 …법정에서 진실을 가려봅시다.

박차오름 (씹어뱉듯) 개새끼들! (책상을 쾅! 내리친다)

S#34. 44부 판사실 앞 복도 (오후)

잔뜩 상기된 표정으로 조심조심 44부 쪽으로 가고 있던 정보왕, 벼락같

이 들려오는 '개새끼들!' 소리와 '쾅!' 내리치는 소리에 깜짝 놀라며 뒤로
휙 돌아간다.

S#35. 법정 (낮)

박차오름, 한세상 쪽으로 몸을 기울이며 소곤소곤한다.

박차오름 부장님, 제가 몇 가지 물어봐도 될까요.

한세상 …알았어. (나지막이) 흥분하지 말고!

박차오름 (끄덕)

한세상 주심판사님이 몇 가지 질문을 하겠습니다. (박차오름을 향해 고개를 끄덕)

박차오름 회사 측에 묻겠습니다. 해체된 광고1팀 인원 중에 다른 팀으로 옮겨준 사람들도 있습니까?

피고변호사 …없진 않습니다.

박차오름 얼마나 되죠?

피고변호사 … (서류를 뒤적뒤적 거리더니) 아홉 명입니다.

박차오름 광고1팀 총원은?

피고변호사 원래 열한 명이었지요.

박차오름 그중 한 명은 성희롱 가해자, 임광규 부장이죠?

피고변호사 …그렇습니다.

박차오름 그 사람은 본 재판부가 패소판결해서 복직 못할 거고, 실질적으로 새로 해고된 사람은 원고 김나인 씨, 한 명이네요?

김다인 한 명 더 있습니다, 판사님.

박차오름   (김다인을 보더니, 뭔가 눈치챈 듯 피고변호사에게) 성희롱사건의 피해자, 인턴사원 분은 결국 채용됐습니까?

피고변호사   …그렇진 못했던 걸로 알고 있습니다.

박차오름   이유는?

피고변호사   직원 채용 여부는 인사부 소관 사항입니다. …능력이 충분치 못했나보지요.

김다인   (피고변호사를 쏘아보며) 임광규 부장은, 능력이 출중해서 또 뽑아준 겁니까?

박차오름   (놀라며) 그게 무슨 소리죠?

김다인   …저쪽에 물어보십쇼.

박차오름   (피고변호사를 쳐다본다)

피고변호사   어, 정확히는 모릅니다만, 다른 회사 어디 취업이 됐다는 얘기는 들은 것 같기도 하고요.

김다인   다른 회사가 아니라, 실질적인 자회삽니다. 광고1팀이 하던 물량, 다 그리로 돌렸고요.

피고변호사   판사님, 근거 없는 억측입니다.

박차오름   (언성이 높아진다. 피고변호사를 날카롭게 쏘아보며) 결국 피해자 두 명만 내보낸 거군요? 그것도 판례상 요건을 전부 갖춘 해곱니까?

한세상, 박차오름을 힐끔 본다.

피고변호사   해고대상 선정노, 여타 부서의 필요에 의한 부서 이진도 모두 인사규정상의 요건을 모두 밟았고, 노조와의 협의도 거쳤습니다.

김다인   제가 해고당한 건 딱 한 가지 이유 때문입니다! 진실을 말했다는 것!

피고변호사 (시큰둥하게) 근거 없는 주장입니다.

박차오름, 성난 표정으로 몸을 앞으로 기울이며 뭐라 하려는데,

한세상 오늘은 여기까지 합시다. 다음 기일 전까지 해고의 정당성에 관한 자료, 제출하세요.

자리에서 일어서는 한세상, 분한 표정으로 따라 일어나는 박차오름.

S#36. 법정 밖 복도 (낮)

법복을 입고 걸어가는 세 사람.

한세상 (묵묵히 걸어가다가 문득) …거리 유지하랬지?

박차오름 …죄송합니다.

한세상 (한숨) 하긴, 쉽진 않겠구만. …검찰청엔 또 가야 되나?

박차오름 …네.

임바른 (착잡한 표정으로 박차오름을 본다)

묵묵히 걸어가는 세 사람의 뒷모습.

임바른, 컴퓨터로 뭔가를 검색하고 있다. 찾은 듯, 모니터를 들여다본다.

임바른 …이제야 소환이군요.

박차오름 누구요?

임바른 고두환 변호사.

박차오름 누구? (잠시 생각하다) 아, 그… 가슴털 부장 변호하던! 국회의원 출신!

임바른 (끄덕끄덕)

박차오름 그때 강제추행으로 고소한다고 했잖아요! 가슴털 부장 부인이. …가만, 김다인 씨가 가슴털 부장도 고소한다고 했었는데.

임바른 결국 김다인 씨는 고소까지는 못한 모양입니다. 회사 측이 회유했는지 어쨌는지는 모르겠지만.

박차오름 가슴털 부장 부인은요?

임바른 부인은 했어요. 고소. 고 변호사, 내일 드디어 검찰청에 조사받으러 가나봅니다.

박차오름 그런데 왜 이제야? (분통 터진다) 피해자는 그렇게 금세 쫓아내면서!

임바른 (차갑게 가라앉은 표정) …이게 우리가 사는 세상의 속도인가보네요.

박차오름 …네. (분노가 가득한 채 씹어뱉듯) ⌐거지같은 놈의 세상.

거친 말투에 놀라 박차오름을 쳐다보는 임바른.

S#38. 검찰청 앞 (오전)

무거운 표정으로 건물 정문을 향해 가던 박차오름, 기자들이 모여 있는 걸 보고 놀란다. 고급 세단이 와서 멈추자, 기자들, 내리는 사람에게 달려든다. 내리는 사람은 고두환 변호사. 고개를 뻣뻣이 쳐들고, 당당히 문으로 향한다. 기자들 여기저기서 마이크를 들이댄다. '한말씀해주시죠!' '피의사실 인정하십니까?' '의뢰인 부인이었다면서요?' 고두환, 손을 들어 마이크를 쳐내며 걸어간다. 한 젊은 여기자가 바짝 붙으며 묻는다.

여기자   의뢰인의 따님한테까지 관심을 보이셨다는데 맞습니까?

고두환, 걸음을 딱 멈추더니 레이저 눈빛으로 여기자를 잠시 쏘아본다. 위축되는 여기자. 고두환, 아무 말 없이 문으로 걸어 들어간다. 뒤에서 분노한 표정으로 지켜보는 박차오름.

S#39. 검사실 앞 (오전)

박차오름, 529호 검사실로 들어가려는데, 문이 열리더니 그동안 조사하던 여검사, 사무실 짐이 든 박스를 든 채 나오고 있다. 놀라 쳐다보는 박차오름. 여검사, 박차오름을 흘깃 쩨려보고는, 복도로 걸어간다.

S#40. 검사실 (오전)

좀더 나이 있어 보이는 남자 검사와 마주앉은 박차오름.

검사 아이고, 그동안 실례가 많았습니다, 박 판사님. 이제 더 안 오셔
        도 되겠습니다. 감성우 부장, 주말쯤 구속기소됩니다.

박차오름 담당검사님이 바뀐 건가요?

검사 아, 네. 젊은 여검사가 욕심을 부리다가 실수가 좀 있었던 것 같
        습니다. 무리하게 사건을 키우려고 그런 구시대적인 발상을…
        허허허.

박차오름 …그 검사님은 어디로 가시는 거죠?

검사 어, 글쎄요? 어디 좋은 데로 가던데. …장흥인가, 해남인가.

박차오름 …… (굳은 표정)

S#41. 법정 (오후)

굳은 표정의 박차오름, 또 한세상을 향해 몸을 숙이고 뚫어져라 쳐다보
고 있다. 망설이던 한세상, 이윽고 고개를 끄덕인다. 몸을 바로 하는 박
차오름.

박차오름 그래, 김다인 씨를 해고대상으로 선정한 이유가 뭡니까?

피고변호사 (차갑게) …풍기문란입니다.

박차오름 뭐라고요?

김다인, 피고변호사를 노려본다.

피고변호사 다른 팀 팀장하고 교제한 사실이 문제됐습니다. 유부남하고 말이죠.

김다인 사실상 이혼상태고 서류정리만 남았다고 했어요! 아닌 걸 알고 바로 끝냈고요!

피고변호사 그렇다고 사실이 바뀌는 건 아닙니다. 피고 회사는 윤리 문제에 관하여 엄격한 인사규정을 두고 있고요.

박차오름 …그래서, 상습 성희롱범을 간부로 두고 있었나요?

한세상 (인상 찌푸리며) 박 판사!

피고변호사 (아랑곳 않고) 원고는 튀는 언행에, 평소 지나치게 선정적인 옷차림으로 출근할 때가 많아 눈살을 찌푸리는 동료들이 많았습니다.

김다인 뭐라고요?

피고변호사 원고는 최근 인사고과평가에서도 최하점을 받았고, 노조와의 협의과정에서도 별다른 이의가 제기되지 않았습니다.

김다인 임광규는 경영진하고도, 노조 간부들하고도 친해요! 그 인간이 재판 끝난 후에…

인서트 〉

가슴털 사건 증언 후 법정 밖으로 나오는 김다인. 한숨을 쉰 후, 복도를 걸어가는데, 뒤에서 법정 문이 벌컥 열리더니 임광규가 쿵쿵쿵 뛰어온다. 놀라 방어자세를 취하는 김다인.

임광규 (무섭게 노려보며) …넌 얼마나 깨끗한가보자. 나쁜 년.

박차오름, 분노로 부들부들 떤다.

한세상   (박차오름의 기색을 살피고는 재빨리) 피고 측은 인사규정하고, 인
                사고과 자료 제출하세요. 마칩시다.

S#42. 배석판사실 (오후)

박차오름   (분통을 터뜨리며) 내부고발자는 티끌 하나 없는 성인군자여야 되
              나요?! 정작 더러운 놈들은 아무렇지도 않게 잘만 사는데!!

임바른   박 판사,

박차오름   악당으로 살기엔 너무 쉬운 세상이네요! 공범자들이 득시글거리
              니까! 눈 가리고 입 닥치고 가만히 있으면 중간은 가는 거고!

임바른   너무 흥분하지 말고…

박차오름   (O.L.) 어떻게 흥분하지 않을 수가 있죠! 이딴 꼴을 보면서!

임바른   (책상을 내리치며) 판사잖아요!! 단정부터 하지 말아요!

박차오름   (임바른을 노려보다가 임바른 책상 위 정의의 여신상을 본다) 저 여신
              이 왜 눈을 가리고 있는지 이제 알겠네요.

임바른   ……

박차오름   공정해야 해서? 아니에요. 인간들의 더러운 꼴을 보고 있자면
              다 저 칼로 쓸어버리고 싶어지니까 가리고 있는 거라구요!

임바른   박 판사, 심정은 이해하지만…

박차오름   (O.L.) 이해? 뭘 이해한다는 거죠?

임바른   ……

박차오름   이걸 보세요! (자기 컴퓨터 모니터를 가리킨다)

포털 뉴스 화면. 고두환이 의기양양하게 웃는 얼굴 사진 위에 굵은 글씨. '고두환 변호사 무혐의 처분.' '진실은 이깁니다.' 착잡한 표정의 임바른. 띵똥, 소리가 나자 자기 컴퓨터 모니터를 본다. 클릭해보는 임바른.

임바른 …이번에 결원 생겨서 추가로 고등부장 인사가 났군요.

박차오름 네?

임바른 ……

임바른이 뚫어져라 보고 있는 법원 인사발령문 화면.

대 법 원			
인사발령법 제27호.			
항	소속 및 직위	성명	인사명령
1.	전보 서울중앙지방법원 부장판사	성공충(成公忠)	서울고등법원 부장판사에 보함

S#43. 성공충 부장판사실 (오후)

성공충, 함박웃음을 지으며 전화를 받고 있다.

성공충 아이구, 다 걱정해주신 덕분입니다. 히히히히

김충식과 홍은지, 들어와서 목례한다.

김충식   부장님, 영전을 축하드립니다!

홍은지   …축하드립니다.

성공충   (쳐다보지도 않은 채 버튼을 눌러 또다른 전화를 받으며) 네, 성공충
          부장입니다. …아, 김 기자? 고마워요. 조만간 자리 한번 합시
          다. …하하하, 그 친구 참. (전화를 끊는다)

성공충, 그제야 서서 묵묵히 기다리고 있는 두 판사를 보더니 손짓을 한
다.

성공충   응, 그래 앉읍시다.

성공충이 먼저 앉기를 기다려 마주앉는 두 판사.

성공충   (갑자기 전과 달리 표정도 말투도 점잖고 진중하다) 이게 다 영감들
          덕입니다. 허허허허.

김충식   축하드립니다, 부장님!

성공충   고맙긴 합니다만, 한낱 개인의 입신양명이 아니라, 나라를 위해
          막중한 책임을 지라는 자립니다. (탁자 위에 놓인 『목민심서』를 들어
          보이며) 다산 선생의 뜻을 되새기며 하루하루 일할 각옵니다.

홍은지   (표정이 안 좋다) ……

성공충   이, 그리고 홍 판사?

홍은지   네? 부장님.

성공충   서로 조금 불편한 점이나 오해가 있었어도, 헤어지는 마당이니

툭툭, 털고 가려고 합니다.

홍은지 (입술을 깨문다)

성공충 회자정리 거자필반이라잖습니까. 또 만날 일이 있겠지요. 허허 허허.

S#44. 판사실 복도 (오후)

뒷짐지고 여유만만하게 걸어가고 있는 성공충. 맞은편에서 오는 배곤 대, 우갑철, 권세중을 만난다.

배곤대 (뭐 씹은 표정, 억지로 웃으며) …어, 성 부장. 축하하네.

권세중 축하해, 성 부장. (우갑철은 옆에서 짧게 목례만 한다)

성공충 어이구, 이게 다 여러분 덕분입니다, 허허허허…

배곤대 (날카로운 눈초리) …여러분?

성공충 자, 인사는 차차 나누기로 하고, 전 법원장실에 잠시… (미소 지으며 살짝 목례하고는 간다)

어이없어하는 표정으로 성공충의 뒷모습을 노려보는 3인방.

권세중 대체 어떻게 된 겁니까? 왜 우리들을 제쳐놓고 저 친구가 먼저…

배곤대 (분한 표정) …운 좋은 놈은 당할 수가 없는 법이야.

우갑철 ……

권세중 네?

배곤대	요즘 분위기, 알잖아. 엘리트 코스 밟아온 선수들은 일단 배제하고, 지방 초임에 스펙 별로인 인간을 먼저 올린 거야. 상징적으로.
권세중	…그렇게 된 거구만요. 어쩐지…
배곤대	…그래 봤자 잠깐이야. 어디든 주류는 쉽게 바뀌지 않아. 쉽게 바뀌지 않으니까, 주류인 거고. (뒷짐지고 유유히 가는 성공충을 힐끗 보며 피식한다) …아무것도 모르면서 좋~댄다.

S#45. 법원 주차장 (저녁)

퇴근하는 이도연, 자기 차 옆에 있는 앞이 찌그러진 차를 흘긋 본다.

정보왕E	도연 씨,
이도연	(돌아본다)
정보왕	미안해요. 내가 실수를…
이도연	뭐가요?
정보왕	…내가 해선 안 될 소릴…
이도연	해선 안 되긴요. (차갑게 웃으며) 어차피 속으론 다들 그렇게 생각하잖아요.
정보왕	도연 씨!
이도연	부잣집 딸도 아닌 거 같은데 젊은 여자가 이런 차 끌고 다니면, 당연히 술집 여자 아니면 돈 많은 영감 첩이나 떠올리겠죠. 뻔하게.
정보왕	(울상) 그런 게 아니라요…

이도연	(O.L.) 전 정 판사님한테 화가 난 게 아니에요.
정보왕	네?
이도연	어차피 속이 다 들여다보이는 투명한 사람인 거 아니까, 근데…
정보왕	근데?
이도연	…그 뻔한 점이 재미없네요. 어쩜 그리 뻔하게 남을 단정하고, 거기다 혼자 용서까지 하고 앉았는지. …쌍팔년도도 아니고.
정보왕	도, 도연 씨!
이도연	차나 고치세요. 이런 거 몰고 데이트하러 온 거였어요? (미소) 술집 여자는 이런 거 싫어할 텐데?
정보왕	……

이도연, 차에 올라타 출발한다. 멍하니 서 있던 정보왕, 얼굴을 찡그리며 뒷목을 잡는다.

| 정보왕 | (목이 아픈 듯) 아아. |

S#46. 배석판사실 (밤)

안절부절못하며 서서 왔다갔다하는 박차오름.

박차오름	김다인 씨는 어떻게든 구제해야 돼요. 이런 꼴을 당하게 놔둘 순 없어요!
임바른	(전자소송 화면을 클릭히머, 인다깹게) …빈틈이 없네요. 설자적으론 완벽해요.

박차오름 몰래 딴 법인을 만들어서 이쁜 놈들은 다 빼돌린 게 무슨 정리해
고예요!

임바른 (화면을 계속 들여다보며) …의심은 가지만, 법인 간의 연관성을
입증할 수 없도록 철저히 분리했네요. 여성 소비자들 불매운동
때문인지.

박차오름 (초조하게 손톱을 물어뜯다가 갑자기) 김다인 씨를 구할 수 없다면,
다른 방법이라도 찾아봐야겠어요!

임바른 어쩌려는 겁니까?

박차오름 …솜씨 좋게 덮으려는 자들은, 일을 키우는 걸 제일 무서워하겠
죠. 밝히진 못해도, 흠집은 낼 수 있잖아요.

임바른 (놀라며) 박 판사!

박차오름 …증거가 좀 부족해도 언론에 흘리면, TV에만 나오면, 어차피
기정사실 되는 거 아닌가요? 이런 악질 기업이라는 거?

임바른 그건 정의가 아니에요! 박 판사. 정의를 원하는 거 아니었어요?!

온몸을 떨며 눈빛이 이글이글 타오르는 박차오름.

박차오름 전 복수를 원해요!! 정의의 편에 서는 대가가 이렇게 가혹한 세상
이라면, 차라리 똑같은 방법으로 복수라도 하겠어요! 눈에는 눈,
이에는 이로!

임바른 (박차오름을 한참 쳐다보다가) 복수를 하고 싶으면, …먼저 법복부
터 벗고 해요. 우선, 내가 용납 못합니다. 판사가 그따위 짓 하는
거.

박차오름 왜 위선 떠는 거죠!

임바른 뭐라구요?

박차오름   (임바른 자리에 걸린 고야 그림을 가리키며) 인간 혐오인 주제에, 왜
          갑자기 성인군자처럼 구냐고요! 인간은 어리석고 탐욕스러운 존
          재라면서요!

임바른   (차갑게) …똑같은 인간이 되고 싶진 않으니까.

박차오름   (노려본다)

임바른   추악한 인간들이 있다고, 그들과 똑같은 인간이 되고 싶진 않으
          니까. 그게 내 이윱니다. 세상을 바꾸진 못하더라도, 최소한 나
          자신은 지키고 싶으니까.

          서로 매섭게 노려보며 서 있는 두 사람.

S#47. 법원 구내도로 (밤)

          혼자 걸어가는 박차오름. 핸드폰이 울린다.

박차오름   (가라앉은 목소리) 여보세요.

민용준F   야근중?

박차오름   왜?

민용준F   난 퇴근중. 기다릴 테니 맥주나 한잔하지?

박차오름   …그럴 기분 아냐.

민용준F   그럴 기분 아닐 때, 술이라는 게 필요한 거 아닌가?

박차오름   ……

S#48. 민용준의 호텔 스카이라운지 (밤)

민용준 오늘 얼굴이 영 안 좋은데?

박차오름 (앞에 놓인 위스키 잔을 들이켠다)

민용준 (가만히 보고 있다가 다시 잔을 채워주며) 판사, 생각보다 답답하지?

박차오름 …왜 그렇게 생각해?

민용준 (미소) 위키피디아에 박차오름 항목 생기면 내가 다 쓸 수 있다니까. 널 평생 봐왔잖니.

박차오름 ……

민용준 (잔을 들어 한 모금 마신 후) …세상을 바꾸고 싶어?

박차오름 ……? (쳐다본다)

민용준 그럼 먼저 힘을 가져.

박차오름 (피식) …뭐야, 오빠도 벌써 꼰대 같은 소리 하는 거야?

민용준 (진지한 표정) 아니. 구체적인 제안을 하는 거야. …날 이용해.

박차오름 (놀라며) 오빠.

민용준 니가 세상을 바꾸고 싶다면 날 이용해. 내겐 내 노력 없이 물려받은 거대한 부와 힘이 있어.

박차오름 ……

민용준 …그걸 이용해도 좋아.

박차오름 …… (민용준을 가만히 바라본다. 눈빛이 조금씩 흔들린다) …그 힘이라는 거, 그걸로 뭘 할 수 있는 거지?

민용준 (미소 지으며) 예를 들자면, 정의?

박차오름 ……

민용준 (위스키를 자기 잔에 따르며) …또는, 복수.

박차오름 (놀란 눈빛) ……

민용준	뭐, 사소하게는 상습 성희롱범 편을 드는 회사를 파산시키거나,
박차오름	……!
민용준	(미소) …여성 인권 짓밟는 부장판사에 대한 기사, 쏟아지게 하는 정도?
박차오름	(놀라서) 오빠, 대체 어떻게 그런 걸…
민용준	(O.L.) …알고 싶은 것들을 늘 알 수 있다는 거, …그게 힘이지.
박차오름	…… (민용준을 응시하다가) 왜 이런 제안까지 하는 거지? 오빠를 이용해라?
민용준	(박차오름을 가만히 보다가) 인간이란 남을 위해서 움직이진 않지.
박차오름	(임바른이 예전에 한 말을 떠올리며 순간 놀란다) …그럼?
민용준	(진지한 표정으로 자기 잔을 바라보다가 마신 후) …내 사람을 위해?
박차오름	(민용준의 진지함에 놀란다) …오빠.
민용준	날 이용해도 좋아. 그렇게 해서라도 널 내 곁에 둘 수만 있다면. …평생.
박차오름	(굳은 표정) 오빠, 그런 얘긴,
민용준	(미소, O.L.) …당장 대답해야 되는 제안은 아니야. …천천히 생각해봐. 얼마가 걸리든.
박차오름	…… (평생 장난스럽게 들이대던 민용준의 다른 모습에 놀라고, 당황스럽고, 자신의 복수심과 힘에 대한 욕망을 들켜서 혼란스럽다)

S#49. 한세상 부장판사실 (낮)

신가한 표정의 세 판사.

한세상	(침통) …방법이 없구만.
박차오름	부장님! 내부고발자에 대한 보복에, 우리 손으로 면죄부를 주자 구요?
한세상	그럼 어쩌잔 거야! 법적으로는 방법이 없는데!
박차오름	(부들부들 떨며) …김다인 씨를 증언대에 세운 것도 우리잖아요!
임바른	(걱정스러운 눈빛) 박 판사, 그만해요.
한세상	(목소리가 떨린다) …어쩔 수 없잖아.
박차오름	……
한세상	…우린 판사니까. 법대로 해야 되는.

S#50. 배석판사실 (오후)

임바른, 걱정스러운 눈빛으로 박차오름 쪽을 힐끔거리고 있다. 박차오름, 짜증 가득한 표정으로 알아들을 수 없는 소리를 중얼중얼거리며 사건기록을 넘기고 있다.

박차오름	(중얼거림) …피고는 원고에게, 비닐하우스를 철거하고 이 사건 부동산에서 퇴거하며…

박차오름, 갑자기 기록을 탁 덮고 괴로운 표정으로 머리를 감싸더니, 키보드를 부숴버릴 듯 세게 자판을 두들기기 시작한다. 판결을 쓰는 것 같기는 한데 넋이 나간 듯 혼자만의 세계에 몰입한 듯, 자신이 시끄럽게 키보드를 치고 있다는 걸 인식하지 못한다. 놀란 임바른, 자리에서 일어나 박차오름 곁으로 조심스레 다가온다.

임바른   박 판사님?

박차오름, 여전히 중얼중얼거리며 미친듯이 자판을 두들기고 있다.

임바른   박 판사님!!
박차오름 (그제야 손을 멈추며 임바른을 올려다본다) 네? 왜 그러시죠?
임바른   (심각한 표정으로 박차오름을 쳐다보다가) 좀 쉬는 게 어때요. 많이
            피곤해 보이는데.
박차오름 피곤하긴요. 아직 멀었어요. 쓸 판결이 몇 갠데. …힘없고 빽 없
            는 피고는 원고에게 살던 집을 인도하라, 꽃 키우던 비닐하우스
            를 철거하라, 평생 장사하던 지하상가 비우고 나가라. 소송비용
            도 부담해라. (다시 타다닥 미친듯이 판결을 쓰기 시작한다)
임바른   그만해요! (박차오름의 양어깨를 뒤에서 붙잡는다) …제발 그만.
박차오름 (잠시 멍하니 앉아 있더니) …이럴 줄 알았으면 판사가 되지 말걸
            그랬나봐요.
임바른   박 판사,
박차오름 …세상이 온통 이따윈데, 판사가 할 수 있는 게 이렇게 없는 줄
            알았으면, 그렇게 죽도록 공부할 필요도 없었는데.

눈물을 흘리는 박차오름. 뒤에서 어깨를 꼭 붙잡은 채 안타까워하는 임
바른.

임바른   (뭔가 생각난 듯) 같이 가볼 데기 있어요.
박차오름 ……? (눈물 젖은 눈으로 돌아본다)

S#51. 법원 복도 (오후)

걷고 있는 두 사람.

박차오름 (걸음을 멈추며) …어딜 가는 거죠?

임바른 박 판사가 한번 만나봤으면 하는 판사님이 있어요.

박차오름 어떤 분이신데요.

임바른 작년에 소년부에서 본드 중독 소년범들을 구하려고 많은 일을 하
신 분입니다. 한번 만나봐요.

박차오름 …왜 지금 그분을 만나야 되는 거죠.

임바른 …보여주고 싶어요. 판사가 할 수 있는 일들이 얼마든지 있다는
걸.

박차오름 (가만히 임바른을 응시하다가 다시 걷기 시작한다)

바쁘게 걸어가는 두 사람.

S#52. 김재현 판사실 (오후)

판사실은 세 명의 단독판사가 함께 일하는 방으로, 김재현 판사는 작
년 가정법원 소년부에 있었고 올해는 중앙지법 민사단독판사실에 와
있다.

김재현 (활짝 웃으며) 손님이 오실 줄 알았으면 좀 새 옷을 입고 올걸 그랬
네요? (입고 있는 카디건 팔꿈치에 구멍이 나 있다)

임바른　별말씀을요. 민사44부의 임바른입니다.

박차오름　…박차오름입니다.

김재현　그래 무슨 일로?

임바른　가정법원 계실 때, 소년부에서 일하셨지요?

김재현　…네.

임바른　신문기사 감명 깊게 읽었습니다. 본드 중독 소년범 재판을 하시다가, 문제의 근원부터 해결하려고 여러 노력을 하셨다고…

김재현　(표정 굳으며 O.L.) 그 얘기는 하고 싶지 않습니다.

임바른　(놀라며) 네?

김재현　그 얘길 듣고 싶어서 오신 거면, 죄송하지만 돌아가주시죠.

임바른　판사님,

김재현　(고통스러운 표정) …더이상 같은 고통을 되풀이하고 싶지 않아서 이리로 왔습니다. 붙잡고 울고, 야단도 치고, 쌍욕도 해봤지만, 풀어주면 한 달도 안 돼서 같은 죄명으로 돌아옵니다.

박차오름　(김재현을 안타깝게 바라본다)

김재현　…그 녀석들을 증오하게 될까봐 무서워서 도망 온 놈입니다. 저는. 돌아가주세요. (자리에서 일어선다)

착잡한 표정으로 일어서는 임바른과 박차오름.

S#53. 복도 (저녁)

차잡한 표정으로 걷고 있는 두 사람.

임바른	(안타까운 표정) 얼마나 치열하게 고민하셨으면 저렇게까지…
박차오름	(O.L.) …알겠습니다.
임바른	…뭘요.
박차오름	임 판사님이 하고 싶은 말은 알겠어요.
임바른	……
박차오름	…판사답지 못한 짓은 하지 않을게요. 어쩔 수 없더라도.
임바른	…박 판사님.
박차오름	…아직은 판사니까. 좋든 싫든.

임바른, 알 수 없는 표정의 박차오름을 본다.

S#54. 지하철 (밤)

착잡한 표정으로 앉아 있는 임바른. 핸드폰에서 띵똥 소리가 나자 문자를 확인한다.

| 임바른 | (놀라며) 민 부사장이 왜 나를? |

S#55. 민용준의 호텔 스카이라운지 (밤)

민용준	죄송합니다. 바쁘신데.
임바른	무슨 일이라도 있으신지.
민용준	…드리고 싶은 말씀이 있어서요.

임바른	말씀하시죠.
민용준	…… (위스키 잔을 비우고는) 오름이가 걱정돼서요.
임바른	……!
민용준	많이 힘들어하는 것 같습니다. 알고 계시겠지만.
임바른	……
민용준	…오름이가 갈수록 임 판사님 얘기를 자주 하던데요? 많이 친해지신 모양이죠?
임바른	…글쎄요.
민용준	솔직히 좀, 신경이 쓰입니다.
임바른	제가 말씀입니까?
민용준	…오름이가 어울리지 않는 곳에 남아 있도록, 붙들고 계신 거 아닌가 해서요.
임바른	왜 어울리지 않는다고 생각하시죠?
민용준	법원은 물론, 중요한 곳입니다만, 오름이한테 맞는 곳은 아닙니다.
임바른	…그럼 어디가 맞는 곳이죠? 박 판사한테?
민용준	저희 아버님은 지금도 가끔 오름이 얘길 하십니다. 왕국을 통치할 관상이라고. (미소를 지으며) 너무 거창하죠? 아무래도 옛날분이라.
임바른	…왕국이라. 말하자면 NJ그룹 같은?
민용준	(묘하게 웃으며) …그렇게 들리셨습니까.
임바른	통치라, (천천히 민용준의 눈을 쳐다보며) …왕으로서 말입니까, 아니면 왕비로서?
민용준	(허를 찔린 듯 순간 멈칫했다기, 다시 미소) 글쎄요…
임바른	…무례한 질문이었다면 죄송합니다. 궁금하긴 하네요. 부친께서

박 판사에게서 무얼 보신 것인지.

민용준　…욕망이죠.

임바른　욕망?

민용준　힘에 대한 욕망. 선의에서 출발했어도 그 또한 욕망이죠. 권력의
지. 그냥 똑똑한 사람은 많고, 좋은 사람도 많습니다. 하지만 힘
에 대한 욕망이 없는 사람은 아무것도 바꿀 수 없지요. 그냥 제자
리에서 불평만 할 뿐.

임바른　(묵묵히 민용준을 응시한다)

민용준　오름이가 힘들게 고시공부를 한 것도 그 욕망 때문일 겁니다. 하
지만, 전 결국 오름이가 답답함을 느낄 거라고 봅니다. 누구에게
나 몸에 맞는 옷이 있기 마련이니까요.

임바른　…더 몸에 맞는 옷을 주실 수 있다는 말씀으로 들리는군요.

민용준　…더 몸에 맞는 옷을 입으면, 원하는 일도 더 잘할 수 있겠지요.
그 일이 세상을 더 낫게 바꾼다, 뭐 이런 종류일 경우에도.

임바른　(민용준을 찬찬히 바라보다가) 민 부사장님이 말씀하시는 세상을
바꾼다는 거, 우아한 재벌 사모님이 돼서 자선사업 하고, 아프리
카 방문하고, 뭐 이런 거 아닙니까? 민 부사장님의 품안에서.

민용준　(표정 잠시 굳었다가 다시 미소 지으며) 뭐, 그것도 좋지 않습니까?
저희 집안은, 일단 내 사람이 되면 반드시 지킵니다. 끝까지.

임바른　(민용준을 응시하며) …내 사람이 되지 않으면?

민용준　(임바른을 마주 응시한다)

임바른　(팔짱을 끼며) 제가 자격이 있든 없든, 잘못된 일은 일단 막아야겠
군요.

민용준　…잘못된 일이라시면?

임바른　말하자면, 계란으로 바위 치는 게 취미인 사람을, 벽돌 담장 안

에 갇힌 인형으로 살게 만드는, 그런 일?

민용준　　…… (표정 굳어지며 임바른을 노려본다)

S#56. 임바른의 집 (밤)

사과를 깎아 임바른에게 내미는 엄마. 한쪽 구석에서 TV를 보며 웃고 있는 아버지.

임바른　　(아버지를 가만히 보다) …아버지.

아버지　　(의외라는 듯 돌아보며) 응?

임바른　　…아버지는 사람들이 싫어질 때가 없어요?

아버지　　……

임바른　　세상이 꼴 보기 싫을 때는요.

아버지　　…무슨 일 있는 거냐?

임바른　　어떻게 그렇게 한결같으실 수 있죠?

아버지　　(임바른을 가만히 보다가 다시 TV로 고개를 돌리더니) …옛날 옛적, 수십 년 수행 끝에 삶의 의미를 깨달은 현자가 높은 산에 살고 있었다는구나.

임바른　　네?

아버지　　한 젊은이가 현자를 찾아서 먼길을 떠났지. 천신만고 끝에 산꼭대기, 바위 위에서 명상하고 있는 현자를 만난 젊은이는, 물었어. 인생이 의미가 무엇입니꺼?

임바른　　(마음의 소리) 갑자기 무슨 소릴 하는 선시…

아버지　　현자는 답했지. 인생은, 나무 사이를 지나는 바람이다…

임바른	……
아버지	젊은이가 물었어. 선생님, 정말 그게 인생의 의미란 말입니까?
임바른	……?
아버지	그러자, 현자가 깜짝 놀라며 되묻는 거야! '아니, 그럼, 그게 아니었단 말인가?'
임바른	(어리둥절) ……
엄마	(사과를 깎으며 한 귀로 듣고 있다가 어이없는 듯) 인간아, 그럼 그렇지… (임바른을 향해) 뭘 물어! 니네 아빠한테!
아버지	(킬킬대며 웃는다) …아니, 그럼, 그게 아니었단 말인가? 왜? 멋지지 않니?
임바른	(뭔가 곰곰이 생각하다가) …고마워요. 아버지.
엄마	(어리둥절) 얘는 또 뭔 소리야.

TV 속 개그맨을 보며 히죽 웃는 아버지.

S#57. 법원 회의실 (오후)

'법정언행개선 연구회 세미나' 플래카드 붙어 있고, 십여 명의 판사 앉아 토론하고 있다(소리는 들리지 않고 모습만). 뒷줄 구석에 어두운 표정으로 앉아 있는 박차오름과 그런 박차오름을 하염없이 바라보는 임바른. 다른 쪽 구석에 넋 나간 표정으로 멍하니 앉아 있는 정보왕.

S#58. 법원 구내식당 (저녁)

세미나 후 만찬중인 판사들. 배곤대, 권세중, 우갑철 웃으며 식사하고 있다가, 옆 테이블에 박차오름과 임바른이 앉자 표정이 굳더니, 자리에서 일어선다.

배곤대 (박차오름 들으라는 듯) …무서워서 무슨 얘길 할 수가 있겠어? 참 내… 선배 등에 칼을 꽂는 세상이니 이거 원…

권세중 나가서 2차 하시죠.

임바른, 세 부장을 쳐다본다. 걸어나가는 세 부장. 말없이 마주앉아서 식사하는 임바른과 박차오름.

cut to

식사를 마치고 자리에서 일어서는 두 사람 뒤에서,

오정인E 박 판사님?

박차오름 (돌아본다) 안녕하세요, 오 부장님.

임바른도 말없이 목례.

오정인 (박차오름을 잠시 가만히 보더니) …커피나 한잔할래요?

박사오름 ……

S#59. 법원 20층 라운지 (밤)

아무 말 없이 커피를 마시던 오정인, 창밖 서울의 불빛을 물끄러미 바라
보다가 툭,

오정인   …얘기 들었어요. 많이 힘들죠?

박차오름   (움찔하지만 묵묵부답)

임바른   (두 사람 곁에 조용히 서 있다)

오정인   (아랑곳 않고 창밖 멀리를 바라보며 독백하듯) …우연히 공부 하나
잘하게 태어났다는 이유로 이 직업을 갖게 됐어요. 남자들 사이
에서 약점 하나 보이지 않으려고 이 악물었죠.

박차오름   …… (커피를 든 채 고개를 숙이고 있다)

오정인   …그런데 하면 할수록 내가 이 일을 할 자격이 있나 하는 생각이
들어요.

박차오름   (고개를 들어 오정인을 본다) ……?

오정인   사람들 속의 괴물을 들여다볼수록, 내 안의 괴물도 또렷이 보이
더라구요. …엄격한 가정에서 모범생의 탈을 쓰고 자랐지만, 속
으로는 날 억누르고 괴롭히는 인간들, 모두 죽여버리고 싶다고
생각한 적이 많았어요.

임바른   (놀라 오정인을 쳐다본다) ……

오정인   (씁쓸한 표정) …처지가 바뀌었으면 나 또한 내가 재판하는 범죄
자들과 같은 짓을 저질렀을지도 모른다는 생각을 하곤 해요.

박차오름   (서서히 무너서내리듯 눈물을 흘리기 시작한다. 두 손으로 얼굴을 가리
고 조용히 흐느낀다)

오정인   (안타까운 눈빛으로 한참 박차오름을 지켜보다가 손수건을 건네준다)

박차오름　(손수건으로 눈물을 닦은 후) …부장님, 전 판사 자격이 없어요. 전 사람들이 무서워서, 단지 저를 지키기 위해서 판사가 됐거든요…

임바른　(눈빛이 흔들린다) ……

박차오름　(고해하듯) …어린 시절 전, …온통 아버지한테 복수하고 싶단 생각뿐이었어요.

오정인, 침착한 눈으로 가만히 듣는다. 박차오름, 굳어지는 표정.

S#60. 박차오름의 회상. 사춘기 시절 집 (저녁)

몽타주 〉

- 겁먹은 채 현관 앞에 부동자세로 서 있는 엄마. 고급 슈트 차림의 아버지, 뒷모습만 보인 채 현관 옆 신발장 위의 먼지를 검지손가락으로 천천히 점검하고 있다. 부들부들 떠는 엄마.
- 떨면서 우아한 드레스 자락을 걷고 뒤돌아선 어머니. 회초리로 맞은 듯 종아리에 맺힌 멍과 핏자국. 아버지, 뒷모습만 보인 채 앉아서 꼼꼼히 상처에 약을 발라주고 있다. 외과수술이라도 하는 양 신중하게.

S#61. 다시 현재, 법원 20층 라운지 (밤)

임바른, 놀란 표정으로 박차오름을 보고 있다.

박차오름 (조금씩 떨며) …아버진 제게 복수할 기회도 주지 않았어요. 가장 믿던 동업자의 배신으로 부도를 내고, 집도 경매로 날아가던 날, 아버진 자기 손으로…

플래시컷 〉

쟁반에 찻잔을 받쳐들고 서재로 들어가다가 뭔가를 보고 쟁반을 떨어뜨리며 넋이 나가 쓰러지는 엄마의 뒷모습.

박차오름 …그렇게 되니까, 어제까지 굽신거리던 사람들이 꼴좋다고 웃고 돌을 던져대더라고요. 한순간에.

오정인 ……

박차오름 …전 어쩌면 제 한몸 건사하려고, 살아남으려고, 누구도 날 건드리지 못하게 하려고 고시공부를 시작했는지 몰라요. 힘이 필요했거든요. 고시에 붙으면 그런 힘이 생길 거라고 생각했어요.

오정인 …… (안쓰러워하는 눈빛)

박차오름 …그런데, 정작 판사가 되어 사건기록을 보는데, 자꾸만 말을 걸어와요. 기록 속의 사람들이요. 보증금을 떼여 길에 나앉게 된 사람이, 상사한테 성희롱당하는 여직원이, 빚 때문에 목을 맨 가장이. (뭔가에 홀린 듯 목소리가 조금씩 높아진다) … (잠시 입술을 깨물고 있다가) 그래서 못 견디겠어요. 그 목소리들 때문에. 전 제 몸 하나 지키려고 판사가 됐는데, 어느새 복수를 하고 싶어졌어요. 그 목소리들이 제 목소리같이 느껴져요. 전 사실 세상에 복수하고 싶었던 거예요. 그런 제가 어떻게 판사를 할 수 있겠어요… (흐느낀다)

오정인, 천천히 다가와 박차오름의 두 손을 꼭 잡는다.

오정인　(부드럽게) 박 판사님, '상처 입은 치유자'라는 말을 들어본 적 있
　　　　나요?

박차오름　(흐느낀다)

오정인　박 판사님은, 누구보다 상처를 많이 입었기 때문에, 누구보다 더
　　　　좋은 판사가 될 수 있을 거예요. 남의 상처를 누구보다 더 예민하
　　　　게 느낄 줄 아니까요. 그저, 조금만 마음을 쉬게 해주세요. 자신
　　　　의 상처에, 튼튼한 새살이 돋아날 시간만 허락하세요.

박차오름, 무너지듯 오정인의 품에 안겨 어린애처럼 울고, 임바른, 묵묵
히 그런 둘을 바라본다. 창밖에는 도시의 불빛.

S#62. 법정 (오후)

착잡한 표정의 한세상, 원고석에 서 있는 김다인을 본다.

한세상　판결을 선고합니다. 주문, 원고의 청구를 기각한다. …소송비용
　　　　은 원고가 부담한다.

김다인, 실망한 듯 고개를 떨군다. 안타까워하는 박차오름. 착잡한 표
정의 임바른.

S#63. 법원 구내도로 (저녁)

말없이 퇴근하고 있는 두 사람. 법원 동문 앞을 나서 지하철역 쪽으로 가는데,

김다인E 어? 혹시 판사님?

돌아보는 두 사람. 김다인이 의외로 밝은 표정으로 서 있다.

박차오름 다인 씨?

김다인 (꾸벅 인사하며) 고맙습니다!

박차오름 (김다인의 손을 덥석 잡으며 울 듯한 표정) 고맙다뇨! …미안해요. 아무것도 해드리지 못해서.

김다인 아니에요. 판사님들이 최선을 다해주셨다는 거, 알아요. 지난번에도, 이번에도.

임바른 (김다인의 밝은 표정을 묵묵히 본다)

김다인 (눈시울이 조금씩 붉어지며) 자책하지 마세요. 후회도 하지 마시고요. 절대로 자책도 후회도 하지 않는 인간들 때문에, 왜 우리가 그래야 돼요?

박차오름 (뭉클) …다인 씨!

김다인 그깟 놈의 드러운 회사, 잘됐어요. 제 적성에 맞게, 기자가 될까 해요. 어디 쪼끄만 데라도.

박차오름 기자?

김다인 네. 저런 놈들 끝까지 물어뜯어보게요. 일거린 많겠죠?

박차오름 (웃으며) 네. 혹시 자리 하나 더 있으면 저한테도 알려줘요.

김다인   에이, 판사님 같은 분이 거기 계셔야죠.

마주보며 웃는 두 사람, 이어 김다인, 손을 흔들며 사라진다. 임바른, 눈물을 훔치는 박차오름을 보더니,

임바른   …쏘주나 한잔하러 갈까요?
박차오름   (눈이 동그래지며) 네? 판사님이 쏘주?

S#64. 시장통, 순대 좌판 (밤)

세 이모, 킬킬거리며 순대집이모가 들고 있는 스마트폰 화면을 보고 있다. 클로즈업하면, 웹소설인지 글씨 가득하다. 몸을 배배꼬는 이모들,

순대집이모   …그녀의 날개뼈를 천천히 훑어내려오던 그 남자의 손끝이, 미묘하게 움직이기 시작…
떡볶이이모   (O.L.) 오메! 나 죽네!! (썰지 않은 통순대를 덥석 집어 입으로 꽉 문다)
빈대떡이모   (순대집이모 등판을 퍽퍽 치며) 그래서 어딜!! 어떻게!!
순대집이모   (엄지로 화면을 끌어내리며) …다음 회에 계속?

일제히 탄식하는 이모들.

떡볶이이모   이긴 아이다… 이거 아냐…
빈대떡이모   어떻게 또 거기서 끊노…

박차오름E 뭣들 하노? 나라 잃은 백성들마냥.

이모들, 고개 들어보니 웃고 있는 박차오름, 뒤에 멋쩍게 선 임바른.

떡볶이이모 뭐긴 뭐꼬.
빈대떡이모 니가 알려준 그거지! 너 때매 요즘 숨넘어간다.
순대집이모 시장통이 아주 난리다. 아지매들 환장한다.
임바른 (의아해하며) 무슨 얘기예요?
박차오름 (난처해하며 얼버무린다) 아… 아니에요. 요즘 여자들한테 인기 있
        는 웹소설이 있다길래…
순대집이모 (의아해하며) 남 얘기하나. 니 이거 본다고 수면부족으로 다크서
        클이…
박차오름 (O.L. 과장된 몸짓으로 얼버무리며) 하하하하~ 아이고 우리 이모야
        들은 뻥도 어쩜 이리 리얼리티하게… (순대집이모를 째려보며) 쏘
        주 가온나. 얼릉!

cut to

소주잔을 죽 비우는 임바른. 얼른 순대를 입에 넣어주는 순대집이모.

빈대떡이모 (호들갑) 오늘 뭔 날이가? 둘이서 다정하게 한잔?
박차오름 다정은 무슨… 열받아서 한잔하는 기다!
떡볶이이모 오매, 이년이. 난 이런 꽃미남하고 한 방 쓰며 일하는 서넌 24시
        간도 일하겠구만 오데서 배때지 부른 소릴!
순대집이모 (순대 썰며) …판사질 하기 힘드나.

박차오름   (소주 털어넣으며) …힘들다.

순대집이모 까짓거, 그럼 때려쳐뿌라. 니가 그거 아니면 할 거 없겠나.

박차오름   나 모하믄 되겠나? 이모야.

순대집이모 …용준이한테 시집가, 호강하든지.

임바른, 마시던 소주를 푸, 뱉어낸다.

떡볶이이모 (행주를 내밀며) 에구야, 피 같은 술을… 그렇게 왜 술도 약한 총

각이…

임바른   (망설이다가 행주로 입을 닦으며) 저희 법원에 박 판사 빠지면 곤란

합니다. 이모님들.

빈대떡이모 그래요? 우리 오름이가 그리 필요해요?

임바른   네. 필요합니다.

떡볶이이모 오모나~ (몸을 비틀며 킬킬댄다) 내도 저런 말 좀 들어보고잡다~

박차오름   (임바른을 가만히 보며) 괜찮으세요? 얼굴이 빨개요.

임바른   (박차오름을 힐끗 보며) 박 판사도 빨간데요.

박차오름   (자기 볼을 만져보며) …그런가?

임바른   …찬바람 쐬러 요 앞에나 가볼까요.

박차오름   ……?

S#65. 청계천 다리 밑 (밤)

청계천이 으르고 삭은 수변부대 같은 것이 있다. 그 앞 돌계단에 앉아

있는 두 사람.

임바른	(작은 돌멩이를 물위로 집어던지며) …판사, 때려치우고 싶어요?
박차오름	…모르겠어요. 이랬다저랬다 해요.
임바른	…사실 나도 잘 몰라요.
박차오름	……?
임바른	판사가 뭘 할 수 있는지. 어디까지 할 수 있는 건지.
박차오름	……
임바른	지금 뭘 좀 아는 거 같애도, 언젠가 이럴지 모르죠. (눈을 동그랗게 뜨며) 아니, 그럼, 그게 아니었단 말인가?
박차오름	(풋, 웃는다) 방금 그 발연기는 뭔가요…
임바른	(시크하게) …인간이 모든 걸 잘할 수는 없잖아요? …불공평하잖아.
박차오름	(어이없는 듯) 네~네~
임바른	(피식 웃더니) 난 말이죠, …박 판사가 실수할 수 있게 돕고 싶어요.
박차오름	네?
임바른	나는 이미 있는 정답만 잘 찾는 사람이지만, 박 판사는 새로운 답을 찾다가 실수를 할 수 있는 사람이니까. …그게 꼭 필요할지도 모르니까.
박차오름	…… (감동한 눈빛)
임바른	(물을 바라보다가) 우리, 시원하게 쌍욕이나 한번 할까요?
박차오름	(눈 동그래지며) 쌍욕이요?
임바른	거지같은 세상이라면서요. 한잔한 김에 욕이라도 하자구요. (일어서더니 앞의 무대로 걸어나간다)
임바른	(손나팔을 만들더니 힘껏) 야이, 치사하고 더러운 짜식들아!!

박차오름, 픽 웃더니 거드름을 피우며 걸어나온다.

박차오름 지금 장난합니까.

임바른 예?

박차오름 비켜봐요. (임바른이 비키자 무대 중앙으로 나가더니) 야이~ 씨발라
먹을 시키들아, 어디서 개××× 같은 짓거리들을 하고 자빠졌냐
갈아 먹어도 시원치 않을 시키들아~~

S#66. 청계천 다리 위 (밤)

중년의 프랑스 커플, 흐뭇한 표정으로 소리치고 있는 다리 밑의 두 사람
을 내려다보고 있다. 이하 프랑스어로 말하고 밑에 한글 자막 처리.

프랑스남 (가이드북을 보며) 여기가 프러포즈하는 명소래.

프랑스녀 올랄라~ 사랑의 맹세를 외치고 있나봐요. 나, 눈물날 거 같애.

S#67. 청계천 다리 밑 (밤)

쌍욕을 걸판지게 하고 있는 박차오름 주위로 하트 조명이 켜지더니, 분
수가 팡! 솟아오른다. 로맨틱한 음악까지 흘러나오기 시작. 청계천 청
혼의 벽 잎이있던 깃.

임바른 (화들짝 놀라 피하며) 어우 깜짝이야!

박차오름   (깜짝 놀라며 터프한 경상도 사투리) 이거 뭔데~?

뒤에서 들려오는 볼멘소리.

남자E   아, 거 순서 기다리는 사람 생각해서 빨리 좀 마칩시다!

돌아보니, 젊은 남녀 두 쌍이 꽃다발을 든 채 줄서서 기다리고 있다.

여자   (속닥속닥) 자기야, 냅둬. 이상한 사람들 같애.

정신 차리고 보니 하트 무대 한가운데에 조명받고 서 있는 임바른과 박차오름, 다리 위에는 프랑스 중년 커플, 흐뭇한 표정으로 내려다보며 서로 천천히 입술을 맞댄다.

11부

결국 더 행복한 쪽이
이기는 거거든요

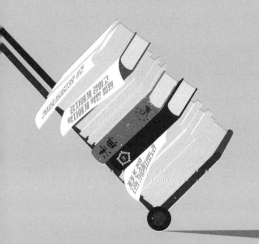

(지난 회) 법원 구내도로 (저녁)

말없이 퇴근하고 있는 두 사람. 법원 동문 앞을 나서 지하철역 쪽으로
가는데,

김다인E   어? 혹시 판사님?

돌아보는 두 사람. 김다인이 의외로 밝은 표정으로 서 있다.

박차오름   다인 씨?
김다인   (꾸벅 인사하며) 고맙습니다!
박차오름   (김다인의 손을 덥석 잡으며 울 듯한 표정) 고맙다뇨! …미안해요.
        아무것두 해 드리지 못해서.
김다인   아니에요. 판사님들이 최선을 다해주셨다는 거, 알아요. 지난번
        에도, 이번에도.

임바른　　(김다인의 밝은 표정을 묵묵히 본다)

김다인　　(눈시울이 조금씩 붉어지며) 자책하지 마세요. 후회도 하지 마시고
　　　　　요. 절대로 자책도 후회도 하지 않는 인간들 때문에, 왜 우리가
　　　　　그래야 돼요?

S#1. 청계천 다리 위 (밤)

　　　　　다리 위에서 서울 밤거리의 불빛을 바라보는 박차오름.

박차오름　…자책하지도 후회하지도 않는 사람들.

임바른　　(박차오름을 본다)

박차오름　그런 인간들과 싸우려면, 대체 어떻게 해야 될까요. (입술을 깨물
　　　　　며) …그들과 똑같아지지 않으면서.

임바른　　…… (착잡한 표정)

S#2. 판사실 복도 (오후)

　　　　　재판 마친 후 법복 차림으로 판사실로 돌아오던 44부 세 판사, 복도에서
　　　　　누군가 마주치고 살짝 놀란다. 성공충이다. 거만한 표정으로 뒷짐지고
　　　　　있다.

한세상　　(웃으며) 성 부장, 축하허네.

성공충　　(거드름 피우며) 어, 한 부장님. (박차오름과 임바른을 쓱 쳐다보며)

뭐, 다 덕분입니다.

박차오름 (입을 꾹 다물고 쳐다본다)

성공충 …고등법원에서 44부 판결, 각별히 살펴보겠습니다. (비웃듯) 배울 것도 많겠지요. 워낙 남다른 재판부 아닙니까, 허허허.

임바른 (성공충을 쏘아본다)

박차오름 (못 참겠는 듯 한발 앞으로 나오려 한다)

한세상 (박차오름을 슬쩍 가로막더니, 소탈하게 웃는다) 상급심에서 많이 지도해주셔야지. 허허허.

성공충 (씨익 웃더니 뒷짐진 채 한세상 어깨를 스치며 유유히 걸어간다)

한세상 (박차오름을 물끄러미 보다가) …박 판사,

박차오름 ……

한세상 일일이 흥분하지 마.

박차오름 부장님, 그래도…

한세상 (O.L.) 흥분하면 지는 거야.

박차오름, 한세상을 쳐다본다. 한세상, 씨익 웃는다.

박차오름 (따라서 미소) 네, 부장님.

한세상, 미소 지은 채 다시 앞서 걸어간다. 따라 걷는 임바른과 박차오름.

S#3. 한세상의 집, 최장신 안 (낫)

하늘이 무너진 듯 분하고 억울한 표정으로 서 있는 한세상 얼굴.

한세상   (잔뜩 흥분한 표정) 아, 지금 남자를 뭘로 보고!!

마나님   (바깥에서 들려오는 목소리. 시큰둥) 흥분하긴…

한세상   (억울해 죽겠다는 표정) 이건 남자의 최후의 자존심이야!!

마나님   자존심 좋아하네. 아, 그럼 잘하던가!

한세상   (이를 악물고 화장실 문을 노려본다)

한세상, 세상 억울한 표정으로 결심한 듯, 변기에 앉는다. 잠시 멍한 표정으로 몸을 부르르 떨더니, 앉은 채 몸을 흔들어 턴다. 다시 억울한 표정으로 일어나 몸을 추스르며 물을 내리는 한세상.

마나님   (문밖에서) 앉아쏴 잘했다매. 군대에서.

한세상   (번쩍! 닫힌 문 쪽으로 시선을 돌렸다가, 다시 힘없이 체념한 표정으로) …난 이제 수컷도 아니여…

S#4. 박차오름의 집 (밤)

방 한쪽에 모여 또 스마트폰으로 에로 웹소설을 몰입해서 보고 있는 세 이모들. 몸을 배배 꼬고 난리다. 이모들을 보며 피식 웃는 박차오름, 돋보기를 쓰고 바느질중인 외할머니를 보며,

박차오름   할머니.

외할머니   오냐.

박차오름   판사가 돼서 보니까,

외할머니   ……

박차오름 세상엔 나쁜 놈들이 정말 많은 거 같애.

외할머니 …그러냐.

박차오름 …절대 반성하지도 않고,

외할머니 ……

박차오름 물러서지도 않는 놈들. 그런 놈들이 너무너무 많아서,

외할머니 ……

박차오름 (힘없이) 어떻게 해야 할지 모르겠어. (혼잣말처럼) …다 죽여버릴
수도 없고.

외할머니 (힐끗 박차오름을 본다)

박차오름 (쑥스럽게 머리를 긁으며) 아니, 정말 그런다는 게 아니라…

외할머니 (다시 바느질을 하며) 오름아,

박차오름 응.

외할머니 세상에서 제일 더러운 게 뭔지 아니?

박차오름 ……?

외할머니 …제일 깨끗한 거는?

박차오름 (외할머니를 가만히 본다)

외할머니 내가 한 팔십 년 살다보니, 오름아.

박차오름 ……

외할머니 제일 추한 거, 제일 이쁜 거, 제일 악한 거, 제일 선한 거, 제일 잔
인한 거, 제일 동정심 많은 거, …그게 모두 사람이더라.

박차오름 …할머니.

외할머니 (박차오름을 가만히 보며) 사람이 이 세상에 태어나는 건, 그저 인
내 하나 배우러 오는 건지도 모르겠나.

박차오름 (감동한 눈빛으로 할머니를 쳐다본다)

외할머니 (다시 바느질하며) …쉽게 포기하지 말거라.

박차오름   (가만히 보다가, 고개를 끄덕끄덕)

S#5. 법정 (낮)

원고석에는 화난 표정의 50대 남성(고물상), 피고석에는 선량한 얼굴의
40대 남성(목사), 피고석 바로 뒤 방청석에는 왜소한 체격의 푸른 기 도
는 회색 머리를 한 16세 미소년(이가온) 앉아 있다. 천진난만한 아이 같
은 표정, 멀뚱거리고 있다.

고물상   제가 오죽하면 소송까지 냈겠습니까, 판사님!

한세상   그래도 장한 일 하시는 목사님 상대로 손해배상까지…

고물상   네, 목사님 훌륭하신 건 저도 압니다요. (뒤돌아 분통 터지는 표정
으로 이가온을 가리키며) 그래도 저 좀도둑 녀석 때문에 더이상은
못 참겠습니다!

한세상   (기록 넘기며) …밤마다 고물상에 숨어들어가서 물건을 훔쳐간단
말이죠.

고물상   네! 값나가는 구리 전선만 골라 훔쳐가서 피해가 막심합니다! 저
놈 저거, 아무것도 모르는 척~하고 앉았는데, 실은 완전 빠꼼이
예요!

목사   (고물상을 향해 머리를 조아리며) 죄송합니다, 사장님. 제가 가온
이, 다시는 이런 짓 못하게…

고물상   (O.L.) 이제 더이상 그 말씀 못 믿습니다! 이게 몇 번쨉니까!

한세상   (이가온을 쳐니보며) …니가 이가온이냐?

이가온   (머리를 푹 숙이고 묵묵부답)

목사	(뒤돌아보며) 가온아,
이가온	(여전히 묵묵부답)
한세상	(노여운 표정) 오갈 데 없는 널 돌봐주시는 목사님한테, 죄송하지도 않냐, 이 녀석아!
이가온	……
고물상	보십쇼! 판사님 말씀도 들은 체 만 체하는 놈 아닙니까! 저희 동네 상인들치고 저놈한테 피해 입지 않은 사람이 없습니다, 판사님!

박차오름, 메모지를 한세상에게 내민다. 한세상, 메모지를 보더니 박차오름을 본다. 박차오름, 고개를 끄덕인다.

| 한세상 | (잠시 생각하더니) …주심판사님 주재로 조정기일을 한번 열어보겠습니다. 양측 모두, 원만하게 해결할 방법은 없는지 생각해보고 오세요. |

S#6. 법정 밖 복도 (낮)

걸어가는 세 판사.

한세상	덩치는 작아도 보통 놈이 아닌 거 같던데. 조정이 되겠나?
박차오름	부장님, 그래도 아직 애잖아요.
한세상	…애라고 우습게 보지 마. 기록 보니까 전력이 화려하더라고.

S#7. 배석판사실 (밤)

박차오름　(기록을 넘기며) 화려하긴 하네요. 유해화학물질관리법위반, 절
　　　　　도…

임바른　본드?

박차오름　네, 본드 흡입으로 여러 번 조사받았네요. 지금도 보호관찰기간
　　　　　중이에요.

임바른　도둑질한 것도 본드랑 관련이 있겠네요. 본드를 하고 저질렀든
　　　　　지, 본드 살 돈을 마련하려고 했든지.

박차오름　…그럴지도 모르죠. 그래도 아직 어린애예요.

임바른　글쎄요. 천진한 겉모습에 속으면 안 될 것 같은데.

박차오름　……

임바른　어른들도 법정에 서면 무서워합니다. 걔는 멀뚱거리고 있다가
　　　　　상황이 불리하게 돌아가니까 못 들은 척 대답을 회피했어요. 아
　　　　　이인 척하는 능구렁이일지도 몰라요.

박차오름　…여하튼 일단 직접 한번 부딪쳐볼게요.

S#8. 조정실 (낮)

　　목사님 옆에 앉아 천연덕스럽게 스마트폰으로 게임을 하고 있는 이가
　　온.

맹사성　(하난 표정) 저, 핸드폰 내려놓지 못해!

이가온　(열중하여 못 들은 듯 계속 게임중)

맹사성	야 이 녀석아!!
이가온	(깜짝 놀라 맹사성을 보더니 조용히 핸드폰은 내려놓고 고개를 숙인다)
박차오름	계장님.
맹사성	죄송합니다, 판사님. 저도 모르게 그만…
고물상	원래 저런 놈입니다. 게다가 저런 불량한 녀석들이 세 놈이나…
목사	(O.L.) 죄송합니다만, 저희 아이들, 학교도 열심히 다니고 배달 일도 열심히 하는 애들입니다.
고물상	목사님, 참 답답하십니다! 동네 사람들이 다 뭐라고 하는 줄 아십니까? 목사님이 도둑고양이들을 주워다 기르고 있다고…
박차오름	(O.L.) 말씀 좀 조심해주시죠!
고물상	…죄송합니다.
박차오름	(이가온을 보며) …이가온 학생?
이가온	(고개 숙이고 묵묵부답)
박차오름	여기 고물상 사장님께 죄송하다는 말씀은 드렸어?
이가온	……
박차오름	고물 수집해서 힘들게 살아가시는 분이야. 매일 아침부터 밤까지 일하시면서. 알지?
이가온	……
고물상	(깊은 한숨) 고맙습니다만, 판사님. 저 녀석한테 뭘 기대하지 마십쇼. 저도 솔직히 소송은 냈지만, 돈 받을 건 큰 기대 안 합니다. 목사님 형편도 뻔하니까요.
박차오름	그럼 왜…
고물상	저 녀석을 내보내시든지, 아니면 목사님이 동네를 떠나주시든지 양단간에 결단을 내려주시라는 거죠.
목사	(놀라며) 사장님, 저희가 갈 데가 어디 있겠습니까…

고물상	저놈은 구제불능이에요! 어디 소년원에 처넣든지 교도소에 보내야 될 놈이라니까요!
이가온	(그래도 고개 푹 숙인 채 묵묵부답)

맹사성, 이가온을 힐끗 보더니 기가 막히다는 표정으로 이가온의 손을 잡아채 책상 위에 올려놓는다. 이가온의 손에는 스마트폰이 들려 있고 게임 화면이 떠 있다.

맹사성	정말 구제불능이구만, 이 녀석!
박차오름	(이가온을 가만히 보더니) 계장님, 잠시 목사님과 말씀 나눠보고 싶은데요.

S#9. 조정실 (낮)

박차오름	(안타까운 눈빛) 목사님, 많이 힘드시죠…
목사	(깊은 탄식) 하아아…
박차오름	……
목사	(울적한 목소리) 판사님, 솔직히 전 목사 자격이 없는 것 같습니다.
박차오름	무슨 말씀을요! 오갈 데 없는 애들을 여러 명 돌보고 계시잖아요. 아무나 할 수 있는 일인가요 그게.
목사	…그중에서도 가온이를 제일 이뻐했지요. 똑똑하고 착한 녀석이었거든요.
박차오름	……

목사	…저뿐만이 아니에요. 가온이가 사고칠 때마다 소년부 판사님도, 보호관찰관님도 눈물겹게 도와주셨지요. 믿어주시고.
박차오름	목사님.
목사	하지만 다 소용없었습니다. 조금만 지나면 또 반복이에요. 본드 불어서 눈이 풀린 채 길바닥에서 자고 있고. 좀도둑질하다 잡혀오고…
박차오름	……
목사	예수님께서는 일흔 번씩 일곱 번이라도 용서하라고 하셨는데, 전 솔직히 이제 저 녀석이 밉습니다. 판사님. 아이들 돌보는 것도 힘에 부치고요. (눈물이 가득 고인 채) …그래서 죄스럽습니다.
박차오름	(안타까움 가득하다) 목사님…

S#10. 배석판사실 (낮)

임바른	…소년부 판사님도 눈물겹게 도와주셨단 말이죠. (뭔가 곰곰이 생각하다가) 혹시…?
박차오름	(역시 뭔가 떠오른 듯) ……!

S#11. 김재현 판사실 (낮)

김재현	(놀라며) 혹시 가온이?
임바른	역시 김 판사님이셨군요.
김재현	(침통한 표정) …절 도망 오게 만든 녀석입니다.

박차오름   네? 가온이가요?

김재현   …차라리 막 나가는 거친 녀석들이 낫죠. 그 녀석은…

박차오름   ……

김재현   (한숨 쉬며) …그 천사 같던 꼬마가 망가져가는 걸 몇 년에 걸쳐 봐왔어요. 차마 더이상은 못 보겠습니다.

임바른   천사 같았다고요?

김재현   (끄덕이며) 가온이는 성가대에서 노래도 했지요. 공부도 곧잘 했고요. 학교에서 아이큐 검사했을 때, 140이 넘게 나왔어요.

박차오름   똑똑한 아이네요.

김재현   …지금은 100도 안 될 겁니다.

박차오름   (놀라며) 네?

김재현   본드는 가장 싼 마약입니다. 뇌를 망가뜨리고 시신경도 훼손하죠. 심해지면 말도 제대로 못하고 밤에 앞도 잘 못 봐요.

임바른   …그런 정도인 줄은 몰랐네요.

김재현   제가 보호처분됐던 녀석 하나는, 본드 분 상태에서 오토바이 타다가 그만… (침통한 표정)

박차오름   (주먹을 불끈 쥔다)

임바른   (뭔가 생각하더니) 그럼, 뭘 물어도 대답 않는 게 일부러 그러는 게 아니라…

김재현   …이미 정상이 아니라고 봐야죠. 마약중독상태인 거예요. 설득도, 꾸중도 소용없어요.

박차오름   (김재현 코앞에 얼굴을 들이밀고) 본드 부는 애들, 어디 가면 만날 수 있죠?

김재현   아니 그렇게 나싸고싸…

박차오름   말씀해주세요!

김재현   (박차오름을 보다가) …버려진 아이들은, 버려진 곳들에 모이죠.

박차오름   ……

S#12. 변두리 공터 (밤)

건설 자재가 적치된 공터 구석. 새우깡 봉지와 소주병이 나뒹굴고 있다.
쭈그리고 앉아 담배를 피우고 있는 이가온 또래의 노랑머리 소년과 빨
강머리 소년. 마르고 왜소한 체구라 아이 같다. 구석에는 동공이 풀리고
침을 흘린 채 널브러진 이가온. 그리고 배달 오토바이 세 대 서 있다. 갑
자기 부르릉 소리 나더니 소년들 앞에 떡하니 나타나는 오토바이 세 대.
헬멧을 쓴 가죽옷, 가죽장갑 차림의 세 여자. 맨 뒤에 도착한 오토바이
에는 역시 헬멧을 쓴 채 운전자의 허리를 꼭 껴안고 있는 사람도 한 명.
놀라 쳐다보는 담배 피우던 소년들. 이가온은 여전히 널브러져 있다.
오토바이에서 척척 내리는 가죽옷의 여자들, 동시에 헬멧을 벗으며 머
리를 좌우로 흔든다. 찰랑거리며 휘날리는 머리카락. 시크한 표정. 세
이모와 박차오름이다. 순대집이모, 오토바이 짐칸 가방에서 헬멧 꺼내
노랑머리에게 휙 던진다. 얼결에 받는 소년.

순대집이모   (손가락으로 자기 머리를 가리키며) 니나 내나, 대가리에 벨로 든 건
없지만도, …깨지믄 별로 안 이쁘지 않겠나?

박차오름, 옆에서 멋지게 팔짱을 낀 채 고개를 끄덕거리고 있다. 빈대떡
이모와 떡볶이이모도 헬멧 꺼내 빨강머리와 이가온에게 쥐여준다.

빈대떡이모 (머리 좀 큰 빨강머리를 보더니) …니는 좀 큰 사이즈 써야겠다. (떡
볶이이모를 보며) 니 꺼 여분 하나 없나?

떡볶이이모 (벌컥 화내며) 왜 이래 나 엑스트라 스몰이야! (파마머리 손으로 움
켜쥐며) 머리가 풍성해서 그렇지! 나 조막만해!

박차오름 (나지막이) 이모야, 고마해라. 니 께 좀 크긴 하다.

떡볶이이모 (억울) 오름아!

S#13. 변두리 공터 (밤)

매트를 깔아놓고 둘러앉은 여사들과 소년들. 중간에는 다시 신문지 깔
고 순대, 떡볶이 등 푸짐하게 차려져 있다. 게걸스럽게 먹고 있는 소년
들. 이가온은 먹지 않고 구석에 웅크리고 있다.

순대집이모 (잃은 아이 생각에 또 애틋하다. 안쓰럽게 소년의 어깨를 어루만지며)
천천히 무라. 누가 안 뺏어 묵는다.

빈대떡이모 에휴, 한참 클 땐데 얼마나 배가 고팠으면…

떡볶이이모 (이가온을 향해 떡볶이를 내밀며) 얘, 넌 왜 안 먹니? 좀 먹어~ 이
거 쌀떡볶이야.

박차오름 (게걸스럽게 먹다가 물 마시는 노랑머리 소년을 쳐다보며) 근데 니네
들, 본드는 어디서 구하는 거니?

노랑머리 (먹으며) 철물점 가서 달라 그러면 다 줘요.

박차오름 청소년힌데 필면 불법인데!

노랑머리 에이, 누가 그런 거 따지나요.

박차오름 얼마나 하는데?

노랑머리   한 개 1500원?

박차오름   (놀라며) 그거밖에 안 해?

노랑머리   (코로 흡입하는 흉내내며) 그거면 하루종일 뿅가요.

박차오름   (분개한 표정으로 주먹을 꼭 쥔다)

이모들도 옆에서 야단법석. "세상에~ 아무리 돈이 좋아도 글치. 애들한테. 이런 써글~"

S#14. 배석판사실 (오후)

임바른   (놀라며) 어딜 찾아갔다고요?

박차오름   그게 중요한 게 아니라요, 그렇게 쉽고 싸게 공업용 본드를 구할 수 있다는 게 중요한 거죠!

임바른   그건 그렇지만… (잠시 생각하다) 그렇게 싸다면, 왜 굳이 좀도둑 질을 계속하는 걸까요?

박차오름   …글쎄요. 유흥비를 마련하는 걸 수도 있고,

임바른   누군가에게 빼앗기고 있는 거일 수도 있겠네요.

박차오름   (뭔가 고집스런 표정으로 열심히 궁리하고 있다)

임바른   (박차오름의 표정을 찬찬히 보다가) …알았습니다. 갑시다.

박차오름   네?

임바른   말려봤자 소용없는 표정이잖아요.

박차오름   (쑥스럽게 웃으며) …그게 다 보이세요?

임바른   얼굴에 대문짝만하게 써 있는데 뭐.

박차오름   (거울을 보며) 그런가?

임바른　　교회, 변두리 동네에 있어요. 가는 데 꽤나 걸릴 겁니다.

S#15. 변두리 동네 (저녁)

허름한 변두리 동네, 주소를 들고 헤매고 있는 박차오름과 임바른.

임바른　　(손가락으로 위를 가리키며) 저기네요.
박차오름　　(임바른의 손가락을 따라 올려다본다)

낡은 건물, 콜라텍 위층 창문에 '희망 교회'라고 쓰여 있다.

S#16. 희망 교회 안 (저녁)

교회라기보다 허름한 놀이방 같은 실내. 주방, 구석에 쌓인 이불과 베개들, 앉은뱅이책상과 책꽂이, 애들 장난감, 큼지막한 인형 여러 개가 눈에 띈다. 해맑은 표정의 목사님과 부인, 반갑게 두 판사를 맞는다. 열 살 내외의 순진해 보이는 여자애들 셋과 네 살 정도의 어린 여자애 쭈뼛대며 뒤에 서 있다.

목사　　(아이들을 향해) 얘들아, 판사님들이셔~
부인　　(밍치 내리지는 시늉하며) 알시? 땅땅땅~
빅자오름　　(앉아서 네 살짜리와 눈 맞추며) 안녕?

낡은 강아지 인형을 껴안고 있는 네 살짜리, 눈을 피한다.

S#17. 희망 교회 안 (저녁)

바닥에 펴놓은 평상에는 과일과 피자가 놓여 있다. 아이들, 판사들 맞은 편에 앉아 여전히 쭈뼛거리고 있다.

목사   (웃으며) 애들아, 판사님 고맙습니다~ 하고 얼른 먹어.

아이들   (일제히) 판사님 고맙습니다~ (신나게 피자를 먹기 시작한다)

박차오름 (미소 지으며 목사에게) 애들이 너무 해맑아요.

목사   (미소) ……

부인   애들아, 만나기도 어려운 분들 오셨는데, 뭐 궁금한 거 있으면 여쭤보고 그래.

여자애1   (뭔가 물어볼 게 있는지 먹다 말고 임바른 눈치를 슬쩍 본다)

임바른   그래, 뭐든 물어봐.

박차오름 판사가 되려면 무슨 공부를 해야 되는지, 이런 것도 좋고, 뭐든. 애들아.

여자애1   저…

박차오름 응.

여자애1   …사채업자가 돈 안 갚는다고 깡패를 보내면, 어떻게 해야 돼 요?

놀라는 임바른, 박차오름.

여자애2   (기다렸다는 듯) 저기요, 택시기사가 사고를 냈는데요, 물어줄 돈이 없으면, 감옥에 얼마나 오래 있어야 돼요?

여자애3   부도내서 감옥 가면, 빚 다 갚을 때까지 못 나와요?

여자애2   (눈물 글썽해서는) …감옥, 겨울에 뜨뜻하게 해줘요?

충격받은 표정의 두 판사. 멍하니 아이들의 초롱초롱한 눈을 보고 있다. 홀쩍이는 여자애2의 머리를 조용히 쓰다듬어주는 목사 부인.

S#18. 희망 교회 안 (밤)

목사의 책상 옆에 의자를 놓고 앉아 목사와 얘기하고 있는 박차오름. 임바른은 아이들과 함께 바닥에 둘러앉아 있다. 임바른, 장난감 박스를 끌어와서 이리저리 살피더니 공을 두 개 꺼낸다. 능숙하게 저글링을 시작하는 임바른. 아이들 우와~ 하며 열심히 본다. 이번엔 애들 책상에 있는 연필을 꺼내더니, 긴 손가락 사이로 연필을 이리저리 돌린다. 넋 놓고 임바른의 손을 쳐다보는 아이들. 주먹을 쥐었다가 스르르 펴자 사라진 연필. 아이들 환호한다.

목사   (미소) 대단하신데요?

박차오름   (황당해하며) 동춘 서커스단에 팔아도 되겠어요. 언제 저런 걸…

그런데, 인형만 끌어안고 입 한 번 열지 않던 내 실짜리 꼬마 여자애, 임바른 옆에 붙어 서서 임바른의 양복 옷자락을 만지작만지작거리고 있다. 임바른이 옆을 돌아보며 미소 짓자 꼬마도 활짝 웃는다.

목사	(깊은 한숨) ……
박차오름	왜 그러세요?
목사	(꼬마를 슬픈 눈으로 바라보며) 저 녀석, 양복을 보니 아빠가 생각 나나봐요.
박차오름	…돌아가셨나요.
목사	(고개를 가로저으며) 더 안 좋아요.
박차오름	……?
목사	(망설이다가) 알코올중독잔데, …저 어린것한테 못된 짓을…
박차오름	(충격) 뭐라구요? (자기도 모르게 책상 귀퉁이를 부여잡는다)
목사	(침통한 표정) 하아… (임바른과 눈을 맞추며 웃는 아이를 보며) …그래도 아빠가 보고 싶은가봐요.

박차오름, 눈물이 글썽한 눈으로 아이를 바라본다.

노랑머리E	다녀왔습니다!

박차오름, 돌아보니 노랑머리, 빨강머리 소년과 이가온, 들어오고 있다.
소년들, 박차오름을 보더니 놀라서 경직된다.

목사	(의아해하며) 애들아, 판사님 뵌 적 있니?
소년들	(판사 소리에 더 놀라며 일제히 고개 흔든다) 아뇨!
목사	(박차오름을 돌아본다)
박차오름	(경직된 표정이었다가 억지로 웃으니) 아뇨. 제가 어디서 봤겠어요. (이를 악물며) …이렇게 모범적인 애. 들. 을.

눈을 피하는 소년들.

S#19. 교회 건물 옆 골목 (밤)

후미진 골목, 불량 청소년들처럼 모여서 쭈그리고 앉아 있는 박차오름과 소년들.

노랑머리　진짜 우리 잡으러 온 거 아니죠?

박차오름　판사가 형사냐? 니네 같은 놈들 잡으러 다니게? (손을 들어 뒤통수를 치려고 시늉하자 노랑머리 얼른 머리를 감싼다) 으이그… 이것들아! 목사님하고 어린 동생들한테 미안하지도 않어!

빨강머리　(풀죽어서) 이젠 진짜 끊고 싶은데…

박차오름　…잘 안 돼?

빨강머리　(끄덕끄덕)

박차오름　(안쓰럽게 쳐다본다) …한잔할까?

소년들　(놀라며) 예?

S#20. 포장마차 (밤)

모락모락 김나는 어묵 국물, 닭똥집, 닭발이 먹음직스럽게 차려져 있다. 박차오름이 소주잔을 내밀자 쭈뼛거리며 잔을 부딪히고는 옆으로 돌아 혼자 마시는 노랑머리외 빨강머리. 빅사오류, 씩 우너니 숙 늘이켠다. 이가온은 구석에서 멍한 표정으로 있다.

박차오름	(닭발을 오도독 씹으며) 판사랑 먹으면 합법이야.
노랑머리	네에…
박차오름	(노랑머리를 보며) …넌 왜 집 나온 거냐?
노랑머리	저요?
박차오름	(끄덕)
노랑머리	…아빠 때매. (소주를 들이켠다)
박차오름	…때려서?
노랑머리	(고개를 절레절레)
박차오름	그럼?
노랑머리	…때리는 건 괜찮은데요, 종아리든, 허벅지든 정해놓고 때렸으면 좋겠더라고요. …그냥 아무데나 막 때리니까, 아픈 거보다, (망설이다가) 짐승이 된 거 같애서…
박차오름	(안타깝게 쳐다보다가, 국자로 어묵 국물을 퍼 담아 노랑머리에게 내밀며) 미안해.
노랑머리	뭐가요?
박차오름	아까, (손으로 뒤통수 치는 시늉) 이런 거.
노랑머리	(피식) 뭘, 그런 거 가지고.
박차오름	짜식이… (씩 웃다가 구석에서 어두운 표정으로 어묵 먹고 있는 이가온을 보며) 근데 쟤 원래 말이 없니?
노랑머리	…예.
박차오름	쟤 집 왜 나왔어?
노랑머리	…나온 게 아니라요,
박차오름	······?
이가온	(묵묵히 어묵 씹고 있다)

S#21. 오락실 (낮)

밝은 표정의 여섯 살 정도 남자아이(이가온 어린 시절), 인형뽑기 기계 앞에서 엄청 몰두하고 있다. 추레한 차림, 지칠 대로 지친 표정의 아이 엄마, 눈물 글썽이며 아이를 보고 있다. 엄마, 조용히 동전 교환기 앞에 가서 만 원짜리를 세 장 연이어 넣는다. 500원 동전이 우르르 나오자 두 손 가득 챙겨 드는 엄마. 정신없이 뽑기중인 아이 옆에 동전 뭉텅이를 차례로 쌓아놓는 엄마. 아이, 인형을 놓치자, 아까워하며 바로 옆에 있는 동전을 집어넣고 다시 시작한다. 조용히 뒷걸음치는 엄마.

cut to

또 아깝게 떨어져버리는 인형, 동전을 집으려는 아이. 그런데 수북이 쌓여 있던 동전이 다 떨어지고 하나도 없다. 그제야 정신을 차리고 주위를 둘러보는 아이. 오락실 안은 텅 비었고, 바깥은 깜깜하다.

아이   (겁에 질려서) 엄마! 엄마!

S#22. 포장마차 (밤)

어두운 표정으로 어묵 먹고 있는 이가온. 박차오름, 안타까운 눈으로 이 가온을 바라본다.

S#23. 희망 교회 안 (밤)

얼굴이 빨간 세 소년과 박차오름, 안으로 들어온다.

목사	(의아한 표정) 판사님, 근데 얼굴이 왜…
박차오름	(딸꾹, 했다가 얼른 헤~ 웃으며) 죄송함다. 밖이 좀 추워서요…
목사	(풋, 웃으며) 그 포장마차, 닭발이 예술이긴 하죠.
박차오름	(쑥스럽게 머리를 긁적) 헤헤헤. 그런데 임 판사님은…
목사	(고개를 절레절레 흔들며) 우리집 여자란 여자들은 다 홀리고 계십니다.
박차오름	네?

박차오름, 안쪽을 쳐다보니, 임바른, 의자에 앉아 멋지게 기타를 연주하고 있다. 여자아이들 하트 뿅뿅 눈빛으로 옹기종기 바짝 앉아 쳐다보고 있고, 목사 부인도 같은 눈빛으로 두 손 모으고 앉아 듣고 있다. 암고양이 한 마리도 임바른의 종아리에 볼을 부벼대고 있다. 어이없어하는 박차오름.

cut to

박차오름	고맙습니다! (꾸벅 인사) 또 들를게요!

문간에 서서 손을 흔드는 해맑은 표정의 소년 소녀들과 목사 부부. 누판사, 밝게 인사한다.

S#24. 밤거리 (밤)

한적한 거리를 걷고 있는 두 판사.

박차오름 (울적한 얼굴) …우리가 사는 세상은 왜 이따위일까요?

임바른 (박차오름을 본다)

박차오름 (울적하게 걷다가, 다시 애써 생긋 웃으며) 그래도, 포기는 배추 셀 때나 쓰는 법! 뭐래도, 해보자구요.

임바른 …그래요. 뭐라도.

박차오름 (진중한 표정의 임바른 옆얼굴을 빤히 보다가) 잠깐만요.

임바른 네?

박차오름 아까 그 얼굴 한번 만들어봐요.

임바른 뭔 소리예요?

박차오름 아니, 그, (손으로 얼굴 위아래 훑는 시늉하며) 판사 가면 쓴 얼굴 말고.

임바른 (시큰둥) 뭐라는 거야.

박차오름 싸가지 바가지 얼굴도 말고!

임바른 (짜증) 이쯤 되면 막하자는 겁니까?

박차오름 아니, 아까 그, (알딸딸해서 빨간 얼굴을 임바른 얼굴 앞에 들이댄다. 임바른은 흠칫) 꼬마 여자애 바라보던 그 얼굴.

임바른 (어색해하며) 아니 뭐, (억지로 입꼬리 올리며) 이런 거?

박차오름 (도리도리) 비슷하지도 않아요.

임바른 어, 그럼…

억지웃음을 다시 지어 보이던 임바른, 여전히 고집스런 표정으로 코앞에 얼굴을 들이댄 채 고개를 도리도리 젓는 박차오름의 어린애 같은 얼굴을 보다가 자기도 모르게 풋 웃더니, 한없이 따뜻하고 그윽한 눈빛으로 미소를 짓는다. 주변이 환해지는 듯하다. 순간 멍해진 박차오름, 아까 목사네 집 여자들과 같이 넋이 나간 표정.

임바른   (놀라며) 왜 그래요? 오바이트? 그렇게 어린놈들이랑 쏘주는 왜…

박차오름   (얼른 외면하며) 됐십니다. 가입시더.

고개를 갸웃거리며 걸어가는 임바른과 뛰는 가슴을 진정시키며 걷는 박차오름. 밤거리를 걷는 둘의 뒷모습.

S#25. 배석판사실 (낮)

박차오름   (뭔가 골똘히 궁리하다가 임바른을 뚫어져라 쳐다본다)

임바른   (시선이 느껴져서 돌아봤다가 박차오름의 눈초리가 너무 강렬해서 시선을 피한다, 마음의 소리) 술이 덜 깼나…

cut to

임바른   (분노가 끓어오르는 목소리) …지금 뭐하자는 겁니까.

임바른, 미스코리아처럼 옆으로 어깨띠 두르고 있다. '아이들을 지킵시다'라고 적힌.

박차오름 (흡족하게 웃으며) 역시 옷걸이가 나쁘지 않으니 뭐든 어울리네요.

임바른 옷걸이야 그렇긴 하지만, 이러고 어딜…

박차오름 (위잉위잉 프린트되고 있는 종이를 수북이 집어 들며) 거리로!

S#26. 철물점A (낮)

하품하고 있는 중년남성(주인). 문 열리더니 중학생 정도의 앳된 소년
들어온다.

중학생 (쭈뼛거리며) 아저씨, 본드 있어요?

주인 (하품하며 슥 꺼내준다) 박스로 사면 더 싸.

중학생 (좋아라 하며) 네! 박스로 주세요!

주인 (주섬주섬 박스를 꺼내 내밀다가 뭔가 보고 기겁을 한다) 어이구야!

중학생 돌아보니, 가게 창문에 박차오름 딱 달라붙어서 무섭게 주인을
째려보고 있다. 문 거칠게 열리더니 어깨띠 두른 박차오름 쿵쿵 들어와
서 중학생 손에서 본드 상자를 뺏는다.

박차오름 (중학생에게) 니 뇌 다 썩고 싶나!

중학생 (도리도리) 아니요!

박차오름 (무시무시한 표정) 니 또 이런 거 사러 오면 죽이뿐다!

중학생 잘못했어요! (냉큼 도망)

주인 아가씨 지금 뭐하는 기야!

박차오름 (유인물을 주인에게 들이밀며) 사장님!

주인	(기세에 압도되어 뒤로 물러나며) 뭐, 뭐야.
박차오름	(성큼성큼 다가서며) 사장님이 애들한테 무슨 짓을 하고 있는지 아십니까? (주인을 벽에 몰아넣고 또 벽을 손으로 쾅!)
주인	(겁에 질린 표정)

S#27. 철물점B (낮)

만만찮은 인상의 중년여성인 주인과 박차오름, 눈싸움을 하고 있다.

주인	영업방해로 고소할 거야!
박차오름	(팔짱을 끼며) 그렇습니까?

cut to

성난 표정의 주인, 팔짱을 끼고 외면하고 있는데, 가게 문이 서서히 열린다. 문 쪽을 보는 주인, 열리는 문 사이로 눈부신 햇살과 함께 누군가 들어온다. 눈부셔 하며 손으로 눈을 가리는 주인. 후광을 등에 업고 서 있는 임바른. 부드러운 미소가 눈부시다.

임바른	…애들한테 왜 그랬어요? 말해봐요.
주인	(뭐에 홀린 듯) …잘못했어요, 제가 잘못했어요…
임바른	(주인 손에 다정히게 유인물을 쥐여주며) 꼭 읽어봐요.
주인	(두 손으로 공손히 받으며) 네! 네!

임바른, 미소를 흩뿌리며 뒤로 돌아 천천히 나간다.

S#28. 철물점B 밖 (낮)

가게 안을 보면 황홀한 표정으로 임바른에게 받은 유인물을 볼에 대고 있는 주인. 가게 밖에는 씩 웃으며 의기양양한 박차오름과 팔짱 끼고 불만스러운 표정의 임바른.

임바른　…이렇게까지 해야 되는 겁니까?

박차오름　임 판사님이 소개해주신 거잖아요! 문제해결법원! 문제를 근본적으루다가 해결해야죠!

임바른　아니 그렇다고 이렇게까지 하는 건…

박차오름　(O.L. 다짜고짜 팔을 잡아끌며) 자, 점심시간 짧습니다. 갈 데는 많고.

임바른　(끌려가며) 이거 봐요, 박 판사!

S#29. 법원 일각 (오전/오후)

몽타주 〉

- 앞이 찌그러진 차를 법원 주차장에 세운 후 내리는 출근길의 정보왕.
- 주차장에서 건물까지 걸으며 다양한 사람들에게 웃으며 목례를 하는 정보왕.

- 그러곤 목이 아픈지 얼굴을 찡그리며 뒷목을 잡는 정보왕.
- 서서 일하는 책상에 기록을 올린 채 서서 일하는 정보왕.
- 책상 위에 툭 놓이는 찻잔, 놀라서 옆을 보니 늙수그레한 부속실 직원.
- 얼결에 인사하는 정보왕, 묘하게 발그레하며 돌아서는 부속실 직원.

S#30. 43부 배석판사실 (오후)

시집『입 속의 검은 잎』을 책상에 올려놓고 고민중인 정보왕.

정보왕 (혼잣말) 내 스타일 아니고 촌스럽긴 하지만… 50 대 50이면, 질 러봐야지.

김동훈 (옆에서 일하다) 네?

정보왕 아, 아니야. 일해.

정보왕, 서랍을 열어 보라색 편지지 꺼내더니, 정성 들여 한 글자 한 글 자 뭔가 쓰기 시작한다.

S#31. 한세상 부장판사실 (오후)

한세상, 오만상을 찌푸린 채 머리를 짚고 있다. 모니터 화면에 인터넷 기사가 떠 있나. 띠 두르고 거리에서 유인물 나눠주는 박자오늠과 임마 른. 기사 제목은「거리의 판사들」. 한세상 앞에 서 있던 박차오름, 씩 웃 는다.

한세상	(울화가 치밀어오르는 표정) …박 판사.
박차오름	(무슨 일 있었냐는 듯) 네? 부장님?
한세상	…아직도 조직의 쓴맛을 덜 봤어? 이게 뭐하는 짓이야!
박차오름	(한세상의 책상을 두 손으로 쾅 짚으며) 부장님!
한세상	(놀라 물러앉으며) 왜?
박차오름	(한 맺힌 말투로) 대체! 이놈의 조직은! 얼마나! 쓰길래!
한세상	(어안이 벙벙)
박차오름	…아직도 쓴맛을 덜 봤다 하십니까… 뭘 얼마나 더 봐야 되는 겁니까…
한세상	(헛기침을 하며 외면) 어흠, 어흠. 아, 흥분하지 말라니까… 매사에. (모른 척하고 서 있는 임바른을 노려보며) 임 판사는 뭐했어! 우배석이!
임바른	(머리를 긁적이며) 제가 약속한 게 있어서 말이죠, 부장님.
한세상	뭔 약속!
임바른	…도와주겠다고. …실수할 수 있게.
박차오름	(뭉클한 눈빛으로 임바른을 쳐다본다)
한세상	(어리둥절)

S#32. 수석부장판사실 (낮)

「거리의 판사들」 기사를 보고 있는 수석부장. 손으로 책상을 톡, 톡 치고 있다.

S#33. 법원 구내식당 앞 (낮)

식사를 마치고 식당 밖으로 나오는 임바른과 박차오름, 배곤대, 권세중,
우갑철과 마주친다. 목례하는 두 판사.

배곤대 (비웃으며) 아예 거리로 나선 모양이던데.

박차오름 ……

배곤대 어차피 나갈 생각이면 빨리 나가시지 그래. …왜, 어디 공천 준
다는 데 안 나타났나?

임바른 (노려보며) 부장님.

박차오름 (임바른을 말리며, 생긋) 그러게요. 미모가 딸리나?

배곤대 (박차오름을 노려본다)

박차오름 (고개를 갸웃거리며 혼잣말) 그럴 리는 없는데…

꾸벅 인사하고 지나쳐가는 박차오름, 뒤따라가는 임바른.

임바른 일일이 흥분하지 않겠다?

박차오름 (씩 웃는다)

임바른 (잠시 생각하다가) …어차피 안티가 있을 바에는,

박차오름 바에는?

임바른 …판을 키우는 것도 방법이죠. 아군을 늘리기.

박차오름 ……?

S#34. 수석부장판사실 (오후)

수석부장 문제해결법원이라…

임바른 시민들이 좋아하실 만한 슬로건 아닐까요.

수석부장 글쎄요…

박차오름 수석부장님이 늘 강조하시는, 사법신뢰 회복에 도움이 될 겁니다!

수석부장 (박차오름을 가만히 보며 생각중) …흐음.

임바른 관심 있을 다른 기관, 단체도 함께하면 더욱 좋을 것 같습니다. 어떤 파이는, 나눌수록 커지니까요.

수석부장 …… (책상을 손으로 톡, 톡 두드린다)

S#35. 회의실 (밤)

'본드중독 소년 문제 유관기관 대책회의' 플래카드 걸려 있고, 임바른, 박차오름, 김재현 판사, 목사님, 그리고 보호관찰관(이하 얼굴 밑에 직함 자막), 청소년상담소장, 청소년살리기 시민연대 사무국장 앉아 있다. 회의실 문이 열리며, 세 명의 남녀가 더 들어온다.

박차오름 (생긋) 환영합니다! 소년 담당 검사님들.

cut to

검사 (진지) 유해화학물질관리법 위반사건이 줄지를 않고 있습니다.

	처벌만으로는 문제가 해결되지 않는 거죠.
임바른	맞습니다. 중독은 의지만으로 극복이 어려워요. 중독될 만한 물질을 미리 차단하는 게 먼접니다.
검사	역시, 톨루엔?
임바른	(끄덕) 공업용 본드에 톨루엔을 넣지 않도록 표준을 만드는 게 확실합니다.
검사	(알겠다는 듯) 그렇담 산자부 산하,
임바른	기술표준원이 움직여야죠.
검사	…그런데, 아무래도 시간이 좀 걸릴 겁니다. 새 표준을 만들려면.
목사	(안타깝게) 그사이에도 애들은 하루하루 망가질 텐데요…
박차오름	…그건 그거대로 당장 부딪쳐볼게요.
목사	……?
보호관찰관	…판사님이 이리 열심이시니 도와는 드리겠습니다만, 글쎄요.
박차오름	글쎄라시면?
보호관찰관	이미 망가진 애들은 유감스럽지만, 구제불능일지 모릅니다.
박차오름	보호관찰관님!
보호관찰관	…이가온 개, 제가 벌써 몇 년째 봐온 앱니다.
박차오름	네?
보호관찰관	벌써 몇 번이나 용서하고 기회를 줬지만, 더 심해지고만 있어요. 도둑질까지 한다는 건, 본드만으로 충족이 안 된단 얘깁니다.
임바른	…그렇다면?
보호관찰관	중독자가 밟는 경로란 게 비슷하죠. 더 강한 자극을 찾아서. 더 독한 마약으로.
박차오름	(간절하게) 그전에 구해내야죠! 그렇게 쉽게 구제불능이라고 말씀

하지 마세요, 관찰관님.

보호관찰관 (굳게 입을 다문다)

검사 늦었든 아니든, 우리는 우리 할 일을 해야죠. 법무부와 협의해서 속히 추진해보겠습니다.

S#36. 법원 정문 앞 (밤)

중앙지법과 중앙지검이 마주보고 있는 법원 정문 앞. 임바른, 박차오름과 소년담당 검사들 마주보고 서 있다.

박차오름 오늘 와주셔서 고맙습니다.

검사 별말씀을요. 어디로 가시죠?

임바른 어… (쑥스럽게 웃으며) 판결 쓸 게 남아서 도로 들어가야겠는데요?

검사 (미소) 저희도 청에 도로 들어가야 됩니다.

악수한 후 검찰청으로 향하는 검사들. 박차오름, 감격한 눈으로 불 켜진 방이 가득한 검찰청을 보다가, 다시 법원 건물을 본다. 역시 늦은 밤이지만 불 켜진 방이 가득한 법원 건물.

임바른N 사람들은 크고 거창한 일들만 관심 갖지만, 어느 곳이든, 많은 이들이 화려하지도 튀지도 않는 일들을 묵묵히 하고 있다. …그러기에 세상은, 호들갑스러운 낙식과 성급한 절망에도 불구하고, 오늘도 묵묵히 굴러간다.

S#37. 변두리 공터 (밤)

봉고차와 오토바이 정차중. 중년남성 두 명이 이가온이 내밀고 있는 종이상자 안을 들여다보고 있다. 고철이 들어 있다.

중년1   야야, 이런 잡동사니는 돈 안 돼.

중년2   인마, 구리 전선을 가져오라니까! 구리!

이가온   (간절한 표정으로 막무가내로 상자를 들이민다)

중년1   하, 이 꼴통 새끼…

중년2, 지갑을 꺼내 5만 원짜리 한 장을 내민다. 이가온, 반색하며 집는다.

중년2   (지폐를 도로 빼앗으며) 전선을 가져오면 준다. (이가온이 내민 상자를 발로 차버리며) 이런 쓰레기 말고!

상자, 바닥에 떨어지고 고철 나부랭이가 나뒹군다. 이가온, 열심히 줍는다. 고개를 절레절레 흔들며 떠나는 두 중년.

S#38. 편의점 안 (밤)

희망 교회의 네 여사아이들, 꾸뻣기리머 입시을 고르고 있다 노시탁을 집어들었다가 가격표를 보고는 도로 내려놓는 여자애1. 네 살짜리 꼬마, 고급 초콜릿을 보더니 반색을 하며 손가락으로 가리킨다.

여자애1   (고개를 흔들며 속닥속닥) 안 돼. 4000원 넘어서 안 돼.

꼬마   (울상으로 투정부린다)

여자애1   미안. 다음에 꼭 사줄게. 착하지?

아이들, 이것저것 가격표를 보더니 결국 컵라면과 삼각김밥을 여러 개품에 안고 계산대로 향한다.

여자애1   (쭈뼛거리며) 저어… 카드 돼요?

주인   (퉁명스럽게) 급식카드?

여자애1   …네에.

주인   쫌 기다려. 손님부터 먼저 하고.

주인, 다른 손님 계산부터 하고 있다. 아이들, 주눅든 채 옆에 서 있다. 손님이 가자 주인, 짜증스럽다는 표정으로 아이들에게 오라는 손짓을 한다. 얼른 계산대에 들고 온 것들을 올려놓고 급식카드를 내미는 여자애1.

주인   (계산하며) 니네 목사님은 저녁도 안 멕이냐?

여자애1   (기어들어가는 목소리로) 월말이라 돈이 떨어져서요…

주인   (짜증) 능력도 없는 주제에 애들은 잔뜩 주워와서는, 에이.

여자애1   (죄지은 듯 움츠린다)

S#39. 편의점 밖 (밤)

편의점 유리창 밖으로 비치는 모습. 라면 먹는 곳 의자에 올망졸망 앉아 호호 불며 라면을 맛있게 먹고 있는 아이들. 마치 전선줄에 앉은 참새들 같다.

S#40. 편의점 안 (밤)

국물까지 다 들이컨 여자애3. 여자애1 옆에 놓인 비닐봉투 안에 든 컵 라면과 삼각김밥을 보며 침을 삼킨다.

여자애1   (단호하게) 안 돼. 이건 목사님하고 사모님 드셔야지.

여자애3   (고개를 끄덕끄덕)

주인   야! 다 먹었으면 빨리 가! 재수없게…

놀란 아이들, 우물쭈물하며 다 먹지 못한 컵라면을 들고 어쩔 줄 몰라 하는데, 편의점 문이 벌컥 열리더니 누가 성큼성큼 들어온다. 이가온이다. 아이들 옆에 버티고 선 이가온, 주인을 매섭게 노려본다.

주인   이 새끼는 또 뭐야. 야 인마!

이가온   (주머니에서 뭔가 슥 꺼낸다. 날카롭게 부러져 있는 고철 조각이다. 그걸 늘고 주인을 무섭게 쏘이본다)

주인   (순간 위축된다) 이, 이 새끼가…

이가온, 아이들을 돌아보며 바보처럼 환하게 웃는다. 아이들, 얼른 남은 컵라면을 홀홀 먹는다. 아이들이 다 먹자, 맨 앞에 서서 아이들을 데리고 나가는 이가온. 주인을 끝까지 노려본다. 괜히 시선을 피하는 주인.

S#41. 편의점 밖 (밤)

이가온, 네 살짜리 꼬마 앞에 두 주먹을 뒤집어 내밀더니, 손가락을 스르륵 차례로 편다. 아까 꼬마가 먹고 싶어했던 고급 초콜릿 네댓 개가 나타난다. 꼬마, 환호성을 지르며 집는다. 이가온, 활짝 웃는다.

cut to

골목길을 따라 손을 잡고 신나게 걸어가는 아이들. 이가온, 맨 바깥쪽에서 아이들을 보호하며 걷는다.

S#42. 고물상 (오후)

장부를 들고 물건을 점검하고 있던 주인, 구리 전선 쌓아둔 곳(칸막이에 매직으로 '구리 전선' 쓰여 있음)이 텅 비어 있는 걸 발견한다.

주인　(부들부들 떨며) 이 자식이 또⋯

S#43. 배석판사실 (오후)

전화를 받고 있는 박차오름, 놀란 표정이다.

박차오름 네? 가온이가 또요?

임바른 무슨 일입니까?

박차오름 (멍한 표정으로 전화를 내려놓으며) …저 희망 교회에 좀 다녀올게
요.

S#44. 희망 교회 (저녁)

목사 판사님, 이 일을 어쩝니까. 어젯밤에 애들 데리고 들어온 후 몰
래 다시 나가선 아직까지 소식이 없습니다.

박차오름 …고물상에선 또 물건이 없어졌고요.

목사 (고개를 떨구며) …네.

박차오름 가온이, 이렇게 종종 사라지곤 했나요.

목사 …네. 아마 물건을 훔친 다음인 것 같은데, 한 2~3일 안 보이다
가 불쑥 나타나곤 해요.

박차오름 (초조한 표정)

목사 그런데, 오늘이 보호관찰소에 출석해야 하는 날입니다.

박차오름 네?

목사 지난번에도 한 번 빠졌어요. 보호관찰관님이 방금 전화했는데,
오늘도 안 나타나면 바로 구인해서 소년원에 보내겠다고…

박차오름 어쩌지… (초조한 표정으로 방안을 둘러본다. 낡은 장난감과 인형들이

널브러져 있다. 목사를 보며) 일단 닥치는 대로 한번 찾아보죠.

목사　　네, 판사님.

S#45. 동네 곳곳 (저녁)

편의점, 피시방, 만화방, 공원. 곳곳을 뛰어다니며 가온이를 찾고 있는 박차오름. 여기저기 문을 열고 가온이를 불러보지만 어디에도 없다.

S#46. 동네 상가 앞 (밤)

지친 채로 상가 앞에 주저앉아 있는 박차오름.

박차오름　…가온아. 도대체 어디 있는 거니. 도대체 혼자서 어디에… (순간 뭔가 떠오른 듯한 표정. 뭔가 생각하더니 벌떡 일어선다)

박차오름　(지나가는 남자 고등학생들에게 달려가더니) 학생!

고등학생　네?

박차오름　이 동네에 오락실이 어딨죠?

고등학생　(어리둥절한 표정)

S#47. 동네 밤거리 (밤)

필사적으로 달리고 있는 박차오름. 노래방, 술집 간판이 가득한 밤거리를 달린다. 숨이 가빠서 잠시 멈추었다가도 다시 '가온아…'를 되뇌며 정신 나간 듯 간판을 살피면서 달리는 박차오름. 드디어 저멀리 오락실 간판의 불빛이 보인다.

S#48. 오락실 (밤)

가쁜 숨을 몰아쉬며 오락실 문을 열고 들어서는 박차오름, 두리번거리며 뭔가를 찾는다. 담배 피우며 성인오락을 하고 있는 험상궂은 인상의 남자, 멍한 표정으로 게임하는 외국인 노동자들을 지나쳐 구석으로 접어드는데, 한쪽 구석에 인형뽑기 기계가 있고, 그 앞에 푸른 기 도는 회색 머리의 왜소한 소년이 앉아 있다. 옆에는 동전이 수북이 쌓여 있다. 뽑은 인형 몇 개도 옆에 놓여 있다(희망 교회 구석에 굴러다니던 낡은 인형들과 비슷한).

박차오름   (울음이 섞인 목소리로 힘껏) 가온아!! 가온아!!
이가온   (흠칫 놀란다)
박차오름   (가온이에게 달려가며) 가온아!!
이가온   (천천히 뒤를 돌아본다. 넋이 나간 듯한 얼굴. 어눌하게) …엄마?

박차오름, 달려와 가온이를 힘껏 껴안는다. 박차오름의 품에 안긴 가온이, 어린애처럼 펑펑 울기 시작한다.

이가온   엄마… 엄마…

S#49. 오락실 앞 (밤)

오락실 건물 앞 계단에 앉아 있는 박차오름과 이가온.

박차오름   …본드를 불면 뭐가 보여?

이가온   …… (고개를 숙인다)

박차오름   …엄마?

이가온   …… (고개를 끄덕인다)

박차오름   (안쓰러운 눈초리로 보다가, 핸드폰을 꺼내 휙휙 넘기더니, 이가온 앞에
내민다)

이가온   ……?

박차오름   …우리 엄마야.

이가온   (다시 핸드폰 화면을 본다. 어린 박차오름을 꼭 끌어안고 있는 젊은 엄
마 사진이다)

박차오름   …지금은 많이 아프셔.

이가온   (놀라 쳐다본다)

박차오름   (울적한 표정) 이제 날 알아보지도 못하서. …어쩌면, 영원히. (두
손으로 무릎을 끌어안는다. 슬픈 얼굴)

이가온, 박차오름을 보며 어쩔 줄 몰라 하다가, 갑자기 박차오름 앞에
주먹을 뒤집어 내민다. 박차오름, 의아한 눈으로 본다. 이가온, 손가락
을 스르륵 펴자, 고급 초콜릿 두 알이 나타난다.

박차오름   (풋 웃너니, 이가온의 머리를 마구 헝클어뜨리며) 쪼끄만 게, 어니서
여자 마음 심쿵하게 하는 걸 배워갖고는…

이가온   (쑥스럽게 머리를 긁적이더니 환하게 웃는다. 천사같이)

S#50. 희망 교회 (밤)

전화하고 있는 박차오름과 애타는 표정으로 지켜보는 목사.

박차오름   보호관찰관님, 한 번만 더 기회를 주세요! 가온이는 본드에 중독된 게 아니에요. 외로움에 중독된 거예요! 애한테 필요한 건 소년원이 아니라, 가족이라구요!

S#51. 배석판사실 (낮)

임바른   …그렇게 된 거군요.
박차오름   네! 다행히 보호관찰관님도 이해해주셨어요!
임바른   …하지만, 가온이의 외로움도, 본드중독만큼이나 치유하기 어려울 텐데요.
박차오름   …알아요.
임바른   …결국 또 본드에 손대게 될 겁니다. 99프로는.
박차오름   …그래도 가온이한테 약속했어요. 절대 널, 포기하지 않을 거라고.
임바른   ……
박차오름   (살짝 눈물이 맺히며) 버리지 않을 거라고. 저도, 목사님도, 보호관찰관님도.

임바른   (안타까운 눈빛으로 박차오름을 본다)

박차오름   (눈물을 슬쩍 닦고는, 뭔가 결심한 듯 미소를 짓는다)

임바른   …그 표정, 굉장히 낯익은 것 같은데. 이번엔 어디죠?

박차오름   (미소) 주소지 검색부터 해보고요.

임바른   ……?

S#52. 산길 (낮)

꼬불꼬불 산길을 달리는 승합차, 기우뚱할 때마다 차 안에 탄 사람들이
옆으로 쏠린다. 임바른, 박차오름, 목사님, 상담소장, 시민연대 사무국
장, 보호관찰관이 타고 있다.

임바른   (차가 옆으로 쏠리자 옆자리 박차오름을 짓누르지 않기 위해 앞 의자를
         잡고 안간힘을 쓰며) …뭔 일을 하기 전에 계획이란 걸 해본 적이
         있긴 해요?

박차오름   (좌로 우로 흔들리며) 뭐, 가끔은 일단 부딪쳐보는 것도…

임바른   (어이없다는 듯) …가끔?

S#53. 본드 공장 (낮)

사장   (난감한 표정) 아니 이렇게 무작정 공장으로 쳐들어오시면 어떻게
        합니까? 이 산골까지

박차오름   사장님!! 사장님 공장에서 만드는 본드가 톨루엔 함량이 제일 높

	은 거 알고 계세요? 그래서 애들이 사장님네 본드만 찾는 것도?
사장	아니, 그건 애들한테 파는 사람들 잘못이죠. 저희가 그러라고 만드나요?
임바른	…그래도 결과적으로 상당한 매출이 그쪽에서 발생하는 거, 모르시진 않을 텐데요.

판사들 뒤에 선 상담소장과 사무국장, 고개를 끄덕끄덕한다.

사장	아니 그렇다고 당장 어쩌란 말입니까. 성분을 바꾸려면 시간도 걸리고, 코스트도 올라가고…
박차오름	…코스트, 라고 하셨나요?
사장	네!
박차오름	(사장 책상 위에 있는 사장과 교복 입은 소년의 사진 액자를 보며) …잘생겼네요. 아드님?
사장	…예. 제 아들놈입니다만.
박차오름	공부도 잘하게 생겼는데요?
사장	…그렇죠? (자기도 모르게 흐뭇한 미소) 저 안 닮아서 다행히.
박차오름	(핸드폰을 꺼내 휙휙 넘기더니 이가온 사진을 사장 앞에 들이밀며) 아드님하고 비슷한 또래 같은데요.
사장	누군데 그러세요.
박차오름	(사장을 쳐다보며) 아이큐가 140이던 애예요. 본드 불기 전까진. …지금은 100도 안 되지만.
사장	…… (놀란 표정)
박차오름	(다시 사진을 넘겨 동공 풀린 채 침흘리며 늘어져 있는 모습을 사장에게 내밀며) 시신경이 훼손되고, 혓바닥이 갈라져 피가 나고, 세상 아

무엇에도 흥미가 없어져 종일 본드만 마시게 돼요. 아드님 또래 아이들이.

사장 ······ (충격받고 고개를 숙인다)

박차오름 (간절하게) 정부에서도 대책을 마련하고 있어요. 그때까지 단 몇 달만이라도, 본드 부는 애들이 많은 지역에만이라도, 그 제품 공급을 멈춰주실 수 없을까요. (꾸벅 허리를 숙이며) 부탁드립니다.

임바른 (지켜보고 있다가, 따라서 허리를 숙이며) ···부탁드립니다.

나머지 일행들도 허리를 숙인다. 얼결에 따라 고개를 숙이며 곤란해하는 사장.

S#54. 산길 (저녁)

저녁노을이 지기 시작한 산길을 꼬불거리며 달리는 승합차.

임바른 (손잡이에 매달려 흔들거리며) ···가끔은 통하기도 하는군요. 무대포로 부딪치는 게.

박차오름 (역시 흔들리며 브이자 그린다) ···50 대 50이면, 질러야죠.

임바른 ···이제 고물상도 찾아갈 겁니까? 가온이 소송 취하해달라고?

박차오름 (눈을 동그랗게 뜨며) 어떻게 아셨죠?

임바른 (한숨 내쉰다) 하아···

S#55. 44부 부속실 (오후)

결재판 들고 한세상 부장판사실에서 나온 이도연, 자리로 가서 앉는다.
그런데, 책상 위에 시집 『입 속의 검은 잎』 놓여 있다. 의아해하며 표지
를 넘기자, 안에 예쁘게 접힌 보라색 쪽지가 있다.

이도연   …뭐하자는 거야.

이도연, 쪽지를 펴자 편지지다. 정보왕의 글씨.

정보왕N   내가 그다지 사랑하던 그대여 내 한평생에 차마 그대를 잊을 수
없소이다. 내 차례에 못 올 사랑인 줄은 알면서도 나 혼자는 꾸준
히 생각하리다. 자, 그러면, 내내 어여쁘소서.

잠시 감동한 표정 짓던 이도연, 다시 고개를 갸우뚱.

S#56. 법원 주차장 (저녁)

찌그러진 자기 차 옆에 서 있는 매끈한 이도연의 차를 쳐다보는 정보왕.
그런데 누가 어깨를 툭툭 건드린다. 돌아보니 이도연.

이도연   …그게 이상의 시인 건 알아요?
정보왕   (얼른) 알죠. 압니다. 이상. (팔을 파닥거리며) 날자, 날아보자꾸나.
이도연   너무 거창하다는 생각 안 들어요? (팔짱을 끼며) 그다지, 별거 없

었던 사이에?

정보왕　아직, 없었던 거죠.

이도연　…아직도 뭔가 더 있을 거라고 생각해요?

정보왕　내가 뻔하게 생각하고, 뻔하게 행동한 거 인정해요.

이도연　……

정보왕　아무것도 모르면서 멋대로 판단한 것도.

이도연　…그래서요?

정보왕　…가르쳐줄 수 있잖아요.

이도연　……?

정보왕　모르니까, 가르쳐줄 수 있잖아요. 기회를 줄 수 있잖아요. (《미생》
　　　　의 장그래처럼 이도연을 간절히 바라본다)

이도연　…… (황당해하는 표정)

정보왕　저, 아는 건 많지 않아두, 배우는 건 잘합니다. 배울 준비가 돼 있
　　　　고요. 일단 옛날 시들을 좋아하다는 거, 알아냈잖아요?

이도연　…이번엔 장그랩니까?

정보왕　…그런 마음이라는 겁니다. 진심입니다. (망설이다가 손을 아래쪽
　　　　으로 해서 소심하게 하트)

이도연　(어이없어서 쳐다보다가 고개를 돌리는데 살짝 피식, 한다)

정보왕　어, 방금 웃었습니다. 저 동체시력 완전 좋습니다.

이도연　(졌다는 듯 허리에 두 손 올리더니) …귀엽지만 않았어도 내 정말.

정보왕　(급방긋) 제가 원래 쫌, 애가 귀엽습니다!

이도연　(쳐다보다가) …제 교수님이에요.

정보왕　네?

이도연　문예창작과 교수님.

정보왕　…예에?

이도연　(차 열림 버튼을 누르고 자기 차 운전석으로 가며) …그 사진. 난리 치 던. (차에 올라타서는 유유히 운전해 간다)

정보왕　(사라지는 이도연의 차를 보며, 주먹을 불끈 쥔다) 이예스!

S#57. 정보왕의 회상. 비디오방 (밤)

고등학생 시절의 정보왕, 임바른을 질질 끌고 비디오방 룸으로 들어오 고 있다.

임바른　(짜증스럽게) 아 왜!

정보왕　(호들갑) 야, 가끔은 고전도 좀 봐줘야지. 〈가루지기〉도 그렇고 이 국산 에로라는 게, 야동하고 또다른 구수한 맛이 있다니깐!

비디오 화면에 〈금홍아 금홍아〉 제목 뜬다.

cut to

눈을 동그랗게 뜨고 침을 삼키고 있는 정보왕과 무관심한 척하면서 옆 눈으로 힐끔거리고 있는 임바른.

cut to

졸고 있는 임바른과 티슈로 눈물을 닦고 있는 정보왕. 영화 라스트 씬 근처. 이상(김갑수)이 절절한 목소리로 금홍에게 남기는 이별시를 읊고 있다.

"내가 그다지 사랑하던 그대여. / 내 한평생에 차마 그대를 잊을 수 없소이다. / 내 차례에 못 올 사랑인 줄은 알면서도 / 나 혼자는 꾸준히 생각하리다. 자, 그러면, 내내 어여쁘소서."

감동한 표정으로 코를 팽, 푸는 정보왕.

S#58. 노래방 (저녁)

싱글벙글한 표정의 정보왕, 마이크 잡고 사회자처럼 앞에 나가 있고, 어이없어하는 표정의 임바른, 웃고 있는 박차오름, 그리고 목사님 부부와 교회에서 만난 소년 소녀들 자리에 앉아 있다.

정보왕   제가 그동안 개인적인 문제로 방황하느라, 동료들이 이런 좋은 일을 하고 있는데 동참도 못하고 이거, 참.

임바른   (O.L.) 1절만 해라. 1절만.

정보왕   (임바른을 노려보더니) 알았다 알았어. 그럼 거두절미하고, 누가 첫 무대의 영광을? (휙 좌중을 둘러보는데 소년 소녀들, 아직 낯을 가리는지 쭈뼛거리며 눈을 피한다. 정보왕, 분위기를 살피다가 마이크를 임바른에게 쓱 내민다)

임바른   야, 싫어. 왜 나부터.

정보왕   어허! (눈짓으로 어색해하는 애들 쪽을 가리키며)

임바른   (눈치채고는 어쩔 수 없이 마이크 받고 무대로 나간다) …옛날 노래밖에 모르는데. (비오 누른다)

멋지게 춤추며 노래하는 임바른. 환호하는 좌중. 소녀들과 목사님 부인, 특히 열광한다. 임바른, 멋진 동작을 하며 1절을 마치고 박차오름을 흘깃 보는데, 박차오름도 활짝 웃으며 열심히 보고 있다. 씩 웃고 마이크 고쳐 잡으며 2절 준비하는 임바른. 그런데 갑자기 반주가 툭 끊긴다. 동작하려다 휘청하는 임바른. 정보왕을 쳐다보니, 정보왕, 태연하게 리모컨을 들고 정지 버튼을 누르고 있다.

정보왕   1절만 해라. 1절만.

임바른, 정보왕을 노려보며 자리로 돌아오고, 정보왕, 골무를 낀 채 노래방 책을 열심히 넘기고 있다.

cut to

정보왕, 샤크라의 〈난 너에게〉 전주에 맞춰 신나게 댄스, 좌중 환호한다. 아이들도 신나서 자리에서 일어나 박수. 정보왕, 랩 부분 마치더니 마이크를 박차오름에게 넘긴다. 살짝 당황하던 박차오름, 마이크를 받더니 멋지게 노래를 시작한다.
〈난 너에게〉 안무를 따라 추며 임바른 쪽으로 팔을 죽 뻗는 박차오름. 웃으며 무대로 나가는 임바른. 후렴 부분은 세 판사가 함께 안무 맞춰서 춤춘다. 환호하는 아이들.

cut to

이제 흥이 완전히 올라서는 무대를 누비고 있는 아이들. 노랑머리 빨강머리 소년들, 화려한 힙합댄스와 함께 신들린 듯 요즘 랩(비와이, 우원재 등)을 하고 있다. 이가온은 웃으며 자리에 앉아 박수만 치고 있다. 기죽은 모습의 세 판사, 자리에 앉아 탬버린을 어설프게 치고 있다.

cut to

땀을 뻘뻘 흘리면서 자리에 앉으며, 생수를 들이켜는 노랑머리.

박차오름	(감동한 듯) …너, 춤을 정말 좋아하는구나.
노랑머리	…춤추는 동안은 아무 생각도 안 나요. …본드도. (활짝 웃는다)
박차오름	(생기가 넘치는 소년들을 둘러보다가 뭔가 깨달은 듯) …중독은 중독으로 치유하는 거구나.
노랑머리	네?
박차오름	(수줍게 앉아 있는 이가온을 보며) 가온아, 넌 왜 안 해?
이가온	(머리를 긁적인다)
박차오름	(노래 책을 내밀며) 그러지 말고 너도 한 곡 해.
여자애1	그래~ 오빠도 해!

네 살짜리 꼬마, 씨익 웃으며 이가온의 팔을 잡고 흔든다. 이가온, 쭈뼛거리더니 무대로 나와 마이크를 잡는다. 웅성거리던 좌중, 첫 소절이 시작되고 가온의 청아한 목소리가 들려오자 다들 놀라며 쥐죽은듯 조용해진다. 〈포카혼타스〉 주제곡 〈바람의 빛깔〉(제주소년 오연준의 버전)이다. 어느새 다른 세상에 있는 듯, 몰입하여 열창하는 이가온. 천사같이 아름다운 목소리다. 노루 넋이 나간 표정. 정보왕, 입을 떡 벌리고 있다. 박차오름의 눈에는 눈물이 고인다.

S#59. 시장통 (밤)

순대 좌판 앞에 앉은 민용준과 박차오름.

민용준　…활약이 대단한데, 박차오름?

박차오름　무슨.

민용준　(잠시 생각하더니) 걔네들, 태어나서 한 번도 비행기 타본 적 없다 그랬지?

박차오름　응.

민용준　한번 태워주자.

박차오름　무슨 소리야?

민용준　뭐, 우리 계열사 중에 항공사도 있잖니. 복지재단도 있고.

박차오름　…그래서?

민용준　우리 재단에서 캄보디아 빈민촌 아이들을 후원하고 있어. 거기 가서 공연을 열어주자.

박차오름　공연? 아직 그럴 만큼…

민용준　(O.L.) 말이 공연이지, 동네 마당에서 같이 노래하고 춤추는 거 아니겠어. 그래도, 좋아할 거야. 그쪽 애들도, 이쪽 애들도.

순대집이모　(순대를 썰어 내놓으며) 역시 사업가는 다르다 아이가. 스케일 보소.

떡볶이이모　그래! 얼매나 좋노! 뱅기도 태워준다 안 카나! 꽁짜로!

민용준　(능청맞게) 그럼요, 이럴라꼬 돈 벌지 뭐할라꼬 돈 벌겠는교.

빈대떡이모　옴마야! 니는 안 어울린다! 사투리!

민용준　그런가? (머리 긁적인다)

박차오름　(민용준을 본다)

S#60. 배석판사실 (오전)

임바른 (기막혀하며) 애들 데리고 캄보디아까지 간다구요? 박 판사도 매
          니저로 따라가고?

박차오름 …네. 이번에 배운 게 있는데요,

임바른 ……?

박차오름 자책도 후회도 않는 인간들한테 지지 않으려면요,

임바른 ……

박차오름 흥분하지 말고, 포기하지도 말고,

임바른 …그리고?

박차오름 즐겁게!

임바른 ……

박차오름 즐겁고 신나게 싸워야 돼요. 결국 더 행복한 쪽이 이기는 거라구
          요.

임바른 …그런가요. 그런데 비용은 어떻게…

박차오름 (괜히 망설이다가) 실은, NJ그룹 복지재단이 후원해주기로…

임바른 (살짝 굳으며) …대단하네요. 역시.

박차오름 …그래도 좋은 일이잖아요. 애들이 얼마나 좋아하는데요.

임바른 (박차오름을 가만히 본다. 민용준의 목소리 오버랩된다)

민용준 (V.O.) 더 몸에 맞는 옷을 입으면, 원하는 일도 더 잘할 수 있겠지
          요. 그 일이 세상을 더 낫게 바꾼다, 뭐 이런 종류일 경우에도.

임바른 (애써 표정 관리하며) 네. 좋은 일이네요. 그럼 언제까지…

박차오름 애들은 더 있을 거고, 저는 이틀 휴가 냈어요, (싱긋 웃으며) 다음
          주 월요일에 뵙겠네요. 선물 사올게요!

임바른 (멍하니 박차오름을 본다)

S#61. 배석판사실 (오후/밤)

박차오름이 떠난 판사실, 이상하게 텅 비어 보인다. 혼자 일하고 있는
임바른. 배경음악 〈일상으로의 초대〉.

'친굴 만나고 전화를 하고/밤새도록 깨어 있을 때도/문득 자꾸만 네가
생각나/모든 시간 모든 곳에서 난 널 느껴 (…)'

몽타주 〉

- 사건기록을 넘기다 말고 박차오름의 빈자리를 멍하니 보는 임바른.
- 구내식당, 한세상과 임바른 둘이서 말없이 무뚝뚝하게 밥을 먹는다.
- 밤늦게 혼자 앉아 야근하고 있는 임바른. 외로워 보인다.

S#62. 인천공항 체크인 카운터 (저녁)

카운터 앞에는 패키지 관광객들이 가득하다. 향우회 깃발 아래 모인 아
저씨들은 시끌벅적하고, 효도관광을 온 듯한 노인들은 아예 바닥에 주
저앉아 있다. 목사님과 세 소년도 흥분을 감추지 못한 채 수다중. 이가
온도 상기된 표정. 박차오름, 힐끗 쳐다보다가 차례가 되어 카운터 앞에
가 선다.

민용준E   잠깐만.

박차오름, 돌아보자 민용준, 웃으며 서 있다. 수행비서들은 한 발짝 뒤에 있다.

박차오름   (놀라며) 오빠?

민용준   (미소) 생각해보니까, 재단 상임이사가 따라가는 것도 괜찮을 것 같더라고. 후원금이 잘 집행되나 감독도 하고…

박차오름   아니 뭘 거기까지…

민용준   그보다 퍼스트에 빈자리 많으니 나랑 같이 타자. 우리집 비행기인데 그 정도는 이 오빠가 모실게. (애교 있게 윙크)

박차오름   아니, 괜찮아. 그렇게 신세를 질 수야…

민용준   (어깨 으쓱하더니) 그래, 그럼. (미소 지으며 자기 티켓을 카운터에 내민다) 비상구 쪽으로 부탁해요.

카운터 직원   …저, 부사장님, 퍼스트를 이코노미로요?

민용준   (싱긋) 네.

민용준, 티켓을 받더니 슬쩍 박차오름의 기내 가방을 가로채 끌며 앞서 간다. 수행비서들, 당황해서 쫓아간다. 박차오름, 아이들과 목사님에게 티켓을 나눠주고는 민용준을 따라간다.

S#63. 비행기 안 (저녁)

민용준을 알아본 승무원들, 이코노미 입구로 들어오는 그를 보고는 안 절부절못한다. 기내로 들어와 널찍하고 여유로운 비즈니스석을 지나 다닥다닥 붙은 이코노미석으로 향하는 민용준과 박차오름. 오른쪽 비상구 좌석에 앉는다.

박차오름   (비즈니스석 쪽을 보며) 퍼스트는 어디야? 보이지도 않네.

민용준   배려지 뭐.

박차오름   배려?

민용준   열심히 노력하면 비즈니스 정도는 언젠가 탈 수 있을지 모르지만, 퍼스트를 탈 수 있는 사람은 어차피 드물지 않겠어?

박차오름   (불편한 표정으로 민용준을 본다) ……

승무원이 왼쪽 비상구 좌석 승객들에게 안내한다. 향우회에서 온 중년 남성 두 명.

승무원   이곳은 비상시 저희 승무원을 도와주셔야 하는 좌석입니다. 협조해주시겠습니까?

향우회1   글쎄, 하는 것 좀 보고. (킬킬댄다)

승무원   (당황한 눈치지만 다시 태연하게) …그리고 이 레버는 비상착륙시에 비상구를 여는 레법니다.

향우회2   그래? 이따 비행기 뜨면 바람 통하게 한번 열어봐야겠네. 답답하구만. (또 킬킬댄다)

승무원   (정색하며) 손님, 그렇게 말씀하시면 규정상 이 좌석에 앉으실 수 없습니다. 다른 좌석으로 안내해드리겠습니다.

그제야 움찔한 두 남성, 입을 닫는다. 이 모습을 지켜보는 박사오름과 민용준.

S#64. 비행기 안 (저녁)

이륙을 앞둔 비행기. 승무원, 향우회1, 2와 마주보는 보조석에 앉는다.

향우회1   아따, 무서워서 못 앉아 있겠네.

향우회2   손님이 왕인데 왕이 농담 한마디했다고 대하는 꼴 좀 보소.

승무원   (고개를 옆으로 돌리고 입을 꾹 다문다)

박차오름   (뭐라고 한마디하려다 민용준을 힐끗 보며 망설인다)

cut to

이륙 후, 안전벨트 사인이 꺼지자 일제히 자리에서 일어나고 떠드는 승객들. 벌써 지쳐 보이는 승무원들. 잠시 뒤 기내식 카트를 밀고 나타난다.

민용준   (속닥속닥) 이륙 직후엔 언제나 기내식을 주지. …먹는 동안은 승객들이 조용해지거든.

박차오름   (영자신문을 읽는 민용준을 불편한 표정으로 가만히 본다)

승무원   쇠고기 요리와 생선 요리 중에 어느 것으로 하시겠습니까?

향우회1   어느 게 더 맛있나, 아가씨는 어느 걸 더 좋아해? (킬킬댄다)

박차오름   (옆쪽을 보며 찡그린다)

승무원, 애써 표정을 관리하며 카트를 밀고 뒤쪽으로 사라진다. 잠시 후, 앙살진 여사 목소리가 뒤에서 들려온다.

여자E	지금 나 무시하는 거예요?

돌아보는 박차오름. 어두운 표정, 큰 몸집의 젊은 여성이다.

여자	이까짓 이코노미 기내식 평소에는 줘도 안 먹어요! (눈빛이 흔들리더니 떼쓰듯) …평소에는 비즈니스, 그래, 비즈니스만 탄다니까요!
승무원	(어쩔 줄 몰라 하며) 죄송합니다. 고객님, 그게 아니라요, 오늘 만석이라 생선 요리는 여분이 없어서…
여자	(일그러진 표정) …그냥 어떻게 나오나 궁금해서 쇠고기, 생선 둘 다 달라고 했더니, 이렇게 사람을 우습게 만들어요?
사무장	(헐레벌떡 음식을 들고 와서 내밀며) 여기 있습니다. 고객님.
여자	(쏘아보며) 여분, 없다면서요?
사무장	(곤란해하며) 저… 실은 제 겁니다만, 아직 손도 대지 않았…
여자	(O.L. 버럭!) 지금 누굴 거지 취급하는 거예요? (부들부들 떨며) 지금 사람, 무시하는 거야?
민용준	(못 들은 척 영자신문을 넘기며) …자격지심이란 참 무시무시하시?
박차오름	(민용준의 옆얼굴을 흘깃 본다)
민용준	…우리끼리 얘기지만 말야. 서민들은 다 착한 사람들이고, 부자는 다 사이코에 악마 취급하는 한국 사람들, 참 재밌지 않아?
박차오름	……
민용준	인간은 가난하든 부자든, 어차피 대체로 이기적이고 찌질해. 단지, 쪼금더 여유가 있으면 너그러워질 수 있지.
박차오름	……
민용준	이렇게 좋은 일도 할 수 있고 말야. 힘이란, 좋은 거야. 오름아.

박차오름 (불편한 표정) …오빠, 그런데,

이때 비행기가 덜컹 흔들린다. 웅성거리는 승객들. 승무원들도 당황한
다. 잠시 후 기내방송이 나온다.

기장E 기장입니다. 엔진에 작은 이상이 발견돼서, 점검을 위해 인천으
로 회항하겠습니다. 불편을 끼쳐드려 죄송합니다.

S#65. 인천공항 (밤)

승객들, 통통한 40대 남성인 항공사 직원을 에워싸고 삿대질하고 있다.

향우회1 (직원 멱살을 잡으며) 야 이놈의 새끼들아, 당장 십 분 내로 다른
비행기 대령해!

향우회2 우리가 얼마나 바쁜 사람들인디! 늦으면 당신들 큰일날 줄 알어!

직원, 땀을 뻘뻘 흘리며 연신 허리를 굽힌다. 다른 지상직원들이, 컵라
면과 빵을 가져와 나눠주자 잠시 조용해지는 승객들. 목사님과 아이들,
시무룩한 표정으로 컵라면을 먹고 있다. 다리에 힘이 풀린 듯 의자에 축
늘어져 있는 40대 직원 옆에 향우회1이 슬쩍 찾아온다.

향우회1 회사에서 지침이 내려왔수? 두당 얼마 정도 보상금 받을 수 있을
까? 내가 사람들 너무 흥분하지 않도록 좀 노와수까?

이 모든 풍경을 바라보고 있던 민용준.

민용준   ···과연 헬조선이 맞긴 맞군.

박차오름   ······

민용준   (차갑게 웃으며) 기업 오너로서 이런 생각하면 안 되겠지만, 솔직히 우리나라 고객들은 글로벌 스탠다드에 비춰보면 아직 미개하다는 생각이 들 때가 많긴 해.

고개를 번쩍 들어 민용준을 쏘아보는 박차오름.

박차오름   오빠. 나도 의문이 하나 있는데 말야, 왜 우리나라는 상장회사에도 기업 '오너'라는 말을 쓰는 거지?

민용준   무슨 소리야?

박차오름   오빠네 집안이 가진 주식, 신문 보니 5퍼센트도 안 되는 것 같던데···

민용준   ······

박차오름   물론 오빠네 집안이 지배주주인 건 알겠는데, 그렇다고 회사 재산이 오빠네 소유가 되는 건 아니지. 저 비행기도 오빠네 집 비행기가 아니라 회사 소유라구.

민용준   그건 너무 단순 논리야. 창업자한테는 단순 투자자와 다른 인센티브가 주어져야지!

박차오름   인센티브라,

민용준   ······?

박차오름   오빠가 유학 다녀와서 차린 광고회사, NJ그룹 광고 물량을 독점해서 이익도 엄청 내고 주가도 수십 배 올랐다며?

민용준	(박차오름을 노려본다)
박차오름	아까 승무원이 열심히 돌던 면세품 판매 수입도 오빠네 가족 법인으로 들어간다고 들은 거 같은데? 정말 치열한 기업가 정신이야.
민용준	오름아,
박차오름	오빠가 그리 자랑스럽게 말하는 그 '힘'이라는 거, 알고 보면 되게 치사스럽게 얻은 거 아냐?
민용준	너 정말 말 함부로 할래?
박차오름	어떤 회사 회장님은 가정부에 운전기사, 안마사까지 회사 돈으로 월급 주고, 콩나물값 한푼까지 법인카드로 비용처리하며 산다더라. 정말 미개하지 않아? 글로벌 스탠다드에 비춰보면.
민용준	(얼굴 일그러지며) 야, 박차오름!
박차오름	(자리에서 일어서며) 그리고 잊고 있는 것 같은데, 난 오빠가 말한 '미개한' 국민들이 내는 혈세로 월급 받는 공무원이라구. 회항 사고시 보상약관이 불리하게 된 건 없는지, 저분들과 함께 한번 꼼꼼히 따져봐야겠어.

박차오름, 민용준을 버려두고 성큼성큼 힘찬 걸음으로 모여 있는 승객들에게로 걸어간다.

박차오름	(활짝 웃으며 이가온에게 손을 흔든다) 가온아!
이가온	(배시시 웃는다)

S#66. 배석판사실 (저녁)

벽시계는 저녁 7시 반. 임바른, 쓸쓸히 혼자 일하고 있다.

박차오름E 다녀왔습니다!

돌아보니, 활짝 웃으며 손에 든 초콜릿 상자를 들어 보이는 박차오름.

박차오름 짠! 선물! 기다렸죠?

임바른 (놀라며) 아니 어떻게 된 거예요?

박차오름 그만, 비행기가 되돌아와버렸네요?

임바른 그게 무슨 소리…

박차오름 (O.L.) 글쎄, 누가 자꾸 못 가게 붙잡나, 왜 그랬을까…

임바른 (시큰둥) 잡기는 누가. 대체 어떻게 된 거예요? 애들은?

박차오름 애들은 오늘 다시 출발했어요. 전 안 따라가기로 했고.

임바른 어… 그래요? (자기도 모르게 입꼬리가 올라가다가 장난스럽게 쳐다 보는 박차오름을 보고는 얼른 시큰둥한 표정) …그러든지.

박차오름 에이, 좋아하는 거 같은데.

임바른 (자리에 앉으며) 초콜릿 별로 안 좋아해요. 이 실무관 줘요.

박차오름 (짓궂게 임바른의 눈을 맞추며) 정말요? 정말?

임바른 쫌!

S#67. 지하철 (밤)

지하철에 나란히 앉아 재잘거리고 있는 박차오름과 조용히 듣고 있는 임바른. 한강다리를 넘고 있는 지하철. 배경음악으로 〈일상으로의 초대〉가 흐른다.

• 11부의 에피소드는 실제로 청소년의 본드중독 문제 해결을 위해 노력하신 심재완 판사님, 명성진 목사님의 이야기를 토대로 했습니다. ―지은이

12부

폐 좀 끼쳐도 괜찮아요,
나한텐

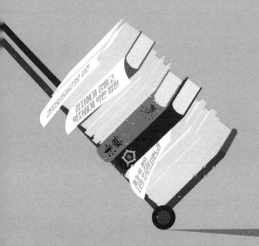

S#1. 법원 근처 중국집 (낮)

짜장면을 먹고 있는 44부 세 판사. 단무지가 하나만 남아 있다. 한세상의 젓가락, 하나 남은 단무지에 가닿는데, 다른 젓가락이 휙 나타나 누른다. 고개 들어보니, 임바른이다. 한세상, 스윽 노려보는데, 임바른, 성난 표정으로 맞대응한다. 한세상, 눈길을 피하며 젓가락을 거둬들인다. 단무지를 집어 한세상 보라는 듯 우적우적 씹는 임바른. 골이 단단히 난 듯.

박차오름   (픽 웃으며) 너무 그러지 마요. 부장님이 일부러 그러신 건 아니잖아요.

임바른   …부장님이 그렇게 눈물겹게 법원을 사랑하시는 줄 미처 몰랐습니다.

한세상   (외면하며 괜히 헛기침하며 우물쭈물) 어, 어험. 아니 그냥 이치가 그렇지 않느냐, 그런 거뿐인데 어쩌다 이렇게…

S#2. 법원장실 (오전)

차 한 잔씩 앞에 두고 소파에 죽 도열해 앉은 부장들(수석부장, 한세상, 생활한복, 배곤대 3인방 등)

법원장 (실눈으로 창밖을 보며) …뭐 좋은… 의견들 있으면… 얘기해보세요.

서로 눈치만 보는 부장들.

법원장 (같은 자세로 가만히 앉아 있다)

수석부장 (권세중을 향해) 요즘 형사합의부장님들이 많이 힘드시죠? 아시다시피 워낙 큰 사건들이 몰려 있어서.

권세중 예. 그래도 사명감으로 일하고 있습니다.

수석부장 주 5일 연속으로, 밤늦게까지 재판하신다면서요?

권세중 어제는 새벽 1시까지 증인신문을 했습니다. 배석판사들이 차라리 판사실에 야전침대를 좀 비치해주면 좋겠다고 하긴 합니다만…

배곤대 오, 그거 좋은 의견이구만요. 제 방에도 좀…

한세상 (O.L.) 좋기는 개뿔,

일제히 한세상을 쳐다보는 부장들. 법원장은 여전히 딴청중.

한세상 고생하시는 긴 안타깝지만, 그게 성상입니까? 맑은 정신으로 재판을 해도 옳게 할까 말까인데, 새벽까지 재판하고 야전침대?

속기사랑 법원경위는 또 무슨 죄고.

권세중 (노여운 표정) 아니, 나라를 위해 중요한 재판을 하는데 그 정도 희생이야…

한세상 (O.L.) 사람 나고 나라 났지, 나라 나고 사람 났나? 사람이 먼저 정상적으로 일할 여건부터 만들어줘야 하는 거 아니요. 대체 언제까지 맨주먹 붉은 피로 후진국처럼…

수석부장 (미소) 한 부장님, 아주 선진적인 아이디어가 있으신 모양인데요?

한세상 (살짝 당황) 아니, 뭐. …시스템으로 해야죠 시스템.

수석부장 시스템이라시면?

한세상 (열심히 궁리) 어… 말하자면, 특정 부서에 업무가 지나치게 몰리면, 업무를 적절히 덜어줄 방안을 강구하고,

수석부장 그거 좋네요. 다른 부서에서 업무를 좀 떼어가준다던지.

한세상 (당황) 어, 뭐, 그것도 방법이고…

수석부장 말 난 김에, 민사부에서 고통분담을 해주시면 큰 힘이 되겠네요.

배곤대 (한세상을 째려보며 혼잣말처럼) …거참, 생각부터 좀 하고 말을 하지…

한세상 (당황) 어… 저희 민사부도 힘들긴 한데…

수석부장 (O.L.) 힘든 상황인데도 더 힘든 동료를 위해 짐을 지어주시겠다니, 역시 한 부장님의 경륜은 제가 미처 따라가지 못하겠습니다.

한세상 아니, 잠시만요. 근데…

수석부장 (법원장을 향해) 한 부장님 의견대로, 형사합의부는 중요 사건에 매진할 수 있도록, 일반 형사사건은 우선 한세상 부상님 부로 일부 재배당하겠습니다. 44부가 형사부를 겸임하는 거죠.

법원장 (가늘게 눈을 뜬 채 고개를 *끄덕끄덕*) …한 …부 …장, …고 …맙

···소.

한세상　（울상）······

S#3. 법원 근처 중국집 (낮)

울상 짓고 있는 한세상.

박차오름　（씩씩) 저는 좋은데요? 이제야 진짜 판사가 된 것 같아요.

임바른　···형사재판은 민사하고는 또 차원이 다릅니다.

박차오름　왜요?

임바른　······ (외면)

한세상　（한숨 쉬며) 휴우우··· 형사는 사고 치면 진짜 대형 사고라고···

박차오름　네? (한세상과 임바른을 번갈아 노려보며) 지금, 두 분, 대체 절 어떻게 보고 계시길래!!

한세상　（얼른 외면하며) 임 판사, 이 집 짜장이 전보다 좀 묽어진 거 같지 않아?

임바른　（얼른) 전분, 그거 몇 푼 한다고 덜 넣은 거 같죠?

한세상　（젓가락으로 짜장을 휘휘 저으며) 물짜장이네, 물짜장.

두 사람을 노려보고 있는 박차오름.

S#4. 회의실 (낮)

'사법신뢰 회복을 위한 형사재판 개선 방안' 팻말과 플래카드 붙어 있고, 사회자석에는 수석부장, 이하 판사들(한세상, 임바른, 박차오름, 배곤대, 권세중, 우갑철, 김웅재, 윤소영, 천성훈, 지현민 등 총 스무 명 정도) 도열해 앉아 있다

수석부장 사법신뢰 회복을 위해서는 무엇보다 튀는 판결이 나오지 않도록 주의해야 합니다. (박차오름을 보며 슬며시 미소) 소신이 강한 건 법관에게 꼭 미덕이 아니지요.

배곤대 그렇습니다. 특히 요즘 일부, 젊은 법관들이 걱정입니다. 법관은 개인의 소신이나, 동정심이 아니라, 법대로, 원칙대로 판단해야지요. 포퓰리즘에 휩쓸리지 말고.

권세중 (박차오름을 힐끗 보며 비웃는 듯한 웃음) 뭐, 정치라든가, 딴 데 속 셈이 있는 경우도 있는 거 같고요.

우갑철, 고개를 끄덕거리고, 천성훈과 지현민, 맞은편 자리에서 박차오름을 보며 소리 죽여 킥킥댄다. 한세상, 화난 표정으로 권세중을 쏘아본다.

박차오름 (입술을 깨문다. 뭔가 반박할까 망설인다)

임바른 (고개를 끄덕거리더니) 맞는 말씀입니다. 튀는 판결, 있어서는 안 되겠죠.

좌중, 의외라는 듯 임바른을 쳐다본다. 한세상, 걱정스레 임바른을 본다.

임바른	(태연하게) 국가경제에 이바지했다. 경제에 미칠 영향을 고려했다, 뭐 이런 법에도 없는 이유를 들어 재벌을 풀어주는 튀는 판결, 이젠 더이상 있어서는 안 될 것 같습니다.
권세중	(얼굴이 일그러지며) …뭐, 뭐야!
임바른	(배곤대를 보며) …법관은 개인의 독특한 소신이나 동정심이 아니라 법대로, 원칙대로 판단해야지요.
배곤대	(헛기침을 한다) 흐흠.
임바른	(다시 권세중을 보며 미소) …딴 데 마음이 있는 게 아니라면.
권세중	(벌컥) 임 판사! 지금 누구 들으라고 하는…
수석부장	(O.L.) 논의가 활발해지니까 좋군요. 뭐, 또, 다른 좋은 의견 있습니까?
권세중	(수석부장 눈치를 보며 입을 닫는다)
박차오름	(옆자리의 임바른을 보며 씩 웃더니 손을 번쩍 든다)
수석부장	네. 박 판사님? 무슨 좋은 의견이라도?
박차오름	(힘차게) 네! 44부의 박차오름 판사입니다! 우리 사법부가 국민의 신뢰를 받는 방법은 간단합니다!

좌중의 시선, 집중된다.

수석부장	(복잡미묘한 표정) 간단한 방법이 있는데 지금까지 복잡한 토론만 한참 했군요. 그래 박 판사님, 그 방법 좀 알려주시겠습니까?
박차오름	(수석부장을 마주보며) 네. 강자에게 강하고, 약자에게 약한 법원이 되면 됩니다!

좌중, 웅성거린다. 고개를 끄덕이는 이도 있고, 어이없다는 듯 쳐다보는

배곤대 3인방도 있다. 한세상은 아무 말도 없이 눈을 감고 있다.

수석부장   (나지막이) …강자에게 강하고 약자에게 약한 법원. 그렇군요. (혼잣말처럼 조용히 덧붙인다) …그런데 무엇이 강한 것이고 무엇이 약한 것이죠?

의아한 표정의 박차오름. 한세상, 눈을 떠 수석부장을 지그시 바라본다.

S#5. 배석판사실 (오전)

임바른, 신경질적으로 기록을 휙휙 넘기다가 덮고는 의자 뒤로 기댄다. 짜증스러운 표정.

박차오름   …형사사건도 하게 된 거, 영 마음에 안 드세요?

임바른   그게 아니라요.

박차오름   ……?

임바른   벌써 세 건쨉니다.

박차오름   뭐가요?

임바른   술 핑계 대는 사건.

박차오름   술?

임바른   (책상 위에 쌓인 형사재판기록을 턱으로 가리키며) 여관으로 커피 배달시켜서 다방 종업원을 성폭행한 사람, 사소한 말다툼 끝에 식칼을 동료 배에 꽂은 사람… 심지어 음주운전하다 사고 낸 후 뺑

소니를 친 사람.

박차오름 하? 진짜요?

임바른 …이런 짓들을 해놓고는 술이 죄라는 거예요. 취해서 제정신이
아니었다. 아니 술이 무슨 죕니까? 먹고 사고 친 인간이 죄지.

이때, 판사실 구석 TV에서 들려오는 소리.

정치인E …술이 죕니다. 국민 여러분, 제가 취중에 실수로 그만…

일제히 TV쪽을 보는 두 판사. 뉴스 화면에는 포토라인에 선 늙은 정치
인이 고개 숙이고 있고 정치인을 뒤로하고 리포트중인 여성 기자가 나
오고 있다.

기자E …회식 자리에서 손녀뻘인 여기자를 성추행한 김 의원은 만취
상태여서 기억이 나지 않는다고…

짜증스러운 표정으로 TV를 꺼버리는 임바른.

박차오름 (어이없어하며) 지금 저걸 변명이라고 하고 있는 건가요?

임바른 술에 관대한 사회니까요. 참 내, 술 먹은 게 벼슬도 아니고…

S#6. 법정 (낮)

피고인석에 죄수복 입고 서 있는 음주운전 노인, 해맑은 모습으로 웃고

있는데, 코가 빨갛다. 이하 형사재판 씬에는 기본적으로 피고인 옆에 국선변호인, 검사석에는 공판검사 착석한다.

한세상   (기가 막힌 표정) 피고인, 오토바이 음주운전이 벌써 몇 번쨉니까.

음주노인   (손가락을 일곱 번까지 꼽아나가다가 갸웃거리며) 몇 번이더라? 죄송하구먼유. 지가 정신이 오락가락해서.

한세상   코는 또 왜 빨개요! 설마 구치소에서도 한잔하신 겁니까!

음주노인   에유, 설마유. (입맛을 다시며) …막걸리 한 잔, 꿈에도 나오는데유.

한세상   아무리 한적한 변두리래도, 약주 하시고 오토바이 몰고 다니면 위험해요! 산길로 굴러떨어지면 돌아가시는 거예요!

음주노인   에유, 지 팔자가 뭐, 이래도 한세상, 저래도 한세상이쥬.

이단디   (놀라 피고인 쪽으로 속닥속닥) 재판장님 성함을 함부로 부르시면…

한세상   (쓴웃음) 이 경위, 놔둬, 놔둬. 영감님!

음주노인   (허리를 넙죽 굽히며) 네이~ 판사님.

한세상   음주운전으로 집행유예 받아놓고, 집행유예 기간중에 또 그러시면 어쩌자는 겁니까! 혹시 교도소가 더 살기 편해서 일부러 그러시는 거 아녜요?

음주노인   에이, 아무렴요. 개똥밭에 굴러도 이승이 낫다고, 지 맘대로 자유롭게 사는 게 좋쥬.

한세상   아, 그럼, 하지 말라면 쫌 하지 마셔야죠!

음주노인   (머리를 긁적긁적) 죄송헤유… 고놈의 술이 참…

S#7. 부대찌개집 (낮)

임바른   형사합의부들 큰 사건에 집중하시라고 우리한테는 아주 술냄새 풀풀 나는 사건들만 보내주셨네요.

한세상   (뻘줌해하며) 어허! 판사한테 큰 사건이 어딨고, 작은 사건이 어딨나!

임바른   어젠 잡범만 잔뜩 보냈다고 투덜대셨던 것 같…

한세상   (O.L.) 하나하나가 다 중요한 사건들이야! 이따 오후엔 무려 폭력 전과 26범이 나올거야. 조심들 하라구.

박차오름   26범이요? 아니 무슨 조폭인가요?

한세상   …조폭은 아니고, 주폭.

        (자막. 주폭 酒暴: 상습적으로 술에 취해 폭력을 행사하는 사람.)

박차오름   주폭?

종업원   (한세상 앞에 소주병 내려놓으며) 오늘도 반주하실 거죠?

한세상   (얼른 손사래를 치며) 어허, 얼른 치우쇼. 낮에 무슨 술을…

종업원   네? 반병까지는 보약이라고 늘 그러셨…

한세상   (O.L.) 어허!

S#8. 법정 (오후)

두둥, 긴박감 넘치는 음악 흐른다. 긴장한 표정의 세 판사와 공판검사.

임바른   (굳은 표정, 마음의 소리) 드디어 전과 26범 수쪽. (교도관석에서 하품하고 있는 교도관을 보며) …방호인력을 더 불렀어야 되는 거 아냐?

한세상   다음 사건 나오시죠.

교도관 두 명이 피고인을 호송하여 피고인석으로 데려오는데, 드디어
모습을 드러낸 피고인, 왜소한 체구에 불쌍하게 생긴 70대 노인이다.
한세상과 눈이 마주치자 어쩔 줄 몰라 하며 굽신굽신 허리를 숙여댄다.
어이없어하며 서로 눈을 마주치는 박차오름과 임바른.

S#9. 법정 (오후)

30대 중반 정도의 남자 공판검사, 자리에서 일어나 열변을 토하는 중.

공판검사   재판장님, 피고인은 지역사회를 공포로 몰아넣은 주폭입니다!
이런 자를 사회로부터 격리하는 것이야말로 형사사법의 역할입
니다!

한세상   글쎄, 공포로 몰아넣었다고까지는…

공판검사   제출한 범죄경력조회를 봐주십시오!

법정 내 스크린에 범죄경력조회서가 뜬다. 주르륵 뜨는 전과들.

2009. 3. 폭력행위등 처벌에 관한 법률 위반 벌금 30만 원

2009. 8. 폭행 공소권 없음

2010. 5. 재물손괴 벌금 50만 원

2011. 2. 폭력행위등 처벌에 관한 법률 위반 벌금 70만 원

2012. 9. 업무방해 벌금 100만 원

(…)

한세상	(시큰둥) 죄명은 무시무시한데, 내용은 무슨 마당놀이 〈놀부전〉 이던데요. (기록 넘기며) 동네 식당에서 라면에 소주 네 병 먹고는 탁자 뒤집어엎고 행패, 대낮에 놀이터 벤치에서 술 마시다가 항의하는 주민하고 시비, 영업하는 포장마차 옆에서 취해서 소변 보다가 기물 파손…
공판검사	그래도 26범입니다, 26범! 게다가 집행유예 기간중에 재범했고, 강도상해 아닙니까! 중범죄입니다!
한세상	…그래도 좀더 살펴보십시다. 속행하겠습니다.
공판검사	자백하는 사건을 굳이 왜…
한세상	(O.L.) 자백했어도, 적절한 양형을 위해 심리를 더 하겠다고 방금 재판장이 고지했습니다. 이의 있습니까?
공판검사	…아닙니다. 죄송합니다. 재판장님.

S#10. 한세상 부장판사실 (오후)

임바른	네? 심신미약 감경을 하자고요?
한세상	(끄덕끄덕)
임바른	부장님, 주폭사건에서 음주를 이유로 감경해주는 게 말이 되겠습니까?
박차오름	부장님, 저도 그건 아닌 것 같습니다.
한세상	…그렇다고 이 정도 사건으로 중형을 할 수 있을까?

임바른 이 정도 사건이라니요! 소주병으로 여자 머리를 친 사건입니다!

한세상 …그렇긴 하지. 그래도 천만다행 비껴 맞아서 혹 좀 나고 말았잖아.

임바른 그건 결과론이죠!

한세상 임 판사, 왜 이리 흥분해! 차분히 생각 좀 해봐. 물론 큰 잘못이지. 그런데, 적용되는 죄명이 행위에 비해 너무 크잖아. 하여튼 검찰도 너무했어. 강도상해가 뭐야, 강도상해가. 찌질한 주정뱅이 노인네가 동네 식당에서 소주 몇 병 훔치려던 걸 가지고…

임바른 몇 병이 아니라 박스째로 들고 나오던 중이었습니다만.

한세상 그게 중요한 게 아니고! 여하튼 만취상태에서 막무가내로 소주 들고 나오다 주인이 붙잡으니까 얼떨결에 들고 있던 병 휘두른 거 아냐. 자기 부모도 못 알아볼 만큼 인사불성이었다매!

임바른 그러니까 주폭이죠.

한세상 강도상해죄 법정형 알잖아.

임바른 …네. 무기 또는 7년 이상 징역.

한세상 칠십 노인네야. 이 사안으로 무기징역 할 거야? 징역 7년 할 거냐고!

임바른 …한 번 작량감경할 수 있지 않습니까.

(자막 작량감경: 정상참작하여 2분의 1까지 형을 감경할 수 있도록 하는 형법 규정.)

한세상 그래도 징역 3년 6월 이상이야. 게다가 이 노인네, 집행유예 기간이잖아. 징역 1년 6월에 3년. 이번에 그것까지 되살아나서 복역해야 돼. 합이 5년이라구.

임바른 그거야 본인 잘못이죠! 집행유예 기간에 또 죄를 지었으면 그건 당연히 감수해야 하는 거 아닙니까?

한세상	(임바른을 가만히 보더니) …임 판사, 교도소 가봤어?
임바른	(당황) 네? 그게 무슨 말씀이신지…
한세상	…사람을 우리 안에 가둬놓는 거야. 어떤 데는 과밀수용이 심각해서 여섯 평에 열여덟 명이 자기도 해. 똑바로 누우면 다 누울 수가 없어서 옆으로 누워서 칼잠을 잔다구.
임바른	……
한세상	…징역 1년의 무게를 가볍게 여기지 말아.
박차오름	(조용히 듣고만 있다)

S#11. 배석판사실 (밤)

일하고 있는 두 판사.

임바른	…박 판사님.
박차오름	네?
임바른	왜 아까 부장님 앞에서 아무 말도 안 하고 듣고만 있었어요?
박차오름	…마음에 걸리셨어요?
임바른	…아니 그냥. 평소하고 너무 달라서.
박차오름	부장님 말씀 듣다보니 저도 고민되는 점이 있어서요…
임바른	강자한테 강하고 약자한테 약한 법원이 돼야 한다면서요. 폭력 전과 잔뜩 있는 노인이 취해서 소주병을 휘두르고… 피해자 입장에선 얼마나 무서웠겠어요.
박차오름	그렇긴 한데요.
임바른	그런데 뭐가 그렇게…

정보왕E   답이 쉽게 안 나올 땐 어떻게 한다?

돌아보는 두 판사, 어느새 싱글거리며 들어와 있는 정보왕.

임바른   …한동안 안 나타나서 조용하더니만.

정보왕   그리웠지? 미안. 내가 좀 바빴다.

박차오름   (미소) 쫌 그립긴 했어요. 정 판사님 특유의 허랑함. 그래, 답이 쉽게 안 나올 땐 어떻게 하죠?

정보왕   (술 마시는 시늉하며) 일단 한잔하면서 생각해봐야지. 당연한 거 아냐?

어이없어하며 마주보는 임바른과 박차오름.

S#12. 법원 앞 카페 (밤)

맥주 놓고 앉은 세 판사.

정보왕   하긴 니가 술과는 첫 만남부터 인연이 별로긴 했지…

박차오름   어땠길래요?

정보왕   너 대학 신입생환영회 때 사고 쳤었대매.

임바른   사고는 무슨.

궁금한 표정으로 임바른을 쳐다보는 박차오름.

S#13. 임바른 대학 신입생환영회. 중국집 방 (저녁)

짬뽕 그릇에 소주를 부으며 킬킬대는 선배들. 바짝 긴장한 신입생들, 일어나서 소주를 원샷하고는 차례로 입가에 술을 흘리며 시체처럼 널브러지거나 욕지기를 참으며 화장실로 뛰어가고 있다. 정좌하고 앉아 이런 꼴을 응시하고 있는 임바른.

선배   야, 다음은 너, 일어나. (짬뽕 그릇을 임바른에게 내민다)

임바른   (그릇을 받지 않고 선배를 쳐다본다)

선배   뭐해 인마?

임바른   마시기 싫습니다. 왜 마셔야 하죠?

선배   (황당) 뭐?

임바른   이걸, 제가, 왜, 억지로, 마셔야 되는지, 납득이 되지 않습니다만.

선배   …이런 싸가지 없는 새끼!!

선배들, 일제히 화를 벌컥 내며 여기저기서 삿대질을 하거나 벌떡 일어난다. "야 이 싸가지야!" "우와, 어처구니가 없네 진짜!" 차가운 눈빛으로 흥분한 선배들을 가만히 쳐다보는 임바른.

S#14. 법원 앞 카페 (밤)

임바른   (담담하게) 난 가끔 다들 없다 없다 하는, 신비이 동문들이 모여 사는 나라에 가보고 싶다.

정보왕   뭔 소리야?

임바른　'싸가지'하고 '어처구니'하고 '어이', 뭐 이런 애들끼리 사이좋게 살지 않을까?

정보왕　(어처구니없어 하며) …얼탱이가 없구나. 얼탱이가.

임바른　걘 또 누구니. 새로 나온 애?

박차오름　그나저나, 임 판사님은 진짜 첫 만남부터 술과는 악연이었네요.

임바른　술이 무슨 죈가요. 술 먹고 민폐 끼치는 인간들이 죄지.

정보왕　야, 술이란 게 좀 가드 내리고 서로 민폐도 좀 끼치고 하는 재미로 먹는 거야.

임바른　(정색) 난 남한테 폐 끼치는 인간들이 소름 끼치게 싫다. 술은 기호식품일 뿐이야. 남한테 강요해서도 안 되고, 취한 걸 핑계로 남한테 피해 끼쳐서도 안 돼. 자신 없으면 혼자 골방에서 먹든지.

정보왕　이야, 임바른~ 금주령이라도 내릴 기세인데? 음주 자격시험 쳐야 되나? 인성 검사도 하고…

카페사장　(마른안주를 들고 와 앉으며) 금주령은 아니 되옵니다! 소녀 굶어 죽습니다~

임바른　…이 가게에는 술 먹고 행패 부리는 진상들 없나요.

카페사장　별 인간 다 있죠. 한번은 얌전히 술 먹다 필름 끊겨서 저걸 떼어 간 인간이 있었어요. (벽시계를 가리킨다)

박차오름　(황당) 예? 저걸 왜…

카페사장　제가 아나요? 근데 판사님들, 그런 인간들 형을 왜 깎아주고 그런 거예요? 판사님들도 술 좋아하셔서 동병상련?

임바른　…빙밀이건 자유의지로 행한 행위에 대해 책임을 묻는 거니까요.

카페 사장　예?

임바른	법은 정상적인 판단력이 있는데도 범죄를 저지른 자를 벌합니다. 그렇지 못한 경우는 치료의 대상이지 처벌의 대상은 아니죠.
카페사장	어⋯ 무슨 정신병, 뭐 그런 것처럼?
임바른	네.
카페사장	(납득이 잘 안 되는 듯) ⋯술 먹으면 개가 되기는 하지만, 그렇다고 원래 정신이 온전치 않은 사람하고는 다르지 않나?
박차오름	맞아요. 그래서 '원인에 있어 자유로운 행위'는 예외로 하는 규정이 있죠.
카페사장	예? 그건 또 뭔 소리래요?
임바른	술에 취하면 범죄를 저지를 가능성이 있는 걸 알면서도 그렇게 한 경우에는, 감경할 수 없다는 거죠.
정보왕	쉽게 말하자면, 개가 된 건 니 자유의지로 된 거 아니냐, 책임져라.
카페사장	우와, 뭔지 잘 모르겠지만 멋있는 말 같은데요? 자유의지가 어떻고, 책임이 어떻고. 뭐, 어쨌든 판사님들은 술 드셔도 샌님같이 얌전한 분들이니 자유롭게 술 더 시키셔도 되잖아요? (능청스레 메뉴판을 펼쳐 보인다)

S#15. 지하철 (밤)

김갑돌	내가 누군지 알어? 내가 누군지?

늦은 밤 한적한 지하철, 책을 읽고 있는 임바른 맞은편에 낡은 군복을 입은 노인(김갑돌)이 술냄새를 풍기며 앉아 혼자 떠들고 있다. 얼굴이

뻘겋다.

임바른   (모른 척하며, 마음의 소리) 존재론적인 질문이군. 나는 누구인가.

김갑돌   (지하철 안을 둘러본다. 승객들 시선을 마주치지 않으려고 눈을 피하거나 자는 척한다) 싸가지 없는 놈들… 이 나라를 누가 잘살게 만들어놨는데!

역에 도착해 문이 열리자 미니스커트 차림의 젊은 여성이 타서 자리에 앉는다. 김갑돌, 노골적으로 젊은 여성이 앉은 쪽으로 몸을 기울이며 위아래로 훑어본다.

김갑돌   말세구만 말세야! 야심한 시각에 저런 꼴로 여자가 돌아다니고! 나 잡아잡수, 하는 꼴이지 저게 뭐야!

여성, 흠칫 놀란다. 임바른, 표정 굳어지며 김갑돌을 노려본다.

김갑돌   내 딸년 같으면 그냥 다리몽댕이를 분질러놓을 텐데 말야!

임바른   (싸늘하게) 그만 좀 하시죠?

김갑돌   (고개 돌려 임바른을 노려보며) 뭐야? 너 몇 살이냐. 어디서 어린놈이 싸가지 없이…

임바른   약주하셨다고 남한테 민폐 끼칠 권리가 생기는 건 아닙니다. 나이 어리다고 참을 의무가 있는 것도 아니고요.

김갑돌   뭐야 인마!

비틀거리며 일어나 임바른의 멱살을 잡는 김갑돌.

S#16. 지하철역 (밤)

지하철 경찰대 두 명, 발버둥치는 김갑돌을 붙잡고 쩔쩔매고 있다. 양복을 툭툭 털고 있는 임바른, 경찰대에게 목례하고 돌아서는데, 뭔가 질퍽한 걸 밟는다. 놀라는 임바른. 앞을 보니, 웬 젊은 여성이 바닥에 주저앉아 으웩~ 우웩~ 토악질을 하고 있다. 표정 일그러지는 임바른. 구석으로 가서 구두를 바닥에 벅벅 신경질적으로 문지른다.

임바른 (마음의 소리) 지긋지긋하다… 진짜. 민폐 끼치는 인간들.

텅 빈 역사 안을 뚜벅뚜벅 걸어가는 임바른의 뒷모습.

S#17. 법정 (낮)

한세상 음주운전사건 나오시죠.
음주노인E (굳이 구속피고인 대기실에서 목청 높여 대답) 예이~
한세상 (피식 웃는다)

포승줄에 묶인 음주운전 노인 교도관들에 이끌려 나온다. 교도관들, 포승줄과 수갑 풀어주고 피고인석에 앉힌다. 그런데, 갑자기 방청석 맨 앞줄에 앉은 청년이 손을 들고 뭔가 열심히 말하려 하는데, 언어장애인이다. 이상한 외마디소리만 낸다. 놀란 이단디, 옆으로 간다. 청년과 같이 온 여성, 자기가 얘기하겠다고 청년에게 수화를 한다.

수화통역 판사님, 이분은 저 노인분 동네 사람인데요. 꼭 하고 싶은 말이 있다고 해서 왔어요. 제가 잠깐 수화로 통역해도 될까요?

한세상 그러세요.

수화통역, 얼른 청년 앞쪽 법정 구석에 서서 수화로 '판사님이 하고 싶은 말 해보시래요'라고 전한다.

한세상 잠시만요.

수화통역 네?

한세상 이 경위, 저 양반한테 의자라도 하나 갖다드리세요.

이단디 네, 재판장님! (얼른 보조의자를 들고 온다)

수화통역 아니, 서서 해도 괜찮은데요.

한세상 (씨익 웃으며) 내가 안 괜찮아서 그래요. 앉아서 하시오.

수화통역 (그제야 긴장이 풀린 표정으로 웃으며) 고맙습니다 판사님. (자리에 앉는다)

청년이 수화로 열심히 얘기한 후,

수화통역 (한세상에게) 판사님, 저 할아버지는 나쁜 사람이 아니에요. 장애인들 사는 복지원에 매번 계란을 갖다주세요. 오토바이 타고 다니시면서 사고 한 번 낸 적도 없으세요. 할아버지를 좀 선처해주세요.

한세상 …그 말 하시려고 일부러 오신 거군요.

수화통역 네, 판사님.

한세상 …잘 알아들었다고 전해주세요. 신중하게 판단할 거라고.

수화통역	고맙습니다, 판사님. (돌아서서 청년에게 한세상의 말을 통역한다. 청년, 한세상을 향해 꾸벅 절한다)
박차오름	(한세상을 가만히 본다)

S#18. 법정 (낮)

음주노인	(해맑은 표정) 죄송한디유, 판사님. 지 좀 풀어주시면 안 되나유?
한세상	어디 몸이라도 안 좋아지셨어요?
음주노인	아니에유. 혼자 살 땐 매일 라면만 끓여 먹었는데 여기선 밥도 주고 운동도 해서 몸은 좋아졌슈.
한세상	…그럼 왜요?
음주노인	말 못하는 짐승들이 불쌍해서 그러쥬.
한세상	예?
음주노인	지가유, 산속에서 개랑 닭이랑 염소 몇 마리 키워서 내다팔고 하는데유, 걔들이 쫄쫄 굶고 있을 거예유.
박차오름	(놀라 노인을 쳐다본다)
음주노인	(수심이 가득한 표정) …산중에 먹을 것도 벨루 없고… 에휴… 줄로 묶어놓은 놈은 어쩌나… (눈물이 뚝뚝) 이 죄를 어찌 갚나…
한세상	조사받을 때 그런 얘기는 안 하셨어요?
음주노인	(억울한 듯) 했쥬. 형사님한테 몇 번이나 했쥬. 근데 콧등으로도 안 들더라구유… 어이구, 이놈들 불쌍해서 어쩌나…
한세상	……
박차오름	(한세상 쪽으로 몸을 굽히며 속닥) 부장님.
한세상	(박차오름을 힐끗 보더니, 끄덕끄덕)

박차오름	피고인, 약주는 매번 아랫동네에 나왔다가 드시는 거죠?
음주노인	예, 판사님.
박차오름	약주 하시고 댁에 돌아갈 차편은 있으세요?
음주노인	어이구, 산중에 버스가 다니겠어유, 택시가 다니겠어유. 아님 무
	신 대리운전이 있겠어유.
박차오름	…그래도 음주 전과가 그렇게 많은데, 차라리 댁에서 드시지 그
	러셨어요.
음주노인	죄송하구면유. …아, 그래도 산 내려와서 동네 사람들이랑 막걸
	리 한잔하는 게 유일한 낙인디유…
박차오름	(가만히 노인을 본다)
임바른	(역시 한세상을 향해 몸을 굽히며) 부장님…
한세상	(다시 끄덕)
임바른	…동네에 노인분들이 많이 사시죠?
음주노인	예. 젊은 사람들은 벨루 없고 온통 노인네 판이여유.
임바른	아무리 작은 오토바이지만, 노인분들이 거기 치이면 위험하겠
	네요.
음주노인	그렇쥬! 돌부리에 걸려 넘어져도 뼈가 안 붙는디유.
임바른	밤중에 오토바이 몰고 가다가 노인분이라도 치면…
음주노인	큰일나쥬! 송장 치른대니께유. 그래서 살살 다녀유.
임바른	거나하게 한잔하신 상태에서 말이죠.
음주노인	(머리를 긁적거린다) 죄송하구면유…
임바른	(박차오름 쪽을 힐끗 본다)

S#19. 합의실 (낮)

법복 차림으로 잠시 휴정중.

임바른   음주운전은 살인예비죄나 다를 바 없습니다.

박차오름   그렇다고 저 노인분 징역 1년, 2년 보내면 뭐가 달라지나요? 돌 아오면 또 같은 상황이잖아요.

임바른   그건 우리 손을 넘어선 문제죠. 법원은 원칙대로 해야 됩니다.

박차오름   원칙도 좋지만, 꼭 필요할 때는 예외도 고민해봐야죠!

임바른   어떤 게 꼭 필요한 경우인지, 그건 누가 정하는 거죠?

한세상   (가만히 듣고 있다가) …알았으니 그만들 해. 시간 됐으니 들어갑 시다.

S#20. 법정 (낮)

한세상   피해자와 합의할 시간이 필요합니까?

주폭노인   죽을죄를 지었습니다요… 가진 것도 없고, 일 봐줄 사람도 없어 서 합의할 방도가 없습니다요…

한세상   국선변호인, 그런 상황 맞습니까?

국선변호인 (곤란한 표정) 네, 저도 좀 알아봤는데, 별다른 방법이 없는 것 같 습니다.

공판검사   재판장님, 합의라는 게 이미가 없는 사건입니다. 전과 26번입니 다. 어차피 같은 일을 반복할 사람입니다. 사회에서 격리하는 게 답입니다!

한세상   …… (고민스러운 표정)

S#21. 배석판사실 (밤)

박차오름   (네이버 지도로 강남구 구룡마을, 구룡산 쪽 지도를 보고 있다) …서울
　　　　　 강남구에도 이런 동네가 있네요. 산자락에 혼자 사는 노인도 있
　　　　　 고.

임바른   그 상습 음주운전 노인분?

박차오름   네. 기록을 보니 정기적으로 방문하는 사회복지사분이 계시던
　　　　　 데, 한번 통화해볼까 해요.

임바른   …영 마음이 쓰여요?

박차오름   …네.

cut to

박차오름   (사무실 전화기를 붙잡고 있다) 네, …네, …고맙습니다. (들으며 손
　　　　　 으론 이것저것 메모) 멀리 사는 따님과 사위가 있고, …산 아랫동
　　　　　 네에 그나마 친한 분은 동네 통장님이란 말이죠. 전화번호는…
　　　　　 네. 고맙습니다 복지사님!

임바른   (박차오름을 본다)

박차오름   (전화 끊더니 다시 전화기 버튼을 누른다) …여보세요, 통장님이시
　　　　　 죠? 저는 법원에서 일하는 박차오름이라고 하는데요, 그 동네,
　　　　　 산속에서 혼자 사는 영감님 아시죠? …네, …네. 지금 구속되어
　　　　　 계신데 키우는 동물들 걱정을 하셔서요… (반색을 하며) 네? 그러

셨군요! …네, 잘하셨네요. 네. 고맙습니다. (전화를 끊는다)

임바른 …뭐래요?

박차오름 (뭉클한 표정) …벌써 걱정돼서 가보셨고요, 매일 물도 주고 먹이
도 주고 계신대요. …사람 살기도 그리 어려운 동네인데.

임바른 …다행이네요. (생각에 잠기며) …사람 사는 동네란 게 무슨 팰리
스나 캐슬만은 아니겠죠…

박차오름 (눈이 초롱초롱) 생각해봤는데요, 주민센터나 구청하고 한번 상의
해보고 싶은 게 있어요. 외딴 지역에 혼자 사는 노인분들, 귀가
할 때 공익근무요원이 오토바이로 모셔다드리는 방법은 없을까
요?

임바른 …뜻은 좋은데요, 공익근무요원이 무슨 죄로 야간근무를 합니
까?

박차오름 에고, 그건 그러네요. 주간에는 쉬고 야간근무할 사람은 없을까
요?

임바른 …박 판사님, 미안하지만 첫 재판 하던 무렵 생각도 좀 해봐요.

박차오름 …저, 그때처럼 또 오바하나요?

임바른 혹시나 해서요.

박차오름 그래도… (미련이 남는 듯 머리를 긁적거리다가 또 뭔가 떠오른 듯)
아, 그리고요. 찾아봤는데 이른바 '주폭' 일제단속, 이것도 문제
많은 거 같아요.

임바른 무슨 얘기죠.

박차오름 경찰서마다 실적 경쟁하듯이 입건을 했더라고요. 사소한 건까지
묶어서 최대한 사건을 키우고. 게다가 잡혀온 사람은 모두 이 사
회 밑바닥의 취약계층 사람들이라구요.

임바른 (조금 굳은 표정) …주폭도 사회적 약자란 말씀이죠. …그런데 말

예요 박 판사님. 자기가 힘들면 남한테 피해 끼칠 권리라도 생기

나요?

박차오름   ……

임바른   힘든 분들 많죠. 그런데, 힘들다고 모두가 술 먹고 행패 부리나

요? 아주머니들이나 할머니들이 그러는 거 봤어요?

박차오름   …그렇긴 하지만.

임바른   그것도 권력 아닙니까? 나이 먹었네, 남자네, 나 한잔했네… 그

걸 핑계로 남한테 민폐 끼치는 거잖아요. 세 살 먹은 애처럼. 그

런 응석을 왜 받아줘야 되죠?

박차오름   죄송한데요, 임 판사님. 그 말씀도 맞지만 사람마다 처지가 다른

데 조금만 더 너그럽게 생각해볼 수는 없을까요?

임바른   …글쎄요. 전 좀 생각이 다르네요. (박차오름을 보더니) …말이 나

왔으니까 말인데요, 강자한테 강하고 약자한테 약한 법원, 좋죠.

그런데 말이죠, 그건 개인적인 좌우명이 될지는 몰라도, 법원의

사명은 아닌 것 같습니다.

박차오름   …그런가요?

임바른   만인은 법 앞에 평등하다, 이게 먼저죠.

박차오름   사회적 강자와 약자의 처지가 다른데 어떻게 기계적으로…

임바른   기울어진 운동장이다? 유감스럽지만 그건 인류 역사상 언제나

그랬어요. 앞으로도 그럴 거고요.

박차오름   (말없이 임바른을 응시한다)

임바른   특히 우리나라에서는, 우선 원칙부터 철저히 하는 게 먼저 아닐

까요. 모든 곳에 예외가 판치는 나라잖아요. 최소한 법정에서는

누구나 똑같은 취급을 받는구나, 그게 먼저 아녜요?

박차오름   임 판사님, 그 원칙이라는 게, 같은 것은 같게, 다른 것은 다르게

하는 거 아닌가요? 그게 정의 아닌가요?

서로 팽팽하게 눈싸움하는 두 사람.

S#22. 칵테일 바 (밤)

여성 바텐더가 칵테일을 만들고 있다. 바 앞에 나란히 앉은 정보왕과 이
도연.

이도연   (칵테일 잔을 만지작거리다가) …솔직히 말해서, 술집 나간단 소리,
　　　　　되게 싫었어요.

정보왕   미, 미안해요, 제가 그땐…

이도연   (O.L.) 진짜로 나갔었거든요.

정보왕   (놀라며) 네?

이도연   (피식) 그렇다고 또 그렇게 대놓고 놀라긴.

정보왕   네? 어, 미안해요.

이도연   뭐 그렇다고, 그런 데는 아니고, 이런 데였어요.

정보왕   이런 데?

이도연   네. 칵테일도 만들고. 말동무도 해주고. (어깨 밑 정도를 가리키며)
　　　　　…여기까지 파진 옷 입고.

정보왕   (또 놀라며 엉겁결에 자기 손으로 자기 가슴 중간계를 가리키며) 예?
　　　　　여기까지?!

이도연   아 쫌!! 바텐더 했댔지 누가 스트리퍼 했대요?

정보왕   죄, 죄송해요!

이도연	…고졸 젊은 여자가 할 수 있는 일이 그리 많진 않더라고요. 가구공장 경리로 몇 년을 일했는데, 낮에만 일해서는 버티기 힘든 곳이던데요, 서울.
정보왕	(말없이 이도연을 본다)
이도연	시골에서 자랐다는 얘긴 했죠?
정보왕	예.
이도연	시골이 싫어서 고등학교 땐 서울 친척집에 얹혀살았어요. 실업 겐데 취업 준비는 안 하고 밤낮 책만 읽고… 나와 다른 세상의 이야기면 뭐든 좋던데요?
정보왕	그랬군요… 전 책이라곤 만화책 말고는 안 봤는데.
이도연	(미소) 만화도 좋아했어요. 그게 뭐든 '이야기' 자체를 좋아했던 것 같아요.
정보왕	(이도연을 가만히 바라보다가 심호흡하더니) 그렇다면 저랑…
이도연	(O.L.) 이야기를 만들어가시죠, 해피엔딩만 있는 이야기. (질색을 하며) 설마 이런 뻔하고 손발 오그라드는 대사 치려는 건 아니죠?
정보왕	(정곡을 찔린 듯 호흡을 멈췄다가) 에이! 설마요!! 그냥 저랑… (황급히 잔을 들며) 건배하자고요, 건배.
이도연	(싱긋 웃으며 정보왕의 잔에 자기 위스키 잔을 톡 갖다대더니 원샷한다)
정보왕	(허겁지겁 따라서 원샷)
이도연	…이야기란, 조금이라도 진짜가 들어 있어야 마음을 움직이는 거예요.
정보왕	(알 듯 말 듯 고개를 갸웃한다)
이도연	(미소) ……

S#23. 이도연의 회상. 칵테일 바 (밤)

어깨가 드러나는 검은 원피스에 머리를 틀어올린 차림으로 바에 서 있는 이도연. 지치고 우울한 표정이다. 앞에는 이도연 책상 위 사진 속 중년의 교수 혼자 앉아 온더록스 잔을 들고 있다.

교수   …소설 좋아하나?

이도연   네?

교수   (턱으로 이도연 뒤, 술병들 놓인 장 하단에 있는 책들을 가리킨다)

이도연   (냉소적인 표정) 아뇨. 장식용이에요. 있어 보이려고. 술집 여자가 책을 좋아하겠어요?

교수   (술을 마시며) 그렇군. 하긴 나도 있어 보이려고 소설 쓰니까.

이도연   …작가예요?

교수   팔려야 작가지.

이도연   그럼?

교수   안 팔릴 이야기를 죽어라 쓰는 학생들을 가르치고 있지.

이도연   …문창과?

교수   (끄덕) ……

이도연   안 팔리는 작가가, 안 팔릴 얘기 쓰는 학생들을 가르친다, 그거 참 무책임한 얘기네요.

교수   …먹고는 살아야잖아.

이도연   …뭐가 팔리는 이야기인지는 아세요?

교수   …그걸 알면 안 팔리는 작가가 아니겠지. 근데 말야, 애들 습자을 밤낮 읽다보니 한 가지는 알겠어.

이도연   ……?

| 교수 | 아무리 서툴고 거지같은 얘기라도, 이건 진짜 얘기구나, 진짜 자기가 느꼈던 감정이구나, 싶은 부분은 어떻게든 마음을 움직이더라구. |

이도연 (팔짱을 끼며 가만히 교수를 본다)

교수 (킬킬댄다) 뭐, 꼭 좋은 쪽으로 움직인단 건 아니고. 진짜라서 더 싫기도 해. 그럼 안 팔리는 거지.

이도연 ……

S#24. 다시 현재, 칵테일 바 (밤)

이도연 (술을 마신 후) …그 얘길 듣고 나니까, 팔리든 안 팔리든 내 이야기를 쓰고 싶어지더라고요. 남이 쓴 이야기만 읽지 말고.

정보왕 …제자가 된 거군요.

이도연 (미소) 등록금 내느라 힘들었어요. 기술이라도 배워야 먹고살 거 같아서 속기 자격증도 땄죠. 근데…

정보왕 ……?

이도연 …법원에서 일하는 거, 솔직히 좋아요.

정보왕 …온통 진짜 이야기들만 가득해서?

이도연 (끄덕) 행복한 얘기라곤 하나도 없어서, 듣다 지치기도 하지만.

정보왕 (가만히 이도연을 본다) ……

S#25. 칵테일 바 문밖 (밤)

지하에 있는 바 문 열고 나오는 정보왕과 이도연. 밖은 계단이다. 정보왕, 치마 입은 이도연을 배려해서 먼저 올라가려 한다.

이도연　(정보왕의 뒤통수를 보며) …뭐가 좋아요?

정보왕　(돌아보며) 예?

이도연　제 뭐가 좋냐고요. 말해봐요.

정보왕　어, 그렇게 대놓고 물어보면… 시험 보는 거 같애서 긴장되는데…

이도연　(피식) 시험 잘 봐서 판사 된 거 아녜요? 말해봐요.

정보왕　어… 도연 씨는 매력적이고, 지적이고,

이도연　(무반응. 빤히 쳐다보기만) ……

정보왕　(눈치보며 열심히 정답 찾으려) 에… 독립적이고, 진보적이 이 시대의 여성으로서…

이도연　…… (점점 싸늘)

정보왕　(허둥지둥) 책을 좋아하고… 어… 맞다, 시도 좋아하고,

이도연　…… (점점 더 싸늘)

정보왕　일도 칼같이 잘해서 조직에서 인정받는데…

이도연　(외면하며 계단으로 걸어간다)

정보왕　(필사적으로, 자기도 모르게) …이뻐서요! 완전! 존나!! 아주 그냥 미치겠어서!!

이도연　(걸음을 멈추더니 돌아본다. 어이없어하는 표정으로 허리에 손을 올린다)

정보왕　(허겁하며) 미, 미안해요. 내가 무슨 소릴!

이도연　(픽, 웃는다) …맞는 답은 아닌데, (진지한 표정으로 서서히 변하며)

…진짜 같긴 하네요.

이도연, 정보왕에게 한 발 다가서더니, 갑자기 멱살을 거칠게 붙잡고 얼굴을 자기 쪽으로 끌어내려 키스한다. 엄청 커지는 정보왕의 눈.

S#26. 임바른의 동네. 골목길 (밤)

퇴근길의 임바른, 전봇대에 붙어 있는 '싼 대출, 전화 한 통으로 OK' 전단지를 잠시 쳐다본다. 우울한 표정.

S#27. 임바른의 집 (밤)

엄마   (문 열리자 얼른 달려와서) 바른이 왔니?

임바른   (아무 말 없이 손에 든 봉지를 내민다)

엄마   이건 또 뭐야? (봉지를 열자 맛있어 보이는 붕어빵 들어 있다) 얘는 뭘 자꾸…

임바른   …좋아하잖아.

안으로 들어서던 임바른, 황당한 표정으로 바닥을 응시한다. 아버지, 거나하게 취한 얼굴로 거실 바닥에 누워 드르렁드르렁 코를 골고 있다.

임바른   (굳은 표정) …오늘 재판 아니었어? 이름 빌려줬다 당한 거?

엄마   …응. 법원 갔다 왔어.

임바른	(매서운 눈으로) …우리 전셋돈도 날아갈 판인데 저러고 있는 거야?
엄마	에유, 오늘은 좀 봐줘라. 한잔할 만했어.
임바른	뭐가? 뭘 잘했다고! (아버지한테 성큼 다가선다)
엄마	(임바른을 막으며) 바른아! 아빠 후배가 법정에 나타났어!
임바른	(멈추며 엄마를 쳐다본다)
엄마	다 자기 잘못이라고, 다 책임지겠다고 펑펑 울더라. 지도 도망 다니면서 영 마음이 안 좋았나 봐.
임바른	……
엄마	잘 해결될 거 같애. 걱정하지 마. (아버지를 보며) 니네 아빠, 무능해도 인복은 있잖니.
임바른	(입맛을 쩝쩝 다시는 아버지를 가만히 본다)

S#28. 임바른의 집 (밤)

아버지 옆에서 빨래 개키고 있는 임바른과 엄마.

임바른	(개키다 말고) …엄마.
엄마	응?
임바른	…나 로펌 갈걸 그랬나?
엄마	(임바른을 보더니) …무슨. (미소) 너, 꼬마 때부터 판사 하고 싶어 했잖아.
임바른	(어리둥절) 내가 언제?
엄마	기억 안 나? 텔레비전에 〈판관 포청천〉만 나오면 신이 나서 막

흉내내고 그랬는데. '용작두를 대령하라!' (작두로 썽둥 자르는 흉내)

임바른 …내가 정말 그랬다구?

엄마 그럼. 무슨 만화를 봤는지 보자기 뒤집어쓰고 동네 애들이랑 '나쁜 놈을 무찌르고 약한 자를 보호한다!' 이러구 뛰어다니구 그랬어.

임바른 …그랬었나?

엄마 (빨래 개키며) …걱정 말고 일이나 해. 너, 좋아하잖아. …판사 일.

임바른 (가만히 엄마를 보다가) 엄마.

엄마 왜?

임바른 오랜만에 나 귀 좀 파주라.

엄마 귀? 야, 징그럽다. 다 큰 녀석이 왜?

임바른 …좀 해줘~ 응? (애교스럽게 웃는다. 멍뭉이 표정)

엄마 (웃는다) 애는 참…

S#29. 임바른의 집 (밤)

엄마 무릎에 머리를 대고 옆으로 누운 임바른. 세상 편안한 표정이다. 조심조심 귀를 파주는 엄마. 임바른, 눈을 감는다.

S#30. 법원 로비 (오전)

출근길. 마치 구름 위를 걷는 사람처럼 둥실둥실 춤추듯 걸어오는 정보왕. 황홀한 표정. 뮤지컬 영화 〈사랑은 비를 타고〉의 진 켈리처럼 춤추 듯 걷는 정보왕. 회전문을 휙 돌려 휘리릭 돌아가게 하더니 쏙 들어가 사뿐히 문밖으로 나온다. 법원보안관리대원들, 공익요원들 이상한 눈으로 쳐다보지만 미소와 함께 인사하며 춤추듯 로비를 걸어가는 정보왕.

S#31. 배석판사실 (낮)

박차오름 (열심히 사건기록을 넘기다가, 답답한 표정) …어쩜 이리 비슷할까요.

임바른 뭐가요?

박차오름 형사사건 피고인들 살아온 이야기요. 술에 절어 사는 폭력적인 아버지, 가출한 어머니, 가난 때문에 학교도 일찍 그만두고, 하루 벌어 하루 먹으며 살고… (답답하고 착잡한 표정)

임바른 (말없이 박차오름을 본다)

S#32. 임바른의 회상. 검찰 시보 시절. 검사실 (낮)

사무실 밖에 '411호 검사실' 팻말 보이고, 안으로 들어가면, 임바른, 19세 정도의 소년을 마주한 채 자판을 두들기고 있다. (자막 5년 전 사법연수원생 시절, 검찰 시보 기간) 고개를 푹 숙이고 있는 소년, 기록을 작성하다 말고 그런 소년을 바라보는 답답하고 착잡한 표정이 임바른.

S#33. 임바른의 회상. 검사실 (낮)

의자에 앉은 검사(40대 초반) 앞에 서서 열심히 이야기하고 있는 임바른.

검사 불구속 기소하자? 동종전과 있는 오토바이 절도범을?

임바른 검사님, 아버지는 알코올중독에 엄마는 일찍 돌아가셨고, 친척들도 모두 나 몰라라 한 앱니다. 학교에선 왕따 당하고 선생님들도 외면했어요. 걔한테도 기회를 줘야…

검사 (O.L.) 임 시보.

임바른 네?

검사 (사무적인 말투) 지금 이야기한 그 모든 이유 때문에, 더더욱 걔를 구속해야 하는 거야. 도주 우려 높고 재범의 위험성도 매우 높다는 얘기니까.

임바른 (충격받은 표정) ……

S#34. 배석판사실 (낮)

임바른, 충격받은 표정의 박차오름을 가만히 본다.

박차오름 (다른 사건기록을 넘기며 흥분한 말투로) 이 사건은 또 어떻고요. 어쩌면 이렇게 이이없이 사림이 죽을 수 있죠?

임바른 …무슨 사건인데요.

박차오름 (기록을 보며) 아파트 안에 있는 조그만 정자에서, 대낮부터 깡소주를 마시던 50대 남자 세 명이 싸웠어요. 한 명이 만취해서 바지에 소변을 보니까, 나머지 두 사람이 냄새난다며 면박을 주다가 싸우기 시작한 거예요. 피해자가 소리를 지르니까, 덩치 큰 피고인이 시끄럽다며 머리를 붙잡고 정자 바닥에 쿵쿵 소리가 날 정도로 내리찧었어요.

임바른   ……

박차오름   피해자가 조용해지니까, 이제야 조용해졌네, 하며 남은 소주를 다 마시고 갔다는 거예요. 피해자는 다음날까지 엎드린 자세로 정자에 있었는데, 동네 사람 아무도 들여다보지도 않았대요.

임바른   …대체 어떤 동네길래. (박차오름 곁으로 가서 기록을 본다) …영구임대아파트네요. …전과 26범, 주폭노인이 사는.

박차오름   (놀라서 마주본다)

S#35. 버스 안 (저녁)

뒤쪽 자리에 나란히 앉은 두 사람. 흔들리는 버스.

임바른   …꼭 가봐야겠어요?

박차오름   네. 직접 봐야겠어요.

임바른   (차창 밖으로 시선을 돌린다) …서울, 참 크죠?

박차오름   ……?

임바른   평생 살았지만 첨 가보는 동네가 훨씬 더 많은 거 같아요.

박차오름   ……

S#36. 변두리 동네 (저녁)

너저분한 쓰레기가 여기저기 쌓여 있는 변두리 동네. 육교 밑에는 종이 박스와 비닐로 얼기설기 몸을 웅크릴 곳을 만들어놓은 노숙인들이 여러 명 누워 있다. 노숙인과 눈이 마주치자 고개를 돌리는 임바른. 시선을 위로 하자 낡디낡은 아파트가 보인다.

S#37. 변두리 동네 언덕길 (저녁)

아파트로 올라가는 언덕길, 조용히 걷고 있는 두 사람.

임바른 (걸으며) …어렸을 때, 전학을 참 많이 다녔어요.

박차오름 …그러셨어요?

임바른 (덤덤하게) …그래서 친구를 점점 안 사귀게 되더라고요. …친해지면, 더 힘드니까.

박차오름 (가만히 임바른을 쳐다본다)

임바른 …한번은 산동네로 이사 가는데, 이삿짐 트럭이 못 들어간대요. 골목이 좁아서. (골목 구석에 놓인 리어카를 가리키며) 아버지가 저걸 끌고 와서는 이삿짐을 싣고 가자는 거예요.

박차오름 ……

임바른 산동네든 뭐든 상관없는데, …저건 싫더라고요. 저기다 제 짐을 싣고 넘겨 가는 게. (씁쓸한 미소) …적이 없었죠.

박차오름 (임바른을 바라보다가 미소 지으며) …철없는 임 판사님, 상상이 안 되는데요?

임바른	(피식) 왜 이래요. 태어날 때부터 애늙은이는 아니었다구요.
박차오름	(장난스레) 애늙은이 같은 거, 알긴 알아요?
임바른	(슬쩍 째려본다)
박차오름	(씩 웃더니, 금간 벽들과 여기저기 널린 쓰레기로 추레한 동네의 모습을 보며) 서울 평생 살아도 첨 가보는 동네가 많았죠?
임바른	…예.
박차오름	어쩌면 진짜 가난도 그런 건지 모르겠어요.
임바른	……?
박차오름	…사실은 바로 곁에 있지만, 가난하지 않은 사람들 눈에는 절대 보이지 않잖아요. 투명인간처럼.
임바른	(박차오름을 바라본다)

허름한 언덕길을 묵묵히 올라가는 두 사람의 뒷모습.

S#38. 영구임대아파트 근처 슈퍼 (저녁)

구멍가게 정도의 작고 낡은 슈퍼. 문을 열고 들어가는 두 사람. 진열대에는 온통 소주, 라면, 새우깡 유의 과자가 가득하다. 입구 옆엔 가게 주인 할머니가 무릎 담요를 덮고 담배 피우고 있다.

박차오름	저… 할머니.
가게주인	(담배 연기를 피우우 내뿜는다) ……
박차오름	저 아파트, 안에 정자가 하나 있죠? 사람들 쉬는 곳.
가게주인	(말없이 빤히 본다)

박차오름	어디쯤에 있나요?
가게주인	…기자야?
박차오름	네?
임바른	…아닙니다.
가게주인	자선단체?
박차오름	아니에요, 할머니.
가게주인	(위아래로 두 사람을 흘끔거리며) 근데 뭐한다고 여기…
박차오름	…그냥 볼일이 좀 있어서요.
가게주인	(담배를 눌러 끄며) 볼일 같은 소리 하고 있네. 후문 쪽으로 가봐.
박차오름	고맙습니다!

이때, 문이 벌컥 열린다. 늘어진 러닝셔츠에 추리닝 바지 차림의 50대 남자 들어온다. 소주 두 병에 새우깡 하나를 챙기고, 라면도 꺼내들다가 라면은 도로 내려놓고는, 할머니에게 오더니 주머니에서 꾸깃한 천 원 짜리 몇 장을 내민다. 멀거니 서 있는 두 판사 앞을 지나 문을 열고 슬리 퍼를 질질 끌며 아파트 쪽으로 사라지는 남자. 두 판사, 조용히 그 뒷모 습을 본다.

S#39. 영구임대아파트 단지 안 (저녁)

낡고 오래된 아파트. 인기척도 없이 을씨년스럽다. 서 있는 두 판사 앞 으로 뇌성마비 장애인이 탄 휠체어, 그리고 휠체어를 밀고 가는 할머니 지나간다.

임바른	(아파트 안으로 들어가는 휠체어를 바라보다가) …전혀 안 들리네요.
박차오름	…네? (쳐다본다)
임바른	…애들 소리. 아까부터 봤는데, 동네에 뛰노는 애 한 명이 없네요.
박차오름	…… (무거운 표정)

단지 안을 걸어가는 두 사람.

S#40. 영구임대아파트 내 정자 (저녁)

기와와 페인트칠이 부분부분 벗겨져 흉물스러운 정자. 임바른, 정자를 보다가 흠칫 놀란다. 낡은 군복을 입은 노인이 정자에 혼자 철퍼덕 앉아 소주를 병째 마시고 있다. 옆에는 과자 하나 없고, 담배꽁초만 흩어져 있다. 주워다 피운 듯. 지하철에서 마주쳤던 김갑돌이다.

박차오름	(임바른을 보며) …아는 분?
임바른	…아니에요. 그냥.
박차오름	(주변을 둘러보며) 와보니 알겠네요. 사람이 하루종일 엎어져 있어도 아무도 들여다보지 않은 이유.
임바른	……

S#41. 영구임대아파트 앞 (저녁)

무거운 발걸음으로 단지를 나서는 두 사람,

할머니E   저기요?

돌아보는 두 사람. 아까 휠체어를 밀며 가던 할머니다. 활짝 웃는 할머니.

할머니   젊은 사람들이 웬일이유? 여기에?
임바른   …아, 네. 그냥 잠시…
할머니   뭐 알아보러 왔어? 이 동네에 대해? 나한테 물어봐! 나, 여기 벌써 30년 살았어.
임바른   네에…

시선을 교환하는 두 판사.

S#42. 영구임대아파트 안 벤치 (저녁)

낡은 벤치에 나란히 앉은 세 사람.

할머니   에유, 젊은 사람들하고 얘기해본 게 얼마 만인가 몰라? (두 사람을 보며) 둘이 무슨 사이유? 선남선녀네 아주.
임바른   (당황) 어… 별 사이 아닙니다.
박차오름   (싱긋) 그냥 선후배 사이예요.

할머니	그래? 왜, 잘 어울리는데, 사귀어보지.
임바른	(당황) 네?
할머니	(두 사람을 찬찬히 보며) …늙으면 다 소용없어. 좋은 시절에 마음 껏 사귀고 그래. …꽃피는 시절, 잠깐이야. (곤란해하는 두 사람을 보더니 웃으며) …에고, 노인네가 또 주책 부렸네. 미안해~
박차오름	아니에요, 할머니. (화제를 돌린다) 근데, 이 아파트 터줏대감이시라구요?
할머니	(자랑스레) 그럼! 여기, 좀 낡았지만 그래도 입주할려면 한참 대기 타야 돼. 기초생활수급자나 중증 장애인 아니면 힘들어.
박차오름	그렇군요…
할머니	그래도 아파트 첨 지었을 때엔 젊은 사람도 좀 있고 그랬는데, 이젠 노인네밖에 안 남았어.
임바른	……
할머니	(한숨) 휘유우… 노인네만 남다보니까 험한 일도 많아. 저번엔 혼자 살던 노인네, 돌아가신 지 일주일도 넘어서야 알고 수습했어.
박차오름	(걱정스러운 표정) …그런 일이 있었어요?
할머니	…작년엔 한 달 사이에 여섯 명이나 자기 목숨을 끊었어. (손으로 복도식 아파트 높은 층 난간을 가리키며) 장애 있는 자식 놔두고 저기서 뛰어내린 노인네, 생활고 비관해서 약을 먹은 노인네.

충격받은 표정의 두 판사.

할머니	(울적한 표정) …칠십 먹은 아들내미랑 둘이 살던 할머니가 있었어. 아흔다섯 잡수신.
임바른	……

할머니	아들내미가 영 술버릇이 개차반이었거든? 술 먹고 자꾸 사고 치니까 벌금이 자꾸 나오더라구. 나중엔 벌금을 세상에, 300만 원이나 맞았어.
임바른	(놀란 표정으로 박차오름을 본다)
할머니	그 돈이 어딨어? 감옥 가서 두 달 몸으로 때웠지. 근데, 아들내미가 감옥 나와서, 집에 돌아와보니 글쎄,
박차오름	(놀란 표정으로 할머니를 넋 놓고 본다)
할머니	…노인네가 목을 맸더래. 아들내미 영영 못 보게 된 건 줄 알고.
임바른	……
할머니	…말도 마. 그후로 그 인간, 뭘 잘했다고 매일같이 아침부터 밤까지 술 푸고, 길바닥에서 엉엉 울고… 그러다 또 사고 치고는 빵에 갔잖아. 에휴, 그 꼴 보느니 잘 가신 거지, 노인네도. (한숨)

착잡한 표정으로 묵묵히 듣는 두 판사.

S#43. 변두리 동네 (밤)

말없이 동네 골목을 걷는 두 판사. 허름한 대폿집 분위기의 식당이 있다. 가게문에 '잠시 쉽니다' 종이 붙어 있다.

임바른	…그 식당이네요. 피해자가 하는.

안을 들여다보는 두 사람. 머리에 붕대를 감은 작은 몸집의 아주머니가 열심히 그릇을 닦고 있다. 주폭노인이 난동 부린 흔적이 남아 있다. 망

가진 탁자와 의자들, 깨진 거울.

S#44. 같은 동네 포장마차 (밤)

우동 한 그릇씩 시켜놓고 앉아 있는 두 판사. 닭똥집을 열심히 다듬고 있는 주인 아주머니.

아주머니 아, 그 주정뱅이 노인네? 말도 마요. 아주 그 인간 때문에 학을 뗐다니까.

박차오름 어땠는데요? 아주머니.

아주머니 술만 먹었다 하면 깽판을 치는데, 피해 안 입은 상인이 없어요.

박차오름 힘드셨겠어요..

아주머니 힘들다마다… 도저히 못 참겠어서 다들 상의해서 경찰서에 신고를 했는데, 감옥 달랑 두 달인가 갔다 와서는 자기 신고한 년들 다 죽여버린다고 돌아다니는데, (몸서리를 치며) 무서워 죽는 줄 알았어. (허리춤을 가리키며) 시퍼런 칼을 여기 차고 가게마다 돌아다니며 쌍욕을 하고, 침을 뱉고…

임바른 ……

아주머니 …술이 떡이 돼서는 자기 엄마 살려내라고 발악을 하는데, (한숨) 에휴… 우리가 뭘 잘못했냐구. (목소리에 울음이 섞여간다) …무서워서 이 동네 뜨고 싶지만, 이사 갈 돈도 없고, 앉아서 굶어 죽을 수도 없고 해서 몇 푼 벌겠다고 나와 있는 거야. …이게 사는 건시…

박차오름 (안타까운 눈으로 아주머니를 본다) ……

아주머니	(눈물을 닦더니) …반주는 안 할 거유?
임바른	(살짝 당황) 네? …글쎄요.
아주머니	(한숨 쉬며) 내가 한잔 쏠게 같이해요. 쏘주라도 한잔해야 버티지…
박차오름	(아주머니의 힘들어하는 얼굴을 가만히 보더니 갑자기) 그래요 아주머니! 이왕 한잔할 거, (포장마차에 있는 각종 안줏거리들을 가리키며) 이거, 이거, 이거 다 주세요. 안주는 저희들이 쏠게요! (활짝 웃는다)
아주머니	(눈이 휘둥그레) 이거 다? 괜찮겠어? 제법 나올 텐데…
박차오름	(싱긋) 괜찮아요. 오늘 저희 월급날이거든요.
아주머니	(밝아진 얼굴) 그래? 맛있게 해드릴게~ 쫌만 기달려. (열심히 안주를 준비한다)
임바른	(미소 짓는 박차오름을 조용히 쳐다본다)

S#45. 버스 안 (밤)

맨 뒷좌석에 앉은 두 사람. 무거운 표정, 아무 말 없이 버스가 흔들릴 때마다 같이 흔들리기만 한다.

박차오름	…임 판사님.
임바른	…네.
박차오름	나쁘거나 추한 사람이 있는 게 아니라,
임바른	……
박차오름	나쁘거나 추한 상황이 있는 게 아닐까요.

임바른	…그런가요?
박차오름	…자꾸 그런 생각이 들어요. 우리 피고인의 죄는 사실, …그저 나약함 아니었을까요? 취해야 하루를 견딜 수 있는 사람들도 있잖아요.
임바른	…그럴지도 모르죠. (착잡한 표정으로 창밖을 본다) …그렇다고 그게 면죄부가 될 수 있을까요? 그 나약함 때문에 상처받는 다른 이들도 있는데?

덜컹거리는 버스 안, 고민하는 두 사람.

S#46. 44부 부속실 (오전)

이어폰을 꽂고 증인신문 파일을 들으며 속기하고 있는 이도연.

정보왕E	도연 씨~

이도연 책상 위에 알록달록한 수제 초콜릿을 탁 내려놓는 정보왕의 손.
이도연, 이어폰을 빼며 정보왕을 올려다본다.

정보왕	(싱글벙글) 출근길에 베이커리 지나다가 샀어요. 맛있어 보여서.
이도연	…법원에서 이러면 어떡해요. 눈에 띄게.
정보왕	눈에 띄면 어때서? 왜? 내가 챙피해요?
이도연	(격정스런 눈빛) 그게 아니라…

이때, 마침 복도를 지나던 천성훈과 지현민, 묘한 눈빛으로 두 사람을 보고 있다. 놀라는 이도연. 정보왕, 무심하게 돌아보더니 두 사람을 향해 손을 올리며 씩 웃는다. 천성훈과 지현민, 정보왕을 향해 어정쩡하게 목례하더니 가던 길을 간다.

정보왕 남의 눈 신경쓰지 말고, 나한테만 신경써요. 알았죠?

이도연 …이제 진짜 챙피할려 그래요. 빨리 가요.

정보왕 에이, 좋으면서.

싱글벙글거리며 돌아서는 정보왕. 걱정스런 표정으로 한숨 쉬는 이도연.

S#47. 판사실 복도 (오전)

휘파람 불며 걸어가는 정보왕. 맞은편에서 이쪽으로 걸어오던 한세상, 정보왕을 이상한 눈초리로 본다.

정보왕 (힘차게) 한 부장님! 오늘 완전 미남이신데요! 조지 클루니 같아요!

한세상 (얼핏 듣고 당황) 뭐라고? 뭐가 클 놈이라고?

정보왕 아하핫! 조크도 잘하셔! (주먹을 불끈 쥐며) 오늘도 파이팅! (꾸벅 인사하고 씩씩하게 지나쳐 걸어간다)

한세상 (뒤돌아 한참 보다가, 의아한 표정으로 다시 돌아서며) …요즘 애들은 참 모르겠어. (다시 걸어간다)

S#48. 배석판사실 (오후)

착잡한 표정으로 앉아 있는 두 판사. 임바른, 묵묵히 앉아 있다가 뭔가 결심한 표정으로 벌떡 일어서더니, 책장으로 가서 실무 관련 서적들을 꺼내 뒤지기 시작한다. 쳐다보는 박차오름. 임바른, 다시 책상에 앉더니 컴퓨터로 이리저리 뭔가 검색한다. 전화기를 드는 임바른.

임바른　　(전화가 연결되자) 치료감호소죠? 여기 중앙지법인데요.

박차오름　(임바른을 보며 미소 짓는다)

S#49. 배석판사실 (오후)

전화를 끊는 임바른.

박차오름　(얼른) 주폭노인 사건, 검찰 쪽에 치료감호 청구하라고 하시게 요? 그냥 교도소 보내는 대신?

임바른　　…한번 얘기해볼까 생각했는데, 안 되겠어요.

박차오름　예?

임바른　　예산 부족으로 몇 명 되지도 않는 의사가 엄청나게 많은 정신장 애인을 담당하고 있대요. 노인 한 명을 신경써줄 상황이 못 되는 것 같아요.

박차오름　(안타까운 표정) …그렇군요. …저도 제 주심사건 때문에 알코올 중독 전문병원 알아봤는데.

임바른　　산속에서 개 키우는 할아버지?

박차오름   네. 사회복지사님 통해서 들었는데, 병원비는 사위가 마련해보
            겠대요. 그런데…

임바른   구속되어 있으니 입원시킬 도리가 없군요.

박차오름   …네.

임바른   ……

    고민하는 임바른. 그런 임바른을 말없이 바라보는 박차오름.

S#50. 배석판사실 (밤)

    야근하면서 각자 컴퓨터로 판례나 유사한 사건 판결례도 찾고, 책도 뒤
    적이며 고민하는 두 판사.

S#51. 한세상 부장판사실 (낮)

    사건 합의를 위해 모여앉은 44부 세 판사.

한세상   (메모지를 넘기며) 먼저 음주운전한 노인네 사건부터 합의할까?
            박 판사 주심이지?

박차오름   네.

한세상   어떻게 하면 좋겠어.

박차오름   …부장님, 많이 고민해봤는데요,

한세상   (박차오름을 본다)

박차오름	올 12월까지 집행유예 기간이라 실형을 선고할 수밖에 없잖아요.
한세상	그렇지.
박차오름	전 그 노인분, 처벌보다는 치료를 해야 한다고 생각합니다.
한세상	…어떻게? 실형할 수밖에 없는데.
박차오름	(한세상을 본다)
한세상	…설마,
박차오름	(고개를 끄덕인다)
한세상	보석해주자고? 집행유예 기간중인데?
박차오름	네. 산속으로 돌려보내자는 건 아니고요.
한세상	그럼?
박차오름	알코올중독 전문병원에 열 달 정도 장기 입원시키면 어떨까요.
한세상	……
박차오름	딸하고 사위가 병원비는 마련하겠다나봐요.
한세상	글쎄…
박차오름	재판은 중지해놓은 상태로 보석해주고, 열 달 후 퇴원하면 제대로 치료받았다는 병원 측 확인서를 제출하도록 하면…
한세상	…그땐 집행유예 기간이 끝난 후니까 다시 집행유예를 할 수도 있겠구만.
박차오름	네. 만약 약속 안 지켰으면 그때 다시 구속하고 실형 선고해도 되지 않을까요.
한세상	(곰곰이 생각하다가 임바른을 보며) 임 판사 생각은 어때?
임바른	…이례적인 일이지만, 가능은 한 것 같습니다.
한세상	찬성이야?
임바른	네.

| 한세상 | …그렇군. 그리고, 주폭노인 사건은? 임 판사 주심이지? |
| 임바른 | …… |

S#52. 법원 20층 라운지 (낮)

창가에서 커피를 마시고 있는 천성훈, 지현민, 김동훈.

천성훈	(김동훈에게) 야, 니네 우배석, 제정신이냐?
김동훈	정 판사님이 왜?
지현민	(싱글거리며) 속기사한테 작업 걸고 있던데?
김동훈	에이, 설마…
천성훈	우리가 봤다니까? 전부터 수상하더라니. 야, 내가 보기엔 그거, 거미줄에 걸린 거야.
김동훈	거미줄?
천성훈	그래. 그 속기사, 딱 봐도 독거미잖아. 옷 입고 다니는 거 하며, 눈초리하며. …어리숙한 총각 판사 하나 잡아서 팔자 고치겠다, 아주 콰이팅이 넘쳐 보이더구만 뭐.
지현민	언감생심, 넘보긴 어딜 넘봐. 주말드라마를 너무 많이 봤나… (봉투 내미는 사모님 흉내내며) 내 아들과 헤어져주게. 섭섭지 않게 넣었네. (킬킬댄다)

이때, 옆에서 집사기 쾅, 소리 늘리다 돌아보는 판사들, 굳은 표정의 정보왕. 자판기 옆에 서서 주먹으로 자판기 옆쪽을 내리친 채 이쪽을 노려보고 있다. 놀라는 판사들. 성큼성큼 다가오는 정보왕, 다짜고짜 천성

훈의 얼굴에 주먹을 날린다. 넘어지는 천성훈, 놀라 천성훈을 부축하는 지현민. 흥분한 정보왕을 뒤에서 끌어안고 뜯어말리는 김동훈.

정보왕 (부릅뜬 눈, 버럭!) 너 이 새끼, 오늘 죽을 줄 알어! 야, 이 개새끼 야!!

놀라 쳐다보는 라운지 안의 사람들. 이때, 엘리베이터 열리는 소리 들리더니 배곤대, 권세중, 우갑철, 웃으며 라운지로 걸어 들어오다가 놀란 눈으로 정보왕과 천성훈을 본다.

배곤대 지금 뭐하는 짓이야 정 판사!!

S#53. 44부 부속실 (낮)

이도연, 이어폰을 꽂고 있는데, 평소처럼 타이핑은 하지 않고 미소 지으며 뭔가 종이에 그리고 있다. 클로즈업하면, 만화처럼 동글동글 귀여운 정보왕 그림. 이도연, 책상 옆을 힐끗 보며 미소 짓는다. 정보왕이 놓고 간 초콜릿이 보인다.

S#54. 한세상 부장판사실 (낮)

한세상 검사는 5년 구형했지? 주폭 엄단해야 한다고.
임바른 네.

한세상	어떻게 할 건가.
임바른	(착잡한 표정) …고민 많이 했습니다만,
한세상	……
임바른	…심신미약 감경, 역시 해선 안 됩니다.
한세상	…그래?
박차오름	(임바른을 본다)
임바른	전과 26범입니다. 거의 대부분이 주취상태에서 이루어진 폭력 행위고요. 그런 사람이 만취할 때까지 마신 이상, 예견했다고 볼 수밖에 없습니다. …또 폭력을 행사할 가능성을.
한세상	…원인에 있어 자유로운 행위라 이거구만.
임바른	네.
박차오름	노모가 자살하신 충격도 있고, 정상참작할 만한 사정이…
임바른	(O.L.) 아무리 힘든 상황이 있었다 해도,
박차오름	……
임바른	인간은 자신의 행위에 책임을 지기 때문에 존엄한 겁니다.
박차오름	…임 판사님.
임바른	자기가 힘들다고 자기보다 약한 사람들에게 폭력을 휘둘렀습니다.
한세상	……
임바른	원칙대로 해야 합니다. 피해 정도가 경미한 점을 감안해서 작량감경은 할 수 있지만, 심신미약까지 인정할 순 없습니다. 그건, 법에 어긋나는 권한 남용인 것 같습니다.
한세상	…원칙이리, 그럼. 아까 사선에는 왜 집행유예 기간을 넘겨주지는 데 동의했지?
임바른	그 피고인은 아직 사고는 한 번도 내지 않았습니다.

한세상	……
임바른	물론 음주운전은 위험한 행위입니다만, 아직 남에게 직접 피해를 입히진 않은 이상, 제 사건 피고인하고는 다른 것 같습니다.
한세상	……
임바른	…법에도 예외가 있다면, 누구에게 그걸 허락할 것인가는, 결국 그 사람이 짊어질 책임의 무게로 정할 수밖에 없지 않을까요.
한세상	……
임바른	…이미 저지른 짓과 앞으로 저지를 짓은, 무게가 다를 수밖에 없습니다.
한세상	(고민스러운 표정)

S#55. 법정 (오후)

천진난만하게 활짝 웃으며 연신 꾸벅 허리 굽혀 절하는 음주운전 노인.

한세상	(엄한 목소리) 꼼짝 말고 병원에서 치료 제대로 받아야 됩니다!
음주노인	그러믄유!! 이 은혜를 저버리면 지가 사람이겠슈? 개지 개! 아니다, 개만도 못한 놈이쥬!

방청석에서 벌떡 일어선 세 사람. 통장과 딸, 사회복지사다.

딸	(울며) 고맙습니다 판사님!
통장	저 통장입니다 판사님! 지가 잘 감시하겠습니다! 지료 삭 맞나.

흐뭇한 표정으로 바라보는 박차오름.

S#56. 법정 (오후)

잔뜩 겁먹은 채 고개를 조아리고 있는 주폭노인.

한세상   …이상의 이유로, 피고인을, 징역 3년 6월에 처한다.

주폭노인   (기쁜 얼굴) 고맙습니다, 판사님! 저, 무기징역 아닌 거지요?

한세상   …3년 6개월입니다. 그리고 집행유예됐던 1년 6개월도 되살아나니까, 총 5년간 복역하게 될 겁니다.

주폭노인   (꾸벅 고개를 조아리며) 예에, 고맙습니다 판사님!

교도관에게 끌려 나가는 주폭노인, 싱글벙글이다.

임바른   (입술을 깨문다. 마음의 소리) …인간은 자신의 행위에 책임을 지기 때문에 존엄하다. 그런데, (노인의 뒷모습을 보며) …나약한 인간을 수렁 속에 방치하는 사회는, 어떤 책임을 지는 걸까.

S#57. 법정 밖 복도 (오후)

묵묵히 걷는 세 판사.

한세상   …오늘 저녁에 한잔할까.

임바른   ……

한세상   …오랜만에 회식이나 하지 뭐.

걸어가는 세 판사.

S#58. 삼겹살집 (저녁)

44부 판사들과 직원들 모여 앉아 삼겹살을 구워 먹고 있다. 맹사성, 소
맥 폭탄주를 만들어 한세상에게 주고 있다. 한세상, 들이컨다. 어찌하
다보니 여자들, 남자들이 왼쪽 오른쪽에 각각 몰려 앉아 있다. 이도연,
소주잔을 든 채 뭘 생각하는지 빙그레 웃고 있다.

이단디   (이도연을 보며 옆에 앉은 윤지영을 쿡 찌르며) 봤어요? 우리 차도
녀, 도연 언니 표정?

이도연   (얼른 평소처럼 시크한 표정 지으며) 내가 언제?

윤지영   (짓궂게 웃으며) …에이, 과에 소문 다 난 거 같은데, …고백받았
다고?

이단디   (호들갑스럽게 두 손을 동동거리며) 어머, 몰라몰라몰라~ 고백받았
대~

박차오름   (눈이 휘둥그레) 네? 진짜?? (목소리를 낮춰서) …정 판사님이 드디
어?

이도연   (당황) 아니 다들 왜 남의 사생활에 그렇게…

이단디   (또 호들갑 O.L) 이쯤 좋이~ 사생활이래~

그때, 식당 TV에서 들려오는 아나운서 목소리.

아나운서E 수백억대 업무상 횡령, 배임으로 재판받은 김정수 회장에 대한 오늘 선고공판에서, 재벌사건으로는 유례없는 중형인, 징역 5년이 선고되었습니다.

뉴스 화면을 쳐다보는 44부 사람들. 임바른, 뭔가 충격받은 듯 화면을 뚫어져라 쳐다본다.

한세상 (V.O.) 총 5년간 복역하게 될 겁니다.
주폭노인 (V.O.) 예에, 고맙습니다 판사님!

아나운서E 한편, 오늘 판결로 투자가 위축되고 회복중인 경제에 악영향이 있지나 않을지 우려의 목소리가 높습니다. 경제인단체에서는 성명을 발표하여… (F.O.)

착잡한 표정의 44부 사람들.

맹사성 (착잡한 표정을 짓고 있다가 다시 활기차게) 자자, 술이나 드시죠. 어디까지 돌았더라… (소맥잔을 임바른 쪽으로 내밀려다가) 아, 술 안 하시죠. (패스하고 박차오름에게 내미는데)
임바른 …주시죠.
맹사성 네?
임바른 (맹사성 손에서 잔을 빼앗더니 벌컥벌컥 들이켠다)
박차오름 (놀라며) 괜찮으세요?

임바른   …맛있네요. 한 잔 더 주시죠.

박차오름   임 판사님!

임바른   괜찮아요. 달라니까요.

cut to

술잔을 들이켜는 임바른, 한 잔. 또 한 잔. 옆에서 걱정스레 쳐다보는 박차오름.

S#59. 삼겹살집 화장실 (밤)

화장실 바닥에 주저앉아 변기를 끌어안고 쓰디쓴 위액까지 토하고 있는 임바른. 얼마나 토했는지 지친 얼굴, 눈물 콧물 범벅이나. 기진맥진하여, 변기를 껴안고 잠드는 임바른.

S#60. 꿈속. 임바른의 집 (밤)

엄마 무릎을 편하게 베고 옆으로 누워 잠들어 있는 임바른. 엄마, 온화한 미소를 지은 채 손으로 임바른의 머리칼을 부드럽게 쓰다듬고 있다. 행복한 표정의 임바른.

S#61. 지하철 안 (밤)

누군가의 무릎에 누워 행복한 표정으로 눈감고 있는 임바른. 지하철이 덜컹, 흔들리자 힘겹게 눈을 살며시 뜬다. 고개를 돌리자 흐릿한 임바른의 시야에 누군가의 얼굴이 비치기 시작하는데, 걱정스레 내려다보고 있는 박차오름이다. 놀라 벌떡 일어나는 임바른, 갑자기 일어나니 어지러운지 휘청한다.

박차오름   (얼른) 괜찮으니 다시 누우세요. 술, 너무 많이 드셨어요.
임바른   (취해서 혀가 꼬인 채) …아, 아닙니다. 죄, 죄송…
박차오름   (휘청거리는 임바른을 붙잡아 다시 자기 무릎에 누인다) 더 주무세요. 도착하면 깨워드릴게요.
임바른   (최면에라도 걸린 듯 다시 잠에 빠져든다)

박차오름, 잠든 임바른을 바라보다가, 부드럽게 임바른의 머리칼을 쓰다듬는다. 천천히, 천천히. 늦은 밤인지 지하철 안에는 아무도 없다. 세상에 아무도 없고 두 사람만 함께 있는 것 같다. 덜컹거리며 달려가는 지하철.

S#62. 임바른의 동네, 전철역 밖 (밤)

임바른   (벽에 기대 서 있다. 이제 좀 정신이 나 늦) …죄송합니다. 제가 정신을 못 차리고 그만…
박차오름   괜찮아요. 댁이 어느 쪽이시죠? (임바른의 팔을 자기 목에 걸며 부

축하려 한다)

임바른　(얼른 팔을 내리며) 괜찮아요. 이제 알아서 갈게요.

박차오름　(다시 팔을 올리며) 안 괜찮아요. 같이 가요.

임바른　혼자 갈 수 있다니까. (걸어가려다가 휘청한다)

박차오름　(얼른 껴안으며 부축한다) 고집은 참. 애도 아니고.

임바른　……

S#63. 임바른의 동네 골목길 (밤)

6부 39씬에서 임바른이 개똥을 밟고 짜증을 내던 골목길. 임바른의 허리를 꼭 껴안고 팔은 자기 어깨에 두른 채 비틀거리는 임바른을 부축하며 걸어가는 박차오름.

임바른　(어쩔 줄 몰라 하며) …안 되는데. 이렇게 폐 끼치면 안 되는데…

박차오름　…괜찮아요. 가끔은 폐 좀 끼쳐도 괜찮아요. (혼잣말처럼 나지막이) …나한텐.

서로에게 기댄 채 어두운 골목길을 비틀거리며 걸어가는 두 젊은 판사를 골목길 가로등이 비추고 있다.

13부
—

걱정 말아요…
내가 언제 봐준 적 있나?

S#1. 배석판사실 (오전)

배석판사실 문 앞에서 머뭇거리다가 들어가는 임바른.

박차오름   (평소와 다를 바 없다. 임바른에게 목례) 오셨어요?

임바른   (목례) …네.

박차오름   …속은 좀 괜찮으세요?

임바른   …어, 예. 괜찮아요. (살짝 망설이다) …어젠 고마웠습니다.

박차오름   (살짝 목례) 뭘요.

일하는 두 사람.

S#2. 배석판사실 (오전)

임바른, 숙취로 옆머리가 아픈지 살짝 찡그렸다가, 힐끗 박차오름의 옆
모습을 본다. 일에 몰두하고 있는 박차오름.

플래시컷 > 골목길 (밤)

임바른의 허리를 꼭 껴안고 팔은 자기 어깨에 두른 채 비틀거리는 임바
른을 부축하며 걸어가는 박차오름.

박차오름, 메모지를 들고 자리에서 벌떡 일어난다. 놀라 눈을 피하는 임
바른, 가슴이 괜히 두근두근한다.

임바른   (마음의 소리) …왜 이래. 애도 아니고. (박차오름을 힐끗 훔쳐보며)
         …저쪽은 아무렇지도 않은 거 같은데.

박차오름, 캐비닛을 열고 기록들과 메모지를 맞춰보고 있다. 임바른이
훔쳐보는 순간 무심히 휙 이쪽을 돌아보는 박차오름,

박차오름   임 판사님!
임바른   (놀라며 고개 돌린다) …네?
박차오름   재배당된 형사기록, 다 올라온 것 맞죠?
임바른   어… 그럼걸요. 부장님이 보고 계신 게 일부 있고
박차오름   아, 그렇겠네. (메모지를 보며) 몇 개 비어서.

임바른, 박차오름을 잠시 보다가 자리에서 일어난다.

임바른 잠시 도서실에 좀…

박차오름 (방긋) 다녀오세요.

S#3. 배석판사실 (오전)

임바른이 방을 나가고 나자, 방긋 웃던 박차오름, 갑자기 표정 돌변한다.

박차오름 (두 손을 꼭 쥐며 팔짝팔짝 뛴다. 창피해 죽겠다는 표정) 미쳤어 미쳤
어 미쳤어!! 왜 그딴 소릴!!

플래시컷 〉 골목길 (밤)

박차오름 …괜찮아요. 가끔은 폐 좀 끼쳐도 괜찮아요. (혼잣말처럼 나지막
이) …나한텐.

박차오름 (부르르 떨며) 마지막 한마디는 굳이 왜 덧붙이냐구 박차오름!! 미
치겠네. 볼 때마다 어색해서!

정보왕E 뭐해? 혼자서?

박차오름 (번개같이 태연자약한 표정으로 변신) 네? 뭐가요?

정보왕 (방으로 들어오며) 아니 아까 뭐라고 혼자 중얼중얼…

박차오름 (책상 위 핸드폰을 가리키며) 아, 스피커폰으로 통화 쫌…

정보왕 어… 그래. (박차오름 쪽으로 오며 갸우뚱) 되게 먼 거리에서도 되

네? 요즘 폰들은 참…

박차오름　…하하하, 그쵸? 근데 그보다, 고백했다면서요!

정보왕　(끄덕끄덕) 고백은 옛날에 했어. 근데 도연 씨는?

박차오름　다른 재판부 속기 들어갔어요.

정보왕　휴우…

박차오름　왜? 채였어요?

정보왕　그게 아니라… (억울) 당사자들이 좋다는데 왜 엄한 인간들이 시
비냐구!

박차오름　(의아한 표정) ……?

정보왕　…다시 올게.

힘없이 돌아서 나가는 정보왕.

S#4. 44부 판사실 앞 복도 (오전)

우울한 표정으로 걸어가는 정보왕.

배곤대　(V.O.) 정 판사 제정신이야!

S#5. 배곤대 부장판사실 (전날 오후)

배곤대　(노발대발) 정 판사 제정신이야!! 판사기 법원 구내에서 주먹질?
그것도 동료 판사한테?

정보왕	(부장 책상 앞에 서 있다. 굳은 얼굴) 죄송합니다.
배곤대	게다가, 그 얘긴 또 뭐야! 속기사? 요즘 직장 내 성희롱 문제가 얼마나 심각한 줄 알아?
정보왕	(고개 번쩍 들며) 성희롱이라뇨!
배곤대	상급자가 지위 이용해서 하급직원 집적대는 게 성희롱 아니고 뭐야!
정보왕	…그렇게밖에 안 보이시는군요.
배곤대	그럼 뭐야?
정보왕	전 진지합니다. 부장님.
배곤대	진지? (황당한 표정) 결혼이라도 할 거야? 당신 부모님도 이 사실 알아?
정보왕	(부모님 소리에 움찔) 아니 이제 겨우 만나기 시작인데 무슨 결혼에 부모님입니까?
배곤대	(혀를 쯧쯧 차며) 거봐. 아무 생각 없이 집적대는 거 맞네.
정보왕	(억울해 죽겠다) 아니 지금이 조선시댑니까? 부장님,
배곤대	여긴 직장이야. 그것도 법원이라구! 판사끼리 연애해도 일은 안 하고 딴짓만 한다고 전국에 소문나는 판인데, 부하직원? 속기사? 다들 어떻게 보겠냐구! 머리가 있으면 생각을 좀 해봐!
정보왕	그래도 개인 사생활인데…
배곤대	(한심하다는 듯) 정 판사, 조직에 적응 잘한다고 이뻐했는데, 갈수록 실망이야. 판사 오래하고 싶으면, 판사답게 행동해. 여기, 보수적인 조직이야!
정보왕	……

S#6. 43부 배석판사실 (전날 오후)

힘없이 배석판사실로 돌아오는 정보왕.

김동훈   (걱정스레) 부장님한테 깨지셨어요?

정보왕   (끄덕끄덕) ……

김동훈   (조심스레) …그래도 그게 다 정 판사님 걱정하셔서 하는 말씀일
            거예요.

정보왕   (휙 돌아보며) 걱정? 내가 걱정시킬 만한 일 한 거야? 김 판사도
            그렇게 생각해?

김동훈   (얼른 눈 피하며) 아니… 그래도…

정보왕   …그래도 뭐?

김동훈   …다들 수군수군하더라고요. (조심스레) …아무래도 남들 보기에
            오해 살 만하긴 하니까…

정보왕   오해? 무슨 오해?!

김동훈   아, 아니에요. 제가 괜한 얘길 했네요. 죄송합니다.

정보왕   (노려본다) ……

S#7. 43부 판사실 앞 복도 (다시 현재)

정보왕   …판사답게? 판사다운 게 뭔데?

입을 꾹 다문 정보왕, 뚜벅뚜벅 걸어간다.

S#8. 배석판사실 (오전)

『거짓말의 심리학』책을 들고 도서실에서 돌아오는 임바른.

박차오름   (책 표지를 보더니) 무슨 책이에요?

임바른   전직 CIA 수사관이 심문 경험을 토대로 쓴 책이에요.

박차오름   그래요? 거짓말인지 진짠지 어떻게 구별한대요?

임바른   정답이야 있겠어요? 그냥 대체로 이런 경향이 있다, 이런 얘긴데, 예를 들면,

박차오름   (흥미로운지 열심히 듣는다)

임바른   인간은 숨기고 싶은 부분에 대해 갑자기 질문을 받으면, 변명으로 자기방어부터 하는 경우가 많대요.

박차오름   변명?

임바른   뭐, 이런 거죠. 부인이 남편한테 '당신 바람피우고 있지?' 물으면, 진짜 안 피우는 남편은 어이없어하며 '미쳤어?' 하고 마는데 피우는 남편은,

박차오름   (알겠다는 듯 끄덕이며) 날 어떻게 보고 하는 소리야! 내가 그럴 사람이야?!

임바른   네. 순간적으로 바로 거짓말을 못하고, 일단 변명부터 하게 되는 거죠. 본능적으로.

박차오름   그거 재밌네요. 증인신문할 때 써먹을 수 있지 않을까요?

임바른   글쎄요. 그럴지도.

S#9. 법원 야외 테라스 (낮)

정보왕, 울적한 표정으로 난간에 기대 먼 곳을 보고 있다. 이도연, 테라스 문을 열고 들어오더니 주위를 살핀다. 아무도 없는 것을 확인하고 얼른 정보왕 옆으로 오는 이도연.

이도연   (굳은 표정) …얘기 들었어요. 왜 그랬어요?

정보왕   (환하게 웃으며) 왔어요!

이도연   주먹질은 왜 해요! 남들 다 보는 앞에서!

정보왕   (억울한 표정) …그 인간이 도연 씨한테 뭐라고 했는지 알아요!

이도연   개가 짖는다고 다 일일이 대응해야 돼요? 똥이 무서워서 피해요?

정보왕   그래도…

이도연   저, 법원 들어와서 누구한테 개인적인 얘기 털어놓은 거, 첨이에요.

정보왕   (놀란다) …네?

이도연   …어차피 세상엔 안 바뀌는 인간들 천지예요. 굳이 이해시킬 필요도 없고, 싸울 필요도 없어요.

정보왕   ……

이도연   모두와 친구가 될 필욘 없잖아요. 그냥 길바닥엔 개똥도 있고, 돌멩이도 있구나, 하면서 지나치면 그만이에요. (안타까운 눈빛으로 정보왕을 보며 덧붙인다) 굳이 나 때문에 싸우고 그러지 말아요.

정부왕   (울컥한다) …도연 씨.

S#10. 배석판사실 (낮)

박차오름, 굳은 표정으로 컴퓨터 화면을 노려보고 있다.

임바른   ···무슨 일 있어요?

박차오름   (컴퓨터 화면을 보며) 현실이 호러네요. 호러.

임바른   왜 그래요?

박차오름   요즘 난리 난 사건 모르세요? 세진대학병원 교수가 레지던트 준 강간한 거? (분통) 아니 글쎄, 50대 유부남 아재가 제자한테 술을 잔뜩 멕여서는, 몸도 못 가눌 만큼 만취한 제자를 여관으로 끌고 갔다는 거예요!

임바른   ······

박차오름   영장 기각돼서 난리예요. 유전무죄 무전유죄 기사 쏟아지고···

임바른   ···유죄 확정판결 난 건가요? 벌써?

박차오름   (한참 흥분하고 있다가 그제야 멈칫) ···그러네요. 아직 재판도 안 받았고, 무죄추정인데. ···하이고. 저, 아직도 판사 자격 없네요.

임바른   (담담하게) ···이제 겨우 몇 달 됐잖아요. 저도 뉴스 보다 쌍욕하고 그래요.

박차오름   (호기심) 임 판사님도 그럴 때 있어요? 무슨 사건?

임바른   ···글쎄요. ···대학 신입생들 강제로 술 먹이고 신고식 시킨다는 기사 읽다가 살의를 느낀 적이 있긴 한데···

박차오름   (풋, 웃는다) ···답네요, 다워. (잠시 생각하다) ···근데 우리 부장님, 참 대단하세요.

임바른   왜요?

박차오름   법정에서 어떻게 참으시는 걸까요? ···그 치밀어 오르는 감정을.

임바른　…20년쯤 하면 참을 수 있게 되나보죠. 오늘 재판에선 또 어떤 소릴 듣게 될지 참…

S#11. 법정 (오후)

피고인1　억울합니다 판사님!!

한세상　(의아한 표정) 피고인, 사기 범행 전부 자백한 거 아닌가요?

피고인1　그렇긴 합니다만,

한세상　근데 뭐가 억울하단 건지…

피고인1　검사가 선처해줄 것처럼 거짓으로 절 회유했습니다 판사님!

한세상　(놀라며) 그럼 거짓 자백을 했다는 겁니까?

피고인1　…그건 아닙니다만,

한세상　그럼 왜…

피고인1　(세상 가장 억울한 표정) 검사가 사기치지 않았으면 자백 안 했을 거 아닙니까! 국민을 속이면 됩니까!

한세상　(어이없는 표정으로 이마를 짚는다) ……

박차오름, 애써 엄숙한 표정을 짓고 묵묵히 앉아 있지만 주먹이 부르르 떨린다.

S#12. 법정 (오후)

피고인2　억울합니다 판사님!!

한세상	…피고인은 또 뭐가 억울합니까. 피고인도 속아서 자백했습니까?
피고인2	그건 아닙니다만…
한세상	그럼 왜요?
피고인2	검찰이 저한테만 10년을 구형하고 공범들한텐 5년을 구형한 거 보셨잖습니까?
한세상	(어이없다) 이거 봐요 피고인. 피고인이 주범이고 나머지는 피고인 지시받아 움직인 부하들 아닙니까.
피고인2	(소리 높여) 법 앞에 만인이 평등한데, 왜 저만 두 배로 벌을 받아야 됩니까~ 부장검사 출신 전관을 선임했다고 공범들만 봐준 겁니다! (주먹을 번쩍 들어올리며) 이게 다 적폐 아닙니까! 사법개혁!
한세상	(욕 나오려는 걸 필사적으로 참느라 입이 부들부들) …… (심호흡하더니) 이거 봐요, 피고인. 당신 변호인은 검사장 출신 아뇨?
피고인2	전 그냥 경륜 있는 분을 선임했을 뿐이지 전관예우 받을 생각은 추호도…
한세상	(어이없는 표정으로 이마를 짚는다) ……

임바른, 엄숙한 표정을 짓고 묵묵히 앉아 있지만, 표정이 조금씩 흔들리고 눈빛이 매섭다.

S#13. 법정 (오후)

피고인3	(공손하게 고개를 숙인 채) 재판장님, 저는 정말 깊이, 깊이 반성하고 있습니다. 선처해주십시오.

한세상	반성문을 매일 써내고 있던데, 그것도 아주 예쁜 글씨로. 대단합니다, 피고인.
피고인3	부끄럽습니다, 재판장님. 제가 저지른 크나큰 잘못에 비하면 아무것도 아닙니다.
한세상	(고개를 끄덕끄덕) 장합니다. …그럼, 교도소에서 오래오래, 죄책감이 조금이라도 덜해질 때까지 죗값을 치르길 원하겠구만요?
피고인3	(당황하며) 어… 그것도 좋지만, 저는 사랑하는 가족들 곁에서, 바깥에서 오래오래, 깊이 반성하며 살고 싶습니다 재판장님.
한세상	아니, 그렇게 눈물겹게 잘못을 반성한다면서 진짜 죗값인 형량은 조금만 받고 싶다니 앞뒤가 안 맞는 거 아닙니까?
피고인3	(당황) 어… 저기, 반성문에 뭐라고 써 있는지 모르겠습니다만 마음적으로 반성한단 얘기지 그렇다고…
한세상	(O.L.) 거 묘하네요. 본인 반성문에 뭐라고 써 있는지 모르겠다니.
피고인3	아니, 그게 아니라…
한세상	(시큰둥) 요즘은 시세가 얼마나 합니까? 교도소에서 반성문 대필해주는 업자들?
피고인3	(얼굴을 찡그리며 머리를 긁적긁적) ……

S#14. 법정 밖 복도 (오후)

법복 입고 걷는 세 판사.

박차오름	…법정에 억울하지 않은 사람은 단 한 명도 없네요.

한세상 하이고, 그래도 참았어야 되는데… 이놈의 성질머리 참… (두 판사를 둘러보며) 판사 하려면 인내심을 키워야 돼. 명심들 하라구.

임바른 명심하겠습니다, 부장님. (문득 생각났다는 듯) …아, 근데 점심 때 부장님한테 온 택배, 제가 실수로 뜯어버렸네요, 죄송합니다.

한세상 (도끼눈을 뜨며) 뭐얏! 한글 못 읽어? 왜 남의 걸 함부로 뜯고 그래!

임바른 (어처구니없는 표정) 네… 깊이, 깊이 반성하고 있습니다.

한세상 (째려본다)

S#15. 배석판사실 (다음날 오전)

임바른 (컴퓨터 화면 쳐다보면서) …박 판사님, 진짜로 평정심 유지하셔야 겠는데요.

박차오름 네?

임바른 …그 세진대병원 교수 사건, 우리 부로 왔네요. 박 판사님 주심으로.

박차오름 (놀라며) 그래요?

임바른 게다가 그 교수, 처가도 막강하네요.

박차오름 어딘데요?

임바른 …NJ그룹.

박차오름 (놀람) 예?

임바른 민용준 부사장 사형입니다. 그 교수. 그 병원 이사장 남편인 거죠.

박차오름 (굳은 표정) ……

S#16. 한세상 부장판사실 (오전)

한세상 책상 앞에 서 있는 박차오름.

한세상　…그래? 그것 때문에 재판에 영향을 받을 거 같은가?

박차오름　그건 아닙니다만, 괜한 오해를 받을까 싶어서요, 부장님.

한세상　…알았네.

S#17. 법정 (낮)

준강간사건 공판. 피고인인 교수는 고급 양복을 입은 50대 남성.

임바른　(마음의 소리) …역시 대단하네. 1등 로펌의 에이스들이 총출동.

변호인석에는 고급 양복 차림의 로펌 변호사들이 죽 앉아 있다.

임바른　(변호인석 맨 앞자리의 백발의 노변호사를 보며, 마음의 소리) …법정
엔 거의 안 나오는 대법관 출신 로펌 고문까지. 그에 비해… (검
사석을 본다) 젊은 공판검사 한 명…

한세상　…공판 시작에 앞서 미리 얘기할 게 있습니다.

의아한 표정으로 쳐다보는 검사와 변호인들.

한세상　(박차오름을 힐끗 본 후) …이 사건 주심판사님의 지인이, 피고인

과 인척관계에 있습니다. 법상 제척사유는 아니지만, 혹시라도 재판의 공정성에 의심이 생길 것 같으면 재배당을 요청하려고 합니다.

검사 　(잠시 생각하더니) 재판장님, 그 정도 관계로 굳이 그러실 필요까지는 없을 것 같습니다.

변호인 　(젊은 로펌 변호사, 노변호사와 상의하더니) 저희도 동의합니다.

한세상 　그렇습니까? 그렇다면 진행하겠습니다.

cut to

검사 　피고인, 준강간 공소사실을 인정합니까?

피고인 　아닙니다.

검사 　몸을 가눌 수 없을 만큼 만취한 피해자의 상태를 이용해서 성행위를 한 것 아닙니까?

피고인 　아닙니다. 합의하에 이루어진 일입니다.

검사 　피해자가 성관계를 갖는 데 동의한다고 말했습니까?

피고인 　…꼭 말로 해야 동읩니까?

박차오름 　(피고인을 가만히 응시하고 있다)

S#18. 법정 (낮)

증인석에 이지선(27세 여성, 피해자) 앉아 있다. 젊은 로펌 변호사, 이지선에게 묻는다.

변호인	일식집 룸에서 피고인과 단둘이 식사를 하셨지요?
이지선	…교수님이 논문 때문에 할 얘기가 있다고 부르신 거였습니다.
변호인	다른 교수님과도 단둘이 식사를 하고 그러나요? …룸에서?
이지선	지도교수님이 부르셔서 간 것뿐입니다.
변호인	식사 때 피고인한테 적극적으로 술도 따라주시고, 잘 웃고 그랬다는데, 아닙니까?
이지선	(억울한 표정) …그건 그냥.
변호인	(O.L.) 평소에도 피고인에게 문자 보낼 때 애교 부리는 모습의 이모티콘과 기호를 자주 사용하셨더군요.
이지선	(억울) 전 원래 이모티콘 자주 씁니다! 여자들끼리 톡할 때도요.
변호인	그래요?

변호인, 다른 변호사에게 눈짓. 변호사가 노트북을 클릭하자 법정 스크린에 카톡 화면 뜬다.

— 굿모닝! 논문 영문초록, 내일까진 다 되겠지?

— 넵 교수님! (웃는 이모티콘)

— 시간 더 필요해?

— 문제없어요, 교수님! (엄지 척 이모티콘)

이지선	(굳은 표정) ……
변호인	이 사건 다음날 오간 문자죠?
이지선	…네
변호인	상식적으로 생각해보면, 준강간 피해자와 가해자 사이에 오간 문자 같지는 않은데, 안 그런가요?

이지선	아닙니다! 혼란한 상태에서 일단 응대를 한 것뿐…
변호인	(O.L.) 상식적으로 그렇단 애깁니다. 일식집 룸에서 술 마실 때, 피고인이 강제로 마시게 했습니까?
이지선	…그건 아닙니다.
변호인	증인, 몸을 가누지 못할 만큼 만취할 때까지 술을 드셨다고 했지요?
이지선	…네.
변호인	늦은 시각, 단 두 명이 마주앉은 룸이었고요?
이지선	…네.
변호인	피고인이 증인에게 이성적인 호감을 표시하기도 했지요?
이지선	……
변호인	학부 때부터 네가 눈에 띄었다, 널 보면 사춘기 소년처럼 설렌다, 이런 말을 하지 않았나요?
이지선	(입술을 깨물며) …하셨습니다.
변호인	자, 다시 상식적으로 생각해봅시다. 이런 상황에서 여성이 아무런 반발 없이, 또는 자발적으로, 몸을 가누지 못할 만큼 만취할 때까지 술을 함께 마셨다는 건, 여성 쪽에서도 상대 남성에게 호감이 있는 거 아닙니까? 사회통념상?

무표정하게 속기하던 이도연, 변호인을 슬쩍 쳐다본다. 맞은편의 윤지영도 애써 표정을 관리하고 있다. 방청객들 웅성거리며, 연신 땀을 뻘뻘 흘리며 손수건을 꺼내 얼굴을 닦고 있는 50대 남성 피고인과, 고개 숙이고 입술을 깨물고 있는 가냘픈 20대 여성 피해자를 번갈아 쳐다보며 어처구니없다는 표정을 짓고 있다.

변호인	(아랑곳 않고) 증인, 피고인에게 매력을 느꼈던 것 아닙니까?
이지선	(굳은 표정) ⋯그런 적 없습니다. 매력이라뇨.
변호인	(무표정하게) 외모에 대한 취향은 각자 다르겠지만, 유학 가고 싶어하는 학교에 추천서를 써줄 수 있고, 장차 모교 병원에 임용해줄 수도 있는 힘이란 꽤 매력적이지 않나요?

방청석에서 또 불만 섞인 웅성거리는 소리 들린다.

이단디	조용히 하세요!
한세상	(변호인을 보며) 변호인도 말씀에 주의하세요.
변호인	알겠습니다. 재판장님. (목례한 후 다시 증인에게) 왜 다음날 곧바로 신고하지 않고 일주일이나 지난 후에 신고하셨지요?
이지선	⋯너무나 수치스러워서 용기가 나지 않았어요. 뒷일이 무서웠고요.
변호인	당시 두 사람이 함께 여관에 들어가는 장면을 증인의 동료 레지던트가 우연히 보고는, 며칠 후 병원 내에 소문을 냈지요?
이지선	⋯네. 그런데, 함께 들어간 게 아닙니다! 전 취해서⋯
변호인	(O.L.) 같은 병원에 있는 증인의 남자친구도 이 소문을 듣게 되었고요.
이지선	⋯네.
변호인	그 직후에 신고하셨지요. 여러모로 곤란해진 증인의 입장이 신고에 큰 영향을 미친 것 같은데 아닌가요?

피해자의 친구 등 여성 방청객들 또 흥분하며 야유한다. "뭐가 어째!" "말 함부로 하지 마!"

이단디   조용히 하세요! 조용히!

냉정한 표정을 유지하려 애쓰고 있는 박차오름, 윤지영, 이도연. 이단디도 방청석을 진정시키고는 뒤돌아서는데, 굳은 표정.

S#19. 법원 야외 테라스 (저녁)

모여 있는 박차오름, 이도연, 윤지영, 이단디. 다들 표정이 안 좋다.

박차오름   (표정을 죽 둘러보다가) 하필 오늘… 기분 더러운 사건이 걸렸네요.

이단디   그러게 말예요! (윤지영 보며) 오늘 언니 생일파티 한번 멋지게 하기로 했는데!

윤지영   (씁쓸한 표정) ……

이도연   …가요 그냥, 예정대로.

박차오름   (이도연을 본다)

이도연   (윤지영 보며) 태어나서 한 번도 못 가봤다면서요. 클럽. 애도 맡겨놓고 이번 주 내내 두근두근 기다렸을 텐데.

윤지영   (쑥스럽게 웃는다)

이도연   …가요 그냥, 우리.

박차오름   (끄덕이며) 맞아요. 기분 더러울수록 더 멋지게 놀아주자고요! (둘러보며) 다들 옷 갈아입고 파이팅 넘치는 모습으로 거기서 집결, 오케이?

이단디   오케이!

윤지영, 수줍게 웃는다. 이도연, 시크하게 씨익.

S#20. 배석판사실 (저녁)

임바른   (박차오름을 향해) 야근할 거죠? 구내식당 가서 저녁 먹고 올까요?

박차오름   (자리 정리하고 일어나며) 아니요, 오늘은 회식이 있어서요.

임바른   예? 그런 얘기 못 들었는데…

박차오름   오늘은 여자들끼리 한잔하면서 그놈의 '상식'에 대해 얘기 좀 해봐야겠어요.

임바른   네?

박차오름   (씩 웃는다)

S#21. 법원 건물 뒷문 (저녁)

박차오름, 이단디, 이도연, 윤지영, 법원 건물 뒤쪽 문으로 나와 웃으며 걸어간다. 건물 뒤쪽은 주차장이라 차가 죽 늘어서 있다. 이도연, 자기 차 쪽으로 돌아서는데, 옆에 국산 고급 승용차 있고, 천성훈 서 있다.

천성훈   (이도연의 외제차 힐끗 보더니 들으라는 듯 혼잣말) 속기사가 외제차? 직장생활은 취미로 하나보지?

박차오름   전 판사님!

천성훈   (퉁명스럽게) 아, 왜요?

이도연	(천성훈을 빤히 쳐다보더니) …판사님, 월급이 얼마나 되시죠?
천성훈	(찡그리며) 뭔 소리야.
이도연	(천성훈 차 가리키며) 이 차, 판사님 초봉으로 몰기엔 부담스러우실 텐데요. (싱긋 웃으며) 엄카로 사셨나요? 아님, 아빠 카드?
천성훈	뭐, 뭐라고요?
이도연	(자기 차를 턱짓으로 가리키며) 전 이 차, 제가 번 돈으로 뽑았습니다. 낮에도 일하고, 밤에도 일해서요. (핸드폰을 꺼내더니 야시시한 로맨스 웹소설 표지 그림을 천성훈 눈앞에 들이밀며) 인기 웹소설가 월수입이 얼만지 알기나 해요?
천성훈	(당황)
박차오름	(경악하며) 어멋! 세상에! 그럼, '눈의여왕'님이 도연 언니? (덥석 이도연 손을 잡으며) 팬이에요! 우리 이모들도 완전 광팬인데!

다들 어리둥절.

이도연	(찡그리더니) 아, 비밀인데… (다시 씩 웃더니, 박차오름과 이단디, 윤지영을 보며) 좋아요, 오늘은 제가 쏩니다. 팬서비스로.
박차오름	예스!

S#22. 클럽 앞 (밤)

택시 도착하더니 예쁘게 차려입은 이단디 내린다.

이단디	(클럽을 보며 들뜬 표정으로 불끈!) 백만 년 만에 클럽! 오늘 다 죽

었어!

그때 또 택시 도착하더니 시크한 표정의 이도연 멋진 모습으로 내린다.

이단디 우와 언니! (주변 둘러보며) 이거 레드 카펫이야?
이도연 호들갑은,

또 도착하는 택시. 박차오름 평소와 완전히 다른 화려한 모습으로 변신하여 차에서 내린다. 눈이 휘둥그레지는 이단디. 이도연, 휘파람 분다. 박차오름, 두 사람을 향해 우아하게 손을 흔들며 미소 짓는다.

이단디 우와 판사님~ (기도하듯 손 붙잡은 채 감격한 표정. 말을 못 잇는다)
박차오름 힘 좀 줬습다. (어깨 으쓱. 이도연 보더니 하이파이브. 이도연, 피식 웃더니 응해준다)

이때, 세 사람 뒤에서 멈추는 또다른 택시. 돌아보는 세 사람의 눈동자 동시에 커지며 경악한 표정, 유유히 내리는 윤지영, 딴사람 같다. 머리에서 발끝까지 힘 빡 준 모습. 멍하니 쳐다보는 세 사람.

윤지영 (태연) 뭐해요? 안 들어가고. (자신 있게 클럽으로 걸어 들어간다)

S#23. 배석판사실 (밤)

혼자 일하고 있는 임바른. 문 벌컥 열리더니 정보왕 들어온다.

정보왕　(수심 가득한 표정) 야, 같이 안 갈래?

임바른　어딜?

정보왕　도연 씨한테 전화해봤는데, 아 글쎄! 클럽이래!

임바른　(시큰둥) …그래서?

정보왕　니네 실무관, 경위, 다 같이 있다는데? 생일파티나 뭐라나. 박 판사도.

임바른　(순간 움찔했다가) 재밌게들 노는 모양인데 왜?

정보왕　술깨나 한 거 같은 분위기야. 난 걱정돼서 가보련다. (울상) 별 양아치가 다 있을 텐데…

임바른　(시큰둥) 걱정은 무슨…

S#24. 클럽 안 (밤)

신나게 춤추고 2층 테이블로 돌아오는 네 여자. 활짝 웃으며 건배한다. 아까 춤출 때부터 네 사람을 힐끗힐끗 보던 부티나는 차림의 20대 초반 남자 둘, 따라오더니 다짜고짜 자리에 앉는다. 처다보는 네 사람.

남자1　(태연하게) 뭐 기분 좋은 일들 있나봐? 샴페인 하니 시켜줄까? 돔 페리뇽 어때?

이단디　(남자들을 보더니 어이없는 표정으로 픽, 웃으며) …그래 마음만 받

	을게. 애들은 가라, 응? 누나들 놀게.
남자2	VIP룸 잡아놨어. (룸 쪽을 가리킨다) 같이 가서 놀자.
남자1	(능글맞게 웃으며) 에이, 여자들끼리 이런 데 와서 술 먹고 있는 거, 뻔한 거 아냐?
박차오름	…… (빤히 쳐다본다)
남자1	시간 낭비 맙시다. 남자 찾으러 온 거 아냐. 나 같은. (씩 웃는다)
박차오름	(술잔 들이켜더니) …니들의 상식이 뭔지 모르겠는데 말야…
남자1	……?
이단디	클럽에서 여자들끼리 술 먹고 있다고,
윤지영	…그게 꼭 남자 찾고 있는 거, 아니거든?
이도연	(유혹적으로 웃으며) 혹시, 남잘 찾고 있다고 해도…
박차오름	(남자1을 향해 검지를 흔들며) 그게 꼭 너는 아니야. 알겠니?
남자1	뭐야! 이년들이 정말 어디서… 싸가지 없이!
남자2	야, 애네 집 어떤 집인 줄 알어?
박차오름	…하이고. (한숨 쉬며) 그래, 느그 아부지 뭐하시노?
남자1	뭐?
박차오름	(손가락으로 남자1 가슴팍을 콕콕 찌르며) 아들내미, 이 지랄하고 돌아다니는 동안, …느그 아부지는 대체 뭐하셨노 말이다. 문디 자슥아.
남자1	뭐, 뭐야!!
박차오름	(어깨 으쓱하며) 아니면, 그냥 부전자전인 거가?
남자1	이게 어디서! (거칠게 술병을 집어 드는데, 갑자기 나타나 남자1의 손목을 거머쥐는 손) 어, 넌 뭐야? 안 놔? (비틀거리지만 꼼짝도 안 하는 손)
임바른	…아무래도 보호가 필요한 거 같아서.

이단디	(반갑게) 임 판사님!
남자2	(어리둥절) …판사?
임바른	(여자들을 향해 미소 지으며 목례) 저분들 말고, (남자1을 향해) 널 좀 보호해야 할 거 같애.
남자1	뭐야 인마!

임바른, 눈짓으로 여자들 쪽을 가리킨다. 여자들 모두, 가소롭다는 표정. 이단디, 생글생글 웃으며 맥주병 만지작거리다가 순간 손날로 날카롭게 병을 치자 병 윗부분이 날아간다.

이단디	(손을 입에 갖다 대며) 어머?

순간 얼굴 하얘진 남자1, 2 우물쭈물 도망간다. 이들과 엇갈려서 이리로 뛰어오는 정보왕.

정보왕	(활짝 웃으며) 도연 씨!
이도연	(미소) ……

S#25. 클럽 안 (밤)

다 함께 건배. 정보왕은 이도연 옆에 앉아서 싱글싱글 좋아라 하고 있다.

이도연	(나지막이) …뭐하러 왔어요?
정보왕	(해맑게) 보고 싶어서 왔죠. 뭘 물어요.

이단디	어머 닭살!
윤지영	부럽네요… (원샷) 나도 하나 만들어야겠네. (씩 웃는다)
이단디	(엄지 척)

반대쪽 끝에 박차오름과 마주앉은 임바른, 맘껏 꾸민 박차오름의 아름
다운 모습에 순간 넋을 놓고 보다가 시선이 마주치면 애써 태연한 척하고
있다. 윤지영을 보며 활짝 웃는 박차오름. 가슴이 또 두근대는 임바른.

임바른	(마음의 소리) …아무래도 너랑 일하는 거, …심장에 별로 안 좋은 거 같애.
정보왕	(놀란 표정) 예에에? 웹소설?
이단디	엄청 인기 많대요! (이도연을 보며) 언니, 어떤 내용인데?
이도연	(묘한 미소) 글쎄? …관능적인, 모험에 관한 얘기?
이단디	오올! (이때 전화 오자 보더니) 잠시만? (들고 나간다)
정보왕	(아직도 멍한 표정중) ……
이도연	(정보왕의 표정을 보고 풋, 웃더니) 첨엔 재미로 끄적이기 시작했는데 …그걸로 작은 내 공간도 마련하고, 생활도 하게 됐네요.
정보왕	…밤에 일한다는 거, 이거였군요. (안쓰러워하는 표정) …낮에도 하루종일 일하고, 밤에도…
이도연	(쑥스럽게 웃으며 혼잣말처럼) …쉬운 일이 어디 있나요. 그래도 언젠간, 법정에서 본 진짜 이야기를 써보고 싶어요. 모두가 각자 몫의 지옥을 안고 살아가지만, 그래도 한줄기 희망은 품고 있는 그런, 진짜 사람들 얘기…
정보왕	(감동한 눈빛) …도연 씨, 대단해요. 도연 씨는 정말, 정말… (말을 찾다가) 훌륭한 사람이에요!

이도연   (어이없어 픽, 웃으며) 뭐래 정말… 무슨 위인전기 써요?

한편, 박차오름, 룸 쪽을 날카로운 눈초리로 본다. 남자2, 히죽거리며
취한 듯한 20대 초반 여성 한 명을 룸 안으로 안내하고 있다.

S#26. 룸 안 (밤)

남자1, 젊은 여성과 건배하고 있다.

남자2   (옆에서 바람 잡는 중) 쭉쭉 쭉쭉쭉! 쭉쭉 쭉쭉쭉!

다 마시고 나자, 남자2, 얼른 여성의 잔에 위스키를 또 따라준다.

남자2   자, 나랑도 한잔해야지?
여성   나 너무 많이 먹은 거 같은데…
남자2   에이, 뭐 잘 먹으면서 그래. 이거까지만. 응?
여성   (못 이겨서 잔을 든다. 남자2와 건배 후 원샷하고는 취하는지 뒤로 기대
눈을 감는다)

남자1, 2 음흉한 표정으로 눈을 마주치며 씩 웃는다.

S#27. 클럽 안 (밤)

비틀거리는 여성을 양옆에서 부축하며 룸에서 데리고 나오는 남자1, 2.

남자1 근데 근처에 방 있을까?

남자2 (호텔 방 키를 보여주며 씩 웃는다) 하루이틀이냐?

남자1 올~ (짜증내며) 야, 근데 애 왜 이렇게 무겁냐?

박차오름E 도와줄까?

남자1 (무심코) 아냐, 괜찮아. (순간 놀라서 돌아보니, 화난 표정의 박차오름. 그뒤에는 이단다가 목을 뚝뚝 좌우로 꺾고 있고, 나머지 일행도 팔짱 끼고 보고 있다) 히익!

S#28. 클럽 안 (밤)

입구 근처 복도. 박차오름 일행 앞에 무릎 꿇고 있는 남자1, 2.

박차오름 니네들, 아직 학생 같은데 평생 강간 전과자로 살고 싶냐?

남자1 에이, 뭐 때린 것도 아니고, 그냥 술 먹다 그러는 게 무슨 강간이에요.

박차오름 (미소) 그래? (남자1에 귀에 대고 속닥속닥) 야 이 새끼야. 넌 술 처먹고 뻗었는데, 니 뒤에다 어떤 아저씨가 막 하고 있으면 어떻겠니?

남자1 …그, 그긴…

박차오름 하고 싶으면 맨정신으로, 서로 합의하에 해. 응?

남자1	(혼잣말) …그럼 많이 못하잖아요.
박차오름	뭐얏!
남자1	(얼른 고개를 움츠린다)
남자2	(억울한 표정) 여자들이 어디 좋다 그러나요? 말로는 다 싫다 그러지.

박차오름이 화난 표정으로 뭐라 하려는데, 옆에 서 있던 임바른,

임바른	(차분하게) …말로 싫다고 그러면 싫은 거야. 인간은 원래 말로 의사소통하는 동물이에요.
박차오름	(임바른을 보며, 미소) ……
남자2	우리도 억울해요! 꽃뱀들이 얼마나 많은 줄 알아요?
남자1	맞어 맞어! 싫다고 하지도 않았으면서 말 바꾸고!
임바른	하아… (한숨 쉬며) 그럼, 애매한 사이에선 안 하면 안 되겠니.
남자1	(순간 말문 막혔다가 눈치보며) 그럼, 재미없잖아요…
임바른	(눈초리가 날카로워지며) 재미?
남자1	(얼른 눈을 피한다)
임바른	…만취해서 인사불성인 사람은, 온몸이 마비된 환자나 다름없어. 넌 그런 사람 몸에, 일방적으로 그딴 짓을 하는 거야. (점점 다가서더니 멱살을 잡고, 무서운 눈초리로) …그게 재밌어? 그게 좋냐구 인마!
남자1	(눈을 피하며) …에이, 씨…

이때, 경찰관들 도착해서 남자1, 2를 일으켜 세운다. 겁먹은 표정의 남자1, 2.

S#29. 클럽 밖 (밤)

경찰차가 와 있다. 남자1, 2를 태우고 사라지는 경찰차. 지켜보고 있는 일행.

박차오름   (돌아서서 일행들에게 웃으며) 자, 우리도 이만 집에 갈까요?

임바른   …괜찮아요? 많이 마신 거 같은데.

박차오름   (웃으며) 누가 누굴 걱정하나요. 괜찮습니다, 괜찮아.

이도연   (옆에 있는 정보왕의 귀에 소근) …난 안 괜찮아요. 데려다줘요.

정보왕   (놀라며) 네?

이도연   (시침 뚝) ……

S#30. 택시 안 (밤)

뒷자리에 나란히 앉은 정보왕과 이도연.

이도연   (가만히 있다가 불쑥) …난 왜 정 판사님이 좋은지 알아요?

정보왕   (이도연을 본다) ……?

이도연   …안전한 남자여서요.

정보왕   (실망하는 표정) 에? 겨우 그게 이유란 말예요?

이도연   (미소) 모르는 소리 말아요. 그게 얼마나 찾기 어려운 남잔데.

정보왕   ……

이도연   실수도 하긴 하지만, 인성하니 사과할 줄 알고,

정보왕   ……

이도연	모르면 배울 줄 알고, 괜히 쎈 척, 허세 부리지 않는.
정보왕	……
이도연	…그런 남자여서 좋아요. 알아요? (정보왕의 어깨에 머리를 기댄다)
정보왕	(감격한 표정, 조용히 이도연의 손을 잡는다)

밤거리를 달려가는 택시.

S#31. 이도연의 원룸 오피스텔 (밤)

오피스텔 문 앞에 서 있는 두 사람.

이도연	여기예요.
정보왕	네, 그럼, 조심해서 들어가요.
이도연	(말없이 정보왕을 바라본다)
정보왕	……?
이도연	…알아요?
정보왕	네?
이도연	안전한 남자라는 걸, 신뢰하게 되면, …여자도 얼마든지 모험을 하고 싶어진다는 거?
정보왕	(어리둥절) ……
이도연	(묘하게 웃으며 정보왕의 손을 잡아끈다) …들어와요.

이도연, 오피스텔 문을 연다. 작지만 신비롭게 꾸며진 이도연의 집 내부가 얼핏얼핏 보인다. 넋 나간 듯 이도연의 손에 이끌려 따라 들어가는

정보왕.

S#32. 44부 부속실 (오전)

평소와 달리 밝은 얼굴로 휘파람을 불며 일하고 있는 이도연. 출근하는
한세상, 문 입구에서 뭔가 낯선지 이도연을 힐끔 본다.

이도연 부장님 좋은 아침이에요!
한세상 …어, 그. 그래.
이도연 (방긋 미소 짓는다)
한세상 (얼떨떨한 표정으로 44부 팻말 다시 보며) …내 방 맞지?

S#33. 법정 (낮)

증인석에 모텔 종업원(70대 할머니) 서 있다.

한세상 증인, 오른손을 드시고, 앞에 있는 선서서를 낭독해주시죠.
할머니 (곤란한 표정) …에구, 글씨가 너무 작아서 잘 보이질 않아요…
이단디 네? 글씨 큰데요?
할머니 …늙어서 제 눈이 영 안 좋아요…

이닌니, 자리에 가시 선시시 종이를 하나 가셔오니니 실물화싱기에 올
린다. 스크린에 비춰지는 선서서. 이단디, 실물화상기를 조작해서 확대

한다. 화면 가득히 커진 글씨.

이단디 자, 이제 보이시죠? 할머니.

할머니 (더 곤란한 표정, 어쩔 줄 몰라 하며) …죄송해요. 그래도 잘 안 보여요…

이단디 (어리둥절) 네? 저렇게 큰데 안 보이세요?

한세상 (문맹임을 눈치채곤) 이 경위!

이단디 네, 재판장님.

한세상 (눈을 가늘게 뜨며 스크린을 보더니) 나도 노안이 와서 영 잘 안 보이는구만. 그러지 말고 이 경위가 좀 읽어드려요.

이단디 네? (그제야 눈치채고) 네! 알겠습니다.

할머니 (안도의 한숨을 쉰다)

이단디 (오른손 들고 있는 증인 옆에 서서) 선서! 양심에 따라 숨기거나 보태지 아니하고 사실 그대로 말하며, 만일 거짓말이 있으면 위증의 벌을 받기로 맹세합니다.

할머니 맹서합니다!

한세상 (빙긋이 웃고는) 수고하셨습니다. 자리에 앉으세요.

할머니 고맙습니다, 판사님. (앉는다)

한세상 (검사를 향해) 신문하시죠.

검사 네, 재판장님. 증인, 세진대학병원 근처 모텔에서 일하고 계시죠?

할머니 예.

검사 (피고인을 가리키며) 저 사람 본 적 있으십니까?

할머니 예. 경찰에서도 얘기했는데요. 돈 받고 방 키 내준 적 있다고.

검사 함께 온 젊은 여자분도 기억나십니까?

할머니	뒤에 있어서 제대로 보질 못했는데요…
검사	경찰에서 진술할 때는 여자가 남자한테 안기다시피 해서 비틀거리며 들어온 거 같다고 하지 않았습니까?
할머니	…에유, 밤에 한잔하고 여관 들어오는 커플이 다 그렇죠 뭐…
검사	그래도 그렇게 진술하지 않았습니까?
할머니	(뭔가 눈치보는 듯한 모습) …뭐 보통 그렇단 얘기였어요…
검사	(초조한 듯) 여관 입구 CCTV 테이프는 왜 없습니까?
할머니	…그게 마침 고장났더라고요. 어찌된 일인지…
검사	……

S#34. 법정 (낮)

이번에는 피해자 또래의 여성 레지던트가 증인석에 앉아 있다.

검사	증인은 피해자와 동기죠?
증인	네.
검사	피해자가 피고인과 함께 모텔에 들어가는 모습을 본 것 맞습니까?
증인	네, 지나다가 우연히 봤습니다.
검사	어떤 모습이었나요?
증인	…교수님이 지선이를 부축하다시피 해서 끌고 가고 있었고, 지선이는 머리를 교수님 어깨에 기댄 채, 힘이 하나도 없이 축 늘어져 있었어요.
한세상	변호인, 반대신문 하시죠.

변호인	네. (자리에서 일어선다. 지난번 젊은 로펌 변호사) 증인은 학부 시절 학생회 활동에 적극적으로 참가했었지요?
증인	네? 그게 이 사건이랑 무슨 상관이죠?
변호인	상관있어서 여쭤보는 것이니 답변해주시죠.
증인	네. 그랬었어요.
변호인	증인은 당시 재단에 비리가 있다고 주장하는 집회에 지속적으로 참여하였지요?
증인	네.
변호인	당시 재단 비리를 주장하다가 해고된 교수의 복직투쟁에도 앞장 선 바 있지요?
증인	…네.
변호인	재단 이사장 남편인 피고인에 대해, 평소 그리 좋은 감정을 갖고 있지는 않을 듯한데, 어떤가요?
증인	(흥분) 변호사님! 무슨 말씀을 하고 싶은 거죠? 제가 누굴 모함이라도 한다는 말씀입니까? 변호사라고 아무 말이나 해도 되는 건가요?
변호인	(시니컬하게) 아무 말이나 할 여유는 없지요. 저는 피고인의 변호인으로서, 증언의 신빙성에 대해 합리적 의심을 제기할 만한 말을 하기에도 시간이 모자랍니다.

옆자리에 앉은 노변호사, 눈살을 찌푸리며 젊은 변호사를 쳐다본다. 눈초리를 느낀 젊은 변호사, 헛기침을 하며 자세를 바로 한다.

변호인	증인께 다시 묻습니다. 아까 말씀하신 대로 피해자가 늘어진 채 피고인에게 끌려서 여관에 들어가는 상황이었다면, 피해자의 신

상에 위험이 있을 것을 걱정하는 게 당연하지 않나요? 동기가 위험에 처해 있는 상황에서 무얼 하셨죠?

증인 ……

변호인 보고만 있은 후, 며칠 지나서 친구한테 두 사람이 술 먹고 여관에 들어가는 걸 봤다고 얘기한 게 전부지요? 그 결과 병원에 소문이 다 났고 말이죠.

증인 (고개를 숙이고 입술을 깨문다) …그건 제가 잘못한 거예요. 그때 도와줬어야 하는데.

변호인 증인은 최소한 당시 뭔가 위험한 일이 벌어지고 있다고 판단하지는 않은 것 같은데 아닌가요?

증인 ……

변호인 답이 없으시군요. 증인은 피고인과 피해자가 함께 여관에 들어가는 상황에 대해 당시 전혀 달리 해석하신 것 아닙니까?

증인 네? 그게 무슨…

변호인 증인은 평소 피해자한테도 그다지 좋은 감정을 갖고 있지는 않았다면서요.

증인 ……

변호인 실력도 없으면서 교수한테 아양 떨어서 자리 얻으려는 꼴이 역겹다, 난 어차피 학부 때 찍힌 몸이라 여기서는 희망 없다. 증인이 동기들한테 이런 말을 하신 적 있다던데 아닌가요?

증인 ……

변호인 정의감 투철한 증인이 당시 가만있었던 것은, 피고인과 피해자가 합의하에 여관에 들어가는 일도 얼마든지 있을 수 있는 일이라고 판단했기 때문 아닌가요?

증인 (패닉상태) 그, 그건 아니에요. 그게 아니라… 그게 아니고…

S#35. 법원 구내식당 (낮)

박차오름   (굳은 표정) …일류 로펌이라는 게, 유능하긴 하네요. 무시무시할
만큼.

임바른   (박차오름을 본다)

박차오름   (빈정거리듯) 유일한 목격자는 피고인에게 적대적인 전력이 있고,
CCTV는 때맞춰 고장나고, 강자에게는 운도 따르나봐요.

한세상   (묵묵히 밥만 먹는다)

박차오름   일류 로펌 변호사들을 병풍처럼 거느리고 계신 재단 이사장 부군
교수님과 여자 레지던트, 기울어도 너무 기우는 싸움 아닌가요?

한세상   (묵묵히 숟가락을 입으로 가져가다가 불쑥) 99명의 도둑을 놓치더
라도 한 명의 억울한 사람을 만들면 안 된다는 말, 사람들이 흔히들
하던데 말야. 그 말 들을 때마다 궁금한 게 있어.

박차오름과 임바른, 한세상을 쳐다본다.

한세상   왜 하필 '도둑'일까?

박차오름   ……

한세상   도둑질이란 가장 흔하고, 아주 치명적인 피해까지는 주지 않는
범죄지.

임바른   ……

한세상   만약 앞부분이, '99명의 연쇄살인범을 놓치더라도' '99명의 회
삿돈 빼돌리는 재벌을 놓치더라도' '99명의 소아강간범을 놓치더
라도'라면 어떨까?

박차오름   (흠칫 놀란다)

한세상 …그래도 한 명의 억울한 사람을 만들지 않기 위해 99명을 놓쳐도 된다는 데 동의할까? 동의하지 않는다면? 이런 경우에는 '대의를 위해 작은 희생은 어쩔 수 없다'로 원칙이 수정돼야 되나?

박차오름 …그, 그건 아닙니다만…

한세상 박 판사, 강자한테 강하고, 약자한테 약한 법원이 돼야 된다고 했었지.

박차오름 네.

한세상 사회는 사실 불평등하지. 그것도 구조적으로 불평등해. 강자의 범죄는 밝히기가 더 어려운 것도 사실이야. 강자는 서투르게 증거를 남기지도 않고, 강자를 변호하는 변호사들은 비싼 만큼 실제로도 유능해. 그럼 법원은 어떻게 해야 될까. 그런 현실을 생각해서, 적절한 역차별을 해야 되나?

박차오름 ……

한세상 약자 말은 일단 맞다고 믿어주고, 강자 말은 일단 의심부터 할까? (박차오름을 정면으로 쳐다보며) …강자에게 강한 법원이 되려면, 강자한테는 유죄추정의 원칙을 적용해야 되는 건가?

박차오름 …그건 아니지만, 최선을 다해서 진실을 밝혀야죠!

한세상 당연히 최선을 다해야지. 문제는 그 '최선'을 다하는 방법이 뭐냐야. 확실한 건, 처음부터 한쪽 편을 들겠다는 마음으로 임하는 건 금물이라는 거야. 최소한 법정에선.

박차오름 …… (뭔가 불만스러운 표정)

S#36. 배석판사실 (오후)

박차오름   (흥분) 부장님 말씀이 꼭 맞는 건가요? 그건 그냥 사회가 원래 불평등하니까, 판사도 별수없다는 얘기잖아요! 우리 책임은 그럼에도 불구하고, 정의를 세우기 위해 노력하는 것 아니에요? 눈을 부릅뜨고, 최선을 다해서!

임바른   부장님은 그냥 조심하라고 말씀하시는 거겠죠. 치우치지 말라고.

박차오름   치우쳐요? 제가 편파적인 판산가요?

임바른   (정색) 인간은 누구나 치우칠 위험이 있어요. 저도 마찬가지고.

박차오름   (입을 꾹 다문다)

S#37. 44부 부속실 (저녁)

책상 정리하고 있는 이도연.

정보왕E   퇴근 준비해요?

이도연   (고개를 들자 정보왕, 웃으며 서 있다) …네.

정보왕   같이 퇴근해요. 맛집 찾아놓은 데 있어요.

이도연   (주변을 둘러보며 나지막이) …같이 퇴근이라뇨. 눈에 띄게.

정보왕   눈에 띄라고 같이 퇴근하자는 거예요.

이도연   네?

이때, 복도 쪽. 퇴근하던 배곤대와 김동훈, 정보왕을 본다.

배곤대	(못마땅한 표정) 정 판사, 지금 뭐하는 거야?
정보왕	(돌아보며 웃는다) 아, 부장님? 저, 사귀는 사람이랑 같이 퇴근하고 있는데요.
배곤대	(놀라며) 뭐야? 내가 그렇게 알아듣게 얘기했는데도!
정보왕	판사답게 행동하라고 하셨죠? 불합리한 선입견이나 억압으로부터, 개인의 자유를 보호하는 게 판사다운 거 아닌가요?
배곤대	이봐 정 판사!
정보왕	(이도연을 보며 싱긋) 똥이 더럽다고 피하면 되겠어요? 뒷사람이 밟지 않게 똥 따위, 치워버리자구요.
이도연	(뭉클한 표정) ……
배곤대	뭐, 뭐야! 똥!
정보왕	(눈이 동그래지며) 전 똥 얘기했지, 부장님 얘기한 게 아닌데요.
임바른E	네, 저희도 들었지만, 부장님 얘기한 적은 없는 거 같습니다만. …똥 얘기했지.

어느새 박차오름과 임바른도 나와 정보왕 곁에 서 있다. 미소 짓는 박차오름.

배곤대	(정보왕을 노려보더니) …어디 멋대로 함 해봐! (가버린다)
임바른	(정보왕을 보며) …보왕아.
정보왕	왜?
임바른	…불의를 잘 참고, 자기에게 관대하던 너 맞냐. 생소하다.
정보왕	야! (째려보다가 다시 씨익 웃더니 이도연을 본다) …사랑의 힘이다.
임바른	(질색) 뭐?
정보왕	도연 씨, 가요.

이도연   (미소) 그러죠, 뭐.

함께 걸어나가는 두 사람. 정보왕, 슬쩍 손을 잡으려 하는데, 이도연이 찰싹 손을 때린다. 흐뭇한 미소로 두 사람을 지켜보는 임바른과 박차오름.

S#38. 배석판사실 (밤)

박차오름, 메모지를 보며 회의용 탁자 위에 쌓아놓은 기록 사이에서 사건기록을 찾고 있는데, 찾는 기록 위에 엄청 두꺼운 기록이 여러 개 쌓여 있다. 한숨 쉬며 두꺼운 기록을 들려고 하는데, 어느새 임바른이 바로 곁에 나타나 여러 기록을 한번에 힘껏 들어올려준다.

박차오름   (놀라 기록 밑을 받쳐주며) 괜찮아요! 제가 할게요!

임바른   (나지막이) 폐 좀 끼쳐도 괜찮아요.

박차오름   (순간 얼음) ……

임바른   (기록을 옆에 내려놓고는) …나한텐.

박차오름   (뭉클한 눈빛)

임바른   (미소 짓는다)

박차오름   (임바른을 가만히 보다가) …임 판사님.

임바른   네.

박차오름   …제가 왜 좋아요?

임바른   (당황) 예?

박차오름   전에 말씀하셨잖아요. 좋아한다고.

임바른	…그랬죠.
박차오름	(임바른을 응시하며) 이유가 뭐죠? 제 뭐가 좋은 거죠?
임바른	(박차오름을 마주보며, 담담하게) …불편해서요.
박차오름	(의아한 표정) 네?
임바른	박 판사를 보고 있으면 불편해져요. 나랑 많이 다른 사람이니까. 사고방식도, 태도도.
박차오름	……
임바른	자꾸 부딪치다보니, 내가 옳다고 생각해온 게 꼭 맞는 건지 흔들릴 때도 있고, 매번 이렇게 부딪쳐야 되는 건지 짜증나기도 해요.
박차오름	……
임바른	처음에는… '그럼에도 불구하고' 좋다고 생각했는데, 이제는, '그래서' 좋은 것 같아요… 불편해서. 날 자꾸 불편하게 만들어서. 내 자신을 돌아보게 만들어서.
박차오름	(뭉클한 눈빛으로 가만히 보다가) …그래요. 그동안 참 많이 불편하게 만들었죠. 제가.

플래시백 / 몽타주 〉

- 1인 시위 할머니를 끌어안고 분노에 찬 눈으로 임바른에게 외쳐대는 박차오름.
- 성공충 징계 연판장을 들고 나가는 박차오름 앞을 가로막는 임바른.
- 승합차 뒷좌석에서 이리 쏠리고 저리 쏠리며 본드 공장을 찾아가는 두 사람.
- 주폭노의 영구임대아파트로 가는 언덕길을 함께 올라가는 두 사람.

임바른	(박차오름을 바라본다)
박차오름	(임바른을 보며) …그때, 살아남아야 해서 마음의 여유가 없다고, 감당할 자신이 없다고 대답했었는데,
임바른	……
박차오름	사실은 임 판사님이 곁에 있어서, 감당하고 있고, 살아가고 있는 거였어요. …언제부터인지.
임바른	(가슴 벅차오르는 표정. 마음의 소리) …오름아.
박차오름	(눈시울이 뜨거워진다) …그래요. 저도 폐 좀 끼칠게요.
임바른	(박차오름을 다정한 눈빛으로 바라본다)
박차오름	(미소 지으며) …임 판사님, 내, 우배석이잖아요.
임바른	(가슴 벅차올라 눈물까지 맺힌다. 자기도 모르게 박차오름에게 다가서서 자신을 쳐다보는 오름의 뺨 쪽으로 손을 뻗다가, 판사실임을 깨닫곤 애써 자제한다. 천천히 미소 짓더니,) …그래요. 내, 좌배석판사님. (박차오름이 꺼내려던 기록을 들어 박차오름에게 건네주며) …그럼 이제, 일 좀 해볼까요?
박차오름	(기록을 받아들며 씩 웃는다) 네!

S#39. 시장통 (밤)

싱글벙글하며 순대집이모 좌판 쪽으로 오는 박차오름.

미용쥬F	(차가운 말투) 뭐 좋은 일 있어?
박차오름	(놀라며) 용준 오빠. 웬일이야?
순대집이모	용준이가 꼭 일이 있어서 오나. 니 보고 싶어서 오지.

박차오름 (굳은 표정) 이모, 그런 얘기 자꾸 하지 마.

떡볶이이모 왜, 왜? 니네 싸웠나.

민용준 (차가운 미소) …글쎄요. 싸워볼 기회도 제대로 안 주던데.

빈대떡이모 싸우지들 말그래이. 청춘남녀가 싸울 시간이 어딨노. 내 같으면…

박차오름 (O.L.) 내가 '눈의여왕' 작가님 사인 받아다줄까?

이모들 (동시에) 뭐라 캤나! 눈의여왕?

(왁자지껄) "니가 어떻게 그 선생님을 알겠노." "그 양반은 천재 아이가, 천재."

박차오름 (이모들 떠드는 사이, 민용준을 향해) 진짜 무슨 일로 왔어?

민용준 ……

S#40. 청계천 다리 위 (밤)

난간에 기대 청계천을 내려다보고 있는 민용준.

박차오름 …지난번 일 때문에 왔어?

민용준 일? 무슨 일이 있었지?

박차오름 ……

민용준 (굳은 표정) 니가 일방적으로 퍼붓고 가버린 거? 그런 걸 일이라 고 하나?

박차오름 마음 상했다면 미안해. 오빠.

민용준 내가 너한테 뭘 어떻게 했다고, 그런 모욕을 당해야 되는 거지? 이유라도 듣자.

박차오름 ……

민용준 (분노를 억누르며) …임 판사 때문이니?

박차오름 (놀라며) 무슨 소리야!

민용준 너, 언제부턴지 임 판사 얘기만 하던데. 재수없다, 어이없다, 잔소리쟁이다, 의외로 허당이다…

박차오름 (당황) ……

민용준 (상처받은 눈빛) 내가 말했잖아. (씁쓸하게) …위키피디아에 '박차오름' 항목 생기면, 내가 다 쓸 수 있다고.

박차오름 아냐, 오빠! 그날 일은 임 판사님하곤 아무 상관없어. 내가 그날 그렇게 화가 났던 건… (뭐라 설명하기 어려워 민용준을 바라보며 말을 고른다)

민용준 (어느새 침착해진 표정) …화가 났던 건?

박차오름 오빠, 오빠가 늘 내게 잘해준 거, 고마워하고 있어. 오빠가 원래 좋은 사람인 것도 알아.

민용준 그런데?

박차오름 오빤, 오빠가 누리고 있는 것들, 오빠가 가지고 있는 것들이 무섭지 않아?

민용준 ……

박차오름 많은 걸 가진 사람은, 남들에게 고통을 줄 수도 있어. 본의든, 본의가 아니든.

민용준 ……

박차오름 그래서, 그런 사람들은 남들보다 더 두려워하고, 망설일 줄 알아야 한다고 생각해.

민용준	……
박차오름	그런데, 오빠는 망설이지도, 두려워하지도 않아. 그저 당연하게만 여기지. 난, 그게 너무 무서워. (망설이다가 덧붙인다) …싫고.
민용준	(씁쓸한 미소) 그래. 재벌로 태어났으면 재벌답게 사는 게 낫겠다.
박차오름	……
민용준	(차갑게 굳어가는 표정) …어차피 선의를 품어봤자 악어의 눈물로 볼 뿐이니까.
박차오름	(놀라며) 오빠!
민용준	(사무적으로) 오늘 온 용건을 말할게. …우리 자형 일이야.
박차오름	(표정 굳으며) 역시 그 일이구나. (뒤로 돌며) 피고인 인척과 사건 얘기할 순 없어. 돌아가.
민용준	(박차오름의 팔 붙잡으며) 오름아!
박차오름	(민용준을 응시하며) …놔줄래?
민용준	우리 자형, 그럴 사람 아니야.
박차오름	놓으라니까!!
민용준	(박차오름을 쳐다보며 천천히 팔을 놓는다) …자형이 훌륭한 사람이란 얘기가 아니야.
박차오름	……
민용준	그냥, 소심하고 겁 많은 사람이야. 우리 아버질 무서워하고, 누나도 무서워해. NJ그룹을 무서워하는 거겠지. 이런 사고, 감히칠 만한 위인이 못 돼.
박차오름	사람은 누구나 사고 칠 수 있어. 누구든.
민용준	(슬픈 표정으로 가만히 보다가) …내가 한 번이라도, 단 한 번이라도 니한테 무슨 부탁을 한 적 있니?
박차오름	…… (착잡한 표정)

민용준	이번 한 번만 부탁할게. 내 말을 믿어줘. 우리 자형, 그럴 사람 아
	니야. NJ그룹 오너 일가에 강간범? 그게 말이나 된다고 생각해?
박차오름	(괴로운 표정) 오빠, 제발 그만 돌아가. 계속 이러면, 난 오빠 다신
	볼 수 없어.
민용준	(가만히 보다가) …유감이구나.

민용준, 뒤돌아서서 찻길에 정차해놓은 고급 세단 쪽으로 뚜벅뚜벅 걸어간다. 운전기사, 얼른 내려서 문을 열어준다. 떠나는 민용준의 차. 민용준의 얼굴, 분노로 일그러진다.

S#41. 한세상 부장판사실 (오전)

거울을 보며 정성스레 법복을 입고 넥타이를 매고 있는 한세상.

박차오름E	부장님.

한세상, 돌아본다. 법복 입은 박차오름 서 있다.

박차오름	말씀드리고 싶은 게 있습니다.
한세상	뭐지?
박차오름	전 법관으로서, 어느 한쪽에 기울어진 판단을 하자고 말씀드린
	것이 아닙니다,
한세상	…그러면?
박차오름	판단은 중립적으로 해야죠. 전 다만, 약자의 입장도 알아주셨으

면 하는 겁니다.

한세상　……

박차오름　사회통념이니, 상식이니 하며 객관적인 척하는 말들이 알고 보면 강자의 입장에 치우친 말일 수 있고, 얼핏 보면 비합리적인 것처럼 보이는 피해자의 행동에도 그럴 만한 이유가 있을 수 있습니다.

한세상　……

박차오름　강자가 주는 술을 감히 마다할 수 없는 입장, 강자가 보내는 문자에 본능적으로 일단 웃는 이모티콘을 붙여 답장을 보내게 되는 입장, 곧바로 경찰서를 찾아가지 못하고 망설이게 되는 입장… 이런 게 약자의 입장 아닐까요.

한세상　……

박차오름　그렇다고 피해자 말이 맞다고 단정하는 게 아닙니다. 피해자 입장에서는 그렇게 행동할 수노 있다는 '가능성'을 말씀드리는 겁니다. 그런 가능성들도 판단 대상에 넣어야 하니까요.

한세상　…하고 싶은 말 다 했나?

박차오름　네, 부장님.

한세상　…그럼 들어갑시다.

S#42. 법정 (낮)

중인석에는 30대 여성(일식집 종업원) 앉아 있다.

변호인　증인, 세진대 근처 일식집에서 종업원으로 일하고 계시죠?

종업원	네.
변호인	여기 교수님이 젊은 여성하고 둘이 식사하러 온 거 기억나시죠?
종업원	네, 기억나요.
변호인	분위기가 어떻던가요? 그 식사 자리.
종업원	뭐, 화기애애하던데요? 계속 웃음소리 나고, 러브샷도 하고. (대답한 후 무심코 힐끔 뒤를 돌아본다)
변호인	러브샷을 했단 말이죠?
종업원	예. 교수님이 팔을 내미니까, 그 여학생도 거침없이 팔을 걸던데요? 요즘 여자애들은 당돌하구나, 생각했다니까요.
변호인	그랬군요. 식사 마치고 나갈 때 상황은 어땠습니까?
종업원	교수님이 계산하시는 동안, 여학생은 빈 의자에 잠깐 앉아 있었어요.
변호인	많이 취했던가요?
종업원	취기가 좀 오르긴 한 거 같던데, 교수님이 계산 마치고 오니까 일어나서 같이 가게를 나갔어요.
변호인	함께 자연스럽게 나갔단 말이죠?
종업원	네.

박차오름, 증인을 주의깊게 보고 있다가 한세상 쪽으로 몸을 숙여 뭐라 속삭인다. 한세상, 고개를 끄덕인다.

| 한세상 | (자리에서 일어나려는 증인을 향해) 주심판사가 증인에게 추가로 몇 가지 묻겠습니다. 증인은 자리에 앉으세요. |

종업원, 놀라 판사석을 쳐다보았다가 얼른 고개를 숙인 채 자리에 앉

는다.

박차오름 증인, 증언하실 때 대답을 마친 후 무심코 고개를 돌려 방청석을 쳐다보시던데 누구를 보신 건가요?

종업원 네? 무슨 말씀이신지…

박차오름 정확하게 세 번 그러시더군요. 누구를 보신 거죠?

종업원 아니, 저는 그런 기억이…

박차오름 (방청석을 쳐다보며) 증인과 함께 오신 분이 어느 분이죠? 끝줄에 앉은 양복 입으신 분, 증인이 그쪽을 쳐다보는 것 같던데 증인과 어떤 관계시지요?

중년남성이 쭈뼛거리며 일어선다.

중년남성 …에, 별거 아니고요.

박차오름 누구시죠?

중년남성 …예, 저 증인이 저희 집 종업원입니다.

박차오름 그 일식집 사장님이시군요.

중년남성 …네.

박차오름 (증인을 향해) 증인, 사장님이 이 재판과 관련해서 뭐라고 얘기한 적 없나요?

종업원 (당황) 에구, 사장님은 가게에 잘 나오지도 않으셔요.

박차오름 그건 제 질문에 대한 대답이 아니네요. 사장님이 재판 출석 전에 뭐라고 하신 적 없나요?

종업원 전 법원에 왔다갔다하는 것 자체가 싫은 사람이에요. 여기가 뭐 좋은 데라고…

임바른	(증인을 보며, 마음의 소리) …인간은 숨기고 싶은 부분에 대해 질문을 받으면, 즉답하지 못하고 자기방어부터 한다…
박차오름	증인! 빙빙 돌리지 말고 질문에 대답하세요!
종업원	(움찔하더니) 아니 뭐, (박차오름이 매섭게 쳐다보자 망설이다가) 그냥 이런 말씀은 하셨어요. 교수님이야 신사 중의 신사이신데 왜 이런 일이 생겼을까.
박차오름	사장님이 피고인을 잘 아시는가보죠?
종업원	…워낙 단골이시니까요. 학교 근처에서 저희 집이 제일 고급 식당이라 자주 오세요.
박차오름	큰손님이군요. 혹시 피고인 쪽에서 누가 찾아오지는 않았나요?
종업원	(눈동자가 심하게 흔들린다)

박차오름이 재차 물으려는 순간, 변호인이 자리에서 일어선다.

변호인	피고인의 부인이 식당을 찾아간 일은 있습니다만, 증인이 출석하지 않으려 한다기에 출석을 부탁하러 간 것뿐입니다. 불법적인 청탁을 한 일은 없습니다!
박차오름	변호인, 지금 증인에게 묻고 있습니다!

박차오름의 날카로운 음성에 변호인, 얼른 자리에 앉는다.

종업원	변호사님 말씀이 맞아요. 제가 무서워서 나가기 싫다는데, 그때 식사 자리 분위기에 대해 있는 그대로만 얘기해달라고 몇 번이나 말씀하셨어요. 사장님도 그러시고…
박차오름	증인, 있는 그대로 얘기한 것 정말 맞나요? 그럼 왜 그리 한사코

나오지 않으려 하셨죠? 아까 선서한 내용 기억하죠? 법정에서
거짓말하면 위증죄로 처벌받습니다.

종업원   (움찔) ……

박차오름   …혹시 사실과 다르게 말한 부분이 있더라도 증언을 마치기 전
에 바로잡으면 처벌받지 않아요. 잘 생각해보세요.

뚫어져라 쳐다보는 박차오름의 시선을 견디지 못하고 종업원, 고개를
숙이더니,

종업원   …전 진짜 거짓말한 거는 없어요. 아까 드린 말씀은 다 사실이에
요. 단지…

박차오름   단지, 뭐죠?

종업원   그냥 묻지 않으셔서 말씀 안 드린 게 하나 있는데요…

박차오름   말씀하세요.

종업원   두 분이 식사하실 때, 제가 소변이 마려워서 화장실에 갔었는데,
여학생이 화장실 바닥에 엎드려 있더라고요. 토했었나봐요.

박차오름   ……!

종업원   제가 놀라서 흔들어 깨우니까 눈을 뜨고는 다시 방으로 들어가더
라고요. 괜찮은가 걱정했는데, 나갈 때 보니 또 괜찮은 것 같기
도 해서…

S#43. 법정 (낮)

한세상   피고인, 최후진술 하시죠.

피고인   (땀을 연신 닦으며) 예, 재판장님. 진짜 억울합니다. 그때 제 제자
가 취했던 건 맞습니다만, 분명히 정신을 못 차릴 만큼 만취했던
건 아니었습니다. (고개를 수그리며) 솔직히, 술이 오르니까 부끄
럽지만 남자의 본능 때문에 흑심을 품게 된 것은 맞습니다… 뭔
가 기대하면서 술을 자꾸 권하고, 여관 쪽으로 이끈 것도 맞습니
다… 교수로서 제자한테 그런 맘을 품은 것 자체가 큰 잘못입니
다. 죽을죄를 지었습니다, 재판장님. 그런데 말이죠, (잔뜩 울상,
억울해 죽겠다는 표정) 절대로 억지로 끌고 간 건 아닙니다! 제 제
자도 좀 취하기는 했지만, 그냥 못 이기는 척 제가 이끄는 대로
여관까지 제 발로 따라오는 상황이었습니다! CCTV만 있으면 그
때 상황을 밝힐 수 있을 텐데, 억울합니다!

한세상   (묵묵히 보고 있다)

S#44. 한세상 부장판사실 (다른 날 낮)

회의용 탁자에 둘러앉은 세 판사. 사건 합의중.

한세상   (서류를 보며) …교수 측이 피해자를 위해 5000만 원을 공탁했구
만.

임바른   네? 무죄를 적극 주장하면서 왜…

박차오름   부장님, 사실상 범행을 자백하는 거 아닌가요?

한세상   (고개를 저으며) 단정하지 마. 같이 낸 참고서면을 보면, 비록 준
강간죄를 인정하는 것은 아니지만, 교수로서 취한 제자를 고이
귀가시키지 않고 부적절한 관계를 맺은 것은 맞으니까, 도의적

| 인 책임을 느껴서 공탁한다고 돼 있어.

박차오름 그게 말이 되나요!

한세상 …박 판사도 얘기했잖아. 인간이란 궁지에 몰리면 때론 비합리적으로 보이는 행동을 할 수도 있어.

박차오름 네?

한세상 무죄를 주장하고 있더라도, 재판 분위기가 불리하게 돌아가는 것 같아서 겁을 먹으면, 지푸라기라도 잡는 심정으로 공탁이라도 할 수 있지. 피고인의 입장에서는.

박차오름 부장님,

한세상 (O.L.) 그게 맞다는 게 아니라, 그럴 가능성도 있을 수 있다는 거야. 다시 한번 처음부터 검토해보고, 내일 다시 합의합시다.

박차오름 (답답한 표정) ……

S#45. 배석판사실 (낮)

박차오름 (지친 표정) 부장님, 좀 이상하지 않아요?

임바른 …무슨 말씀이죠.

박차오름 (망설이며) …이런 생각 하면 안 되지만, 저 자꾸 엉뚱한 생각이 들어요. 검색해보니 그 대법관 출신 노변호사님, 우리 부장님 고등법원 배석일 때 모셨던 재판장이셨더라고요.

임바른 박 판사, 무슨 그런 소릴 해요? 우리 부장님이 그럴 분은 아니잖아요?

박차오름 (한숨) 네. 저도 답답해서 그만…

임바른 …다시 한번 검토해봅시다.

박차오름   …네.

S#46. 배석판사실 (밤)

늦은 밤까지 기록을 뒤적거리고, 컴퓨터로 판례들을 찾아보며 고민하는 박차오름.

임바른   (자정을 가리키는 벽시계를 보며) 이제 그만 퇴근할까요.

박차오름   (기록을 계속 보며) 조금만 더 보고 갈게요. 먼저 들어가세요.

임바른   (가만히 박차오름을 보다가) 내일 봐요.

박차오름   네.

자리에서 일어서 문 쪽으로 가는 임바른.

박차오름   (계속 일하며) …임 판사님.

임바른   (멈춰 서서 돌아보며) 네.

박차오름   내일 최종 합의할 때, 만약 제가 균형을 잃고 피해자 쪽에 치우쳐서 얘기하면,

임바른   ……

박차오름   가차없이 반박해주세요. 절대 봐주지 말고.

임바른   왜 그런 얘길 하죠?

박차오름   그러지 않으려고 조심하고, 고심하고, 또 소심하고 있지만, 그래도 자신이 없어요. 내가 정말 치우치지 않았는지. 그래서 무서워요.

임바른   ···걱정 말아요. (미소) 내가 언제 봐준 적 있나요?

박차오름   (픽, 웃으며) 하긴요.

임바른, 씩 웃으며 목례하고는 먼저 퇴근한다.

S#47. 한세상 부장판사실 (다음날 낮)

임바른   부장님, 선고가 3일밖에 안 남았습니다. 이제 마음을 정하셔야죠.

한세상   ···그래. 그럽시다. (박차오름을 보며) 그럼 주심판사부터.

박차오름   네, 부장님. (한세상을 보며) 변호인의 주장이 맞는 말일 수도 있습니다.

한세상   ······? (의아한 표정으로 박차오름을 본다)

박차오름   인간의 마음속에는 순간순간 엄청나게 많은 생각이 오갑니다. 원래 그럴 마음이 아니었어도, 술에 취해 어느 한순간, 그냥 교수의 요구에 응해버리면 어떨까 생각할 수도 있겠죠··· 변호인 말처럼, 교수는 아주 많은 걸 줄 수 있는 권력자니까요. 그래서, 신중하게 생각할 수밖에 없습니다.

임바른   글쎄요, 그건 지나친 신중론인데요.

한세상   ······? (의아한 표정으로 이번엔 임바른을 본다)

임바른   그런 식이면 준강간은 아예 처벌하지 않겠단 얘기 아닌가요? 우린 증거에 따라 합리적 의심의 여지가 없이 증명되었는지를 판단할 따름입니다. 피해자의 내면 깊은 곳 어딘가에서 응했을지도 모르지 않느냐, 그런 막연한 의문이 합리적 의심입니까?!

한세상	(의아한 표정으로 고개를 갸웃거리며) …우리 부 맞지? 어째 둘이 좀 바뀐 거 같은데…
임바른	네?
한세상	아, 아니야. 그래서?
박차오름	(임바른을 보며) 네. 그래서 증거들을 살펴봤습니다. CCTV는 다 고장났다고 하고, 여관 종업원 할머니는 뭔가 눈치를 보며 경찰 진술을 번복하고, 변호인은 일식집 종업원을 사전에 접촉했습니다. 모두 의심스러운 정황들이지만, 그렇다고 뭐가 입증되는 건 아니죠.
한세상	……
박차오름	하지만 핵심적인 증거들이 남아 있습니다.
임바른	우선 피해자 진술은 처음부터 지금까지 일관되어 있고,
박차오름	(끄덕이며) 축 늘어진 피해자를 피고인이 끌고 여관으로 들어가는 걸 봤다는 다른 레지던트의 증언, 일식집 화장실에 만취해서 쓰러져 있던 상황에 관한 종업원 증언이 피해자 진술과 일치합니다. 반면, 증언한 레지던트가 재단에 적대적이지 않느냐, 피해자가 신고를 늦게 한 게 수상하지 않느냐는 변호인 측 주장은 의혹 제기일 뿐 증언의 신빙성을 뒤집을 만한 것이 못 됩니다.
임바른	(고개를 끄덕인다)
박차오름	(단호하게) 합리적 의심의 여지가 없이 증명되었다고 생각합니다. 피고인은, 유죄입니다.

한세상, 박차오름을 쳐다본다. 박차오름, 확신에 찬 표정이다. 한세상, 임바른을 쳐다본다.

임바른   저도 같은 의견입니다.

한세상, 깊은 고민에 빠져 있다가 드디어 결심한 표정.

한세상   …알겠네. 그럼 형량을 정해볼까? (박차오름을 본다)

박차오름   네, 부장님. (메모지를 보며) 양형기준상 권고형의 범위는 일반적인 강간죄와 같이 징역 3년에서 5년입니다.

한세상   …준강간으로 보통 그 정도 형은 잘 안 하지 않나.

박차오름   네. 전과 없다는 등의 이유를 들어 감경해서 징역 2년 정도 선고하는 예가 많았습니다.

임바른   …… (착잡한 표정)

플래시컷 〉12부 56씬.

한세상   총 5년간 복역하게 될 겁니다.

주폭노인   (꾸벅 고개를 조아리며) 예에, 고맙습니다 판사님!

한세상   …그래서?

박차오름   전 법이 준강간도 강간이라고 선언한 이상, 특별한 사유 없이 양형기준보다 낮게 선고할 수는 없다고 생각합니다.

한세상   …5000만 원 공탁한 거는?

임바른   합의나 공탁을 양형에 참작하는 건, 돈 때문이 아니라 진심으로 반성하고 사죄를 했다는 점에서 참작해주는 것 아닙니까?

박차오름   맞습니다, 부장님! 죄는 인정하지도 않으면서 논란 묵, 딘저 주듯 공탁하는 게 무슨 의미가 있죠?

한세상	…그럼 몇 년을 하자는 건가.
박차오름	권고형의 범위가 3년에서 5년인데, 이 사건은 교수가 사제관계의 신뢰를 이용해서 제자를 준강간한 사건입니다. 죄질이 결코 가볍지 않습니다.
한세상	……
박차오름	최소한 권고형 범위 중에서 하한을 선고할 사건은 아닙니다.
한세상	…선례들보다 너무 무거운 거 아니냐는 구설수가 있을 텐데.
박차오름	…판사는 법대로 해야 되는 것 아닌가요. 부장님.
한세상	(고민스러운 눈빛) ……

S#48. 법정 (다른 날 오후)

피고인, 창백한 표정으로 자리에서 일어서 있다. 다리를 사시나무 떨듯 떤다. 방청석에는 피해자와 그녀의 남자친구가 나란히 앉아 있다.

한세상	…이상과 같은 이유로, 다음과 같이 판결합니다. 주문. 피고인을 징역 4년에 처한다. 피고인에게 40시간의 성폭력 치료 프로그램의 이수를 명한다.
피고인	(충격을 받은 표정, 망연자실)
한세상	실형을 선고하므로, 피고인을 법정구속합니다. 피고인, 구속 사실을 누구에게 통지하면 될지 말씀하세…

그 순간, 피고인은 정신을 잃으며 나무토막처럼 쿵 소리를 내며 쓰러진다. 당황한 교도관들 달려와 다친 곳이 없는지 살펴보고 정신을 차리게

한 후 데리고 나간다. 피해자, 눈물을 글썽거리며 고개를 묻고, 남자친구, 곁에서 토닥여준다.

S#49. 법정 밖 복도 (오후)

무거운 분위기 속에 걷고 있는 세 판사. 박차오름의 발걸음이 느려서 한세상이 점점 앞서가게 된다. 박차오름, 얼굴이 백짓장처럼 하얗게 질려 있다.

플래시컷 〉

정신을 잃으며 나무토막처럼 쿵 쓰러지던 피고인의 모습. 박차오름, 몸이 덜덜 떨리기 시작한다. 임바른, 걱정스레 본다.

임바른	박 판사, 괜찮아요?
박차오름	…사람이 그렇게 쓰러지는 건 처음 봤어요.
임바른	……
박차오름	(흔들리는 눈동자) …제가 틀린 거면 어떡하죠? 틀린 거면…

S#50. 한세상 부장판사실 앞 (오후)

흔들림 없이 걸어가는 한세상의 뒷모습, 혼란스러운 표정으로 힘없이 걷는 박차오름, 걱정스레 보며 걷는 임바른.

한세상   (부장실 문 앞에서 걸음을 멈추더니) …잠시 들어오시오.

S#51. 한세상 부장판사실 (오후)

임바른, 박차오름을 세워둔 채 자리에 앉은 한세상, 책상 맨 위 서랍에서 뭔가를 꺼낸다. 두툼한 편지 몇 통이다. 발신인 주소란에 비뚤비뚤한 글씨로 대구 교도소 주소가 쓰여 있다. 잠시 침묵하고 있던 한세상, 불쑥 입을 연다.

한세상   …이 사람은 내게 사형을 선고받은 피고인이오.

박차오름, 임바른, 깜짝 놀란다.

한세상   (독백하듯 말을 이어간다) 세 명의 여성을 잔혹하게 살해한 연쇄살인범으로 기소된 사건이었지. 증거는 완벽하게 갖춰져 있었어. 울부짖는 유족을 보며 사형을 선고하는 것이 내 의무라고 생각했지.

박차오름   ……

한세상   항소심 진행중에 세 명 중 두 명을 살해한 진범이 잡혔어. 결국 한 명만 이 사람의 소행이었지. 내 판결은 파기되었고, 징역 17년이 선고되었어. 이 사람은 해마다 1월 1일이면 내게 편지를 보내오고 있어. 7년째. 정중한 말투로, 언젠가 찾아뵙고 싶다는 인사말로 마무리하지.

임바른   (놀란 표정) ……

한세상   (다른 봉투 하나를 꺼내 보인다) …이건 그때 법원장에게 제출했던 사직서야. 극구 만류하면서 반려하시더군. 난 이 사직서와 해마다 날아오는 편지를 내 몸 가장 가까운 곳에 두고 일하고 있어.

박차오름   (두렵고, 혼란스럽고, 뭔가 알 것도 같은 복잡한 심정) …부장님!

한세상   (박차오름을 응시하며) 박 판사, 저번에 얘기한 강자와 약자 얘기, 틀리지 않았어. 박 판사의 생각, 옳아… 딱 한 가지만 빼고 말야.

박차오름, 홀린 듯이 한세상을 마주본다.

한세상   …법정에서 가장 강한 자는 어느 누구도 아니고, 판사야. 바로 우리지. 그리고 가장 위험한 자도 우리고… 그걸 잊으면 안 돼.

한세상, 조용히 편지를 집어넣고 서랍을 닫는다.

14부

신이 아니니까 무서워요,
제 자신이…

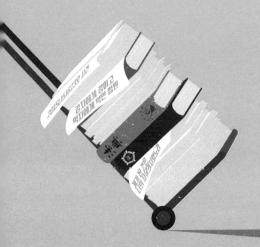

S#1. 법원 야외 테라스 (오후)

난간에 기대 바깥을 보고 있는 정보왕과 임바른.

임바른   (놀리듯) 그래 보물 왕자, 사내 커플이 된 기분이 어때?

정보왕   (능글맞게 웃으며) …사내 커플이라, 왜 그게 그리 궁금할까? 우리 임 판사님~

임바른   (당황) 뭐, 뭔 소리야? 그냥 신기해서 그렇다.

정보왕   뭐가?

임바른   달라졌어, 너.

정보왕   흐음… (자신감 있는 미소 띠며 먼 곳을 본다)

임바른   이거! 바로 이거. 그 여유 있는 미소 뭐냐구! 느끼하게!

정보왕   (먼 곳을 본 채로) 바른이,

임바른   왜?

정보왕   나, 요즘 짬날 때마다 고전을 읽는다.

임바른	(황당) 고전?
정보왕	일도 더 열심히 하고.
임바른	……
정보왕	더 나은 사람이 되고 싶어져. 그리고, 그게 참 좋다.
임바른	(몸서리를 치며 괜히 짜증) 됐다, 버터 왕자. 어우 느끼해. 나 먼저 간다. (휙 돌아 문 쪽으로 간다)
정보왕	(픽 웃으며) 야! 너야말로 달라진 거, 아냐?
임바른	(들은 체 만 체 걸어가며) 뭔 소리야.
정보왕	(미소. 혼잣말) …남들한테 관심 많은 인간 아니었잖냐. 임바른.

S#2. 44부 부속실 (오후)

들어오는 임바른. 이도연, 타이핑하다 말고 환하게 웃으며 고개를 끄덕, 인사한다. 임바른, 흠칫하며 마주 목례하고는 배석판사실로 들어간다.

| 임바른 | (작게 혼잣말) 달라졌어… |

S#3. 배석판사실 (오후)

시큰둥한 표정으로 들어오던 임바른, 깜짝 놀란다. 박차오름, 창가에 서서 살짝 눈물을 흘리고 있다. 얼른 달려가는 임바른.

| 임바른 | (다급하게) 박 판사 왜 그래요! 준강간사건 아직도 신경쓰여요? |

박차오름	네?
임바른	법정구속 될 때 기절하는 경우, 원래 있어요. 너무 신경쓰지 말아요!
박차오름	(황당하다는 표정으로 임바른을 빤히 보다가 인공눈물을 들어 보이며 미소) 미세먼지 때매.
임바른	아, 미세먼지. (당황해서 우물쭈물하다가 자기 자리 쪽으로 돌아서며 중얼중얼) 미세먼지, 이거 국가 간 소송이라도 해야 되는 거 아냐? 이거 참…
박차오름	(임바른의 뒷모습을 보며 활짝 웃는다)

S#4. 한세상 부장판사실 (오후)

안경 낀 채 들어와 결재판 내미는 이도연.

이도연	법원장님 주최 저녁회식 회람입니다.
한세상	(오만상을 찌푸리며) 바빠 죽겠는데 뭔 놈의 회식을 또 하고 난리야?
이도연	참고로 5촌당숙상 아직 남아 있습니다. 부장님.
한세상	…나머진 벌써 다 써먹었던가?
이도연	올해 회식이 좀 많아서요. 다 돌아가셨습니다.
한세상	알았어. 그걸로 좀 해줘.
이도연	알겠습니다. 그리고, (회람 밑에서 종이 한 장 꺼내 내민다)
한세상	뭐지? (증인신문사항인데, 몇 군데 질문에 연필로 표시가 되어 있다)
이도연	지난주 토지 사기사건 증인신문사항입니다.

한세상	이 표시한 건 뭐야?
이도연	대답하기 전에 헛기침한 질문들입니다.
한세상	응?
이도연	이 증인, 재작년 다른 부 속기할 때도 본 적 있습니다. 헛기침을 자주 하길래 유심히 봤었는데, 결국 위증죄로 벌금 내던데요.
한세상	(감탄하며) 그래?
이도연	주제넘었다면 죄송합니다. 부장님.
한세상	(씩 웃으며) 두고 가봐.
이도연	(증인신문사항을 놔둔 채 돌아선다) 네.
한세상	(보던 기록을 보며) 이 실무관,
이도연	(돌아보며) 네?
한세상	(무심히) 이상한 소리 하는 놈들 있으면 얘기해. 남의 사생활에.
이도연	(멈칫, 했다가 미소) 고맙습니다. 부장님.
한세상	(고개 들어 마주 미소)
이도연	(인사하고 나간다)
한세상	(의자를 창가 쪽으로 돌리며 기지개) 아이구~ 오~랜만에 좀 평온하구만. 이놈의 회사.

S#5. 43부 배석판사실 (밤)

산더미같이 기록을 쌓아둔 채 열심히 기록을 넘기며 메모하고 있는 정보왕. 진지한 표정으로 열심히 일하다가 뻐근한 듯 기지개를 켜다 스트레칭을 하더니 잠시 쉬려는 듯 의자를 창가 쪽으로 돌리더니 책상 옆 책꽂이에서 뭔가 책을 꺼내 든다.

cut to

잔뜩 몰입해서 책을 읽고 있는 정보왕. 감동했는지 잠시 고개를 돌려 눈을 깜빡이며 눈물을 말린다.

김동훈   (갸우뚱하며) 뭐 읽으세요?

정보왕   응? 고전.

손에 골무 낀 채 들고 있는 책을 클로즈업하면, 『슬램덩크』.

S#6. 구치소 병실 (밤)

준강간사건 피고인 교수(주형민), 링거를 맞으며 누워 잠들어 있다. 옆에는 의사가 링거를 조절하고 있다.

교도관   하이고, 이제야 좀 조용하네요.

플래시컷 〉

• 법정구속 당시 정신을 잃으며 나무토막처럼 쿵 쓰러지던 주형민.
• 병실에서 교도관을 붙잡고 미친듯 외쳐대는 주형민.

주형민   난 아냐! 난 죄가 없어!! 난 죄가 없다구!!

의사	우울증세가 심각합니다. 식사도 일주일째 거부하고 있어요.
교도관	골치 아프네요. 하긴, 평생 호의호식하다가 준강간범 신세라니, 죄수들 사이에서도 강간범은 쓰레기 취급받죠.

S#7. 구치소 병실 (밤)

주형민, 넋 나간 표정으로 자리에서 일어나 앉는다. 출입문 옆, 좀 높은 쪽에 있는 선풍기걸이를 멍하니 보던 주형민, 천천히 러닝서츠를 찢어 끈을 만들기 시작한다.

S#8. 구치소 병실 (밤)

교도관, 무심코 병실 안을 보더니 경악해서 황급히 뛰어들어간다. 벽에 비치는 그림자. 선풍기걸이에 끈을 걸어 목을 맨 주형민의 실루엣이다.

S#9. 배석판사실 (오전)

일하고 있는 임바른과 박차오름. 문 벌컥 열리며 정보왕 뛰어들어온다.

정보왕	뭐해!
임바른	무슨 소리야?
정보왕	얼른 TV 켜봐!

임바른과 박차오름, 어리둥절하다. 정보왕, 답답한 표정으로 리모컨을 찾더니 회의용 탁자 위에 있는 리모컨으로 TV를 켠다. 뉴스 화면.

아나운서E 준강간 혐의로 재판을 받다 법정구속 된 세진대학병원 주형민 교수가 구치소에서 자살을 시도했습니다.

놀라 자리에서 일어서는 임바른과 박차오름. 회의용 탁자 쪽으로 다가온다.

아나운서E 인근 병원으로 옮겨져 치료하고 있지만 위독한 상태입니다. 주교수는 구치소에서도 시종일관 억울하다고 주장하며 식음을 전폐해온 것으로 알려졌습니다.

박차오름 (창백해진다)

박차오름, 탁자를 짚으며 의자에 주저앉는다. 임바른과 정보왕, 놀라며 얼른 따라서 앉는다.

임바른 박 판사!
정보왕 박 판사 왜 그래! 정신 차려!
박차오름 (넋이 나간 듯, 혼잣말처럼) …어떡하죠? 어떡하죠? …내가 틀린 거면.
임바른 박 판사, 정신 차려요!
박차오름 (안 들리는 듯) …어떡하죠? 틀린 거면… 틀린 거면…

플래시컷 〉

한세상   ···법정에서 가장 강한 자는 어느 누구도 아니고, 판사야. 바로
           우리지. 그리고 가장 위험한 자도 우리고. ···그걸 잊으면 안 돼.

박차오름   (창백해진 채 몸을 떤다)
정보왕   (안타까워하며) 성급하게 왜 그래! 아이참···

           이때, 이도연, 침착한 표정으로 쟁반에 물잔을 받쳐든 채 척척 걸어 들
           어오더니 물잔을 박차오름 책상 위에 올려놓고는 박차오름에게로 온
           다. TV를 끄더니 박차오름을 일으켜 자기 자리로 가 앉게 하는 이도연.

이도연   (물잔을 내밀며) 10시에 공판준비기일 있습니다. 그러고 들어갈
           거예요?
박차오름   (그제야 정신을 차리며) 네, 고맙습니다. (물을 받아 마신다)
이도연   (탁자 쪽을 돌아보며) 임 판사님도 준비하셔야죠? (정보왕을 본다)
정보왕   (얼른) 그래, 법정 들어가야지? 나 갈게~ (돌아 나가다가 다시 문
           안으로 얼굴 내민다, 걱정스러운 표정) 박 판사 괜찮은 거지?
이도연   (얼른 가라는 듯 눈짓하며 째려본다)
정보왕   (움찔하며 사라진다)

S#10. 배석판사실 (낮)

법복을 입은 채 멍하니 앉아 있는 박차오름. 걱정스레 박차오름을 보는 임바른. 문이 열리며 한세상이 들어온다.

한세상	뭐해? 재판 안 들어가?
임바른	(당황하여 일어서며) 죄송합니다.
박차오름	(말없이 일어서서 나온다)
한세상	(획 돌아선다)
임바른	(얼른 한세상 곁으로 다가서며 나지막이) 저, 부장님,
한세상	(O.L. 담담한 표정) 나도 봤어.
임바른	…네.

한세상, 앞서가고 임바른과 박차오름 뒤를 따른다.

S#11. 법정 앞 복도 (낮)

창백한 얼굴로 맨 뒤에서 걷는 박차오름. 발걸음이 천근만근 무겁고 보이는 것들이 모두 어질어질하다. 앞서가는 한세상과 임바른의 검은 법복 입은 등이 벽처럼 느껴진다. 준강간사건 공판의 기억들이 계속해서 떠오르며 박차오름을 괴롭힌다.

플래시컷 〉

・13부 40씬.

박차오름   증인! 빙빙 돌리지 말고 질문에 대답하세요!
박차오름   선서하신 거 기억하죠? 법정에서 거짓말하면 위증죄로 처벌받
          습니다!

・13부 45씬.

박차오름   (단호하게) 합리적 의심의 여지가 없이 증명되었다고 생각합니
          다. 피고인은, 유죄입니다

다시 현재 〉

괴로워하는 박차오름, 걱정스레 쳐다보는 임바른.

S#12. 배석판사실 (오후)

임바른   (열심히 설득중) 박 판사, 성급하게 단정하지 말아요. 자살 시도
         했다고 꼭 무고한 사람입니까?
박차오름   (묵묵히 고개 숙이고 있다)
임바른   일류 대학병원 교수예요. 재벌가의 사위고.
박차오름   ……

임바른	그런 사람이 준강간으로 법정구속됐어요. 그것만으로도 인생 끝났다고 생각하지 않겠어요?
박차오름	……
임바른	박 판사!
박차오름	…임 판사님,
임바른	네, 박 판사.
박차오름	(혼잣말하듯) 취한 두 사람 사이에서 그날 밤 어떤 일이 있었는지, 과연 객관적으로 정확히 알 수 있을까요?
임바른	……
박차오름	어쩌면 두 사람 본인들의 기억도 틀릴 수 있잖아요.
임바른	그래도 우리는 증거에 따라…
박차오름	그 증거라는 것도, 모두 사람들의 기억이잖아요. 틀릴 수 있는.
임바른	……
박차오름	(괴로운 표정) 모래 위에 집을 지은 느낌이에요. 모든 게 다 무너져내리는 것 같고… 아무것도 믿지 못하겠고… 저 자신도.
임바른	(안타까워하며) 박 판사…

S#13. 박차오름의 집 (밤)

순대집이모, 빈대떡이모 앉아 TV를 보고 있는데, 떡볶이이모가 요란하게 들어와 손에 든 보따리를 바닥에 털썩 내려놓는다.

빈대떡이모	아, 이게 다 뭐야?
떡볶이이모	뭐긴, '이게 웬 떡'이지. (보따리를 풀어헤치자 각종 떡이 잔뜩 들어

있다)

순대집이모 어머~ 진짜 이게 웬 떡이야?

빈대떡이모 너, 이거 그 시장 입구에 쭈그리고 앉아 있던 노친네 좌판…

떡볶이이모 (O.L.) 에그. 영 장사 수완이 없으시더라구. 보다 못해서 그만…

순대집이모 너나 잘하세요~ 네?

떡볶이이모 아, 됐고! 야밤에 떡 파티 좀 하자고요, 맛있겠고만.

순대집이모 (냉큼 양손에 떡을 골라 들고는 양쪽을 번갈아보며) 야~ 이거 오름이 가 된 기분이네?

떡볶이이모 그건 또 뭔 소리?

순대집이모 (한쪽 떡을 보며) 요놈은 똘망똘망하고 이~쁜 게, 임 판사님 같고,

떡볶이이모 (냉큼 반대쪽 떡을 만지작거리며) 요놈은 오동통 실속 있게 뭐가 가 득찬 게, 민용준이 같고? (대뜸 떡을 베어먹으려 들이댄다) 앙~

순대집이모 (잽싸게 피하며) 어딜~

박차오름E (힘없이) 다녀왔습니다.

집으로 들어오는 박차오름, 반색하며 쪼르르 달려가는 순대집이모.

순대집이모 (양손의 떡을 내밀며) 오름아 오름아~ 어느 거, 어느 거?

빈대떡이모와 떡볶이이모, 뒤에서 눈 초롱초롱.

박차오름 (어두운 표정) 생각 없어, 이모. (이모들을 지나쳐 안으로 들어간다)

떡볶이이모 웬일이래? 떠손이가?

빈대떡이모 (오름의 안색을 살피며) 니, 무슨 일 있구나.

박차오름 아니야, (애써 태연하게) 일이 좀 많아서. 근데 할머니는? 요양원

에서 안 오셨어?

순대집이모 자고 오신대. (뭉클한 표정) …딸 옆에서.

박차오름 (뭉클) 그래?

빈대떡이모 요즘은 니네 엄마, 정신 돌아오는 날이 부쩍 늘었잖아.

순대집이모 (눈물을 살짝 훔치며) 얼마나 좋으시겠니.

빈대떡이모 그게 다~ 임 판사님 덕이다 애.

떡볶이이모 그럼! 나래두 정신이 번쩍! 나겠다. 그런 미남이 떡하니 나타나면. 헤헤헤헤.

순대집이모 (떡볶이이모 노려보며) 으이그, 일관성 있는 년!

cut to

방에 모여 앉아 TV를 보고 있는 식구들. 박차오름은 책상에 앉아 사건 기록을 넘기고 있다. 순대집이모, 리모컨으로 무심히 채널을 넘기다가 멈칫하며 뉴스에 멈춘다.

떡볶이이모 아, 뭐해? 〈왕회장 댁 아줌마〉 할 시간인데~

순대집이모 쫌 조용히 좀 해봐!

아나운서E 세진대학병원 이사장이자 NJ그룹 민지홍 회장의 장녀, 민주희 씨가 자택에서 손목을 그어 피를 많이 흘린 채 급히 병원으로 옮겨져 치료중이라는 소식입니다.

놀라 돌아보는 박자오름.

아나운서E 이미 보도해드린 대로, 민주희 이사장의 남편 주형민 교수는 구치소에서 자살을 기도하여 현재 중태입니다.

이모들, 놀라며 박차오름을 돌아본다.

순대집이모 이거 혹시, 용준이네 누나 아니니?
박차오름   (창백하게 질려가는 얼굴)

이모들 놀라 수군수군.

빈대떡이모 이게 무슨 일이래?
떡볶이이모 아니 그 댁에 어떻게 이런 일이…

S#14. 세진대학병원 VIP실 앞 (밤)

검은 양복의 경호원이 지키고 있는 병실 앞. 파랗게 질린 박차오름이 정신없이 달려오자 경호원, 얼른 앞을 가로막는다.

박차오름 (다급하게) 민주희 이사장님 여기 계신 거죠?
경호원   아무도 들어가실 수 없습니다!
박차오름 괜찮으세요? 괜찮으신 거죠? 네?
경호원   돌아가세요.

안타깝게 병실 문을 쳐다보는 박차오름. 그때 문이 열리더니, 침통한 표정의 민용준, 나온다.

박차오름	오빠! (민용준의 팔을 붙잡는다)
민용준	(얼음장같이 차가운 표정으로 박차오름을 쏘아보더니, 천천히 박차오름의 손을 털어내고는 복도로 사라진다)
박차오름	(멍하니 멀어져가는 민용준을 바라본다)

S#15. 44부 부속실 (오전)

서류가방 들고 출근하는 임바른, 이도연에게 목례를 하는데,

이도연	(벌떡 일어나더니) 얼른 들어가보세요! 박 판사님이 좀 이상해요.
임바른	(놀라며) 네?
이도연	어젯밤에 갑자기 나와서 밤을 샌 거 같아요.

임바른, 얼른 방으로 들어간다.

S#16. 배석판사실 (오전)

방안이 엉망진창이다. 기록 캐비닛 문이 다 열려 있고, 회의 탁자 위와 박차오름 책상 위에 온통 사건기록이 너저분하게 펼쳐져 있다. 놀란 임바른, 박차오름 곁으로 다가가서 보니, 어젯밤 병원에서의 차림 그대로인 박차오름 앞에 십여 개의 판결문과 사건기록들이 널려 있고, 박차오름, 뭔가에 홀린 듯이 판결문을 넘기고 있다.

임바른   왜 그래요 박 판사! (판결문을 보며) 이거 다 전에 선고한 판결이잖
아요!

박차오름   (정신 나간 듯 판결문을 휙휙 넘기며) 다시 봐야 돼요… 다 틀렸을지
도 몰라요… 다시 봐야 돼요…

임바른   (박차오름의 팔을 붙잡으며) 이러지 마요 박 판사!

박차오름   (순간 일어서며 팔을 세게 뿌리친다) 놔요!! (임바른을 강하게 노려보
다가, 다시 자리에 앉더니 또 판결문을 넘기기 시작한다)

S#17. 배석판사실 (밤)

새벽 1시를 향해가는 벽시계. 초췌한 박차오름, 여전히 넋 나간 표정으
로 판결문을 넘기며 기록과 대조해보고 있다. 임바른, 곁에 서서 그런
박차오름을 안타깝게 보고 있다. 임바른, 어떻게든 말려보려고 손을 뻗
으며 망설이다가, 결국 천천히 손을 거두며 괴로워한다.

S#18. 수석부장판사실 (낮)

심각한 표정으로 앉아 있는 수석부장과 배곤대.

배곤대   민주희 이사장, 다행히 생명에는 지장이 없답니다. 주형민 교수
도 고비는 넘긴 것 같고요.

수석부장   그래요.

배곤대   (걱정스레) 큰일입니다. NJ그룹, 오너 일가 일에는 목숨을 거는

곳 아닙니까. 어떤 방법으로든 법원에 공격이 들어올 것 같습니다.

수석부장   …시끄러워지겠군요.

배곤대   (찡그리며) 하여튼 44부만 얽히면 시끄러워집니다. 유무죄 판단
은 제대로 하기나 한 건지…

수석부장   (엄한 표정으로) 배 부장님. 기록이라도 보시고 하는 말씀입니까?

배곤대   (움찔) 죄송합니다. 전 그저 걱정되어서…

S#19. 배석판사실 (낮)

걱정스러운 표정으로 신문을 펼치는 임바른. 박차오름은 자리에 없다.
정론일보 1면 타이틀이 '튀는 여판사, 생사람 잡았나?'. 밑에는 준강간
사건을 맡은 대법관 출신 노변호사의 사진. 신문 사진이 뉴스 화면과 연
결되면서, 노변호사와 양옆에 마이크 갖다 대는 기자의 손 등장한다.

노변호사   국민 여러분! 편향된 시각을 가진 젊은 여성 판사가, 존경받는
의사를 죽음의 구렁텅이로 몰아넣은 사건입니다! 항소심에서 반
드시 정의가 살아 있음을 밝히고 말겠습니다!

화난 표정으로 신문을 획획 넘기던 임바른, 황당한 표정으로 어느 한 면
을 노려본다. 전면광고. '세계로 웅비하는 NJ그룹' 제목하에 별 내용도
없이 한 면 가득히 NJ그룹 계열사들 이미지만 가득하다(비행기, 병원, 호
텔, 자동차, 백화점, 공장 등).

S#20. 43부 배석판사실 (낮)

걱정스러운 표정으로 포털 사이트 기사 제목들을 보고 있는 정보왕.

'지하철 성추행범과 직접 몸싸움 벌여'
'초미니 차림으로 출근하여 법원 발칵'
'선배 부장판사를 징계하라는 연판장을 돌리기도'

기사를 클릭하자 댓글들이 펼쳐진다. 읽어보는 정보왕. 맨 위의 댓글.

— 아직 사건 결론도 안 나왔는데 신문마다 왜 이리 난리지?

안심하는 정보왕, 그런데 바로 밑, 착착 새로 붙는 댓글들을 보며 표정 일그러진다.

— 이거 완전 또라이 아냐? 이런 게 판사라고ㅋㅋㅋㅋㅋ
— 이제 판사도 남성혐오냐? 남혐 판사 물러가라~
— 초미니? 법원이 술집이냐?ㅋㅋㅋㅋㅋ
— 이거 그 '미스 함무라비' 아냐? 미친.

게다가, '이거 완전 또라이 아냐? 이런 게 판사라고ㅋㅋㅋㅋㅋ' 같은 댓 글에는 '좋아요' 개수가 엄청난 속도로 올라간다. 57, 128, 272, 533… 새로 붙은 댓글들이 추천순으로 위로 올리기며 맨 위에 있던 댓글은 어 느새 밑으로 내려가서 사라진다.

정보왕   (황당한 표정으로 벌떡 일어나며) 야, 이거 뭐야! 우와, 진짜, 장난 쳐?

김동훈   (놀라며) 무슨 일 있어요?

정보왕   어. 있지 있어. 완전 냄새 풀풀 나는 일!

김동훈   (놀라 고개 움츠리며) 냄새났어요? 죄송해요!

정보왕   (어이없어하며 쳐다보다) 됐네, 됐어. (밖으로 나간다)

S#21. 배석판사실 (낮)

성난 표정으로 들어오는 정보왕. 임바른은 탁자 옆에 서서 팔짱을 낀 채 TV를 주시하고 있다.

정보왕   야!

임바른   (손가락을 입에 대고 조용히 하라는 신호를 보내며 화면 쪽으로 눈짓한다)

정보왕   (종편 뉴스쇼 화면 쪽을 돌아본다)

S#22. 뉴스쇼 촬영 현장 (낮)

사회자   요즘 '미스 함무라비' 판사가 화제죠? 그 판사가 출근길에 직접 지하철 성추행범을 잡은 일도 있는데요, 거기 대해서도 의문이 제기되고 있답니다. 보시죠.

고오환   (교수실에서 인터뷰 화면) 억울합니다! 판사라는 사람이 다짜고짜

사람을 성추행범으로 몰고, (잠시 울먹이는 듯하더니) …사람의 중
요 부위를 폭행해서 지금도 치료받고 있는 중입니다. (자막 세진대
윤리교육과 고오환 교수)

사회자 저런, 요즘 젊은 판사는 사람을 폭행도 하나보네요?

중년의 남성 패널 세 명이 옆에 앉아 있다.

패널A 튀는 판사 하나가 사법신뢰를 무너뜨리는데, 법원 수뇌부는 왜
가만 놔두는지 모르겠단 말이에요?

패널B 사회 전반에 남성혐오 풍조가 만연한 것도 문제예요. 모든 남성
을 성범죄자 취급하며 아님 말구 식으로 공격하는데, 이제 그 풍
조가 법원까지 물든 모양입니다.

S#23. 배석판사실 (낮)

정보왕 신문, 인터넷, TV… 어쩜 이렇게 일사불란하게 움직이지?

임바른 …그럴 만한 힘이 작용하는 거겠지.

정보왕 (임바른을 힐끗 본다)

이때, 예술가인 듯 머리 길고 캐주얼하게 입은 중년남성인 패널C 입을
연다.

패널C 튀는 판사도 필요한 거 아닙니까? 박차오름 판사는 기득권의 성
채에 용기 있게 도전한 잔다르크입니다!

임바른	(얼굴 굳어지며) 큰일이다.
정보왕	왜 그래? 옹호해준 거 아냐?
임바른	영웅 만들기는 더 위험해. 사람들은 잔다르크가 개선할 때에도 환호했지만,
정보왕	……?
임바른	화형당할 때 더 광적으로 환호했어.

S#24. 포털 사이트 화면

검색창에 '박차오름'을 입력하면, '박차오름 고향', '박차오름 정치 성향', '박차오름 운동권' 같은 연관검색어들이 뜬다.

S#25. 법원 동문 앞 (오전)

교대역 앞 언덕길을 올라 출근중이던 임바른, 동문 쪽을 보더니 표정이 굳는다. 이때 뒤에서 들려오는 목소리.

박차오름E	임 판사님?
임바른	(돌아본다, 곤란한 표정) 어, 박 판사님?
박차오름	(조용히 목례)
임바른	저, 오늘은 성문 쪽으로 가죠.
박차오름	네? 왜죠?
임바른	그게 나을 거 같아요. 가요.

박차오름 (앞을 가리는 임바른을 밀쳐내며) 뭔데요.

동문 앞 벽에 플래카드 붙어 있다. '살인 판사 박차오름은 즉각 사퇴하라!' '사람 잡는 초보 판사, 구속 수사하라!' 박차오름 사진 밑에 '이게 판사냐!' '남성혐오 판사' 문구를 적은 피켓을 들고 노인들도 섞인 시위대들이 서성거리고 있다.

임바른 정문 쪽으로 갑시다. 박 판사.
박차오름 (굳은 표정) …괜찮아요. 가요.

박차오름, 시위대 사이로 걸어간다. 임바른, 얼른 옆에 서서 같이 걸어간다. 성난 표정의 시위자들, 구호를 외쳐댄다. '살인 판사 박차오름, 즉각 사퇴하라!' '사람 잡는 초보 판사, 구속 수사하라!' 법원보안관리대원들 뛰어나와 시위자들을 제지하지만, 박차오름을 알아보고 흥분한 시위자들 주먹을 휘두르며 거친 말을 뱉어낸다.

"니가 판사냐!"
"어린년이 무슨 판사랍시고…"
"오늘은 미니 안 입었냐!"
"집에 가서 밥이나 해 이년아!!"

임바른 (시위대를 향해 돌아서며, 흥분한 어조) 이보세요!! (누군가 옷소매를 잡아당겨서 돌아보니, 박차오름이 조용히 고개를 가로젓는다. 시위대를 한 번 더 노려보고는 에씨 침는 임바른)

박차오름, 굳은 표정으로 앞만 보고 걸어간다. 흥분한 시위대 사이를 지나 법원으로 들어가는 두 판사.

S#26. 한세상 부장판사실 (오전)

한세상과 마주앉아 있는 박차오름.

한세상   (박차오름을 지그시 바라보다가) …박 판사.

박차오름   …네.

한세상   딴생각 말고, 업무에만 집중해.

박차오름   네, 부장님.

한세상   살인사건 하나 새로 들어왔던데.

박차오름   네, 아내가 남편을 살해한 사건입니다.

한세상   동기는?

박차오름   아내의 불륜을 알게 된 남편이 아내를 심하게 구타하던 중, 맞던 아내가 가위로 남편을 찌른 사건입니다.

한세상   흐음… 하필이면 지금… 꽤나 시끄러울 사건이구만.

박차오름   ……

한세상   …부담스러우면 주심 변경할까?

박차오름   아닙니다. 부장님.

한세상   …그래. 그럼 가서 일봐.

박차오름   네, 부장님.

박차오름, 일어나서 인사하고는 나간다. 박차오름이 나가자 담담하던 한세상, 걱정스러운 표정으로 한숨을 쉰다.

한세상   휴우… 저 씩씩하던 녀석이, 힘이 하나도 없구만. (안타까움이 가
            득한 눈빛)

S#27. 국회 법사위 심사소위원회 (낮)

법사위 심사소위원회 열리는 작은 회의실.

김명국   문제 있는 판사들, 다 솎아내야 되는 거 아닙니까?
            (자막 법사위 소속 초선 의원 김명국)

플래시컷 〉 1부 32씬

김명국   (자리를 박차고 일어나며) 오 그래, 나한테 이렇게 하고 어디 그 잘
            난 판사, 오래할 수 있나보자! 어린놈이!
임바른   (참고 참다가 드디어 한계에 도달. 분노를 터뜨리며) 이봐요, 김명국
            씨!! 법사위 의원이면 판사 옷도 벗길 수 있다고 생각하시는 모양
            인데, 헌법 공부부터 하세요. 법관은 탄핵, 또는 금고 이상의 형
            의 선고에 의하지 아니하고는 파면되지 않습니다!

다시 현재 〉

김명국   (노기 등등) 법을 개정해서, 문제 판사는 즉각! 옷을 벗길 수 있도

록 해야 됩니다!

보좌관 (당황해서 옆에서 소곤소곤) 의원님, 그건 개헌사항입니다.

김명국 응? 언제 바뀌었지?

보좌관 (황당) 그건 원래 헌법에…

S#28. 민용준 부사장실 (낮)

TV뉴스 화면으로 김명국 의원의 발언을 무표정하게 지켜보고 있는 민용준. 옆에는 비서가 서 있다.

민용준 (TV를 끄며) 김 의원님, 열심히는 하는데, 미숙하군요.

비서 죄송합니다. 강요한 의원님한테도 말씀드려봤는데, 영 미온적이셔서…

민용준 그래요… 법사위원장님하고 조찬모임 한번 잡아보시죠.

비서 네, 부사장님.

민용준 항소심 공판기일은 잡혔죠?

비서 네.

민용준 (잠시 뭔가 생각하더니 핸드폰을 들어 단축번호를 누른다. 전화가 연결되자) …민용준입니다.

S#29. 법원장실 앞 복도 (낮)

법원장실에서 나온 수석부장과 배곤대, 심각한 표정으로 걷는다.

수석부장	법관징계강화라… 법사위까지 움직이네요.
배곤대	일을 자꾸 키우는 흐름이 있는 것 같습니다.
수석부장	조용히 항소심 결론을 기다리는 게 정도인데…
배곤대	…그런데 항소심에서 사건이 재배당됐답니다.
수석부장	재배당?
배곤대	(찡그리며) 그것도 하필…
수석부장	(배곤대를 쳐다본다)

S#30. 항소심 법정 (낮)

준강간사건 항소심 첫 기일. 피고인석에는 휠체어를 탄 주형민. 목에는 붕대를 감은 채 초췌한 모습. 변호인석에는 1심을 담당했던 로펌 변호사들(날카로운 질문 던지던 젊은 변호사와 대법관 출신 노변호사).

경위	모두 자리에서 일어서주십시오!

기자들을 포함해 법정을 가득 메운 방청객들 자리에서 일어선다. 법정으로 들어오는 재판장. 성공충이다. 뒤이어 고등법원 배석판사(40대 중반) 두 명이 따라 들어와 성공충 좌우에 선다. 엄숙한 표정으로 서 있던 성공충, 좌중을 둘러보더니 약간 과장되게 90도로 방청석을 향해 허리를 굽힌다. 배석판사들, 약간 당황하더니 어쩔 수 없이 따라서 허리를 굽힌다. 자리에 앉는 성공충.

성공충	(좌중을 둘러보더니) 이 사건에 국민적 관심이 높다는 점, 잘 알고

있습니다.

기자들의 시선, 성공충에게 집중된다. 수첩을 펼쳐드는 기자들.

성공충   (시선을 즐기며) 본 재판장은 언제나 단 한 명의 무고한 죄인도 만
        들어서는 안 된다는 신념으로 재판을 해왔습니다. 본 법정은, 국
        민의 이름으로! 국민의 눈높이에서! 엄정하게 재판할 것을 다짐
        하며, 심리를 시작하겠습니다.

        cut to

자리에서 일어나 변론중인 젊은 로펌 변호사.

변호인   1심 재판은 모든 점에서 이례적이었습니다. 우선, 초임 판사가
        재판장을 제쳐놓고 증인신문에 나서는 것부터가 이례적입니다.
성공충   (고개를 끄덕끄덕거린다)
변호인   여관에 들어가는 모습을 봤다는 증인은 재단에 적대적인 운동권
        인데, 이런 편향된 증인의 말을 증거로 삼은 것도 극히 이례적입
        니다.

성공충 우배석판사, 못마땅한 표정으로 성공충을 쳐다보지만, 성공충
은 여전히 고개를 끄덕거리고만 있다.

변호인   백 보, 천 보 양보해서, 설령 유죄가 인정된다 하더라도, 폭력이
        행사되지도 않은 준강간사건인데, 피해자를 위해 5000만 원이나

공탁한 점을 전혀 참작하지 않고 징역 4년이라뇨. 이건 너무나 이례적이고 편향된 판결입니다!

주형민의 눈빛, 한 맺힌 듯 번뜩인다.

성공충 본 재판부는, 그 어떤 예단이나 치우침 없이, 공평무사하게 재판할 것입니다.

기자들, 웅성인다.

S#31. 법정 밖 복도 (낮)

거드름을 피우며 걸어가며 배석판사들에게 떠벌리는 성공충.

성공충 영감들, 이 사건이 어떻게 우리 부에 왔는지 영문을 모르겠지만, 이것도 관운이라면 관운인 겁니다. 알겠소? 잡범들 사건 수백 건 하면 뭐하나. 이렇게 국민적 관심이 높은 사건 하나만 못한 거예요. 이거 나 좋자고 하는 얘기가 아냐. 영감들도 나중에 높은 자리 올라갈 때, 뭔가 야마가 있어야 할 거 아냐. 무슨무슨 사건 주심이었다, 이런 거. 허허허허허.

S#32. 배석판사실 (낮)

신문을 덮으며 벌떡 일어나는 임바른.

임바른   (잔뜩 화가 나서) 그 어떤 예단이나 치우침 없이, 공평무사하게 재
         판할 것이다? 그럼 우린, 1심은 대체 어떻게 재판했다는 소리죠
         이게?

박차오름   (착잡한 표정) …전 한 가지 생각뿐이에요.

임바른   ……?

박차오름   최선을 다했지만, 그래도 부족했다면 어떻게 책임져야 할까.

임바른   ……

박차오름   (괴로운 표정) …그전에, 정말 최선을 다한 건 맞는 걸까. 정말, 한
         점도 치우침이 없었을까.

임바른   박 판사, 판사가 신입니까? 어떻게 모든 결과에 책임을 져요?

박차오름   신이 아니니까 …무서워요. 제 자신이요.

임바른   박 판사… (안타깝게 보다가) 누구보다 내가 제일 잘 알아요. 박 판
         사가 얼마나 신중하게 판단했는지.

박차오름   ……

임바른   기억 안 나요? 만약 박 판사가 피해자 쪽에 치우쳐서 얘기하면,
         가차없이 반박해달라고 했던 거?

박차오름   ……

임바른   내 결론도 유죄였잖아요. 지금 다시 재판해도 유죕니다. 달라진
         건 아무것도 없어요. 선고 후에 피고인이 자실 시도했다는 것 말
         고는.

박차오름   (혼란한 표정) ……

임바른	(답답한 듯) 박 판사, 나 그렇게 실력 없는 판삽니까? 재수없지만 실력은 좀 괜찮은 놈이에요, 나.
박차오름	(그제야 피식, 웃으며) 그렇긴 하죠.
임바른	(미소)
박차오름	(가만히 보다가) …고마워요. 임 판사님.
임바른	(조용히 마주본다)

S#33. 성공충 부장판사실 (낮)

의기양양한 표정으로 의자에 앉아 창문 아래 펼쳐진 풍경을 바라보며 핸드폰 전화를 받고 있는 성공충.

성공충	아, 김 기자. 허 참, 사람도. 판사가 인터뷰를 어떻게 하나. 진행 중인 사건에 대해서. …응? 허허허허허. 아니 뭐, 나는 그저, 이 나라 차관급인 고등법원 부장판사로서, 하급심의 오류를 바로잡고, 정의를 바로 세울 책임이 있다, 그뿐이지 뭐, 허허허허허. 요즘, 워낙 미숙한 젊은 판사들이 좀 있지 않나. 관심받고 싶어서 튀는 판결이나 하고 말야. 준강간, 이런 게 시류에 영합하기 딱 좋은 사건 아냐? 내가 꼼꼼히 살펴보니까 이상한 구석이 많더만. 어, 그래 식사나 한번 합시다. 아, 다시 한번 말하지만, 난 인터뷰는 극구 사양한 겁니다, 알지? 판사는 판결로 말하는 거예요, 히히히히히

S#34. 배석판사실 (낮)

박차오름은 없고 임바른 혼자 성난 표정으로 마우스 스크롤을 하며 모니터를 보고 있다. 이를 악물며 마우스를 들어 책상 바닥에 쾅 집어던지는 임바른.

정보왕E   야! 왜 그래!

임바른   (어느새 들어온 정보왕을 보며) …인터넷에 온통 박 판사 사진이다. 이젠 사건 얘기도 아냐. 다리가 어떻다, 뒷태가 어떻다… 얘 좀 어떻게 하고 싶다… (눈빛 번득이며) 쓰레기 같은…

정보왕   진정해라. 그보다, 그 일사불란하게 움직이는 힘, 실마리가 조금은 보이는 거 같다.

임바른   뭔데.

정보왕   기사 제일 집요하게 쏟아내는 정론일보 사주 손자가 올 초에 세진대학에 부정입학했다는 얘기가 있어.

임바른   그래? (잠시 생각하더니) 법사위에서 난리 치는 그 김명국 의원, 검색해봤는데, 대기업 사외이사를 했었더라.

정보왕   NJ?

임바른   (끄덕인다)

정보왕   근데 대체 어떻게 성 부장님 부로 사건이 간 건지, 그걸 모르겠어. 이거 참. 구름 위에서 무슨 일이 있는 건지…

임바른   (씹어뱉듯 나지막이) 개새끼들.

정보왕   (걱정스레 쳐다본다)

S#35. 법원 구내식당 (낮)

묵묵히 식사중인 44부 세 판사. 오른쪽 자리에는 헛기침을 하며 외면하는 배곤대. 안타깝게 쳐다보는 정보왕. 힐끔 보고 얼른 고개를 돌리는 김동훈. 왼쪽 자리에서 비웃는 눈초리로 쳐다보고는 속닥대는 천성훈, 지현민. 임바른, 성난 눈초리로 천성훈 쪽을 노려본다.

한세상	임 판사.
임바른	……
한세상	식사해. 그냥.
임바른	부장님,
한세상	…식사하라고.
임바른	부장님, 그래도 이건 아니지 않습니까!
박차오름	…그만하세요, 임 판사님.
한세상	(수저를 딱 내려놓으며) 판사는 판결이 자기 손을 떠나면 잊어버려야 되는 거야!
임바른	어떻게 잊어버립니까! 코앞에서 누군가가 장난질을 쳐대는데!
한세상	어허! (매섭게 눈짓을 하는 한세상)
임바른	(주변 시선이 자신에게 집중된 걸 느끼고는 억지로 입을 다문다)
한세상	박 판사.
박차오름	네, 부장님.
한세상	그 매맞던 아내가 남편 죽인 사건, 정당방위 여부가 쟁점이 될 거야. 공판 전에 미리 사례 검토 꼼꼼히 해둬.
박차오름	네. 정리하고 있습니다.
임바른	(답답해하며) 부장님, 지금 이 판국에 박 판사가 그런 사건까지 하

면…

박차오름   괜찮아요 임 판사님. 제 주심사건이잖아요.

임바른   박 판사…

한세상   (묵묵히 식사를 계속한다)

S#36. 법원 복도 (낮)

식사하고 돌아가던 44부, 성공충 재판부와 딱 마주친다.

성공충   어이구, 오랜만입니다. 한 부장님. (좌우를 돌아보며) 임 판사, 박 판사.

한세상   (착잡한 표정) 그래요, 성 부장님.

성공충   (비꼬듯) 하이고, 뭘 그리 요란한 사건을 보내주셔서, 허허허.

한세상   (욱하다가 억지로 참는다) …그래, 요란하긴 하네그려.

성공충   (박차오름을 보며) 근데 박 판사, 영 핼쑥하네. 거, 좀 쉬엄쉬엄해요. 너무 열심히 할라구 하지 말고.

박차오름   ……

성공충   열심히 하는 사람은 많아요~ 잘해야지. 허허허허허.

임바른   (성난 눈초리) 성 부장님,

한세상   (임바른에게 눈짓하여 말린 후, 성공충을 노려보며) 그래, 상급심에서 잘 판단해주소. …예단이나 치우침 없이, 공평무사하게.

성공충   (차가운 표정) 명심하겠습니다, 한 부장님. (박차오름을 한 번 더 힐끔 보더니 좌우배석판사를 향해) 갑시다.

거만하게 44부 판사들을 지나쳐가는 성공충.

S#37. 법원 야외 테라스 (오후)

흥분한 표정으로 서성대는 임바른과 걱정스레 쳐다보는 정보왕.

임바른　아무리 생각해봐도 누군가 장난치고 있어. 만만한 박 판사를 마녀로 만들어서, NJ그룹 사위는 억울한 희생자로 빠져나가겠다?

정보왕　바른아, 일단 흥분하지 말고,

임바른　(점점 더 흥분) 이대로 앉아서 당할 순 없어! 내가 어떻게든…

정보왕　(O.L.) 야! 니네 부가 재판한 사건인데, 니가 뭘 어떻게 한다고…

임바른　(O.L.) 언론에 폭로하든, 검찰에 고발하든, 다 안 되면 내가 직접 이 새끼들 전부…

정보왕　정신 차려 이 새끼야!! (흥분한 임바른의 뺨을 때린다)

임바른　(쳐다본다) ……

정보왕　너답지 않게 왜 그래! 너 임바른이잖아!

임바른　(차갑게) …그래, 뭐가 나다운 건데?

정보왕　(안타깝게) 바른아…

임바른　(고집 센 눈빛) ……

S#38. 배석판사실 (오후)

홀로 일하고 있는 박차오름. 들어와서 사건기록을 박차오름 책상에 내

러놓는 이도연.

박차오름   (고개 숙인 채) 고맙습니다.

이도연   (힘없는 박차오름을 물끄러미 보다가) 박 판사님,

박차오름   (고개 들며) …네?

이도연   저랑 밀크티 한잔해요.

박차오름   (의아한 표정) ……

이도연   (싱긋 미소 짓는다)

S#39. 44부 부속실 (오후)

김이 모락모락 나는 머그컵을 내미는 이도연. 박차오름, 받아서 한 모금 마신다.

박차오름   (살짝 미소 띠며) …따뜻해요.

이도연   (가만히 보다가) …박 판사님,

박차오름   네?

이도연   전에, 언니라고 부르면 안 되냐고 그러셨죠?

박차오름   …네.

이도연   …맘대로 해요. 부르고 싶은 대로.

박차오름   (뭉클한 눈빛) …고마워요. 도연 언니.

이도연   (미소 지으며 밀크티를 한 모금 마신다)

박차오름   (살짝 장난기 어린 눈으로) 언니도 오름아, 해야죠.

이도연   (멈칫) 어, 그건 좀…

박차오름	뭐야, 자긴 못하면서.
이도연	(박차오름을 보며 입 모양으로 오, 오 해보지만 뭔가 어색하다. 포기하고 웃으며) 진도는 다음에 나가는 걸로.

서로를 바라보며 웃는 두 사람.

S#40. 허름한 대폿집 (저녁)

혼자 앉아 소주를 마시고 있는 한세상. 착잡한 표정으로 한숨을 쉰다.

S#41. 길거리 (저녁)

요란한 간판과 거나해진 취객 사이로 흐트러진 낡은 양복 차림의 한세상이 터덜터덜 걸어간다. 중년 취객 두 명이 떠들면서 지나가다가 한세상과 어깨를 퍽 부딪치고는 모른 척 지나친다. 한세상, 갑자기 얼굴에 분노가 솟아오르더니 성큼성큼 쫓아가 취객의 멱살을 잡는다.

한세상	(무시무시한 표정) 야 이 자식아!! 사람을 왜 건드려!! 내가 우습냐 이 자식아!!
취객1	(당황해서) 어유, 미안해요, 미안해.
취객2	아니 아저씨, 그렇다고 뭘 그렇게 화를 내요? 사람 잡겠네, 아주.
한세상	(정신을 차리며 멱살을 놓는다) …미안합니다.

뒤에서 쑥덕대는 취객들을 뒤로하고 돌아서 걸어가는 한세상.

한세상　(나지막이 혼잣말) …미안허네. …박 판사. 무능한 부장을 만나서…

휘청거리며 걸어가는 한세상의 쓸쓸한 뒷모습.

S#42. 민용준 부사장실 (저녁)

중후한 분위기의 방안을 장중하게 울리는 오케스트라의 음악 소리. 헨델의 〈사라방드〉. 민용준, 의자에 깊숙이 앉아 고뇌하는 표정으로 뭔가를 보고 있다. 시선을 따라가면, 책상 위에 놓인 사진. 대학생 시절의 박차오름과 민용준이다. 해맑게 웃고 있는 두 사람. 괴로운 표정의 민용준. 이때, 문 조심스레 열리더니 비서 들어온다.

비서　부사장님, 손님이 찾아오셨습니다.

민용준　손님? 누구시죠?

비서　임… 바른 판사님이시라고.

민용준　(놀라더니) …들어오시라고 해주세요. (리모컨으로 음악을 끈다)

비서, 다시 나가더니 바깥에서 소리 들린다.

비서E　들어가시죠.

임바른, 들어와서 목례한다. 민용준도 얼른 다가와서 답례한다.

임바른 불쑥 찾아와서 죄송합니다.

민용준 아닙니다. 앉으시죠. (소파 쪽으로 자리를 권한다)

마주앉은 두 사람.

임바른 멈춰주시죠.

민용준 …무슨 말씀이신지.

임바른 잘 아시잖습니까. 무슨 말씀인지.

민용준 글쎄요, 전 임 판사님만큼 영민하지 못해서요…

임바른 …이렇게까지 하셔야 됩니까? 박 판사한테.

민용준 왜 저한테 그런 말씀을 하시는지…

임바른 (O.L.) 왠지 저하고는 말이 통할 것 같다고 늘 얘기하셨었죠?

민용준 …그렇습니다. 임 판사님.

임바른 법정 아니니까, 서로 툭 터놓고 얘기하시죠. 박 판사를 많이 좋아하시지 않습니까.

민용준 (미소) 임 판사님, 평소하곤 많이 다르시네요.

임바른 박 판사는 법대로 재판했을 뿐입니다. 아무리 가족 일이라도… 이렇게까지 하셔야 됩니까?

민용준 (임바른을 가만히 보다가) …임 판사님,

임바른 네.

민용준 임 판사님도 그렇게 생각하십니까? 임 법재빈, 머리에 뿔 난 괴물? 악마?

임바른 ……

민용준	저희도 똑같은 사람들입니다. 피붙이가 상처받으면 눈물 흘리고, 피 흘리는.
임바른	······
민용준	저는 가족들을 지켜야 되는 입장입니다.
임바른	···가족들을 지킨다. 그걸 위해 무슨 수단이든 가리지 않는 겁니까?
민용준	···가진 게 많다는 건, 지킬 게 많다는 것이기도 하겠지요.
임바른	욕심이 많은 분이군요.
민용준	욕심?
임바른	사슴을 잡아먹는 사자가, 난 어쩔 수 없다며 이해까지 바랍니까?
민용준	(쓸쓸한 미소) ···그렇군요. 맞는 말입니다.
임바른	(민용준을 노려본다)
민용준	그렇다면, 장사꾼답게 말씀드리죠. 장사꾼을 찾아오셨는데, 뭔가 거래할 거라도 들고 오셨습니까.
임바른	(멈칫) 거래?
민용준	(미소) 참고로, 영혼 같은 건 취급 안 합니다. 전, (양손 검지와 중지를 까딱거리며 인용부호 몸짓을 하며) '뿔 달린 악마'가 아니니까요.
임바른	(입을 꾹 다문 채 민용준을 쳐다보다가) ···혹시, 박 판사한테 이러시는 이유 중에, 저도 있다면.
민용준	있다면?
임바른	(힘겹게) ···박 판사 곁에서 물러나겠습니다.
민용준	(비꼬듯) 물러나신다? 아침부터 밤까시 하루종일 곁에 있는 분이, 마음만 거두는 게 그리 쉬울까요?
임바른	······

민용준 어떻습니까. 댁네 사정도 어려우시던데, 이참에 법복을 벗으시는 건.

임바른 (고개를 번쩍 들어 민용준을 노려본다)

민용준 (미소) 마침 저희 법무실에 빈자리도 하나 있는데 말이죠.

임바른 (이를 악물고 한참을 노려보다가, 한숨을 쉬더니) 꼭 그래야만 한다면, (힘겹게) …법복을 벗겠습니다.

민용준 이거 놀라운데요? 법관직에 대한 애착이 대단하신 걸로 알고 있는데.

임바른 저 같은 사람은 많으니까요.

민용준 네?

임바른 법원에 저 같은 판사는 많습니다. 하지만, 박 판사 같은 사람은 없습니다. 박 판사는, 법원에 있어야 될 사람입니다.

민용준 오름이를 생각하는 마음이 이렇게까지 깊으신 줄은 몰랐습니다. (일그러지는 표정) …그래서 더더욱 기분이 안 좋아지는데요? 솔직히.

임바른 그럼 도대체 제게 뭘 요구하시는 겁니까!

민용준 이런이런, 그건 부탁하는 사람의 태도가 아닌 것 같습니다만. 아무래도 익숙지 않으시겠죠.

임바른 (노려본다)

민용준 우선, 무릎이라도 꿇어보면 어떨까요? 누구나 시작이 힘들지, 익숙해지면 편해집니다.

임바른 (노려본다)

민용준 (미소 지으며 천천히 자리에서 일어서서 임바른을 내려다본다)

임바른, 천천히 따라 일어서 민용준을 노려보다가, 체념한 듯, 천천히 자세를 낮춰 무릎을 굽힌다. 팔짱을 끼며 웃는 민용준. 임바른, 그런데, 무릎을 꿇는 듯하더니, 다시 일어나 민용준을 노려본다. 놀라는 민용준.

임바른   (도전적인 눈초리로) 언젠가 법 앞에 무릎 꿇리고 말겠습니다, 민 부사장님. 처음이 힘들지, 익숙해지면 편해지실 겁니다.

노려보는 민용준. 돌아서서 나가는 임바른.

S#43. 배석판사실 (오전)

임바른   박 판사님,
박차오름   네.
임바른   오늘 하는 준강간사건 재판, 보러 갑시다.
박차오름   네? 우리 부 사건 항소심인데…
임바른   공개재판 아닙니까. 누구나 볼 수 있어요. 우리도.
박차오름   …글쎄요. 괜찮을까요.
임바른   두 눈 똑바로 뜨고 지켜봐야 돼요. 갑시다, 박 판사.
박차오름   ……

S#44. 성공중 재판부 법정 (낮)

준강간 피해자 이지선 증인신문중인 법정. 성공충, 방청석 뒷줄 구석에 있는 임바른과 박차오름을 힐끗 보더니, 어이없다는 듯 피식 웃는다. 휠체어에 앉은 주형민, 초췌한 모습이다. 이지선, 위축된 표정으로 주형민을 힐끔 본다. 젊은 로펌 변호사, 자리에서 일어선다.

변호인	존경하는 재판장님, 허락하신다면, 증인석 앞에 가서 신문을 해도 되겠습니까?
성공충	그러시죠.
변호인	(정중히 목례) 고맙습니다. (증인석 앞에 가서 이지선을 본다)
이지선	(시선을 피한다)
변호인	1심 판결은, 유죄의 유력한 근거로 일식집 종업원의 증언을 들고 있습니다. 증인이 취해서 화장실 바닥에 엎드려 있있다는 증언인데, 그런 사실이 있습니까?
이지선	…네.
변호인	그런 사실이 있다, 그렇다면 그때까지는 기억이 난단 말씀이네요?
이지선	……
성공충	증인! 대답을 하세요, 대답을!
이지선	…네.
변호인	그럼, 룸으로 돌아간 후에는 얼마나 더 마셨습니까?
이지선	…잘 모르겠습니다.
변호인	그래요? 상식적으로 생각하면, 토할 정도로 많이 마신 후라서, 별로 안 마셨을 것도 같은데, 아닙니까?
이지선	……
성공충	(찌증내며) 증인!

임바른, 화를 참으며 성공충을 힐끗 본다.

이지선   …그럴지도 모르겠습니다.

변호인   (미소) 그렇다면 시간이 지날수록 취기가 좀 가시지 않았을까요?
          일식집을 나올 때쯤에는?

이지선   ……

변호인   사건 당일은 꽃샘추위로 밤 11시 기온이 영하 5도까지 내려갔습
          니다. 일식집에서 여관까지 가는 사이에, 충분히 술이 깰 법도
          한데, 안 그렇습니까, 증인?

이지선   …글쎄요.

변호인   애매하게 대답하시네요. 증인, 저기 계신 피고인을 한번 봐주시
          겠습니까?

이지선   (보지 못하고 고개를 떨군다)

성공충   증인!

이지선   (조심스럽게 주형민 쪽을 보는데, 주형민의 목에 감긴 붕대를 보고는 얼
          른 고개를 떨군다)

변호인   사람은 숨을 못 쉬면 3분도 버티기 힘듭니다. 자기 손으로 목을
          맨 사람이 느낀 고통과 공포, 상상이 가십니까?

이지선   (흠칫하며 더 몸을 움츠린다. 고통스러운 표정)

박차오름도 고통스러운 표정으로 고개를 숙인다.

변호인   증인, 피고인 앞에서 뭔가 할말이 없습니까? (증인석으로 점점 더
          가서며, 목소리도 점점 커진다) 왜 피고인을 똑바로 보지 못하시는
          겁니까? 증인? 대체 무슨 생각으로 여관에 같이 들어간 겁니까,

증인!

전혀 이의제기하지 않고 무심하게 앉아만 있는 공판검사. 임바른, 방청석 앞자리 등판을 두 손으로 움켜쥔다.

이지선　(고개를 푹 숙인 채, 몸이 조금씩 흔들리며, 울음 섞인 목소리로) …죄송합니다.

놀라는 임바른과 박차오름, 웅성이는 방청석.

변호인　뭐라구요? 지금 뭐라고 하셨죠, 증인?
이지선　…죄송합니다.
변호인　죄송하다, 그 말씀은, 그동안 거짓을 말해왔다는 뜻입니까?
이지선　…… (고개 떨군 채 천천히 끄덕인다)

앞으로 몸을 내밀고 집중하고 있다가 그 말에 휘청, 뒤로 기대며 파랗게 질리는 박차오름.

임바른　(나지막이) 박 판사! (박차오름의 팔을 붙잡는다)
변호인　(회심의 미소를 지으며) 그렇군요. 증인, 여관에 들어갈 때, 정신을 잃은 상태가 아니었던 거죠?
이지선　…… (눈물 흘리며 또 끄덕인다)
변호인　그럼, 왜 여관으로 이끄는 피고인을 따라 들어간 겁니까?
이지선　……
변호인　피고인의 요구에 응하면, 많은 현실적인 문제가 해결될 수 있다는 생각이 순간 들었던 것 아닙니까? 제가 틀렸습니까 증인?

이지선   (흐느끼며) …죄송합니다.

변호인   뜻밖의 목격자 때문에 병원에 소문이 나고, 남자친구까지 알게 되자 엉겁결에 거짓말을 했던 거죠?

이지선   …죄송합니다, 죄송합니다.

변호인   죄송하다는 말밖에 하실 말이 없습니까!

이지선   (흐느끼며) …이렇게까지 일이 커질 줄 몰랐습니다. 교수님이… 자살하려 하셨다는 뉴스를 본 후… 하루도 편히 잘 수 없었습니다… 죽을죄를 졌습니다… 죄송합니다…

허를 차는 성공충.

성공충   피해자가 1심 증언을 번복했는데, 검찰 측, 더 하실 거 있습니까?

검사   (일어서며) 일단 다음 기일을 한 번 더 잡아주시죠. 저희도 검토 좀 해봐야 할 것 같습니다.

성공충   좋습니다. 그럼, 본 재판부는 직권으로, 피고인에 대한 보석을 검토하도록 하겠습니다. 더이상 구속상태를 유지할 이유가 없어 보입니다.

웅성거리는 방청석. 충격받은 임바른과 박차오름.

S#45. 배석판사실 (오후)

창가에 멍하니 서 있는 박차오름과 그 앞에 서 있는 임바른.

임바른 난 믿을 수 없습니다! 이렇게 손바닥 뒤집듯 말을 바꾼다구요?

박차오름 ……

임바른 뭔가 있어요 분명히!! 뭔가 작용하고 있다구요, 이 재판!!

박차오름 …그만해요.

임바른 박 판사!

박차오름 (고개를 번쩍 들며 억눌러오던 감정을 폭발) 그만해요 제발!!

임바른 (놀란다) ……

박차오름 (고통스러운 표정) 임 판사님까지 왜 이래요, 진짜… 나, 나 말예
요, (눈물이 한줄기 흘러내리다) …죽을 것 같애. 진짜루…

임바른 (괴로운 표정) …미안해요. 뭐든, 어떻게든, 해주고 싶은데, …해
주고 싶은데. (자기도 모르게 눈물이 흘러내린다)

박차오름 (눈물이 그렁한 눈으로 임바른을 보며) …그냥, 잠시만, 잠시만, 거
기 있어줄래요?

임바른, 안타까운 눈으로 박차오름을 보며, 천천히 고개를 끄덕인다. 박
차오름, 한 걸음 다가가, 천천히 가슴에 이마를 기댄다. 그리고, 처음엔
소리 죽여, 그러다 점점 더, 흐느끼기 시작한다. 괴로운 표정의 임바른,
박차오름을 감싸 안으려 어깨 위로 손을 가져가지만, 차마 끌어안지 못
하고 주먹을 쥐며 다시 내려오다가, 꼭 쥐힌 두 손을 내서 소심스럽게
울고 있는 박차오름의 등을 살포시 안고는, 날래수늦이 천천히 토닥인
다. 천천히.

S#46. 법원 20층 휴게실 (오후)

울어서 눈이 빨개진 박차오름, 휴게실로 들어와 창밖을 바라본다. 옆쪽에서 커피를 마시고 있던 천성훈과 김동훈, 박차오름을 힐끗 본다.

천성훈 (들으라는 듯) 우리가 매일 야근하면 뭐하나. 누구 하나가 욕 다 먹게 만드는데.

김동훈 야, 그러지 마.

천성훈 뭐, 내가 틀린 말 했어?

박차오름, 천성훈 쪽을 본다. 천성훈, 고까운 표정으로 마주본다. 박차오름, 조용히 천성훈에게 다가간다. 흠칫하는 천성훈. 박차오름, 슬픔이 가득한 표정으로 천천히 천성훈, 김동훈에게 고개를 숙인다.

박차오름 죄송합니다…

놀라 멈칫하는 천성훈,

김동훈 박 판사님! 무슨 말씀이에요! 죄송은 무슨…

박차오름 아니에요, 죄송합니다.

김동훈 박 판사님…

박차오름, 외면하고 있는 천성훈에게 다시 한번 목례를 하고는, 소용히 밖으로 나간다. 멍하니 박차오름의 뒷모습을 보는 천성훈. 이때 반대쪽에서 쪼르르 달려오는 지현민.

지현민   뭐야, 뭐? 쟤 또 이상한 소리 했어?

천성훈   (O.L. 신경질적으로) 시끄러!

지현민   (놀라며) 어? 왜 그래 너?

천성훈   (착잡한 표정으로 외면)

지현민   (어리둥절)

S#47. 수석부장판사실 (오후)

수석부장과 배곤대 앉아 있다.

수석부장   ···결국 이렇게 됐군요.

배곤대   기자들이 난리가 났습니다. 대체 1심 재판을 어떻게 한 거냐고.
시위대가 몇 배로 늘어날지도 모르겠습니다.

수석부장   (착잡한 표정으로 창가 쪽을 바라보더니) ···군중은 늘 화가 나 있죠.

배곤대   ······

수석부장   그들에겐 뭔가 분노를 터뜨릴 대상이 필요합니다. 돌을 던지고,
물어뜯고, 찢어발길.

배곤대   (한숨을 쉰다) 휴우우···

수석부장   ···그게 이 사법부 자체가 되어서는 안 되겠지요.

배곤대   (침통하게) ···결국 누군가가 책임져야 끝나겠군요.

수석부장   ······ (턱을 괸 채 잠시 눈을 감고 있다가) 조직 관리자의 입장이라는
거, 이거 참 빌어먹을 거더라고요. (씁쓸한 미소)

배곤대   ······

수석부장   지난번 덮어두었던 박 판사 징계 건, 다시 들여다봅시다.

배곤대	…마음이 영 그러네요.
수석부장	(배곤대를 본다)
배곤대	…묘하죠. 우리집 말썽꾸러기 녀석, 아무리 꼴 보기 싫어도 밖에서 맞고 다니는 꼴은 또 보기 싫으니.
수석부장	…… (이해한다는 듯, 씁쓸한 표정)
배곤대	휘유우…

S#48. 법원 동문 앞 (아침)

언덕길을 올라 출근하는 박차오름, 동문 근처가 시끌시끌하다. 한숨을 쉰 후, 마음을 다잡고 동문 쪽으로 가는데, 박차오름을 알아본 시위대, 피켓을 휘두르며 구호를 외쳐댄다.

"살인 판사 물러가라!"
"살인 판사 물러가라!"

묵묵히 시위대 사이를 걷는 박차오름.

S#49. 배석판사실 (오전)

멍하니 앉아 있는 박차오름. 걱정스레 바라보는 임바른. 박차오름의 사무실 전화가 울린다.

박차오름 네, 박차오름입니다. …네, 계장님. (표정이 어두워진다) …네. 네.
알겠습니다. (끊는다)

임바른 무슨 일이죠?

박차오름 …국민참여재판 신청서가 접수됐네요.

임바른 네?

박차오름 아내가 남편을 살해한 사건.

임바른 네? 국민참여재판 말고, 재판부 판단을 바란다고 했던 사건이잖
아요?

박차오름 …그랬었는데, 의사를 번복했네요. 공판 겨우 일주일을 앞두고.

임바른 ……

박차오름 (괴로운 표정) 절 못 믿겠다는 거겠죠. 지금 분위기 때문에 눈치
보느라, 외려 피고인한테 엄하게 할지 모른다고.

임바른 …… (참담한 표정으로 박차오름을 보며, 마음의 소리) …신뢰를 받
지 못하는 판단자는, 존립의 근거가 없어진다.

박차오름 (아득한 표정으로 눈을 감고 한숨을 쉰다)

S#50. 한세상 부장실 (오전)

똑똑똑, 노크 소리.

한세상 (일하면서) 들어오쇼.

문을 열고 들어오는 박차오름. 손에 뭔가가 들려 있나. 흰 봉투다. 놀라
서 쳐다보는 한세상.

한세상   (벌떡 일어서며) 그게 뭐야, 박 판사! 지금 뭐하자는 거야!!

묵묵히 한세상 앞에 선 다음 '사직서'라고 쓰인 봉투를 책상 위에 올려놓
고는, 깊게 허리 숙여 인사하는 박차오름.

15부

나도 같이 갈게요.
어딜 가든

(지난 회) 한세상 부장실. (오전)

똑똑똑, 노크 소리.

한세상   (일하면서) 들어오쇼.

문을 열고 들어오는 박차오름, 손에 뭔가가 들려 있다. 흰 봉투다. 놀라서 쳐다보는 한세상.

한세상   (벌떡 일어서며) 그게 뭐야, 박 판사! 지금 뭐하자는 거야!

묵묵히 한세상 앞에 선 다음 '사직서'라고 쓰인 봉투를 책상 위에 올려놓고는, 깊게 허리 숙여 인사하는 박차오름.

S#1. 한세상 부장판사실 (오전)

한세상, 박차오름을 노려보다가 책상 위에 놓인 봉투에서 종이를 꺼내 읽고는, 거칠게 갈기갈기 찢는다.

한세상 (버럭) 사직서? 일신상의 사유? 박 판사! 당신 지금 판사 된 지 이제 몇 달 됐어? 이런 거 쓸 만큼 머리가 굵었다고 생각해?

박차오름 부장님, 제 성급한 판단으로 피고인에게 고통을 주었으니 책임을 져야 한다고…

한세상 (O.L.) 책임? 어디서 건방진 소리야! 지금까지 당신 혼자 재판했어? 재판장인 나하고, 임판시는 뭐야? 허수아비야?

박차오름 …죄송합니다.

한세상 아직 재판 끝나지 않았어! 쓸데없는 소리 집어치우고, 다음주 선고할 판결 초고나 빨리 가져와!

박차오름 ……

한세상 엉뚱한 데 신경쓰느라 자기 할 일 소홀히 하면, 내가 먼저 그만두게 만들 거야! 가서 일해!!

S#2. 배석판사실 (오전)

방으로 들어오는 박차오름. 임바른, 자리에서 일어나 있다.

임바른 (놀란 표정) 박 판사, '설마…

박차오름 …죄송해요.

임바른	성급하게 그러지 말아요! 얘긴 안 했지만 아무래도 이 모든 흐름
	뒤에는 NJ그룹이…
박차오름	(O.L.) 그게 문제가 아니에요.
임바른	……
박차오름	제 문제죠. 제가 더이상 못하겠어요.
임바른	박 판사…
박차오름	(쓸쓸한 미소) 솔직히, 제가 하고 싶대도, 계속할 수 있을까요? 아
	시잖아요.
임바른	(멍하니 박차오름을 본다)

S#3. 수석부장판사실 (낮)

일하고 있는 수석부장. 문이 열리더니 성공충이 들어온다.

수석부장	(자리에서 일어나며) 오, 성 부장. 어서 와요.
성공충	(들어오자마자 90도 절하던 과거와 달리, 여유로운 모습으로 걸어와 손
	을 내밀며) 아이구, 수석부장님. 이거 오랜만입니다.
수석부장	(거드름 피우는 성공충의 얼굴을 잠시 쳐다본 후, 내민 손을 잡으며) 그
	래요, 앉읍시다.

소파에 가서 앉는 두 사람.

수석부장	그래, 바쁘실 텐데 어인 일로?
성공충	(능글맞게 웃으며) 이거 서운합니다~ 차도 한잔 안 주시고?

수석부장   (힐끗 쳐다본 후, 미소) 그래, 드려야지.

cut to

보이차를 음미하는 성공충.

성공충   (잔을 내려놓은 후) 웬일로 이렇게 대응이 늦으십니까?

수석부장   ……

성공충   잘 아시지 않습니까. 이런 대형 사고가 터지면 누구 하나라도 책임을 져야 여론이 잠잠해진다는 거. 허허허허허.

수석부장   ……

성공충   (느물느물) 설마, 수석부장님이 책임지실 건 아니시지요?

수석부장   (싸늘하게) 하고 싶은 말이 뭡니까?

성공충   일반적으로야 재판장 책임이지만, (얼굴 일그러지며) 이번 경우는, 엉덩이에 뿔난 송아지를 솎아내야 됩니다.

수석부장   ……

성공충   다행히 명분은 잔뜩 있지 않습니까? 새파랗게 어린 초임 판사가, 선배 부장판사를 모함하며 연판장을 돌린 거, 법관 품위 손상에 법원의 위신을 떨어뜨린 행윕니다! 되도 않는 판사회의를 선동하고…

수석부장   ……

성공충   (분노로 이글거리는 눈) 제 평생 그런 치욕은 처음이었습니다. 수석부장님은 그런 짓거리를 그냥 덮어주셨지요. 지 따위 별 볼 일 없는 놈은 참으라, 이거였습니까?

수석부장   이봐요, 성 부장!

성공충 이젠 못 참겠습니다. 중앙지법에서 징계청구를 하지 않으면, 제가 직접 대법원 윤리감사실에 얘기하겠습니다. (자리에서 벌떡 일어나더니, 다시 씨익 웃으며) 차, 잘 마셨습니다. (인사하고 나간다)

수석부장 (굳은 표정으로 성공충을 쳐다본다)

S#4. 배석판사실 (오전)

재판 들어가기 전, 법복 입은 채 일하고 있는 두 사람. 임바른, 묵묵히 일하고 있는 박차오름을 보다가, 자기 오른쪽 모니터로 시선을 옮긴다. 포털 사이트 메인 화면, 뉴스 헤드라인 맨 윗줄에 굵은 글씨로 '바람피운 아내, 남편 살해사건. 주심판사가 미스 함무라비?' 뜬다. 임바른, 마우스 클릭한다. 네티즌들의 댓글이 이어진다.

— 결론 뻔하네. 남성혐오 판사한테 사건 몰아주냐?
— 전관예우 아냐? 사건 배당부터 이상하다.
— 이대로 재판하게 놔두면 안 됩니다! 시민들의 힘이 필요합니다!
— 당장 옷 벗겨서 끌어내라!

임바른, 굳은 표정으로 고개를 돌려 고야의 그림 속 일그러진 군상을 본다.

S#5. 한세상 부장판사실 (오전)

법복 입은 한세상도 임바른이 보던 포털 뉴스 화면을 보다가 짜증스럽게 창을 꺼버린다. 착잡한 표정으로 뭔가 깊이 생각하다가 한숨을 쉬는 한세상.

S#6. 배석판사실 (오전)

문 열리며,

한세상   뭐해? 재판 안 들어가고.

S#7. 법정 앞 복도 (오전)

굳은 표정으로 앞서 걷는 한세상과 묵묵히 따라 걷는 두 판사.

S#8. 법정 (오전)

(자막 남편 살해사건 공판준비기일)

검사와 국선변호인, 피고인 김눈옥(30대 후반 여성) 고개 푹 숙이고 앉아 있다.

한세상	국민참여재판 전에 쟁점부터 정리해보죠. 변호인 측 주장 요지가 어떻게 됩니까?
변호인	네, 우선 살인의 고의가 없었다.

순간 방청석에서 우~ 하는 야유 소리 들린다. 한세상, 날카롭게 방청석을 쳐다본다.

이단디	조용히 하세요!
한세상	(방청석 조용해지자) 계속하시죠.
변호인	그리고 정당방위였다.

방청석에서 이번엔 더 큰 야유와 웅성대는 소리 들린다.

"정당방위?"
"말도 안 돼…"
"뻔뻔하게 어디서…"

이단디	(얼른 다가가서) 법정에서 이러시면 안 됩니다.
한세상	(버럭) 또 한 번만 소리가 들리면!

법정의 모두가 놀라 한세상을 쳐다본다.

한세상	…즉시 퇴정시키고 유치장에 감치시킵니다. (방청석을 죽 놀아보며 노려본다)

쥐죽은듯 조용해지는 법정.

한세상 (변호인에게 힐끗 눈짓을 한다)

변호인 네, 재판장님. 계속하겠습니다.

임바른 (걱정스러운 표정으로 한세상을 보며, 마음의 소리) 오늘 좀 많이 예민하신 것 같다. 이럴 땔수록 참는 게 나을 텐데…

변호인 남편의 폭력에 생명의 위협을 느낀 피고인이, 자신을 방어하기 위해 우발적으로 찌른 것이라는 게 저희들 주장입니다.

김순옥 (눈물 글썽이며 고개를 숙인다)

검사 (벌떡 일어나며) 말도 안 됩니다! 불륜행위가 들통나자 도리어 남편을 살해한, 죄질이 극히 나쁜…

한세상 (O.L.) 말이 되는지, 안 되는지는, 재판을 통해 가릴 일입니다.

검사 재판장님! 이 사건에 대한 국민의 관심이 매우 높습니다! 간통죄를 폐지하더니, 윤리도덕이 땅에 떨어졌다는 비판 여론이 뜨겁습니다. 이런 판국에 불륜을 저지른 아내가 남편을 살해하고 정당방위? 그런 판결이 내려지면 그 후폭풍을 감당하실 수 있겠습니까? 게다가 이 재판부는 가뜩이나…

한세상 (O.L. 날카롭게) 가뜩이나 어떻단 얘깁니까! 지금 재판부를 협박하는 겁니까!!

검사 아, 아닙니다. 말씀이 지나쳤습니다. 죄송합니다. 저는 그저 사법부를 걱정하는 충심으로…

한세상 (O.L.) 검사는 검사 할 일을 하세요. 법원은 법대로 재판할 뿐입니다. 준비기일은 이걸로 마치기로 하고, 잠시 휴정합니다. (자리에서 일어선다)

이단디 모두 자리에서 일어서주십시오!

불만스러운 표정으로 웅성대는 방청객들.

S#9. 합의실 (오전)

임바른   (걱정스레) 방청석 분위기를 보니, 배심원들 분위기도 그닥 다를
          거 같지 않은데요? 여론의 영향을 많이 받을 것 같습니다.

한세상   ……

박차오름 (안타까워하며) 부장님, 아무래도 저 때문에 분위기가 더…

한세상   (버럭) 쓸데없는 소리 하지 말랬지!

박차오름 ……

한세상   (짜증스러운 표정으로) 다음 사건은 뭐지?

임바른   강간사건입니다.

한세상   강간?

임바른   대학생이 가출 소녀를 재워준다며, 자취방으로 데려가 강간한
          사건입니다.

한세상   (얼굴을 찌푸린다)

S#10. 법정 (오전)

피고인석에 앉아 있는 말쑥한 양복 차림의 대학생(불구속상태)과 그뒤
에서 손수건으로 눈물 훔치고 있는 중년여성.

한세상   (차가운 눈초리로 여성을 보며) 피고인 모친이시죠?

중년여성	……

한세상   탄원서 냈네요? (기록 넘겨보며) 앞날이 구만리 같은 젊은이에게
         기회를 달라…

중년여성 부디 한 번의 실수로 인생을 망치지 않게…

         그 순간, 한세상, 법대를 오른손으로 내리치며 버럭 소리를 지른다.

한세상   그게 할 소리요? 열다섯 살 여자애한테 당신 자식놈이 한 짓을
         알기나 해?

         임바른과 박차오름, 놀라 한세상을 쳐다본다.

한세상   내 이런 놈들은 화학적 거세가 아니라 그걸 아예 싹둑 잘라버리
         고 싶어! 어디서 뻔뻔하게 한 번의 실수 운운이야!!

         박차오름, 한세상의 법복 자락을 살며시 잡으며 말리려 든다.

박차오름 부장님, 제발 고정하셔요.

         순간, 한세상, 팔을 거세게 뿌리친 후 박차오름을 노려보며 법정이 쩌렁
         쩌렁 울리도록 고함을 친다.

한세상   어디서 재판장이 말하는 데 끼어들어! 시건방지게!!

임바른   (아찔해하며, 마음의 소리) 그러잖아도 주목받고 있는 판인데…

방청석 앞줄에 앉은 기자, 한세상을 힐끔거리며 뭔가 메모하고 있다.

S#11. 배석판사실 (오후)

굳은 표정으로 포털 뉴스 제목들을 보고 있는 임바른.

'상습 막말 부장판사 또…'
'법정에서 막말하고 공포 분위기 조성'
'교수 준강간사건 1심 재판장 법정 막말'

일하는 박차오름을 힐끔 보는 임바른. 그때, 모니터 화면 구석에 메신저 창 뜬다. '정보왕: 잠깐 나와봐라.'

S#12. 법원 야외 테라스 (오후)

임바른, 테라스로 가니 정보왕이 기다리고 있다.

임바른　왜?
정보왕　잠시만. 도연 씨도 곧 올 거야. (뒤쪽 보며 반갑게) 여기요, 도연 씨!
이도연　(두 사람에게 오며) 여기 두 분밖에 없거든요?
정보왕　반가워서 그러죠, 반기워서.
이도연　1절만 하세요. 1절만.
정보왕　아니 이제 도연 씨까지? 나 서운하다 진짜!

이도연   (무시하며 임바른에게) 아무래도 박 판사님한테… 징계절차가 시
작될 거 같아요.

임바른   징계? 그게 말이 됩니까? 재판 결과 때문에?

정보왕   (고개 저으며) 아니. 법관 품위 손상에, 법원의 위신을 떨어뜨리
고… 뭐 어쩌고 있잖아. 법관징계사유.

임바른   (버럭) 품위? 위신? 웃기고 있네. 대체 얼마나 훌륭하신 분들이
길래 그딴 소릴…

이도연   (O.L.) 성공충 부장님입니다.

임바른   네?

이도연   수석부 부속실 언니한테 들었어요. 수석부장님한테, 징계청구
안 하면 직접 대법원 찾아가겠다고 하셨대요.

정보왕   지난번 판사회의 때 앙심 품은 거지. 집단행동을 선동했다, 부장
을 모함했다, 이러고 다닌대.

임바른   진짜, 포기를 모르는구나. 그 양반은…

이도연   부속실 언니들이 다들 박 판사님 걱정하고 있어요. 요즘 너무 힘
이 없어 보인다고. (안타까운 표정)

정보왕   어떻게든 돕고 싶은데, 어떻게 해야 될지를 모르겠다. 이건 무슨
쓰나미에 휩쓸린 것 같애. (한숨)

임바른   ……

S#13. 배석판사실 (오후)

소용히 돌아와 앉는 임바른. 무심히 일하고 있던 박차오름, 삽시기 입을
연다.

박차오름	임 판사님.
임바른	네.
박차오름	저, 그냥 다 놓아버리면 안 될까요?
임바른	(놀라며) 박 판사.
박차오름	법복이라는 거, 저한텐 너무 무거운 거였나봐요.
임바른	……
박차오름	(우울하게) 감당도 못하면서, 주변에 폐만 끼치고, 사고만 치고.
임바른	그렇지 않아요, 박 판사.
박차오름	(고개 저으며) 아니, 솔직히 그보다, 그냥 지긋지긋해요.
임바른	……
박차오름	다 그만두고, 아주아주 무책임하게, 게으르게, 이기적으로, 살고 싶네요. (슬픈 미소) 그러면 안 되나요? 저, 사실 아주 잘할 수 있는데.
임바른	(처음 보는 박차오름의 모습에 가슴이 턱 막혀온다. 뭐라 말할지 모르겠고, 화나고, 안타깝고, 슬픈 감정이 뒤엉킨다)

S#14. 길거리 (밤)

퇴근길, 착잡한 표정으로 걸어가는 임바른. 맞은편에서 한잔 걸친 듯한 젊은 회사원 두 명 걸어오다가 임바른을 보더니,

친구1	어? 임바른?
친구2	임바른 맞네, 이야~ 임 판사님!
임바른	(멈칫하며 곤란한 표정 짓는다)

친구1	나 알지? 고3 때 같은 반이었잖아!
친구2	이야, 이게 얼마 만이냐?
임바른	(싫지만 어쩔 수 없이 어색한 미소) 그래, 오랜만이네.

임바른의 어깨를 툭툭 치며 웃는 친구들.

S#15. 맥줏집 (밤)

친구1	야, 넌 생전 동창회도 한번 안 나오냐?
친구2	너무 비싸게 구는 거 아냐? 판사님?
임바른	…미안. 일이 좀 많아서.
친구1	그래, 많으시겠지. 중앙지법 판사님이라매.
친구2	가만, 중앙지법이면, 걔 있잖아. 거 미쓰… 뭐더라? (답답한 듯) 아 요즘 시끄러운 애!
임바른	(기분 상해서) 박차오름 판사야. 애 아니고.
친구1	그래그래, 걔.
친구2	야, 걔 실물도 이쁘냐? 매일 미니 입고 다녀? 몸매 죽이드라~
친구1	그러게 말야~ 그리 이쁜 여자가 왜 남성혐오래니? (음흉하게) 혹시… 여잘 좋아하나?

킬킬대는 친구들.

임바른	(노려보며) …그런 식으로 얘기하지 마라.
친구2	어쭈! 야, 너 혹시 관심이라도 있냐? 부부 판사, 괜찮지. 연금도

둘이 받겠네. 부럽다 부러워~

친구1   야야, 그만해라, 그만해. (임바른의 화난 표정을 눈치채고는 화제를 돌리려) 바른아, 근데 뉴스 보니까 이번에 국민참여재판인가 한 다매? 바람피운 아줌마가 남편 죽인 사건.

임바른   …… (고개 끄덕)

친구1   나 그거 한번 보러 가고 싶더라. 국민이 직접 심판한다! 민주적 이고 좋잖아~

임바른   (맥주를 마신 후, 냉소적으로) 글쎄다. 미국 배심원들은 경찰이 흑 인을 아무리 때려도 무죄 해주더라. 폭동도 나던데?

친구1   (기분 상해서) 야, 그래도 국민이 직접 결정한다는 건 좋은 거잖 아. 난 솔직히 판사도 국민이 직접 선거로 뽑으면 좋겠더라.

임바른   그래? 넌 국회의원들, 역대 대통령들 모두, 한 분도 빠짐없이, 엄청 존경하고 사랑했겠구나. 현명한 국민들의 선택이잖아.

친구1   너 어째 말이 좀 삐딱하다?

임바른   그래? 내가 원래 비뚤어진 놈이었잖니. 예전부터.

친구2   짜식이 진짜…

임바른   말이 나왔으니 말인데, 국민 다수의 뜻이면 늘 옳다고들 생각하 는 거야? 진짜로? 히틀러한테 열광하고, 독재자한테 압도적으 로 투표하고 하는 건 누구였지? 다수의 국민들 아닌가?

친구2   뭐야 인마? 너도 알량한 판사질 한다고, 국민이 우스워 보이냐? 개돼지로 보여?

잔뜩 취한 친구2, 임바른의 볼에 주먹을 날린다.

친구1   (놀라서) 야! 왜들 이래! 친구끼리…

S#16. 임바른 동네 골목길 (밤)

임바른, 옷매무새는 헝크러지고 찢어진 입가에는 피가 맺힌 채, 착잡한
표정으로 걷다가 고개를 들더니 놀란다.

임바른   엄마?

집 앞 골목길에 마중나와 있던 임바른 엄마, 활짝 웃으며 손을 흔든다.

엄마   바른이 왔니~
임바른   뭐하러 나왔어. 언제 올 줄 알구.
엄마   (얼른 와서 팔짱을 끼며) 너 기다리는 게 좋아서 나왔지. 우리 아들.

웃던 엄마, 임바른의 입가를 보더니 화들짝 놀라며,

엄마   얘, 너 얼굴이 왜 그래?
임바른   아무것도 아냐, 아무것도.
엄마   아무것도 아니긴, 이리 봐봐!
임바른   아 됐대니깐. 빨리 들어가자. 나 피곤해.

발길을 서두르는 임바른과 걱정스러운 표정으로 임바른을 뒤따라가는
엄마.

S#17. 임바른의 집 (밤)

엄마, 임바른의 입가를 알코올 솜으로 닦아준다.

임바른	아야!
엄마	엄살은, (등을 한 대 퍽 치며) 그러게 다 큰 녀석이 싸움질은 왜 하고 다녀!
임바른	싸움이 아니라 엄마,
엄마	시끄러! (투덜투덜) 판사라는 녀석이 찌질하게…

임바른, 엄마를 가만히 보다가,

임바른	엄마.
엄마	왜?
임바른	세상은 온통 찌질한 인간들, 지긋지긋한 인간들투성이인 거 같지 않아?
엄마	뭘 또 새삼스럽게.
임바른	근데 아버지는 왜 밤낮 누굴 돕는다고 돌아다니는 걸까. 밤낮 뒤통수나 맞으면서. 대체 누굴 위해서.
엄마	위하긴 뭘 위해.
임바른	응?
엄마	지가 좋아서 그러는 거지 뭐.
임바른	좋아서?
엄마	누굴 위해서가 아니라, 그냥 그런 사람으로 사는 게 좋은 거야 니네 아빠. 평생 남들 미워하면서 그악스럽게 사는 것도 피곤하잖

니? 어차피 혼자 살 수도 없는데.

임바른　……

엄마　그게 손해만도 아니야. 봐. 엄마같이 이쁜 여자가 같이 살아주잖아? 쫌 괜찮아 보여서. 다 지가 좋아서 이러고저러고들 사는 거야. 인생 뭐 있니?

임바른　…엄마.

엄마　응?

임바른　엄마 가끔 쫌 멋있는 거 같애.

엄마　얘가 생전 안 하던 아부를 다 하네? 뭐 사고 쳤니?

임바른　됐네. 됐어요.

S#18. 임바른의 방 (밤)

옷 입은 채 침대에 털썩 누워 이리 뒤척 저리 뒤척 고민하며 잠 못 이루는 임바른.

S#19. 배석판사실 (낮)

임바른, 일하는 박차오름을 물끄러미 본다.

임바른　바 판사,

박차오름　(말없이 고개를 돌리니) ……?

임바른　다, 그만두고 싶다 그랬죠.

박차오름	…네.
임바른	그래요.
박차오름	(의외인 듯) 네?
임바른	다, 그만두라구요. 하고 싶은 대로 해요. 인생 뭐 있나요?
박차오름	(놀라서 본다) 임 판사님…
임바른	그런데요.
박차오름	……?
임바른	그만두기 전에 하나만 같이 해요. 마지막으로.
박차오름	…뭘요?
임바른	여행 가요. 같이.
박차오름	(놀라며) 네?
임바른	(미소) 내일 당장. 토요일이니까.
박차오름	(당황해서 어리둥절) 아니 갑자기 그게 말씀…
임바른	(O.L.) 일단 출발장소에는 나옵니다. 자세한 얘기는 그때 하는 걸로.
박차오름	(황당) 예에?

S#20. 창경궁 앞 (낮)

화창한 봄날. 창경궁 앞. 두리번거리며 임바른을 찾는 박차오름.

박차오름	(투덜) 뭐래 진짜… 어쩜 그리 아무렇지도 않게 대뜸 여행? 이 남자가 날 도대체 어떻게 보고… (그러면서도 법원에서와 달리 봄 느낌 가득 소녀소녀한 원피스 차림이다)

임바른E 박 판사!

돌아보니, 활짝 웃으며 손을 흔드는 임바른이 보인다.

임바른 이쁘게 하고 왔네요?

박차오름 (당황하며) 하고 오긴 뭘… 그냥 집에 있다 나왔는데. 대체 뭔 소리를 하는 건지 얘기나 듣고 갈라고.

임바른 (미소) 그렇구나. 집에서 그렇게 이쁘게 하고 있구나.

박차오름 아니, 옷걸이가 좋은 거라니까! 진짜 오늘 왜 이러시는…

임바른 (O.L.) 그럼 출발합시다. 여행. (가리키는 곳을 보면, 자전거 두 대 세워져 있다)

박차오름 (당황) 아니 자꾸 무슨 여행을 간다는 거예요, (자기도 모르게 자기 옷차림을 내려다보며) 이러고 자전거는 또 어떻게…

임바른 (어깨 으쓱하며) 평소 차림이라며요.

S#21. 서울 곳곳 (낮)

자전거로 창경궁 돌담길을 따라 달리는 두 사람. 모처럼 활짝 웃는 박차오름. 그런 박차오름을 보며 씩 웃는 임바른. 봄꽃 핀 서울 곳곳을 상쾌하게 달리는 두 사람.

S#22. 임바른 어릴 적 동네 골목길 (낮)

서촌의 어느 오래된 골목길. 자전거를 세워놓고 슈퍼 앞에서 아이스크림을 먹는 두 사람.

박차오름 (눈을 감고 음미하며) 음~ 이 맛이야. (활짝 웃는다)

임바른 (바로 슈퍼 주인에게) 두 개 더 주세요.

박차오름 (당황) 아니 그렇다고 뭘 또⋯

임바른 (미소) 얼마든지 먹어요.

박차오름 ⋯⋯?

임바른 ⋯그걸로 웃을 수만 있다면.

박차오름 (감동한 표정)

S#23. 동네 골목길 (낮)

자전거를 끌고 골목길을 걷는 두 사람.

박차오름 고마워요.

임바른 뭐가요?

박차오름 제 기분전환 여행.

임바른 아닌데?

박차오름 네?

임바른 기분전환 여행, 아니에요.

박차오름 그럼요?

임바른	굳이 이름 붙이자면… 임바른 투어?
박차오름	네? 무슨 투어요?
임바른	이 동네, 내가 어릴 적 살던 동네예요.
박차오름	그래요? (주위를 둘러보더니 멀리를 가리키며) 저는 저…
임바른	(O.L.) 저 윗동네에 살았죠. 알아요.
박차오름	……
임바른	나에 대해 말해주고 싶었어요. 나를 만든 것들이 무엇인지, 난 어떻게 컸는지. (박차오름을 힐끗 보며) …박 판사가 그만두기 전에.
박차오름	(임바른을 가만히 보며) …그래요. 우리 그런 얘긴 해보지도 못했네요. (쓸쓸한 미소) 아침부터 밤까지 하루종일 붙어 앉아 있었으면서.
임바른	(말없이 미소 짓는다)

S#24. 동네 헌책방 (낮)

책꽂이에서 낡은 책을 꺼내 넘겨보는 임바른.

박차오름	역시 어릴 때부터 책벌레?
임바른	거의 살았죠. 책방 할아버지가 나한테 맡기고 외출하시고 그랬어요.

박차오름, 오래된 판본 외 『레미제라블』이나 『위대한 유산』 『전쟁과 평화』 같은 빛바랜 명작 소설들이 꽂힌 책꽂이에서 한 권을 꺼내며,

박차오름 (미소 지으며 책을 넘겨본다) 이 책도 어딘가에 어린 임바른의 손때
가 묻어 있겠네요.

임바른 (책표지를 힐끗 보더니) 많~이 묻어 있을 겁니다. 세 번이나 봤으
니까.

박차오름 (미소) 오래된 책 냄새, 좋네요.

임바른 (미소)

S#25. 동네 병원 앞 (낮)

임바른 퀴즈. 이 병원에서 연상되는 사람 혹시 없어요?

박차오름 (갸우뚱) 그냥 작은 동네 의원인데? 아주 오래되어 보이는…

임바른 (의미심장하게 웃는다)

박차오름 (간판을 보며) 그런데, 원장님 성함이 독특하시네요. 정왕기 비뇨
기과? (순간 뭔가 번뜩) 어? 혹시?

임바른 (끄덕끄덕) 맞아요. 보왕이 아버님.

박차오름 우와~ 보물 왕자님 댁?

임바른 원장님 댁 도련님이었죠. 뭐, 학교에선 고래잡이집 아들로 불렸
지만.

박차오름 고래잡이… (눈치채고는) 아하! (씨익 웃으며 임바른을 본다) 그럼,
임 판사님을 어른으로 만들어준 곳도 여기?

임바른 (당황하며 외면) 아니, 뭐, 그게…

박차오름 에이, 누구나 성숙하려면 고동이 따르는 거죠. (짓궂게 웃으며 어
색해하는 임바른과 자꾸 눈을 맞추려 든다) …마이 아팠어요? 울었
어요?

임바른   (눈을 피하며) 아 진짜, 이럴 때 보면 이모들하고 똑같다니깐!

S#26. 피아노학원 앞 (낮)

자전거를 끌고 동네를 걷고 있는 두 사람.

임바른   전 가끔 와서 아무 골목길이나 걸어다니고 그래요. 잘 변하지 않
         는 동네라서 좋더라고요. 타임캡슐처럼.
박차오름   (임바른을 가만히 본다) ……

피아노학원 앞을 지나는데, 한 남자아이가 학원에서 나오다가 임바른
을 보더니,

남자애   어? 아저씨. 연습하러 왔어요? (임바른과 같이 피아노학원 다니던
         아이다)
임바른   어, 아니 그냥…
박차오름   (의아해하며) 피아노학원 다니세요?
임바른   (곤란해하며) 그게…
남자애   (말똥말똥한 눈으로 두 사람을 번갈아 쳐다본다)

S#27. 피아노학원 안 (낮)

피아노 앞에 앉아 있는 임바른. 지켜보고 있는 박차오름과 남자애. 임

바른, 망설이다가 결심한 듯 심호흡을 하더니, 〈죽은 왕녀를 위한 파반〉을 조심스럽게 치기 시작한다. 놀라는 박차오름. 서툴지만 집중해서 한 음 한 음 짚어가는 임바른.

남자애   (박차오름에게 소곤소곤) 저거 한 곡만 연습하더라고요. 이상하죠?

박차오름   (남자애 말을 듣고 다시 임바른을 보며. 미소 짓는다)

피아노 치는 임바른과 가만히 바라보는 박차오름.

S#28. 교도소 면회실 (오후)

무거운 표정으로 앉아 있는 한세상. 교도소 쪽 문이 열리더니 죄수복 차림의 감성우가 들어온다.

한세상   …왔는가.

감성우   (활짝 웃으며) 에유, 뭘 또 오셨어요, 형님. 지난번에 넣어주신 사식으로 방에서 파티를 몇 번을 했구만.

한세상   …많이 힘들지?

감성우   힘들긴요. …제가 지은 죗값 치르는 중인데요.

한세상   (안쓰러운 듯 보다가 한숨을 쉰다) 휘유우…

감성우   여기 있어보니까 제가 뭘 잘못했는지 새삼 알겠더라고요. 이리 힘든 사람들이 많은 세상인데, 남들이 판사님 판사님 떠받들어준다고 그걸 당연하게 여기고, 내가 뭐 대단히 훌륭한 놈인 줄 착각하고…

한세상　　……

감성우　　판사 옷 한 겹만 벗으면 아무것도 아닌 인간이 말입니다. 허허허
　　　　　허… (쓸쓸히 웃는다)

한세상　　그래… 나도 그 옷을 입을 자격이 있는지 모르겠네.

감성우　　아이구, 무슨 말씀을 하세요. 형님 같은 분이 진짜 판사지! 이번
　　　　　에 또 사고 치셨던데, 제발 성질 좀 죽이슈! 법정에서 말 좀 조심
　　　　　하시고!

한세상　　아따, 거서 자네가 누굴 걱정하고 그래!

감성우　　아, 요즘 워낙 형님네 부가 전국적으로 유명하잖아요? 교도관들
　　　　　도 그러데요. 첨엔 미쓰 함무라빈가 뭔가 하는 여판사가 사고 뭉
　　　　　친 줄 알았더니, 부장이 더 또라이래더라… (말하다가 뭔가 생각하
　　　　　더니) …가만. 근데 형님, 혹시…

한세상　　그만 갈게. 뭐 좀 넣었으니 잘 챙겨 먹게. 이 방, 저 방 노나주지
　　　　　말고, 좀 꿍쳐놓고 먹어. (일어선다)

감성우　　(따라 일어서며) 형님! 몸조심 좀 하슈! 제발! 혼잣몸도 아니면서!

한세상　　(뒤돌아서며) 가네. (손을 들어 인사하고 걸어나간다)

S#29. 동네 초등학교 운동장 (늦은 오후)

철봉에 매달려 한 바퀴 도는 임바른. 근처 벤치에 앉아 미소 띤 채 임바
른을 바라보는 박차오름.

임바른　　(철봉이 낮아서 엉거주춤하게 발이 닿자) 어릴 땐 참 높았는데.

박차오름 어릴 땐 모든 게 그렇게 보였죠.

임바른, 박차오름 곁으로 와서 앉는다.

박차오름 …평생 들은 거 중에, 제일 감동적인 파반이었어요.
임바른 (어색해하며) 어, 완전 엉망이었을 텐데…
박차오름 (미소) 완전 감동적이고 엉망이었어요. …고마워요.
임바른 (쑥스럽게 어깨를 으쓱하곤 고개를 돌린다)

물끄러미 노는 아이들을 바라보는 두 사람.

임바른 (문득) …전에, 가슴털 사건 할 때, 내가 가장의 해고가 어떻고 얘기한 적 있었죠?
박차오름 (의아한 표정) 네.
임바른 우리집은 엄마가 가장이었어요.
박차오름 네?
임바른 아버지는 아주 옛날에 강제해직당한 기자예요. 그후론 늘 술에 취해 있거나, 세상을 구하는 일에 취해 있거나, 둘 중 하나였죠.
박차오름 (놀란 표정)
임바른 (시니컬한 미소) 앞엣게 나았어요. 뒤엣건 엄마가 힘들게 벌어온 돈이 깨졌으니까. 아버지는 세상을 구하시고, 엄마는 아버지랑 나를 구하시고. 분업이 잘돼 있는 집이었죠.
박차오름 ……
임바른 (진지한 표정) 그래서 호적에 뭐라 써 있든 엄마가 가장이라고 생각하며 컸어요. 책임지는 사람이, 가장이니까.

박차오름   …그랬군요.

임바른   (씁쓸한 미소) 난 어릴 적부터 함부로 해고당하지 않는 직장에 취업하겠다고 결심했어요. 꿈을 이룬 셈이죠.

박차오름   (임바른을 물끄러미 보다가) 미안해요.

임바른   뭐가요?

박차오름   임 판사님, 그냥 먹고살려고 판사 됐다고 했었잖아요. 나 그때 되게 화났었어요.

임바른   그랬어요?

박차오름   그렇잖아요. 나한텐 너무나 절실한 건데, 그걸 가볍게 얘기하니까.

임바른   (미소) ……

박차오름   절대 가벼운 게 아니었네요. 임 판사님한테도.

임바른   …그렇죠.

박차오름   (한숨) 근데 이젠 내가 다 그만두고 싶다고 하고 있으니 이게 무슨 꼴이래, 정말…

임바른   (박차오름을 힐끗 보고는 고개를 돌려 바닥의 작은 돌을 집어던지며 혼잣말처럼) 그럴 만큼 힘들잖아. 나라도 그럴 거예요.

박차오름   에이, 그럴 리가. 임 판사님, 무지 강한 사람이잖아. (미소) 얄미울 만큼.

임바른   강한 사람이란, 자신의 약함을 담담히 인정할 수 있는 사람인지도 몰라요. (박차오름을 보며) 누구처럼.

박차오름   (뭉클) ……

임바른   (다시 시큰둥하게) 참고로 난 인정 안 합니다. 내 약함 따위. 보왕이가 반낫 하는 소리치럼, 넌 일생 안걸같은 싸가지니까요.

박차오름   (픽, 웃으며) 네. 여기서 함부로 동의하면 안 되는 거죠?

두 사람, 서로를 보며 웃는다.

S#30. 동네 초등학교 앞 (늦은 오후)

자전거를 끌고 나오는 두 사람.

임바른   마지막으로 갈 곳이 있어요.

박차오름   임바른 투어의 마지막 행선지?

임바른   (끄덕이며) 젤 중요한 곳.

S#31. 정독도서관 (늦은 오후)

봄꽃이 가득한 정독도서관. 예전 독서교실 때 비를 맞으며 두 사람이 함께 앉아 있었던 그 벤치 앞에 서서 도서관을 바라보는 두 사람. 머리 위엔 꽃이 활짝 핀 나무.

박차오름   (감동한 표정) …여기네요.

임바른   네. 어떤 여자애를 첨으로 만난 곳이죠.

박차오름   (임바른을 가만히 본다)

임바른   …고백은 벌써 했으니 걜 좋아했다는 건 벌써 알죠? 스포당해서.

박차오름   (미소) …네.

임바른   오늘은 그 여자애한테 놀랐던 얘길 하고 싶어서 왔어요.

박차오름   놀랐다구요?

임바른   이상한 늙은 고시생 만났던 거 생각나요? 열람실에서?

박차오름   어, (잠시 생각하다가) 네! 잠깐 자리 비운 사이에 내 자리 뺏고 안 비켜주던 아저씨!

임바른   (끄덕) 막무가내로 소리지르고 난리도 아니었죠. 나 솔직히 그때 엄청 쪽팔렸었어요.

박차오름   왜요?

임바른   쫄았었거든요. 무서워서.

박차오름   …그랬어요?

임바른   네. 멋지게 쫓아버리고 싶었는데. …좋아하는 여자앨 위해서.

박차오름   ……

임바른   근데 그때, 그 여자애가, 소심하고 내성적이어서 남과 눈도 잘 못 마주치던 애가, (주먹을 불끈 쥐어 보이며) 주먹을 불끈 쥐고 그 아저씨 앞에 서서,

인서트 〉16부 마지막 씬. 독서교실 시절의 박차오름.

덥수룩한 머리에 추리닝 차림의 늙은 고시생 뒷모습과 그 앞에 서서 쏘아보고 있는 박차오름. 그뒤에 놀란 표정의 임바른이 서 있다.

박차오름   아저씨! 여긴 제 자리예요! 전 절대 못 비켜요! 다른 자리로 가세요!

임바른   (미소) …완전 멋있더라고요. 무슨 변신하는 슈퍼히어로처럼.

박차오름   아뇨. 저 그때 완전 벌벌 떨었었는데.

임바른	(고개를 저으며) 결국 쫓아냈잖아요. 한 치도 물러서지 않고.
박차오름	…그랬나요. (눈을 내리깔며 생각에 잠긴다)
임바른	요즘 자꾸 그때 그 여자애가 생각나요. 무섭고 힘들어도, 부당한 억압에 절대 밀려나지 않던.
박차오름	(눈을 들어 임바른을 마주본다)
임바른	(박차오름을 가만히 보며) 줄 게 있어요. (품에서 편지봉투를 꺼내 내민다. 마치 러브레터 같다)
박차오름	(놀라며 받는다. 임바른을 쳐다본다)
임바른	(가만히 고개를 끄덕인다)
박차오름	(봉투에서 종이를 꺼내 펼쳐보더니, 놀란다) 사… 직서? (클로즈업하면, 손에 든 종이는 러브레터가 아닌, 임바른의 사직서)
임바른	포기하지 않았으면, 그때처럼 버텨줬으면 좋겠지만,
박차오름	……
임바른	그래도 힘들면, 힘들고, 드럽고, 치사해서 도저히 못 견디겠으면,
박차오름	……
임바른	때려쳐요. 그까짓 거. 개뿔 판사가 뭐라고.
박차오름	임 판사님,
임바른	나도 같이 갈게요. 어딜 가든.
박차오름	(눈물이 맺힌다) 임 판사님…
임바른	(따라서 눈물이 맺히지만 애써 웃으며) 아무래도 우배석이 필요할 거 같아서. 사고뭉치 좌배석한텐.

박차오름, 임바른을 하염없이 바라본다. 눈에서는 눈물이 한 방울 흘러내린다. 임바른, 손수건을 꺼내 눈물을 닦아주려 하는데, 박차오름, 고

개를 가로젓더니, 손등으로 눈물을 쓱 닦고는, 뒷짐진 채 천천히 까치발을 하며, 놀란 임바른의 입술에 자기 입술을 천천히 가져다 댄다. 바람이 불자 입술을 맞댄 두 사람 위로 꽃잎들이 눈송이처럼 날린다.

S#32. 정독도서관 정문 앞 (저녁)

수줍은 표정으로 자전거를 끌고 나오는 두 사람.

임바른   (저녁노을을 보며) …이제 집에 가요.

박차오름   …네.

임바른   같이.

박차오름   네?

임바른   (미소)

S#33. 박차오름의 집 마당 (저녁)

두 사람, 대문을 열고 들어가자, 왁자지껄하게 맞이하는 사람들(맹사성, 이단디, 윤지영, 정보왕, 이도연, 세 이모들). 놀라는 박차오름.

맹사성   아, 뭔 데이트를 이리 오래들 하십니까!

이단디   우린 배고파 죽겠고만!

윤지영   (씨 웃으며) 게디기 외롭고.

이단디   그죠! 어머~ 저 두 사람 뭔가 분위기가 평소랑 다른 거 같애~ 뭔

일이 있었던 거 아니야~

박차오름   (당황하며) 아 있긴 뭔 일이 있었다 그래~

순대집이모   저건 완전 있었던 거네.

떡볶이이모   고럼 고럼.

빈대떡이모   오름이가 거짓말에 좀 약하지. 원래.

정보왕   (임바른 쪽으로 가려 하며) 야, 임바른! 진짜 뭐 있었…

이도연   (정보왕 옷자락을 붙잡으며 고개를 절레절레)

정보왕   (바로 뒷걸음질쳐 다소곳이 이도연 옆에 앉으며) …든 말든 그게 무슨 상관이야? 안 그래요 도연 씨?

이도연   (미소)

순대집이모   (정보왕 이도연을 보며) 아니, 여긴 뭐가 있었던 정도가 아닌 거 같은데!

떡볶이이모   외로운 여자들 염장 지를려고 온 거야 뭐야!!

박차오름   (시끌벅적한 사이 임바른을 돌아보며) 아니 근데 모두들 어떻게…

맹사성   아 어떻게는 뭐가 어떻겠습니까! 우리 박! 차오르는 판사님이 힘이 한 개두 없이 축~ 늘어져서 다니시니까 도통 봐줄 수가 있어야 말이죠!

이단디   맞아요! 이건 나으 박 판사님이 아니야!

떡볶이이모   그럼! 우리 오름이가 어디서 매맞은 개마냥 꼬리를 축~ 늘어뜨리고 다닌다니 이게 말이나 돼!

박차오름   (벌컥) 씰데없는 소리 한다! 내가 또 언제 그리 쭈그리같이 다녔다 카노! 내가 누고!!

정보왕   돌아왔네, 박자오름. 돌아왔어.

순대집이모   돌아왔다. 저 지랄맞은 눈꼬리 봤나?

빈대떡이모   한 대 치겠네. 치겠어.

박차오름   아 진짜!

임바른   (미소, 시계를 보며) 올 때가 됐는데…

박차오름   네? 또 누가?

아이들E   (문밖에서) 판사님~

임바른   어, 왔네요.

임바른이 얼른 대문을 열어주자, 본드 사건 때 목사님 댁 여자아이들 세 명이 뛰어들어온다. 뒤에는 수줍게 웃으며 들어오는 이가온.

박차오름   (반색하며) 어머 얘들아!! 가온아!

S#34. 박차오름의 집 마루 (저녁)

과일을 잔뜩 깎아주고 있는 이모들.

아이들   잘 먹겠습니다! (신나게 먹는다)

빈대떡이모 (뭉클한 듯 아이들을 보다가, 박차오름에게) 오름아, 니가 밖에서 이리 좋은 일을 하고 댕기는 줄 미처 몰랐다.

정보왕   그럼요! 우리 박 판사, 대법원에서 훈장을 줘야 된다니까요!

맹사성   (화난 표정) 하이고, 그런데 훈장은커녕… 에이! 몹쓸 놈의…

박차오름   에고, 됐네요, 됐어. 내가 뭘 했다고…

이도연   (활짝 웃으며 먹고 있는 아이들을 기민히 보다가) 이게 니 귀한 훈상이죠.

박차오름   (아이들을 가만히 보다가 이모들한테) 근데 할머니는?

순대집이모 (이모들끼리 눈짓을 하며) 응… 금방 오실 거야. 어디 좀 들렀다 오시느라.

박차오름 할머니가 오셔야 저녁을 먹지. 애들 배고플라.

이가온, 박차오름을 가만히 보더니, 손을 뒤집었다가 스르르 다시 뒤집는데, 어느새 손에 장미꽃 한 송이가 들려 있다. 수줍게 웃으며 꽃을 내미는 이가온.

떡볶이이모 어머~ 애 좀 봐! 완전 선수네, 선수야! (가슴을 부여잡으며) 내 심장! 내 심장 어쩔 거야!

임바른 야, 너. 그런 거 어른한테 함부로 하는 거 아니다. 내가 이런 말 잘 안 하는데,

박차오름 (임바른에게 눈을 흘기며) 에유~ 쫌! (웃으며 꽃을 받아들며) 고마워, 가온아. 너무 이쁘다. 잘 간직할게.

이가온 (쑥스러워하며 머리를 긁적인다)

순대집이모, 맛있게 먹는 여자아이들을 홀린 듯 하염없이 바라본다.

순대집이모 많이들 먹어. 하이고, 어쩜 이리들 이쁠까. 다들 하늘에서 내려온 천사 같네… (눈물을 훔친다)

떡볶이이모 (순대집이모를 보다가 진지한 표정으로) 어쩌면 진짜로 하늘에서 보내준 건지도 모른다. 애네들도 우리처럼 외로운 처지잖어.

순대집이모 뭔 소리니, 애는…

빈대떡이모 가족이 따로 있나. 외로운 사람들끼리 정붙이고 살면 가족이지.

아이들의 머리를 쓰다듬어주는 순대집이모. 환하게 웃는 아이들. 이때 대문 쪽에서 들려오는 우렁찬 목소리.

할머니E 아, 뭣들 해! 문 안 열고!
이모들 오셨다! (벌떡 일어나 문으로 뛰어나간다)

박차오름, 갸우뚱하며 일어서 나간다.

S#35. 박차오름의 집 마당 (저녁)

문이 끼이익 열리는데, 마당에 나온 박차오름의 눈이 점점 커진다.

박차오름 …엄마?

할머니가 먼저 들어오고, 뒤따라 조심스레 들어오는 한 사람. 엄마다.

박차오름모 (미소 지으며) …오름아?
박차오름 엄마! 엄마! (눈물을 터뜨리며 달려가 엄마 품에 안긴다)
박차오름모 (딸을 꼭 끌어안고 머리를 하염없이 쓰다듬어주며) 오름아… 오름아… 자랑스러운 내 딸아…
박차오름 (흐느낀다) 엄마…

감동한 눈으로 모녀를 바라보는 이단디와 윤시녕. 서로 끌어안고 우는 이모들. 뒤돌아 눈물을 닦다가 코를 팽 푸는 맹사성. 조용히 눈물을 흘리는 이도연. 그런 이도연을 가만히 보다가 이도연의 손을 꼭 잡는 정보왕. 외할머니, 눈물 맺힌 눈으로 모녀를 바라보다가, 임바른에게 고개 숙여 인사한다. 임바른, 황급히 허리 굽히며 외할머니를 붙잡아 일으켜 옆에서 부축한다. 자신을 사랑하고 지지하는 이 모든 사람들에 에워싸여, 집에 돌아온 엄마 품에 안겨 울고 있는 박차오름.

S#36. 박차오름 동네 골목길 (밤)

함께 걷고 있는 정보왕과 이도연.

정보왕   (눈이 빨간 이도연을 보며) 많이 울던데, 괜찮아요?

이도연   그러게요… 제가 잘 울고 그러지 않는데.

정보왕   한 부장님도 함께 계셨으면 좋았을 텐데…

이도연   …요즘 많이 예민해지셔서.

정보왕   부장님도 많이 힘드시겠죠. 아, 그래도 배석이 저리 힘든데 쫌 감싸주시지!

이도연   겉으론 벌컥 하시지만, 누구보다 마음 아파하고 계실 거예요.

정보왕   그런가요? (울적한 표정) 에휴… 그나저나 우리 박 판사 어떡하나. 온 세상이 다 박 판사 하나를 못 잡아먹어서 난리니…

이도연   (정보왕을 보다가) …요즘 읽는 책에 나오는 말인데요,

정보왕   ……?

이도연   쏟아지는 비를 멈추게 할 수 없을 때는, 함께 비를 맞아야 하는 거래요.

정보왕   …그렇네요. 함께.

뭔가 깊은 생각에 빠진 정보왕. 그런 정보왕을 바라보며 미소를 짓던 이도연, 정보왕의 팔짱을 낀다. 서로 마주보고 미소를 짓곤, 함께 어두운 골목길을 걸어간다.

S#37. 한세상의 집 (밤)

울적한 표정으로 들어오는 한세상.

마나님	(힐끗 보며) 한잔했어?
한세상	…했네. (애들 방 쪽을 보며) 애들은?
마나님	주무시지. 아침 일찍 학교 가야잖어.
한세상	…그렇지. (방으로 들어가려는데)
마나님	꿀물 한잔 줄게. 앉어.
한세상	…웬일이야? (식탁에 가서 앉는다)
마나님	(준비해놓았던 꿀물을 내밀며) 꼴 보기 싫어서 그렇지.
한세상	아, 꼴 보기 싫은데 왜…
마나님	(O.L.) 기죽은 꼴, 보기 싫어. 막말했다 뭐했다 하지만, 내 읽어보니 틀린 말 하나도 없더구만.
한세상	……
마나님	기죽지 마. 당신 잘못한 거 없어.
한세상	…사고 치지 말고 조용히 붙어 있으라며.
마나님	(한숨) 그야 급치. 그래도 내 님편이 일어났고 기죽은 꼴은 못 보겠으니 어찌겠어. 그것도 내 팔사지.
한세상	(감동한 눈으로 마나님을 가만히 보며 꿀물을 벌컥 들이켜다 그만 사레

들린다) 콜록! 콜록! 으~메 코로 넘어가부렀네 그만…

마나님 (퍽퍽 치며 얼른 휴지로 물이 튄 양복을 닦는다) 내 못살아 못살아 못
살아!! 하여튼 이쁘다, 이쁘다 하면 꼭 이쁜 짓만…

S#38. 한세상 애들 방 (밤)

조용히 아이들 방문을 열고, 색색 잠든 딸들을 바라보는 한세상. 개구쟁
이 꼬마들처럼 엉망진창으로 자고 있는 딸. 그 꼴을 보고 픽, 웃었다
가 천천히 수심이 가득한 표정으로 바뀌는 한세상.

S#39. 법원 동문 앞 (아침)

언덕길을 올라 출근하는 박차오름. 동문 근처가 시끌시끌하다. 박차오
름, 심호흡을 한 후, 마음을 다잡고 동문으로 가는데, 뭔가를 보고 깜짝
놀란다. 박차오름을 비난하는 시위대 가운데에서 (박차오름이 도왔던) 1
인 시위 할머니가 '남자 잡는 판사 사퇴하라!' 피켓을 든 남자의 멱살을
잡고 있다.

할머니 박 판사님은 그런 분이 아니다 이놈아! 니네들이 뭘 안다고 이러
는 거냐 이놈들아!!

남자 (뿌리치며) 뭐야, 이 미친 할망구가! (할머니, 뒤로 니뜅고디)

박차오름 할머니!

달려와 1인 시위 할머니를 부축해 일으켜 세우는 박차오름.

할머니   (정신 나간 사람처럼 주변을 둘러보며) 아니다 이놈들아!! 아니라니까!

박차오름   (할머니를 끌어안으며) 그만하세요, 그만요.

할머니   ……

박차오름, 할머니 앞을 가로막아서며 시위대에 당당히 맞선다.

박차오름   제가 대한민국 판사 박차오름입니다! 할말이 있으면 저한테 직접 하세요!

시위대 한 명 한 명을 매섭게 쏘아보는 박차오름. 순간 기세에 입도되어 눈을 피하는 시위대. 옆으로 갈라지는 시위대 사이를, 할머니를 부축하며 당당하게 지나 법원 안으로 들어가는 박차오름.

S#40. 배석판사실 (오전)

임바른, 문을 열고 들어오자, 박차오름, 책이 꽂힌 진열장 앞에 서서 형법 책들을 뒤적이며 뭔가 열심히 메모하고 있다.

임바른   일찍 왔네요?

박차오름   (생긋) 네. 시간이 없습니다, 없어요.

임바른   시간?

박차오름　국민참여재판이 달랑 3일 남았잖아요. 법리 검토 미리 해둬야죠. 믿어지세요? 사망사건에서 정당방위가 인정된 판례가 거의 없다시피 한 거?

임바른　네…

박차오름　불륜은 불륜이고, 맞아 죽을 지경에서 반격한 게 정당방위인지 아닌지는 그거대로 따져봐야 되는 거 아녜요? 바람피운 여자는 그냥 맞아 죽어야 되나요?

임바른　(열변을 토하는 박차오름을 보다가 싱긋 웃으며) 돌아온 걸 환영합니다.

박차오름　네?

임바른　이제야 박 판사 같네요.

박차오름　(어깨를 으쓱하며 미소)

박차오름, 책과 메모지를 들고 자기 자리로 가서 앉는다.

박차오름　자자, 시간이 없다, 시간이 없어. 파워업! 박차오름!

임바른　(픽 웃으며 자리에 가서 앉는다)

박차오름　(마우스를 클릭하다가 갑자기 표정이 얼어붙는다)

임바른　(박차오름의 표정을 보고는 놀라며) 왜 그래요? 무슨 일 있어요?

박차오름　…메일이 하나 왔네요.

임바른　무슨 메일이길래…

박차오름, 모니터를 가리킨다. 얼른 와서 보는 임바른. 모니터에 뜬 코트넷 메일 제목은 '징계위원회 출석 통보'.

임바른	(놀라며) 징계위원회? (박차오름을 보며) 박 판사!
박차오름	(담담한 표정) …올 것이 왔네요.

S#41. 배석판사실 (오전)

정보왕	(문을 쾅 열고 들어오며) 야! 이게 말이 돼! 말이… (방안에 맹사성, 이단디, 윤지영, 이도연이 이미 화난 표정으로 서서 박차오름을 에워싸고 있는 걸 발견하고는) …벌써 다 모였네?
맹사성	맞습니다! 징계위원회라니 이게 말입니까 막걸립니까?
윤지영	박 판사님이 잘못한 게 대체 뭔데요! 그것도 중요한 재판 앞둔 사람한테…
박차오름	언니, 괜찮아요.
이단디	괜찮긴 뭐가 괜찮아요! (눈물을 훔치며) 아이씨, 분해서 눈물이 다 나네.
박차오름	(사람들을 죽 보며 웃는다) 이렇게 다들 달려와주고, 짧은 법원생활이지만 제가 헛살진 않았나봐요? 역시 이놈의 매력이란…
정보왕	지금 농담할 상황이야 이게!
박차오름	(미소) 다들 고맙습니다. (정중하게 사람들에게 허리를 굽혀 인사한다)
이도연	(안타까운 표정) 박 판사님, 포기하지 않기로 하셨잖아요.
박차오름	(눈을 동그랗게 뜨며) 누가 포기한대요?
임바른	박 판사, 그럼…
박차오름	(좌중을 둘러보며) 판사는 법대로 할 때 제일 힘이 있는 겁니다. 징계위원회건 뭐건 당당히 출석해서 저 자신을 변호하겠어요.

이단디   (눈물이 그렁그렁) 박 판사님…

박차오름   (웃으며) 경위님, 쫄지 말아요. 아무리 생각해봐도, 전 징계당할
          잘못을 한 적 없습니다. 만에 하나, 대한민국 대법원이 절 부당하
          게 징계한다면, 행정소송을 내서 대법원을 상대로 싸우겠어요.

정보왕   박 판사, 준강간사건 항소심은 또 어떡하고… 이상한 일이 막 벌
          어지는데…

박차오름   (단호하게) 자기가 한 판결은, 자기 손을 떠난 이상 더 관여할 수
          없어요. 어떤 결과가 나오든, 그게 시스템입니다.

정보왕   아, 그래도…

박차오름   (사람들을 보며) 전 눈앞에 다가온 국민참여재판에 최선을 다해 임
          할게요. 한 사람의 삶이 걸린 사건이잖아요. 만약 그 사건이 제
          마지막 재판이 된다 해도, 전 언제나 그랬듯, 그렇게 법정에 설
          겁니다.

임바른, 눈부신 듯한 표정으로 박차오름을 바라본다.

임바른   (마음의 소리) 내가 봤던, 그 여자아이. …한 치도 물러서지 않던
          그 여자애가 저기 있다.

박차오름   (사람들을 향해 웃으며) 고마워요. 모두들. 고맙습니다. (주먹을 불
          끈 쥐어 보이며) 제가 누굽니까, 저 박차오름이에요! 쫄지들 말아
          요!

맹사성   (감격한 표정으로 주먹을 불끈 쥐며) 박차오름! 박차오름!

이단디와 윤지영, 열렬히 박수를 친다.

박차오름   (쑥스러워하며) 아, 어디 출마하나요? 그러지들 마셈!

미소 짓는 임바른.

S#42. 법원 야외 테라스 (낮)

임바른, 먼 곳을 보며 생각에 잠겨 있다.

정보왕E   바른아!

정보왕, 임바른 옆에 와 선다.

임바른   ⋯왔냐.

정보왕   (먼 곳을 보며) ⋯박 판사, 멋있더라.

임바른   ⋯그래.

정보왕   생각해보면, 박 판사가 여기 온 뒤, 많은 게 달라졌어.

임바른   ⋯⋯

정보왕   ⋯이제, 우리가 달라질 때인 거 같다.

임바른   (정보왕을 쳐다본다)

정보왕   선의를 외롭게 둘 순 없어. 쏟아지는 비를 멈출 수 없으면, 함께 맞아야지.

임바른   (감동한 표정) 부왕아,

성보왕   (외면하며) 알아. 니 지금 멋있는 거.

임바른   (픽 웃으며 어깨를 툭 친다) ⋯미친눔.

정보왕   (씩 웃으며) 븅신.

서로 주먹을 부딪치는 두 사람.

S#43. 법원 곳곳 (낮)

몽타주 〉복도, 판사실에서 각자 판사들을 만나 뭔가 설득하고 있는 임바른
과 정보왕.

S#44. 배석판사실 (낮)

의욕 넘치는 표정으로 문 열고 들어오는 임바른.

박차오름   (의아한 표정) 오늘 종일 바쁘시네? 어디 갔다 왔어요?
임바른   그럴 일이 좀 있습니다. 비 맞는 일.
박차오름   네?
임바른   (싱긋 웃으며 자리에 앉아 인터넷 포털을 열더니 살짝 놀란다)

아침 출근길에 박차오름이 1인 시위 할머니를 끌어안고 있던 사진이 떠
있고, 아래에는 관련기사 제목 두 개가 이어져 있다.

'미스 함무라비 판사, 의료사고 유족 할머니를 도운 사연'
'세진대학병원에서 아들 잃은 할머니를 헌신적으로 도와'

임바른   (마음의 소리) ···선의가 늘 외롭기만 한 건 아니다. (박차오름을 돌아보며, 마음의 소리) 한 알의 밀알이 땅에 떨어지면···

S#45. 카페 (낮)

김다인, 1인 시위 할머니와 마주앉아 있다.

할머니   그래, 기자 양반이라고?

김다인   쪼끄만 인터넷언론이지만요. 할머니.

할머니   근데 기자 양반도 우리 박 판사님한테 은혜를 입었단 말이지?

김다인   네. 박 판사님은 저희 회사에서 성희롱 사건이 있었을 때, 또 그것 때문에 제가 부당하게 해고당했을 때, 저희들, 약자의 목소리에 끝까지 귀기울여주셨어요. ···같이 울어주셨고요. (눈꼬리에 눈물이 맺히는 김다인)

플래시컷 〉10부 63씬.

박차오름   (김다인의 손을 덥석 잡으며 울 듯한 표정) 고맙다뇨! 미안해요. 아무것도 해드리지 못해서.

김다인   아니에요. 판사님들이 최선을 다해주셨다는 거, 알아요. 지난번에도, 이번에도.

임바른   (김다인의 밝은 표정을 묵묵히 본다)

김다인   (눈시울이 조금씩 붉어지며) 지책하지 마세요. 후회노 하지 마시고요. 절대로 자책도 후회도 하지 않는 인간들 때문에, 왜 우리가

	그래야 돼요?
박차오름	(뭉클) …다인 씨!
김다인	그깟놈의 드러운 회사, 잘됐어요. 제 적성에 맞게. 기자가 될까 해요. 어디 쪼끄만 데라도.

할머니	그래, 우리 박 판사님은 그런 분이라니까! 그런 분을 어떻게… (손수건을 꺼내 눈물을 닦는다)
김다인	(할머니의 손을 잡으며) 할머니, 세진대학병원에서 있었던 일을 하나하나 다 말해주세요. 혹시 모르잖아요. 박 판사님한테 작은 도움이라도 될지.

할머니, 고개를 끄덕이더니 그간의 일을 쏟아내기 시작하고, 김다인은 열심히 받아적는다. 그 위로 흐르는 임바른의 내레이션.

임바른N	한 알의 밀알이 땅에 떨어지면, 어딘가에서… 어쩌면…

S#46. 한세상 부장판사실 (낮)

모니터를 보며 한숨을 쉬는 한세상. 침통한 표정.

S#47. 배석판사실 (낮)

한세상 (문을 열고 들어와) 뭣들 해. 점심 먹으러 가야지.

박차오름 (씩씩하게) 네! 부장님.

한세상 (박차오름을 물끄러미 본다)

박차오름 어서 가요, 부장님. 늦으면 구내식당에 자리 없어요.

한세상 …그래, 갑시다.

방을 나가는 세 사람.

S#48. 법원 구내식당 앞 (낮)

성공충, 좌우배석을 거느리고 거들먹거리며 오다가, 식당 앞에서 수석부장(수석부장도 좌우배석과 함께 오고 있음)을 마주치자,

성공충 (활짝 웃으며) 어이구! 수석부장님!

수석부장 (착잡한 표정) …성 부장.

성공충 수고 많으셨습니다! 징계위원회, 일주일 뒤에 열린다면서요. 저도 참고인으로 출석할까 합니다만.

수석부장 ……

성공충 이왕 열 거, 당장 내일이라도 열지 뭘 그리 뜸을, 허허허허.

이때, 옆에서 들려오는 고함소리.

한세상E   야 이 자식아!

성공충, 놀라 돌아본다. 성난 표정의 한세상이 성큼성큼 걸어오더니, 대뜸 성공충의 멱살을 잡는다.

성공충   이, 이거 뭐하는 거야! 미쳤나 이 양반이…
한세상   야 인마, 죄 없는 후배한테 선배란 놈이 할 짓이냐! 이게!

박차오름, 임바른 깜짝 놀란다.

박차오름   부장님!
성공충   (박차오름을 힐끗 보며 일그러진 웃음) 젊은 여판사한테 홀리기라도 했나, 이 무슨 망발을…
한세상   뭐야, 인마!

한세상, 성공충의 얼굴에 거칠게 주먹을 날린다. 성공충, 나가떨어진다. 성공충의 좌우배석, 놀라 성공충을 부축한다.

임바른   (놀라서 한세상 곁으로 다가서며) 부장님!
박차오름   부장님…

한세상, 옆에서 놀란 얼굴로 지켜보고 있는 수석부장 쪽으로 몸을 돌리더니,

한세상   부끄럽지 않소!

수석부장	한 부장님!
한세상	후배들한테 부끄럽지도 않아! 조직을 위한다는 핑계로, 젊은 후배를 희생시켜?
수석부장	……
한세상	당신은, 당신은 뭘 희생했어! 그렇게 사법부를 위한다면서, 당신들 잘난 선배들은 뭘 희생했냐고!! 높은 곳에 우아하게 앉아서, 점잖은 척만 하고 있으면 다야!!
수석부장	……

바닥에 나가떨어진 채 한세상을 보고 있는 성공충, 묵묵히 한세상을 쳐다보는 수석부장, 한세상 곁에 서 있는 임바른, 눈물이 맺힌 채 한세상을 바라보는 박차오름.

16부

누군가의 삶이 걸린
재판이잖아요

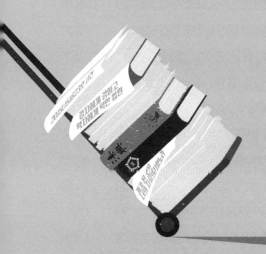

(지난 회) 법원 구내식당 앞.

성공충   (박차오름을 힐끗 보며 일그러진 웃음) 젊은 여판사한테 홀리기라도
했나, 이 무슨 망발을…

한세상   뭐야, 인마!

한세상, 성공충의 얼굴에 거칠게 주먹을 날린다. 성공충, 나가떨어진
다. 성공충의 좌우배석, 놀라 성공충을 부축한다.

임바른   (놀라서 한세상 곁으로 다가서며) 부장님!

박차오름   부장님…

한세상, 옆에서 놀란 얼굴로 지켜보고 있는 수석부장 쪽으로 몸을 돌리
더니,

한세상	부끄럽지 않소!
수석부장	한 부장님!
한세상	후배들한테 부끄럽지도 않아! 조직을 위한다는 핑계로, 젊은 후배를 희생시켜?
수석부장	……
한세상	당신은, 당신은 뭘 희생했어! 그렇게 사법부를 위한다면서, 당신들 잘난 선배들은 뭘 희생했냐고!! 높은 곳에 우아하게 앉아서, 점잖은 척만 하고 있으면 다야!!

S#1. 법원 구내식당 앞 (낮)

배곤대E	수석부장님!

한세상의 고함소리에 놀란 표정의 배곤대, 식사하다가 식당 안에서 달려나온다. 정보왕과 김동훈도 따라 나온다.

배곤대	(한세상에게) 한 부장님! 지금 뭐하는 겁니까! 아랫사람들 앞에서 수석부장님한테 막말을 하면…
한세상	(배곤대를 싸늘하게 쳐다보며) 한 대 맞고 싶지 않으면 빠져.
배곤대	(놀라며) 예에? 아니 그게 법관 입에서 나올 소립니까? 시정잡배도 아니고… (그때 옆쪽에 나동그라진 성공충을 발견하고는) 아니, 당신은 또 거기 자빠져서 뭐하시니?
성공충	(배곤대를 힐끗 쩌려보고는 다시 한세상에게 삿대질을 하며) 백주 대낮에 사람을 폭행해! 수석부장님, 저 인간도 징계해야 됩니다!

수석부장　(무거운 표정으로 한세상을 묵묵히 보고 있다)

성공충　(번득거리는 눈빛) 한세상, 당신 언젠가, 제대로 한번 사고 칠 줄 알았어. 배석이랑 나란히 징계위원회에 서게 만들고 말…

임바른　(O.L. 한 발 앞으로 나오며, 수석부장에게) 저부터 징계하십시오.

수석부장　(놀라 임바른을 본다) 아니, 임 판사.

박차오름　(놀라) 임 판사님!

임바른　박 판사가 연판장을 돌리고, 집단행동을 선동했다고 징계를 요구하셨지요? 지금 저도 선동하고 있습니다.

임바른, 양복 속주머니에서 접힌 종이를 꺼내 수석부장 앞에 펼쳐 보인다. '나부터 징계하라!'라고 크게 쓰인 아래에 판사들 이름과 서명이 죽적혀 있는 연판장이다.

성공충　(손가락질을 하며) 저, 저런 짓을 또…

임바른　박 판사는 그때, 배석판사에 대한 가혹행위에 대해, 정당한 문제제기를 했을 뿐입니다.

배곤대　허허, 임 판사 같은 엘리트가 이런 짓을…

임바른　정당한 문제제기를 힘으로 찍어 누른다면, 저희도 힘을 모아 맞서겠습니다. 저부터 징계하십시오.

수석부장　……

정보왕E　저도 징계하십쇼.

놀라 정보왕 쪽을 놀아보는 사람들.

정보왕　(한 발 앞으로 나서며, '나부터 징계하라!' 연판장을 꺼내 펼친다) 저도

집단행동, 선동하고 있습니다. 그것도 주범이죠. 임 판사한테 이
거 하자고 먼저 얘기한 거, 저니까요.

배곤대   (경악하며 얼른 정보왕을 뒤로 민다) 정 판사! 뭐하는 짓이야! 경거
망동하지 말고 얼른 들어가!

정보왕   (버텨 선 채) 부장님, 저도 판삽니다. 저 지금 독립한 한 명의 판사
로서 제 의지를 밝히고 있는 겁니다.

배곤대   정 판사!

정보왕   (싱긋 웃으며) 저희들뿐만이 아닙니다. (김동훈을 돌아본다)

김동훈   (쭈뼛하며 망설이다가, 정보왕이 힘내라는 듯 고개를 끄덕여주자, 결심
한 듯 한 발 앞으로 나서며) 저, 저도 같은 생각입니다.

배곤대   (황당한 듯 자기도 모르게) 야, 김동훈이, 너까지 왜 그래?

김동훈   (배곤대를 노려보며) 반말하지 마십쇼!

배곤대   (움찔한다)

김동훈   저, 저도 판삽니다. (박차오름을 보며, 떨리는 목소리) 잘못한 것도
없는 박 판사님한테 이러시는 거, (심호흡을 한 후 단호하게) 잘못
된 일입니다!

정보왕   (김동훈을 향해 미소 지으며 손가락 하트를 날린다)

수석부장   (젊은 판사들을 천천히 둘러본다. 김동훈, 본능적으로 눈길을 피했다
가, 다시 쳐다본다)

성공충   (앞으로 나서며) 그래! 뻬딱한 놈들 다 나서봐봐! 이번 기회에 아
주 깨끗이 청소하겠구만! 위계질서도 모르고, 지 주장만 하는 무
책임한 놈들!

배곤대   (수습하려 중간에 나서서) 자자, 성 부장도 진정 좀 하고, 수석부장
님, 여기서 이러지 마시고 일단 들어가시죠. 젊은 판사들이 혈기
에 잠깐 흥분한 것 같습니다.

배곤대, 얼른 수석부장을 밀며 자리에서 사라진다. 성공충도 나선 판사들을 노려보고는, 자리에서 사라진다.

한세상 (젊은 판사들을 쓱 둘러보더니) 아 뭐해? 배고파. 밥 먹으러 왔으면 밥이나 먹자구.

박차오름 (뭉클한 표정으로 한세상을 보며) 부장님…

한세상 (씩 웃으며) 든든히 먹어둬. 할 일 많잖어.

임바른 (미소) 네, 부장님.

박차오름 네!

한세상 (식당으로 들어가다 말고 정보왕, 김동훈을 돌아보며) 당신들도 와.

정보왕 네?

한세상 아, 당신네 부장 혼자 가버렸잖어. 얼른들 와. 같이 먹게.

김동훈 (감격) 네…

정보왕 부장님, 문제아들끼리 먹는 거면, 아예 나가서 먹고 반주도 한잔…

한세상 떽! 구내식당 요즘 밥 잘 나오는구만 쓸데없는 소릴… (얼른 들어간다)

정보왕 부장님! 부장님!

웃으며 뒤따라가는 판사들.

S#2 배석판사실 (낮)

모여 있는 임바른, 박차오름, 정보왕, 이도연.

박차오름	(걱정스레) 징계위원회 나가서 제가 직접 방어하겠다고 했잖아요. 다들 왜 그러세요, 진짜.
임바른	남의 일에 나서는 걸로는 우주 1등인 사람이 할 소립니까?
이도연	(미소) 네, 박 판사님이 하실 말씀은 아닌 거 같네요.
박차오름	걱정되니까 그렇죠… 부장님까지… 에휴. 다들 너무너무 감사하긴 한데, 저 때문에 무슨 일이라도 당하시면 어떡해요…
임바른	무슨 일을 당하든, 박 판사 때문 아닙니다. 이건 우리들 스스로의 일이에요. 법원이 이래서는 안 됩니다.
박차오름	……
정보왕	그럼, 이래선 안 되지. (걱정스러운 표정) 근데, 다들 같은 마음은 아닌 거 같다.
임바른	…서명 받는 거, 쉽지 않지?
정보왕	그때 그 소액단독판사님들하고, 오정인 부장님같이 선뜻 해주시는 분들도 계신데,
이도연	…부담스러워하는 분들이 대부분이죠?
정보왕	…네. '나부터 징계하라!' 문구가 너무 쎈가? 조직 내 평화주의자들도 같이할 수 있게 좀 무난한 걸로 갈걸 그랬나?
임바른	(풋, 웃는다)
정보왕	왜 웃냐? 남 고민하는데.
임바른	미안. 너 평생 봐왔는데, 이렇게 열정적인 모습, 첨인 거 같아서… 아, 『슬램덩크』 피규어 모을 때 빼고.
정보왕	야!
박차오름	(미소) 이런 느낌이었나 싶네요.
임바른	뭐가요?
박차오름	제가 일 벌이고 돌아다니는 거 볼 때, 임 판사님 느낌.

임바른	…그렇게 불안불안해요?
이도연	(미소) 아무래도 투사 타입은 아닌 분들이라.
박차오름	그렇죠? (이도연과 눈을 맞추고 미소)
정보왕	아니, 우리가 평화주의 쪽이긴 해도, 한번 움직이면 그렇게 만만하진…
이도연	(O.L.) 서둘러야 될 것 같아요. 부속실 통해서 돌아가는 거 듣고 있는데, 성 부장님은 매일 대법원에 전화하시고, 수석부장님은 뭔가 깊은 고민중이시래요.
정보왕	그래요. 위원회 열리기 전에 무시 못할 숫자가 모이지 않으면… 야, 나 먼저 간다. 이러고 있을 때가 아니야. (얼른 나가는 정보왕)
박차오름	(정보왕의 뒷모습을 보며) 정말 이 은혜를 어떻게 갚아야 될지…
임바른	(박차오름을 가만히 본다)
이도연	박 판사님은 사람들을 변화시키는 사람이에요.
박차오름	도연 언니,
이도연	(미소) 저만 해도 덕분에 생전 첨 써보는 걸 쓰기 시작했다니까요.
박차오름	네에? 웹소설 신작? 이번에도 에로? 호러?
이도연	(미소)

S#3. 법원 곳곳 (낮)

서명용지를 들고 여기저기를 다급하게 뛰어다니는 정보왕. 서명을 받고는 90도로 인사하고 또다른 곳으로 뛰어간다.

S#4. 43부 배석판사실 (낮)

숨을 가쁘게 쉬며 다급하게 뛰어들어와서는, 서랍에서 서명용지를 몇 장 더 꺼내는 정보왕, 결연한 표정으로 용지를 들고 나가려는데, 배곤대 들어와 앞을 가로막는다.

배곤대 이리 내! 그거.

정보왕 (헉, 헉, 숨을 내쉬며) …싫습니다.

배곤대 허허, 내가 다 정 판사를 위해서 이러는 거예요! 수석부장님한테 내가 잘 말씀드려놨어. 아까운 친구니까 잘 좀 봐주십사 하고.

정보왕 (계속 숨을 가쁘게 쉰다)

배곤대 정 판사, 법원에서 크고 싶어했잖아! 커리어에 기스 나고 싶어? 묵묵히, 주어진 일에 충실하다보면 다 기회가 오는…

정보왕 (O.L.) 부장님의 영광의 시대는 언제였죠?

배곤대 뭐?

정보왕 행정처에 계실 때였나요?

배곤대 (어리둥절) 무, 무슨 소릴 하는 건지…

정보왕 전, 지금입니다. (배곤대 옆을 지나 밖으로 뛰어나간다)

김동훈 (감동해서는) 보왕이 형…

배곤대 (탄식) 허 참. 쟤 도대체 왜 저러는 거야… (고개를 갸웃거리며) 근데 어디서 들어본 소리 같은데?

S#5. 배석판사실 (낮)

쌓아놓은 형법 관련 책들을 뒤지며 열심히 메모하고 고민하는 박차
오름.

S#6. 법원 야외 테라스 (낮)

심호흡을 하더니 처음 보는 판사들에게 서명용지를 든 채 다가가 인사
를 한 후, 열심히 판사들을 설득하는 임바른.

S#7. 배석판사실 (밤)

추리닝으로 갈아입고 머리도 질끈 묶은 채 열심히 재판 준비중인 박차
오름.

S#8. 44부 판사실 복도 (밤)

임바른과 정보왕, 서서 얘기중이다.

정보왕	야, 세신대학병원, 묘한 기사기 났던데?
임바른	뭔 소리야?
정보왕	쪼끄만 인터넷 언론인데, (핸드폰을 꺼내 휙휙 넘기더니) 기자가 병

원을 찾아갔다가 이상한 걸 봤대.

임바른　(재촉하듯) 이상한 거 뭐?

정보왕　준강간사건 피해자 이지선.

임바른　그 병원 레지던트를 본 게 뭐가 이상하지?

정보왕　항소심에서 진술번복하고는 바로 병원 그만뒀대. 죄송하다고.

임바른　…그런데?

정보왕　그런 사람이 평상복 차림으로 병원에 있더라는 거야. 그것도, VIP 병실에.

임바른　…그래, 그건 정말 이상하네. (생각에 빠진 눈빛)

정보왕　뭔가 있어. 그래, 그렇게 손바닥 뒤집듯 진술을 번복한다는 게 말이 돼? (핸드폰을 보며) 이 김다인이라는 기자, 대단한 거 같애. 아주 집요하게 이상한 점들을 추적하고 있더라고.

임바른　김다인?

정보왕　응. 아는 이름이야?

임바른　…어쩌면. (생각에 빠진다)

임바른N　한 알의 밀알이 땅에 떨어지면… 어딘가에서… 어쩌면…

S#9. 배석판사실 (밤)

조용히 들어오는 임바른. 열심히 일하는 중인 박차오름.

임바른　(선 채로 박차오름을 물끄러미 보고 있다)

박차오름　(시선이 느껴지는 걸 흘깃 봤다가 눈을 내리깔며) …뭘 그렇게 봐요.

임바른　(미소) 멋있는… 판사님?

박차오름   (살짝 미소 짓고는 외면) 뭐래. 안 어울리게.

임바른   (진지한 눈빛) …괜찮아요?

박차오름   뭐가? 내일 재판?

임바른   (끄덕)

박차오름   (의연하게) 다른 생각은 아무것도 안 하려고요. 이 재판 때문에 얼
          마나 시끄러워지든, (나지막이) …이 재판이 내 마지막 재판이 되
          든.

임바른   ……

박차오름   누군가의 삶이 걸린 재판이잖아요. 딴생각할 때가 아니죠.

임바른   …그렇죠. (박차오름을 하염없이 보며, 마음의 소리) 그런데, 그게
          어렵네… 난. (살짝 한숨 쉬며 자기 자리에 앉아 일하기 시작한다)

박차오름   (일하다가 불쑥, 혼잣말처럼) …무슨 일이 있든, 걱정 없잖아요.

임바른   ……?

박차오름   …우배석이 같이 있겠다며. 내가 어딜 가든.

임바른   (미소, 부드러운 눈으로 박차오름을 가만히 본다)

박차오름   (쑥스러운지 투덜) 근데 같은 방에서 일하는 건 생각 좀 해봐야 될
          거 같애. (임바른을 얼른 힐끗 보고는 다시 외면) 심장에 영 안 좋은
          거 같애, 이거.

          미소 지으며 박차오름을 바라보는 임바른.

S#10. 중앙지법 중앙계단 앞 (아침)

          아침 일찍 출근한 박차오름, 중앙계단 앞에서 높은 법원 건물을 올려다

본다. 마지막 재판이 될지도 모른다는 생각에 마음이 무겁다. 높은 법원 건물을 한참 쳐다보다가, 마음을 다잡고 아무도 없는 넓은 중앙계단을 올라간다.

S#11. 배석판사실 (오전)

방에 들어오다가 놀라는 박차오름. 맹사성, 윤지영, 이단디, 이도연이 방에 모여 있다. 임바른은 미소 지으며 자기 자리에 앉아 있다.

박차오름   아니 웬일로 이렇게 일찍 다들?

이도연   박 판사님도 일찍 나오신 거 같은데요?

박차오름   저는 그냥…

맹사성   박 판사님!

박차오름   네, 계장님.

맹사성   (할말이 많은데 미처 말을 못 찾겠는 표정으로 안타까워하다가 주먹을 불끈 쥐며) 파이팅입니다!

이단디   저도요! (주먹을 불끈 쥔다)

윤지영   (울 듯한 표정) 박 판사님!

박차오름   네, 언니.

윤지영   죄송한데요. 저, 한번만 안아봐도 돼요?

박차오름   (당황하며) 어, 예, 뭐… 그래요.

윤지영   (꼭 안으며) 박 판사님…

이도연   그만들 하세요. 매주 하는 재판인데, 오늘갑들이 너무 심한 거 아닌가요?

이단디	(입을 비쭉이며) 한 시간 전에 출근해서 안절부절못한 사람이 누구시더라?
이도연	(얼른) 재판 준비하느라 그런 거고요. 여튼, 다들 이제 내려가세요. (맹사성 등을 밀어 내보낸다)
맹사성	(밀려 나가면서도 박차오름을 보며 파이팅 포즈)

다들 나간 후, 뭉클한 표정을 짓는 박차오름.

박차오름	…제가 참 복이 많네요.
이도연	(박차오름을 가만히 보며) …그럴 만한 사람이니까요.
박차오름	(뭉클) 언니…
이도연	(잠시 마주보다가 평소 표정으로 돌아오며) 자, 감동 모드는 여기까지. 공보관실에서 들었는데 오늘 재판, 기자들깨나 올 거 같고요, 방청석도 좀 시끌시끌할 거 같아요. (서류 파일을 내밀며) 이건 작년에 나눠준 법정 소란시 대응 매뉴얼이니까 참고하세요.
박차오름	(받으며) 네, 고마워요.
이도연	(까딱 목례하며) 그럼. (돌아서 또각또각 나간다)
임바른	(이도연이 나가자) …다들, 최고죠?
박차오름	(감동한 채) 네. 세계 최고예요. 우리 팀.

S#12. 배석판사실 (오전)

법복을 입은 한세상, 문을 열고 들어온다. 재판 들어갈 준비를 하고 기다리고 있는 임바른과 박차오름을 보는 한세상.

한세상	…들어갈까.
박차오름	(씩씩하게) 네, 부장님.
한세상	…긴 하루가 될 것 같구만. 갑시다.

S#13. 법정 앞 복도 (오전)

법정을 향해 걸어가는 세 사람. 한세상, 법정 앞에 멈춰 두 배석을 잠시
쳐다보고는, 문을 열고 안으로 들어간다.

이단디E	모두 자리에서 일어나주십시오!

S#14. 법정 (오전)

방청석에는 배심원 후보자로 무작위 소환된 남녀가 가득 앉아 있다. 가
슴에는 번호표를 달고 있다. 피고인은 자리에 없고, 검사와 국선변호인
출석해 있다. (국민참여재판은 전체 속기하므로, 속기사가 오전 오후 나눠
들어온다. 오전 배심원선정절차 때에는 이도연 없고, 오후 공판 때 이도연이
들어와 속기한다. 선고시에는 안 들어간다)

한세상	(방청석을 둘러보며) 배심원 후보자로 소환받아서 나오셨지요?
방청석	네~
한세상	생업으로 바쁘실 텐데 나와주셔서 고맙습니다. 국민참여재판은
	사법권도 주권자인 국민으로부터 나온다는 것을 확인하는 중요

한 제도입니다. 지금부터 여러분 중에서 아홉 분의 배심원과 한 분의 예비배심원을 선정하겠습니다. 기사나 보도를 통해서 이 사건 내용을 알고 있는 분이 있습니까?

후보자들 중 절반 이상이 손을 든다.

한세상 (살짝 한숨을 쉬며) 그래도, 이미 읽은 기사가 아니라 앞으로 이 법 정에서 제시되는 증거에만 기초해서 판단할 수 있겠습니까?

방청석 (우렁차게) 예~

한세상 지금부터 열 분을 추첨할 테니 호명된 분은 배심원석으로 나와서 앉아주세요. 배심원석에 앉은 후에는 가슴에 단 번호가 아니라 좌석번호에 따라 새로운 번호가 부여됩니다. (맹사성을 향해) 자 그럼, 추첨하세요.

맹사성 예!

맹사성, 자리에서 일어나 법대 밑에 있는 번호 적힌 탁구공이 든 상자에 서 공을 무작위로 꺼낸다.

맹사성 (공을 하나씩 꺼낼 때마다 번호를 호명) 37번, 6번, 14번, 4번…

호명된 후보자 열 명이 배심원석에 앉는다.

한세상 (배심원석을 향해) 이제부터 검사와 변호인이 후보자분들에게 몇 가지 질문을 드릴 겁니다. 그후 양측이 각자 원치 않는 후보자들 에 대한 기피신청을 합니다. 자리가 비면 새로 추첨해서 질문하는 절차를 반복해서 최종적으로 배심원을 확정하게 됩니다. 아시겠지요?

후보자들 네~

한세상 검찰 측부터 질문하시죠.

검사 (자리에서 일어나) 네, 재판장님.

S#15. 법정 (오전)

검사와 변호인 질문. 교차로 짧게 짧게.

검사 범죄 피해를 받아본 경험이 있으신가요?

변호인 자녀가 있으세요?

검사 간통죄 폐지에 반대하시는 분?

변호인 사형제도에 관한 의견은 어떠세요?

cut to

검사와 변호인, 법대 앞으로 나와 한세상에게 목소리를 낮춰(배심원석에 안 들리게) 기피신청을 한다.

검사 2번, 5번, 10번 기피신청합니다.

변호인 저희는 1번, 3번입니다

한세상 (고개를 끄덕인 후) 다섯 분을 다시 추첨하겠습니다

cut to

검사 형벌의 목적이 범죄인 교화에 있다고 생각하십니까?

변호인 형벌의 목적이 인과응보에 있다고 생각하세요?

cut to

한세상 자, 이제 열 분이 모두 확정되었네요.

재판부 세 명 모두 배심원석을 쳐다본다. 배심원석에 앉은 각양각색의 사람들. 엄숙한 표정들을 짓고 있다. 좌석번호대로 1번부터 10번까지의 새로운 번호표를 가슴에 달고 있다.

1번 배심원은 60대 후반 노인 김갑돌.
2번은 마음 약해 보이는 40대 주부.
3번은 지적이고 날카로운 인상의 30대 초반 대학원생 남성.
4번은 순박하고 주책맞아 보이는 인상의 40대 남성(순댓국집 주인).
5번은 엄격해 보이는 인상의 50대 후반 남성(교감선생).
6번은 30대 후반 여성.
7, 8번은 50대 내지 60대의 남성.
9번은 20대 중반 남성(백수).
10번은 50대 여성.

카메라가 엄숙한 표정을 짓고 앉아 있는 배심원들 얼굴을 한 명 한 명 비추면, 배심원들의 마음의 소리 하나씩 시작된다.

1번	(김갑돌) 서방질한 년이 적반하장으로 남편을 찔러 죽여? 이런 패륜이 어딨나 그래… (옆에서 손수건으로 눈물을 찍어내는 2번 배심원을 보며 혀를 찬다) 검사는 뭐하는 거야. 저런 여자를 배심원석에 앉게 놔두고.
2번	(주부, 훌쩍이며) 불쌍해… 남의 일 같지가 않아… 불쌍해…
3번	(대학원생) 잘됐어. 매 맞는 아내 문제에 대해 문제제기할 기회야.
4번	(순댓국집 주인) 어이구야, 잘못 걸렸네. 전립선 때문에 화장실 자주 가야 하는데…
5번	(교감선생) 윤리도덕이 땅에 떨어졌구만… 쯧.
9번	(백수, 박차오름을 힐끔대며) 쟤가 미스 함무라비야? 법복 안에도 혹시 미니? 이씨, 인증샷 올리면 조회수 대박인데.
한세상	자, 이제 여러분 중에서 예비배심원을 추첨하겠습니다.

맹사성, 다시 상자에서 공 하나를 꺼내 다른 사람들에게는 안 보이게 한세상에게 보여준다. (화면에서도 번호 안 보이게 처리)

한세상	(고개 끄덕인 후) 어느 분이 예비배심원인지는 사건심리가 끝날 때까지 알려드리지 않겠습니다. 열 분 모두 배심원이라는 생각으로 재판에 집중해주세요. 그리고 재판 끝나기 전까진 서로 사건에 관해 의논하시면 안 됩니다. 사적으로 사건에 관한 정보를 알아보셔도 안 되고요.
배심원들	네~

S#16. 민용준 부사장실 (낮)

비서, 민용준 앞에 서 있다.

비서   오늘 저녁 행사, 먼저 간단한 기자회견부터 하시고 시작하셔야

            될 것 같습니다.

민용준   …기자들이 난리인가보죠?

비서   네. 이번 복지재단 출범식이 사실상 부사장님의 경영승계 선포

            식이라는 거, 알 만한 사람들은 다 알지 않습니까.

민용준   (미소) 너무 요란하지 않게 준비하세요. 저한테는 의미가 큰 행삽

            니다.

비서   네! 알겠습니다. (꾸벅 절하고 나간다)

민용준   (일어서서 유리창 밖으로 도시를 내려다본다) 드디어…

S#17. 법정 (낮)

선정절차 끝나고 공판 시작. 공판에는 피고인 김순옥도 출석해서 앉아
있다. 김순옥의 얼굴에는 남편에게 맞았던 흔적이 남아 있다.

한세상   자, 그럼 배심원분들 모두 일어나십시오. 1번 배심원께서 대표로

            선서해주세요.

김갑돌   (잔뜩 긴장하고 있다기 벌떡 일어나며) 네! (이단디가 내미는 선서서를

            낭독) 본 배심원들은 이 재판에 있어 사실을 정당하게 판단할 것

            과 이 법정이 설명하는 법과 증거에 의하여 진실한 평결을 내릴

것을 엄숙히! 선서합니다!

김갑돌의 목소리가 너무 우렁차서 방청석에서 킥킥대는 소리가 들린다.

임바른   (고개를 갸웃거리며 김갑돌을 본다, 마음의 소리) 분명 어디서 봤던 분인데? 어디였지?

플래시컷 〉 12부 15씬. 지하철 (밤)

낡은 군복을 입고 술에 취해 얼굴이 빨간 김갑돌과 맞은편에 앉은 임바른. 김갑돌, 노골적으로 미니스커트를 입은 젊은 여성이 탄 쪽으로 몸을 기울이며 위아래로 훑어본다.

김갑돌   말세구만 말세야! 야심한 시각에 저런 꼴로 여자가 돌아다니고! 나 잡아잡수, 하는 꼴이지 저게 뭐야!

여성, 흠칫 놀란다. 임바른, 표정 굳어지며 김갑돌을 노려본다.

김갑돌   내 딸년 같으면 그냥 다리몽댕이를 분질러놓을 텐데 말야!

임바른   (표정 굳어지며, 마음의 소리) 틀림없어. 그때 그 노인이야. 배심원 선정할 때는 일부러 얌전하게 대답한 거네. 대체 무슨 생각으로… (김갑돌을 응시한다)

cut to

검사   범행 후 최초 목격자인, 집주인을 증인으로 신청합니다.

한세상   네, 증인 나오시죠.

50대 여성인 집주인, 쭈뼛거리며 증인석에 와 앉는다.

cut to

검사   증인은 여기 피고인과, 돌아가신 피해자가 함께 살던 셋방의 집
주인이죠?

집주인   네.

검사   피고인 부부는 2층에 살고 증인은 1층에 사시는 거죠?

집주인   네.

검사   사건 당시 상황을 아는 대로 말씀해주시죠.

집주인   2층에서 쿵쾅쿵쾅 소리가 시끄럽게 났었어요. 에이그, 또 부부싸
움하나보다, 했죠. 그런데 갑자기, 저어기 (피고인을 가리키며) 색
시가 내려오는데, (몸을 부르르 떨며) 온몸을 피칠갑을 하곤, 어유
끔찍해라⋯

검사   계속하시죠.

집주인   제가 남편을 죽였어요, 제가 남편을 죽였어요, 그르드라구요, 글
쎄.

웅성대는 방청석. 방청석 맨 앞줄에는 70대 할머니(죽은 남편의 모친)가
앉아 있다가, 증인의 말에 눈을 질끈 감으며 몸을 떤다.

검사	손에는 뭘 들고 있던가요?
집주인	…가위요. 피가 뚝뚝 떨어지는…
검사	이 가위 말씀이시죠?

검사, 손에 든 ppt 리모컨을 클릭하자, 법정 벽 스크린에 피 묻은 가위 사진이 뜬다.

집주인	네.
검사	증제1호로 제출합니다.

검사가 비닐봉지에 든 가위를 들고 법대 쪽으로 나오자, 윤지영이 받는다.

검사	(다시 자리로 돌아오더니 증인에게) 그래서 같이 2층으로 올라가보셨죠?
집주인	(진저리를 치며) …네.
검사	그때 상황이 이랬던 거, 맞습니까?

검사가 다시 리모컨을 누르자, 스크린에 범행 현장인 안방 모습이 나오는데, 바느질중이었는지 방바닥에 깔린 요와 옷 등이 온통 피범벅이다. 방바닥에도 피가 잔뜩이다. 배심원들 끔찍한지 고개를 돌린다. 방청석에서도 탄식이 터져나온다. 김갑돌, 피고인 김순옥을 노려본다. 고개를 푹 숙이고 있는 김순옥, 국선변호인, 방청석 반응에 위축되었는지 고개를 움츠리고 방청객들 눈치를 살핀다.

검사   (배심원들을 죽 보며) 끔찍하지 않습니까? 지금 이 자리에는 돌아
        가신 피해자분의 모친께서도 와 계십니다. (방청석 앞자리의 모친
        을 가리킨다)

        술렁이는 배심원들.

검사   귀한 아들을 잔혹하게 잃은 어머니의 마음이 어떻겠습니까, 여
        러분!

한세상   검사, 지금은 증인신문중이지, 검찰 측 의견진술 시간이 아닙니
        다!

검사   (고개를 숙이며) 알겠습니다. 재판장님. 다시 증인에게 질문하겠
        습니다. 증인?

집주인   네.

검사   당시 피고인은 불륜을 저지르고 있었다면서요?

집주인   예… 어린이 전집 판매원하고 어떻게 눈이 맞았었나봐요.

검사   피해자가 어떻게 그 사실을 알게 됐습니까?

집주인   애도 없는 집에 어린이책 판매원이 드나드니까, 동네에 소문이
        났어요. 그래도 다들 쉬쉬하고 있었는데, 동네 술집 사장님이 그
        만 남편분한테 얘기한 모양이에요.

검사   그 얘길 들은 피해자가 술 마시다 말고 집으로 달려온 거죠?

집주인   네.

검사   만취상태에서 피고인한테 살해당한 거고요?

집주인   …네, 2층에서 술냄새가 임청 나더라고요. (얼굴을 찡그리며) 술냄
        새랑 피비린내가 섞여서, 어찌나 끔찍한지… (현장 생각이 나는지
        눈을 질끈 감으며 비틀한다)

이단디	(얼른 옆에서 집주인을 부축한다) 괜찮으세요?
한세상	증인한테 물 한잔 갖다드리고 잠시 쉬도록 해드리세요. 잠시 휴정하겠습니다.

S#18. 배석판사실 (낮)

잠시 법복을 벗은 채 앉아 쉬는 임바른과 박차오름.

임바른	(걱정스러운 표정) 배심원 구성이 좀 치우친 거 같네요.
박차오름	…그런가요?
임바른	연령층이 꽤 높은 편인데다가, …그중 한 분은 제가 우연히 본 적이 있는 분인데.
박차오름	네? 아니 어떻게?
임바른	지하철에서. 그런데 좀 걱정되네요. 좀 공격적인 모습을 봐서.
박차오름	(걱정스레) 그래요… 그래도 설마 배심원으로 오셨는데.
임바른	그래야 될 텐데요… 방청석 분위기도 일방적이고, 언론에서도 난리고, 자칫 배심원들이 한쪽으로 확 휩쓸릴까 걱정이에요.
박차오름	……
임바른	물론 우리나라에선 배심원 평결에 구속력까지는 없고 권고적 효력밖에 없지만, 그래도 특별한 사정이 없는 이상 최대한 존중하잖아요. 배심원들이 만장일치로 결론을 내리면 그게 어떤 결론이든 무겁게 받아들일 수밖에 없어요.
박차오름	배심원분들이 현명하게 판단하실 거라고 믿어요. 우리도 그래야 되고요.

임바른   (걱정스러운 표정)

이때 문이 벌컥 열리더니,

한세상   증인, 안정을 찾았대. 다시 들어가보자구.

S#19. 법정 (오후)

변호인   (방청객들 눈치를 보는 위축된 태도) 에⋯ 증인은 범행 순간을 목격한 건 아니지요?

집주인   네.

변호인   에⋯ 그럼 몸싸움을 하다가 실수로 찔린 건지 일부러 찌른 건지 모르시는 거죠?

순간, 방청석에서 우우, 야유가 나온다. 성난 표정의 방청객들.

변호인   (움츠리며) 아니, 전 어디까지나 변호인으로서 확인할 건 해야 돼서요⋯

이단디   (방청석을 향해) 조용히 하세요!

한세상   증인, 대답하시죠.

집주인   자기가 남편을 죽였다고 자기 입으로 그랬다고 아까 말씀드렸는데⋯

변호인   그건 실수로 그랬어도 할 수 있는 말인데⋯ (또 방청석에서 야유가 나오자 움츠리며) 에, 이만 마치겠습니다.

속기하던 이도연, 굳은 표정으로 변호인을 힐끗 본다.

검사　　(자신만만하게) 변호인 측이 더 하실 것이 없다니, 증인신문은 이
　　　　제 마치시…

박차오름　(O.L.) 잠시만요.

놀라 박차오름을 처다보는 검사. 웅성대는 방청석. 침착한 표정의 박차
오름.

S#20. 43부 배석판사실 (오후)

김동훈　　(컴퓨터를 보며 놀란 표정으로) 저기, 이거 좀 봐보세요.

정보왕　　응?

김동훈　　홍은지 판사님이…

정보왕　　뭐?

얼른 김동훈 자리로 와서 컴퓨터를 보는 정보왕. 법원 코트넷 게시판에
홍은지가 쓴 글이 떠 있다.

〔성공충 부장판사를 고발합니다〕

고민 끝에 이 글을 씁니다.
저는 성 부장님의 배석판사로 일했던 홍은시 판사입니다.
성 부장님은 지금 박차오름 판사님에 대한 징계를 주도하고 계십니다.

하지만 박 판사님은 성 부장님의 저에 대한 모욕과 가혹행위에 대해 저를 대신해서 문제를 제기하신 것입니다.

(이하 홍은지 내레이션이 화면에 오버랩된다)

홍은지N   성 부장님은 저를 동등한 법관은커녕 동등한 인간으로도 대우하지 않았습니다. 휴일도 없이 매일 야근하며 일하는데도 말끝마다 여자라서 일도 함부로 못 시킨다고 비아냥대셨고, 판결 초고가 맘에 들지 않으면 바닥에 내동댕이치고, 제 얼굴에 집어던지신 적도 있습니다. 저는 아이를 갖고도 차마 말씀드릴 수 없었고, 다른 부의 두 배에 가까운 업무량과 거의 매일 이루어지는 폭언과 모욕으로 인해 고통받다가 결국 아이를 유산하고 말았습니다. 이런 분이 승진하고 동료를 위해 나선 판사가 징계받는다면, 저는 그런 조직에 더이상 남아 있고 싶지 않습니다. 여러분은 어떠신가요. 다들 정말 괜찮으신 겁니까?

정보왕   (놀란 표정) 홍 판사님…

S#21. 판사실 곳곳 (오후)

몽타주 〉

• 홍은지의 글을 보며 심각한 표정으로 수군대는 젊은 여성 판사들.
• 놀란 표정으로 홍은지의 글을 읽고 있는 천성훈, 지현민.
• 놀란 표정으로 홍은지의 글을 읽고 있는 배곤대.

S#22. 수석부장판사실 (오후)

굳은 표정으로 홍은지의 글을 보며 생각에 잠겨 있는 수석부장. 이때,
노크 소리 들리더니 문이 열린다. 들어오는 홍은지. 놀라는 수석부장.
홍은지, 정중하게 인사를 한 후 수석부장을 마주본다. 결심한 듯 단호한
표정의 홍은지.

S#23. 법정 (오후)

법정 안의 사람들, 박차오름을 주시하고 있다.

박차오름　(한세상을 쳐다보며) 부장님.

한세상　(알았다는 듯 끄덕인 후 검사를 향해) 주심판사님이 질문하겠습니다.

박차오름　(한세상에게 목례한 후) 증인, 제가 몇 가지 여쭤보겠습니다.

집주인　예에…

박차오름　2층에서 쿵쾅쿵쾅 소리가 났다고 하셨었죠?

집주인　네.

박차오름　무슨 소리였나요?

집주인　뭐, 부부싸움하는 소리 아니겠어요?

박차오름　'또 부부싸움하나보다' 이렇게 생각하셨다고 증언하셨죠. 그럼
평소에두 그런 소리를 자주 들으신 긴가요?

집주인　…예.

박차오름　그렇군요. 싸움. (고개 숙이고 앉아 있는 피고인 김순옥을 보며) 저기

피고인을 보시죠.

집주인　(김순옥을 본다. 가냘픈 몸매에 왜소하다)

박차오름　제가 보기엔 피고인 몸무게가 한 45킬로 정도 될 것 같은데, 돌아가신 남편분은 어느 정도 됐을까요?

집주인　어… 정확히는 모르겠는데요.

박차오름　대충 짐작도 좋습니다.

집주인　어… 한 90키로 안 나가려나요? 워낙 덩치가 좋았으니까.

박차오름　정확하게 97.5킬로그램이셨습니다. 부검서에 따르면.

웅성대는 방청석.

박차오름　증인이 들으셨다는 그 쿵쾅 소리, 부부싸움이라고 표현하셨는데, 싸움 맞나요? 피고인이 일방적으로 맞는 소리 아니었나요?

집주인　(곤란해하며) 어… 그건 제가 직접 본 게 아니라서요, 판사님…

박차오름　피고인이 '제가 남편을 죽였어요' 할 때, 피고인 모습이 어땠나요. 심하게 맞은 상태 아니었습니까?

집주인　네… 좀 맞았더라고요.

박차오름　좀 맞았단 말씀이죠. (검사를 보며) 검사님, 사건 직후 경찰조사받을 때의 피고인 사진이 있으시죠?

검사　(못마땅한 듯) 네.

박차오름　그건 증거로 제출하지 않으셨던데, 한번 보여주시죠.

검사　조사받을 때 사진이야 증거로 별 가치가 없습니다만.

한세상　스크린에 띄워보세요. 검사.

검사　(한세상을 힐끗 본 후) …알겠습니다.

검사, 서류철에서 사진 한 장을 꺼내 실물화상기에 올려놓는데, 스크린에 사진이 비치자 법정 내에 탄식이 여기저기서 들려온다. 온통 부풀어 오르고 터지고 시퍼렇게 된 김순옥의 얼굴. 사람의 몰골이 아니다. 배심원들도 놀라는 표정. 김갑돌도 사진을 보는 순간 움찔한다. 충격받은 표정으로 멍해진다. 박차오름, 눈을 질끈 감는다. 법대 위에 올린 두 손이 떨린다.

S#24. 박차오름의 회상. 6부 51씬

거실 여기저기를 찾는 박차오름의 시선을 따라가다보면 피아노 옆 구석에 넋이 나간 얼굴로 주저앉아 있는 박차오름의 엄마. 슬쩍 보이는 멍투성이인 옆얼굴. 박차오름을 발견하고 그래도 억지로 힘을 내서 활짝 웃어 보인다.

S#25. 법정 (오후)

걱정스레 옆에서 박차오름을 보는 임바른. 박차오름, 마음을 다잡고 눈을 뜬다.

박차오름   피해자가 주먹으로 피고인을 구타하다가, 피고인이 바닥에 쓰러진 후에는 가슴과 배를 발로 계속 걷어찼다고 하는데, 알고 있습니까?

집주인   퍽, 퍽 하는 소리하고 비명소리가 들리긴 했어요.

박차오름 피해자가 집에 들어올 때 무슨 신발을 신고 있었죠?

집주인 어… 아마 그 뭐냐, 군화, 워커였을 거예요. 늘 그걸 신고 다녀서요.

순간, 놀란 표정으로 보는 김갑돌. 뭔가 생각에 빠진다.

박차오름 검사님, 사체 발견 당시 사진을 보면 워커를 신은 채였습니까?

검사 …맞습니다. 그런데 그게 무슨…

박차오름 (O.L. 다시 증인에게) 변호인이 제출한 피고인의 진단서를 보면 늑골이 부러져 있었던데, 당시에 이상한 점은 없었습니까?

집주인 …그러고 보니 그때 색시가 (손으로 자기 늑골 쪽을 부여안으며) 이렇게 여길 감싸안고 쌔액쌔액 힘들게 숨쉬고 그랬던 거 같아요.

박차오름 (피고인을 보며) 부러진 늑골이 폐를 찌른 상태였을 수 있겠네요.

피고인 (눈물을 흘린다)

검사 (자리에서 벌떡 일어나며) 재판장님! 지금 주심판사님은 무슨 변호사처럼 사건에 개입하고 있습니다! 자기 주관과 편향을…

한세상 (눈을 부릅뜨며 버럭. O.L.) 지금 주심판사는!

순간 정적이 흐르는 법정.

한세상 (잠시 검사를 노려보다가 천천히) 누군가 했어야 될 질문을 하고 있습니다. 검찰 측이든, 변호인이든. (좌중이 조용해지자, 박차오름에게) 계속하세요.

박차오름 (목례하며) 네, 재판장님. (증인에게) 이제 끝으로 한 가지만 더 여쭤볼게요. 위층에서 소리가 났을 때 '또 부부싸움하나보다' 생각

	하셨다는데, 평소에 부부싸움이 잦았나요?
집주인	…네. 좀.
박차오름	이유가 뭐였는지 아시나요?
집주인	어, 그게… (방청석 맨 앞줄에 앉은 피해자 모친을 힐끔 본다)
박차오름	(부드럽게) 말씀해주시죠.
집주인	…네. 실은, 에구, 이거 돌아가신 분 흉을 보는 거 같아서 좀 그 런데요.
박차오름	……
집주인	돌아가신 양반이 좀 바람기가 있었어요.
박차오름	바람기라면, 불륜을 저지르고 계셨다는 건가요?
집주인	…남자들이 다 그렇죠 뭐.
박차오름	돌아가신 피해자분은, 본인이 바람을 피우고 다니면서, 피고인 이 그걸 따지면 오히려 화를 내면서 피고인을 상습적으로 구타했 다는 거군요. 증인이 비명소리를 듣고도 '또 부부싸움하나보다' 하셨을 정도로.
집주인	…그렇죠.
검사	재판장님! 경찰, 검찰 조사 당시에는 전혀 한 적이 없는 얘기입 니다!
집주인	(검사를 보며) 안 물어보셨잖아요!
검사	(당황하여 증인을 본다)
집주인	…한 번도 안 물어보셨잖아요. 이런 건.
검사	……

이도연, 뻥듯한 표정으로 박차오름을 본다.

S#26. 43부 배석판사실 (오후)

김동훈　(모니터를 보며 흥분한 말투) 이거 보세요!

정보왕　왜, 왜? 또 뭐가 올라왔어?

김동훈　(모니터를 가리킨다)

정보왕, 옆에 와서 보는데, 아까 홍은지의 글에 꼬리를 물고 '저도 고발합니다' '저도 성공충 부장을 고발합니다' '고발합니다' 글 제목이 이어지고 있다.

김동훈　성 부장님 모신 적 있는 배석판사님들이 자기가 당했던 일들을 올리고 있어요! 전국구 벙커라고 원래 유명하긴 하셨지만, 이 정도였는진 몰랐네요! 쪼인트 까인 남자 배석도 있대요!

정보왕　히야… 내 진짜, 이런 소리 할 날이 올 줄은 몰랐다만, 우리 배곤대 부장님은 여기 비하면 벙커도 아니었네!

김동훈　꼰대죠 뭐. (씨익 웃는다)

정보왕　그치? 개~꼰대. (씨익)

S#27. 남자화장실 (오후)

배곤대　끄~응. (좌변기에 앉아 오만상을 찌푸리며 배에 힘을 주고 있다. 변비인 듯. 힘든 듯 심호흡을 하며) 허어, 고놈 침 나올 듯, 나올 듯…

이때 밖에서 말소리 들린다. 소변기 앞에 나란히 선 천성훈과 지현민.

지현민	홍은지 판사님 글 쓴 거 보니까, 성공충 부장, 심하긴 심했지?
천성훈	…그런 부장 만날까 겁나드라.
지현민	박차오름, 걔 너무 나대서 재수없긴 한데, 그래도 좀 안된 거 같기도 해.
천성훈	…안됐긴 뭘.
지현민	어? 너 저번엔 내가 걔 욕하니까 괜히 버럭했었잖아!
천성훈	(짜증스럽게) 아 됐고! (먼저 자리를 뜬다)
지현민	야! 같이 가! (쫓아간다)

안에서 엿듣고 있던 배곤대,

| 배곤대 | 요거 봐라? 쟤네들까지 저럴 정도면… 바람의 방향이, 바뀐 건가? (그러다 갑자기 호흡을 멈추며) 왔네. 왔어! (다시 끄응 힘을 준다) |

S#28. 수석부장판사실 (오후)

문을 열고 들어오는 배곤대.

배곤대	수석부장님!
수석부장	오, 배 부장. 무슨 일이에요.
배곤대	(얼른 책상 옆으로 다가와서 소곤소곤) 아무래도 심은 판사들 분위기가 심상치 않습니다.
수석부장	홍 판사 글?

배곤대	네. 호응하는 글이 연이어 올라오는데, 아무래도 일이 커질 것 같습니다. 요즘 사회 분위기도 그렇고, 여성 법관 성차별에, 유산까지. 이거 자칫하면 많이 시끄러워질 수도…
수석부장	(배곤대를 빤히 보며, O.L.) 배 부장.
배곤대	네?
수석부장	시끄러워지겠다, 그것 말고, 다른 생각은 안 드시던가요?
배곤대	그게 무슨 말씀이신지…
수석부장	(쓸쓸한 미소를 지으며) 아닙니다. 알았으니, 가서 일보시죠.
배곤대	(알쏭달쏭해하며) 네, 그럼 물러가겠습니다. (인사하고 나간다)
수석부장	(의자를 옆으로 돌려 창밖을 바라보다가, 한숨을 쉬더니 나지막이 혼잣말) 후배들한테 부끄럽다, 그 생각은 안 듭니까. (착잡한 표정으로 창밖을 본다)

S#29. 법정 (오후)

고개를 숙이고 중인석에 앉아 있는 피고인 김순옥(피고인 신문중).

검사	피고인! 피해자가 다소 흥분해서 폭력을 행사했다고 칩시다. 사람을 가위로 찌르는 잔혹한 행위 외에는 다른 방법이 없었습니까?
김순옥	(고개 숙인 채 눈물 흘리며) 죄송해요…
검사	저한테 죄송할 일이 아니죠! 피해자가 몸집이 크다고는 하지만, 당시 만취한 상태 아니었습니까? 흉기를 든 것도 아니었죠?
김순옥	……

검사	밀치고 도망을 치든지, 이웃에 도움을 요청하든지, 다른 방법을 강구하진 않았습니까?
김순옥	……

cut to

박차오름	(고개 숙인 채 눈물만 흘리는 김순옥을 가만히 보다가) …피고인.
김순옥	…네.
박차오름	바닥에 쓰러져서 군홧발로 가슴과 배를 걷어차이고 있었지요?
김순옥	…네.
박차오름	그러다가 바닥에 있던 가위를 집어 남편을 찔렀는데, 가위가 왜 안방 바닥에 있었지요?
김순옥	(숨죽여 흐느낀다) ……
박차오름	(가만히 대답을 기다린다)
김순옥	…잠바가,
박차오름	네, 말씀하세요.
김순옥	…남편 잠바 주머니가 틀어져서,
박차오름	…바느질을 하고 있었군요. 남편 옷을.
김순옥	(고개를 끄덕이고는 눈물을 떨군다)

침통한 표정으로 김순옥을 보고 있는 김갑돌.

S#30. 법정 (오후)

한세상   그럼, 최종의견 진술하시죠.

검사   (자리에서 일어서며) 네. (배심원석 앞에 서서) 변호인 측의 정당방위 주장은 부당합니다. 상대방의 생명을 빼앗는 것 외에는 달리 자신을 방어할 방법이 없는 급박한 상황이었다고 보기 어렵습니다. 게다가 상식적으로 생각해보십시오. 아내가 불륜을 저질렀다는 소리를, 그것도 만취상태에서 들은 남편이 흥분하지 않을 도리가 있습니까? 흥분상태에서 다소 폭력행위가 있었다 한들, 도리어 남편을 찔러 죽인다? 이런 행위는 우리 사회통념상 결코 정당화될 수 없습니다! 이런 행위를 정당방위로 인정한다면, 국민들이 분노할 것입니다!

방청석에서 동조하는 목소리 웅성거린다. 옳소! 맞어!

검사   다만, 피고인에게도 참작할 일부 정상이 있다는 점을 참작하여, 피고인에게 징역 20년을 구형합니다. (자리에 앉는다)

한세상   피고인, 마지막으로 하실 말씀 있습니까.

김순옥   (자리에서 일어선 채 고개를 푹 숙이고, 울음 섞인 목소리로) …죄송합니다. 죽을죄를 지었습니다…

안타까운 눈으로 김순옥을 보는 박차오름.

한세상   배심원 여러분, 오랜 시간 정말로 수고 많으셨습니다. 이제부터 평의실로 옮기셔서, 토론을 진행하시면 되겠습니다. 마지막으로, 예비배심원이 어느 분인지 알려드리겠습니다. 1번 배심원입니다. (순간 김갑돌, 어깨가 축 늘어진다. 임바른, 김갑돌을 힐끗 본다) 예비배심원은 만약의 사태에 대비해서 별도의 방에서 대기하여 주십시오. 고맙습니다.

S#31. 배석판사실 (오후)

지친 듯 자리에 앉는 박차오름. (둘 다 법복은 잠시 벗어서 옷걸이에 걸어둔 상태)

임바른   수고했어요.

박차오름   힘드네요… (걱정스레) 배심원들이 방청석 분위기에 영향을 받지 말아야 될 텐데…

임바른   (마음의 소리) …그나마 1번 배심원이 빠져서 다행이야.

이때, 이도연 문을 열더니,

이도연   홍은지 판사님 오셨습니다.

박차오름   은지 언니?

홍은지   (들어온다. 박차오름을 보며 미소) 종일 재판하느라 힘들지? 배심원 평결 기다리는 중?

박차오름   네, 얼마나 걸릴지 모르겠어요.

홍은지   재판 마치고 법원게시판 한번 봐봐.

박차오름   네?

임바른	(얼른 모니터를 보더니 놀라며) 성공충 부장판사를 고발합니다?
박차오름	(놀라며) 언니!
홍은지	오름아, 이번엔 부끄럽게 숨어 있지 않을게. 수석부장님한테도 찾아가서 있었던 일들을 다 말씀드렸어. 절대 너 혼자 당하게 하지 않을 거야.
박차오름	언니…
홍은지	(박차오름의 손을 잡으며) 이따 배석판사들끼리 모이기로 했어. 지난번에 못했던 판사회의, 이번에 꼭 열어볼게. 다 네 덕분이야, 오름아… (눈물이 맺힌다)
박차오름	(벅찬 표정으로 홍은지의 손을 꼭 마주잡는다)
임바른	(곁에서 뭉클한 표정으로 본다)

S#32. 배심원 평의실 (오후)

3번	(대학원생, 딱딱한 말투로 가르치듯) 사법부는 여성이 당하는 폭력과 억압이라는 구조적인 문제에 대해서 너무나 둔감해요. 가부장주의 이데올로기에서 자유롭지 못한 거죠. 그래서 우리가 변화의 계기를 만들어야…
9번	(백수, 하품을 한다)
4번	(순댓국집 주인, 눈을 껌뻑이며) 이데올로기유? 이게 무슨 사상범 사건인가유?
3번	(미간을 찌푸리며) 그런 말씀이 아니구요, 우리 사회의 남성우월주의 프레임에 갇힌 채 이 사건을 바라보면 안 된다는 얘기예요. 죄송한데, 논의를 좀더 진행해도 될까요?

4번	(눈치를 보며 입을 다문다)
5번	(교감선생) 혼약을 깨뜨리고 불륜을 저지른 사람을 약자나 피해자로만 볼 수 있습니까? 정당방위라고 하려면 사회적으로, 윤리적으로도 정당하다고 할 수 있어야지요.
3번	그 남편은 이혼을 세 번이나 하고, 폭력전과가 잔뜩 있는 사람이에요. 누가 피해자인지는 뻔한 거 아닌가요?
5번	(고개를 갸우뚱하며) 그런 얘기까지는 아까 못 들은 것 같은데?
3번	제가 쉬는 시간에 검색해봤습니다. 관련 기사가 있더라고요.
2번	(주부, 3번 배심원 얼굴을 빤히 쳐다본다)

S#33. 배석판사실 (오후)

한세상 (문을 열더니) 내려갑시다. 2번 배심원이 급히 할말이 있다는데?

임바른과 박차오름, 자리에서 일어나며 '네!' 하고 답한다. (평의실에 갈 때는 법복을 입지 않는다)

S#34. 배심원 평의실 (오후)

배심원들과 판사 세 명, 그리고 윤지영이 앉아 있다.

2번 재판장님, 재판 외에 따로 사적으로 사건에 대해 알아보면 안 된다고 하셨죠?

한세상 네.

2번 (3번을 가리키며) 저 사람이 스마트폰으로 검색한 신문기사 얘기를 토론할 때 했어요.

3번 (놀라며 당황) 어, 저, 그게…

한세상 (날카롭게) 사실입니까?

3번 ……

2번 그리고, 평의하기 전에는 배심원끼리 사건에 대해 얘기하면 안 된다고 하셨는데, 아까 휴정할 때 저 사람이 저한테 와서는, 우리가 힘을 합쳐야 된다고 했어요. 어차피 꼴통 영감들하고는 말이 안 통할 거라고.

3번 (당황한다)

한세상 (단호하게) 중대한 의무 위반이 발견된 이상, 더이상 배심원으로 직무를 수행할 수 없습니다. 3번 배심원을 해임합니다. 귀가하세요.

3번 (고개를 떨군다)

한세상 공석은 예비배심원이 대신하도록 하겠습니다. 실무관, 어서 1번 배심원을 모시고 오세요.

윤지영 네, 재판장님.

임바른 (1번 배심원이 돌아오게 되자 표정이 굳어진다)

S#35. 배심원 평의실 밖 복도 (오후)

한세상 자, 이제 우리도 합의를 해야지?

박차오름   네, 부장님.

한세상   내 방으로 갑시다.

앞서가는 한세상과 뒤따라가는 두 판사.

임바른   (박차오름에게, 나지막이) …평의, 흐름이 바뀔지도 모르겠네요.

박차오름   ……

S#36. 배심원 평의실 (오후)

불려온 1번 김갑돌, 어리둥절한 채 앉아 있다.

2번   (주부) 정말 아까 그 3번 얘기 듣느라 힘들었어요. 온갖 아는 척은 다 하면서 어쩜 아들 잃은 엄마 마음은 하나도 모르죠? 저도 사고로 남편 잃고 혼자서 중학생 아들 하나 키우고 있어요. (눈물이 맺힌다) 며느리 손에 아들을 잃은 그 할머니 얼굴 다들 보셨지요? 그게 산 사람 얼굴인가요? 이건 두 사람을 동시에 죽인 사건이라고요. 전 그 할머니 볼 때마다 울음이 나서…

배심원들, 고개를 끄덕거린다.

5번   (교감) 맞아요. 아들 죽인 며느리가 정당방위라고 하면 그 할머니 죽으라는 소리나 다름없습니다. 우리가 그렇게 편결했다가는 나가서 돌 맞을걸요?

김갑돌 (굳은 표정으로 듣고 있다)

S#37. 한세상 부장판사실 (오후)

한세상 …그래, 박 판사는 무죄 의견이란 말이지?

박차오름 네, 부장님. 정당방위를 인정해야 된다고 생각합니다.

한세상 정당방위라… 이런 사건에서.

박차오름 부장님, 보셨듯이 군홧발에 차여서 맞아 죽기 일보직전이었습니다. 불륜을 저지른 아내라고 해서, 그냥 맞아 죽어야 됩니까?

한세상 임 판사 의견은 어때?

임바른 저도 박 판사와 같은 의견입니다. 피고인이 그대로 맞아 죽었다면, 피해자는 폭행치사나 상해치사로 기소됐겠죠. 불륜을 알게 된 직후라는 범행동기하고, 만취상태까지 참작해서 관대한 처벌을 받았을 겁니다. 그런데 살기 위해 본능적으로 반격한 피고인의 행위는 살인죄다, 이건 뭔가 이상하지 않습니까?

한세상 배심원들은 유죄 의견일 가능성이 높아. 이런 사건에서 배심원들 의견과 달리 선고하면 후폭풍이 있을 텐데. (박차오름을 보며 걱정스레) 더구나 박 판사는…

박차오름 부장님, 전 괜찮습니다.

한세상 …불륜이 발각돼서 맞던 상황이라는 점 때문에, 여론이 난리가 날 텐데. 맞아 죽어도 할말이 없는 상황 아니었느냐, 하면서.

박차오름 부장님,

한세상 ……

박차오름 (한세상의 눈을 보며, 단호하게) 세상에 사람이 맞아 죽어야 될 이유

같은 건, 없습니다.

한세상 (고민하는 표정) 흐음…

S#38. 배심원 평의실/한세상 부장판사실 (저녁)

대화 내용은 들리지 않은 채 배경음악만 들린다. 격론을 벌이고 있는 배심원들과 토론하고 있는 세 판사가 오버랩된다.

S#39. 성공충 부장판사실 (저녁)

문이 열리며 들어오는 수석부장. 반색을 하며 벌떡 일어나 맞는 성공충.

성공충 아이고, 어인 행차십니까, 어서 앉으시죠.

수석부장 (앉지 않고 선 채로 성공충을 물끄러미 본다)

성공충 무슨 급한 일이라도? 아, 혹시… 한세상 부장이랑, 그 젊은 놈들 싸그리 징계회부하기로 하신 겁니까? 잘하셨습니다! 제가 징계위원회 나가서 증언하겠습니다!

수석부장 …박차오름 판사에 대한 징계요구, 철회했습니다.

성공충 네?

수석부장 그리고, 성 부장님에 대한 징계절차가 개시될 겁니다.

성공충 (경악하며) 예? 그게 무슨 말씀입니까! 제가 왜…

수석부장 (O.L.) 홍은지 판사를 비롯한 그동안 함께 일했던 배석판사들에 대한 폭언과 모욕, 성차별 언행입니다.

성공충	아니, 홍 판사는 그렇다치고, 누가 그런 소릴 또…
수석부장	(싸늘하게) 거의 전원입니다.
성공충	……
수석부장	성 부장과 함께 일했던 배석판사들, 거의 전부가 같은 의견이더군요. 이미 언론에까지 일부 알려졌습니다.
성공충	오해입니다! 홍은지, 박차오름 걔네들이 절 모함한 겁니다!
수석부장	(성공충을 가만히 보다가) 대형 사고가 터지면 누구 하나라도 책임을 져야 여론이 잠잠해진다. 그렇게 말씀하셨었지요?
성공충	네에?
수석부장	…정 본인 잘못이 이해가 안 되면, 그렇게라도 생각하시는 게 받아들이기 쉬울지 모르겠군요. 성 부장 평소 소신대로, 조직을 위해 책임을 진다고.
성공충	수석부장님!
수석부장	(착잡한 표정) 그럼. (돌아 나간다)
성공충	(쫓아가며 절박하게) 수석부장님! 수석부장님! (복도까지 슬리퍼 바람으로 쫓아나가서는, 멀어져가는 수석부장의 뒷모습을 향해 울부짖는다) 제가 뭘 잘못했습니까! 전 이 조직을 위해 열심히 일한 죄밖에 없습니다! 열심히 산 게 잘못입니까? 네?!

S#40. 법원 구내 라운지 (저녁)

홍은지를 중심으로 배석판사들 열 명 정도 모여 있다. 정보웡도 있다.

홍은지	내일 긴급판사회의 소집요구를 할게요. 우선 박차오름 판사에

대한 징계 철회부터 논의하고,

이때, 황급히 뛰어들어오는 김동훈.

김동훈   철회됐대요!!

정보왕   (놀라며) 그게 뭔 소리야?

김동훈   (헉헉대며) 방금 수석부 배석한테 들었는데, 방금 박 판사에 대한 징계요구, 철회됐대요! 수석부장님이 법원장님 결재받아서 대법원에 정식으로 연락했대요!

정보왕   (환호하며) 이예에에에쓰!!

판사들, 환호하고, 정보왕, 펄쩍 뛰며 옆 사람과 힘차게 하이파이브를 한다. 그런데, 하고 보니 천성훈. 정보왕과 천성훈, 순간 얼음. 멈칫했다가, 휙, 서로 외면한다. (『슬램덩크』패러디)

S#41. NJ그룹 강당 (저녁)

단상 위에 'NJ복지재단 출범식' 플래카드와 화환들이 놓여 있다. 연단 앞에 선 민용준, 들뜬 표정이다.

민용준   오늘은 제 평생 제일 기쁜 날입니다. 제 사랑하는 여동생에게 부끄럽지 않은 오빠가 되는 날이기 때문입니다. (뒤로 돌아, 연단 뒤에 있는 휠체어를 탄 여학생에게 미소를 보낸다. 여학생, 수줍게 미소 짓는다. 장내에는 우레와 같은 박수) 저는 어린 시절, 걷지 못하는 여동생을 업어주면서 매일 울었습니다. 그때, 맹세했습니다. 언젠가, 이 세상에 걷지 못하는 아이가 단 한 명도 없도록 만들고 말겠다고!

앞줄의 기자들, 연신 플래시를 터뜨린다.

민용준   NJ복지재단은 돈 때문에 치료받지 못하는 장애아동이 제로가 되는 그날까지 헌신할 것입니다! 그것이 곧, 사회적기업을 지향하는 새로운 NJ그룹의 갈 길이기도 합니다, 여러분!

이때, 들려오는 1인 시위 할머니의 외침.

할머니   내 아들부터 살려내라!

순간 정적이 흐르는 장내. 당황하는 직원들. 민용준, 단상 밑을 내려다보니, 성난 눈초리의 1인 시위 할머니와 김다인이 기자들 사이를 비집고 맨 앞줄까지 와 있다.

할머니   니네 병원에서 죽인, 내 아들부터 살려내라, 이놈들아!!

경호원들, 당황해서 할머니를 제지하는데,

김다인   (손을 번쩍 들며 민용준을 향해) 질문 있습니다!
민용준   (굳은 표정)
김다인   주형민 교수의 준강간 피해자분, 모친이 세진대학병원 VIP병실에 입원해 계시던데요. 알고 계십니까?

민용준　……

김다인　가명으로 입원해 계시던데요? 장기이식수술 순서가 앞당겨져 있고요.

경호원들, 김다인의 양팔을 붙잡아 제지한다.

김다인　엄마의 목숨을 담보로, 피해자의 진술을 번복시킨 겁니까?

기자들, 웅성이기 시작한다. 민용준의 여동생, 놀라서 오빠를 쳐다본다.

여동생　오빠…

민용준　(당황하며) 아니야, 아무것도 아니야. 신경쓸 것 없어.

김다인　(팔을 빼서 1인 시위 할머니를 가리키며) 그리고, 이 할머니한테는 왜 개인적으로 합의금을 보내셨었죠?

민용준　(움찔한다)

김다인　할머님 아드님이 주형민 교수가 있는 신경외과에서 수술받다가 죽었는데, 그것 때문입니까?

여동생　(놀라며) 오빠, 그런 일이 있었어? 형부네 과에서?

민용준　무슨 말씀을 하시는 건지 저는 전혀…

김다인　할머님은 수술한 의사가 바꿔치기 됐다, 수술한 의사는 얼굴이 술 먹은 사람처럼 뻘겠는데, 나중에 나온 사람은 젊은 사람이었다, 이렇게 말씀하고 계세요. 주형민 교수는 알코올중독 치료를 받은 적이 있던데, 알고 계십니까?

여동생   (흠칫 놀란다, 형부의 알코올중독 문제를 알고 있는 듯) 오빠 설마…

민용준   (아끼는 여동생의 반응 때문에 더 당황) 아냐, 난 모르는 일이야.

김다인   (숨 돌릴 틈 없이 몰아치며) 민 부사장님, 대체 무슨 짓을 해온 겁니까? 당신네 가족을 지킨다는 명목으로!

여동생   (민용준의 표정을 보더니 굳은 표정으로 휠체어를 돌려 자리를 떠난다)

민용준   (당황하며) 아냐! 오해야! 난 모르는 일이야!

기자들, 단상 위의 민용준을 향해 플래시를 터뜨린다.

민용준   (얼굴이 일그러지며 플래시를 터뜨린 기자들을 향해 손가락질하며) 찍지 마! 감히 어디서!

할머니   (버럭) 이 나쁜 놈아!!

할머니가 품에서 꺼내 집어던진 계란이 민용준 얼굴에 날아와 맞는다. 티 하나 없이 완벽한 차림의 민용준의 얼굴에 계란이 질질 흘러내린다. 순간 일제히 퍼퍼퍽 터지는 플래시. 단상 위의 민용준, 눈이 부셔 팔로 앞을 가린다.

임바른N   계란으로 바위 치기 같지만, 놀랍게도 아주 가끔은 세상이 바뀐다. 누군가 질문을 한다면. 꼭 해야 되는데, 아무도 하지 않는, 그런 질문을.

S#42. 한세상 부장판사실 (밤)

평결을 기다리고 있는 세 판사.

한세상 (밤 11시를 향해 가는 벽시계를 흘끔 보며) 평결이 늦어지는구만…

이때, 윤지영이 서류봉투를 든 채 들어온다.

윤지영 배심원 평결이 나왔습니다!

한세상, 평결서 봉투에서 평결서를 꺼내들고는 한참을 쳐다본다. 재촉하듯 바라보는 임바른과 박차오름.

한세상 …무죄네.
박차오름 (놀라며) 네?
임바른 (놀라며) 정말입니까?
한세상 (끄덕끄덕) …그것도 만장일치로.
박차오름 (감격한 표정) 만장일치로, 무죄라고요, 부장님…
임바른 (아직도 믿기 어려운 표정) 대체, 대체 평결 과정에 어떤 일이 있었길래…

S#43. 배심원 평의실 (저녁)

(평의 중간으로 시간을 거슬러올라가서) 평의실 벽시계는 서녁 7시.

5번	(교감, 혀를 차며) 피고인도 참 딱한 사람이야. 살인범이 될 게 아니라, 진즉에 법적으로 정당한 방법을 찾았어야지.
김갑돌	(무거운 표정) …어떻게?
5번	예?
김갑돌	…어떻게 말이오.
5번	아, 어떤 상황이든 정신만 바짝 차리면…
2번	(주부) 맞아요! 변호사를 찾아가든지, 경찰한테 가든지 했어야죠.
김갑돌	가진 것 없고 배운 것 없는 사람이, 매일 죽도록 두들겨 맞으면서 어떻게 제정신을 차립니까.
5번	……
김갑돌	아까 안 봤소? 90킬로 넘는 남자한테 매일 얻어맞는 여자가, 어땠겠소.
4번	(순댓국집 주인) 에휴… 그건 그류. 그게 어디 사람 꼴이유? 군홧발로 배를 몇 번이나 힘껏 걷어찼다잖아유. 몇 번 더 맞았으면… 으휴! (몸을 부르르 떤다)
김갑돌	(눈을 질끈 감으며 몸을 떤다)

S#44. 김갑돌의 회상, 군 막사 뒤 (저녁)

이병 계급장의 젊은 김갑돌(명찰에 이름 써 있다), 바닥에 나뒹굴고 있다. 병장, 군홧발로 김갑돌의 배를 퍽퍽 걷어차고 있다.

김갑돌	(필사적으로 병장의 군홧발을 붙잡으며) 살려주십쇼!
병장	(떨어내며) 이 고문관 새끼야! 너 같은 새끼가 살아서 뭐해!

주변의 고참들, 킬킬대며 보고만 있다. 공포에 질린 김갑돌의 시야로 날 아오는 병장의 군홧발.

S#45. 배심원 평의실 (저녁)

눈을 질끈 감았다 뜨는 김갑돌.

9번   (백수) …하긴, 그 아줌마, 옷 입은 채로 소변봤다면서요. (망설이 다가) 사실, 그런 적 있어요.

다들 9번을 쳐다본다.

9번   …중학교 때 왕따였거든요. 일진 애들한테 맞다가 오줌을 좀 쌌 는데요, 더럽다고 웃으면서 막 밟는데… 살려만 주면 고맙겠더 라고요.

5번   (교감) 자자, 이러다 날 새겠소. 기다리는 사람들 생각도 해야지. 어차피 만장일치는 틀린 것 같으니 다수결로 합시다. 바로 표결 하자구요. 그게 낫겠죠?

조용히 있던 7번, 8번 배심원이 고개를 끄덕인다. 이때, 김갑돌의 외침 이 터져나온다.

김갑돌   안 됩니다! 더 합시다! 우리 처음부터 다시 토론합시다!

다들 김갑돌을 놀라 쳐다본다.

김갑돌 사람이 죽느냐 사느냐 하는 문제 아니오. 시간이 얼마가 걸리든, 힘닿는 데까지 토론합시다. 그게 도리 아닙니까…

S#46. 한세상 부장판사실 (밤)

한세상 우리 대법원은 정당방위를 매우 좁게 인정하고 있어. 이런 유형의 살인사건에서 인정한 예가 없지. 우리가 무죄를 선고해도 상급심에서 파기될 가능성이 압도적으로 높아. 다들 잘 알지?

임바른 부장님. 과거에 어땠든 판례는 새롭게 바뀝니다.

한세상 (임바른을 본다)

박차오름 그러려면 먼저 새로운 의견이 올라가야 합니다. 비록 깨지더라도.

박차오름과 임바른, 서로를 쳐다보며 고개를 살짝 끄덕이곤, 의연한 표정으로 한세상을 본다.

한세상 (두 사람을 보며) …엄청난 비난이 쏟아질 수도 있어. 그것도 잘 알지?

임바른 (담담하게) 때론 그걸 감수하는 것도 저희 할 일 아닙니까.

한세상 (묵묵히 두 사람을 본다)

박차오름 (미소) 맷집 하나는 단단해졌습니다! 부장님.

한세상 (두 사람을 번갈아 보고는) …눈이 부시구만. (미소를 지으며) 역시

	그렇군. 내가 잘 결심했어.
박차오름	(어리둥절한 표정) 부장님,
한세상	내 책상 서랍 안에 있던 사직서, 기억들 하지? 그거 제출했어.
박차오름	네?
임바른	부장님!
한세상	이번에는 반려당하지 않았어. 오늘이 내 마지막 재판이야.
박차오름	(놀라) 부장님! 그게 무슨 말씀이세요!

미소 짓는 한세상.

S#47. 수석부장판사실 (낮)

수석부장과 마주앉은 한세상.

수석부장	한 부장님!
한세상	벌써 법원장실 다녀왔습니다.
수석부장	한 부장님, 그래도 이건 아닙니다. 재고해주세요.
한세상	일이 터지면 누군가 책임을 지는 게 조직의 논리 아닙니까?
수석부장	……
한세상	난 그놈의 논리, 영 싫지만, 그래도 누군가 책임을 져야 된다면, 내가 져야죠. 아, 내가 아무리 실력이 없어도, 재판장 아닙니까.
수석부장	한 부장님!
한세상	…책임을 지라고 책임자라는 자리가 있는 거 아니겠습니까. (미소) 그거 하나라도 제대로 해야지요.

수석부장	(침통한 표정) ……
한세상	…그리고 수석부장님,
수석부장	…말씀하시죠.
한세상	우리 박 판사, 임 판사. 지켜주세요.
수석부장	……
한세상	그 친구들이 미랩니다. 미안하지만, 저나 수석부장님은 과거예요.
수석부장	(씁쓸한 표정) 그런가요. 마음은 아직도 초임 판사 같은데.
한세상	(한숨) 후우, 흐르는 세월을 어쩌겠습니까. 그래도요, 수석부장님… 과거가 미래한테 양보하는 게 섭리 아니겠습니까.
수석부장	(한세상을 한참 보다가) 그렇군요. 섭리. (천천히 보이차를 한세상 잔에 따르더니) 한잔 올리겠습니다. 한 부장님.
한세상	(목례하고는 찻잔을 들어 마신다)

S#48. 한세상 부장판사실 (밤)

미소 짓고 있는 한세상.

박차오름	(펑펑 울면서) 부장님! 안 돼요! 그게 무슨 말씀이세요! 사직서라뇨!
임바른	(다급하게) 부장님, 혹시 준강간사건 때문이라면 아직 재판이 다 끝난 게 아니고요.
한세상	(O.L. 고개를 저으며) 아냐, 그냥 여러모로 부족한 인간이 너무 오래 이 자리에 버티고 있었구나, 싶어서야. (두 사람을 보며) 자네

들같이 반짝반짝 빛나는 젊은이들, 발목이나 잡고 있는 건 아닌가 싶고.

박차오름 (눈물을 펑펑 흘리며 한세상의 팔을 붙잡는다) 부장님! 왜 그러셨어요… 안 돼요. 저희는 어쩌라고요…

한세상 (씩 웃으며) 뭘 어째. 재판 열심히들 해야지. 그리고 내가 변호사 돼서 나타나면 전관예우나 좀 해줘.

박차오름 (울다 말고 살짝 노려보며) 부장님!

한세상 (진지한 눈으로) 박 판사.

박차오름 (울면서) 부장님!

한세상 그동안 수고 많았어. (손을 내민다)

박차오름 부장님! (울면서 한세상이 내민 손을 두 손으로 꼭 부여잡는다)

한세상 (박차오름의 등을 찬찬히 두들겨주고는, 임바른에게 돌아서서) 임 판사.

임바른 (눈물을 얼른 닦으며) 네 부장님.

한세상 수고했어. (손을 내민다)

임바른 네 부장님. 수고 많으셨습니다…

서로 굳게 악수하는 한세상과 임바른. 옆에서 울고 있는 박차오름.

한세상 자, 그럼 됐고, 얼른 눈물들 닦아. 판결 선고하러 내려가야지.

S#49. 법정 (밤)

한세상 (법정을 찬찬히 둘러본 후) 배심원들이 일치된 의견과 같이, 피고인에게 무죄를 선고합니다.

놀라 웅성거리는 방청석. 피고인 김순옥, 고개를 떨군 채 흐느낀다.

임바른   (흐느끼는 김순옥을 보며, 마음의 소리) …누군가를 정말로 이해하려고 한다면 그 사람 살갗 안으로 들어가 그 사람이 되어야 한다.

배심원들의 눈에도 눈물이 고인다. 순댓국집 주인의 눈에도, 백수 청년의 눈에도, 김갑돌의 눈에도.

임바른   (배심원들을 찬찬히 보며, 마음의 소리) 그 기적 같은 일을, 해냈다. 주권자인, 우리 시민들은.

정보왕, 방청석에 앉아 박차오름과 임바른을 보며 활짝 웃고는, 장난스럽게 손가락 하트를 보낸다. 정보왕의 눈에도 눈물이 고인다. 정보왕을 보며 살짝 고개를 끄덕여주는 임바른과 박차오름. 한세상, 자리에서 일어나자 법정의 모든 사람들이 따라서 자리에서 일어선다. 문 쪽을 향해 몸을 돌리던 한세상, 잠시 멈칫하더니 배심원석을 바라본다. 그러고는, 배심원들을 향해 천천히 허리를 굽히기 시작한다. 임바른과 박차오름도 뒤따라 허리를 굽힌다. 배심원들도 당황하여 허둥지둥 맞절하듯 고개를 숙인다. 고개 숙인 김갑돌의 눈에 눈물이 흐른다.

인사를 마친 한세상, 감개무량한 듯 평생을 재판해온 법정을 둘러보고는, 천천히 법대 아래로 걸어 내려간다. 박차오름과 임바른도 뒤따른다. 놀라 쳐다보는 맹사성에게 미소 지으며 손을 뻗어 악수하는 한세상. 어리둥절한 맹사성. 이어 윤지영에게, 다시 이단디에게 손을 내밀어 굳게 악수하는 한세상. 눈물 고인 채 그런 한세상을 바라보는 박차오름과 임바른.

S#50. 44부 부속실 (밤)

이도연, 컴퓨터 자판을 치고 있다. 클로즈업하면 문서의 표지가 보인다. 맨 위에는 '16부작 미니시리즈', 아래에는 '극본 이도연'이라고 적혀있다. 감개무량한 표정으로 잠시 컴퓨터 화면을 쳐다보는 이도연.

이도연　(혼잣말) …어디에도 없을 것 같지만, 사실은 어디에도 있는, 우리들의 영웅 이야기.

이도연, '16부작 미니시리즈' 밑에 굵은 글씨로 큼직하게 제목을 입력한다. '미스 함무라비'. 그러고는, 오른쪽 모니터에 띄워놓은 창을 힐끗 본다.

'2018 JTBC 드라마 극본 공모.'
'남녀노소 누구나 응모 가능합니다.'

이때, 복도에서 들려오는 발소리.

이도연　(반가운 표정으로 벌떡 일어서며) 수고하셨습니다!

법복을 입은 채 활싹 웃으며 걸어오는 한세상, 임바른, 박차오름.

S#51. 주인공들의 독서교실 시절. 정독도서관 (낮)

화창한 봄날, 정독도서관 뜨락에는 활짝 핀 꽃이 가득하다. 정보왕, 책을 베개 삼아 엎드려 자고 있다. 어디서 좋은 향기가 나는지 코를 벌름거리다가, 서서히 몸을 일으키는 정보왕. 눈을 깜빡깜빡거리는데, 앞 서가에 긴 머리의 여학생이 책을 읽고 있는 모습이 눈에 들어온다. 신비롭고 아름다워 보이는 여학생. 정보왕, 본능적으로 자리에서 일어서 여학생 쪽으로 간다.

정보왕   저기, 우리 어딘가에서 본 적 없나요?

여학생, 머리를 쓸어넘기며 고개를 옆으로 돌리는데, 이도연이다.

이도연   (정보왕을 힐끗 보더니 싱긋 미소) 아니.

이도연, 보던 책을 서가에 꽂고는 조용히 사라진다.

정보왕   저, 저기요! (이도연의 뒷모습을 목을 빼고 한참 쳐다보다가, 이도연이 보던 책을 꺼내 본다. 기형도의『입 속의 검은 잎』이다. 책 제목을 보며 고개를 갸우뚱한다)

S#52. 정독도서관 (낮)

추리닝 차림, 덥수룩한 머리의 늙은 고시생 뒷모습이 보이고 그 앞엔 교복 차림의 임바른과 위축된 모습의 박차오름이 서 있다.

임바른 아저씨, 이 자리는 애 자리예요. 남의 자리를 치워버리고 앉으시면 어떡합니까.

책상 위에는 낡은 법서와 문제집들이 너저분하게 쌓여 있고, 구석에는 소설『앵무새 죽이기』와 '1학년 3반 박차오름'이라고 쓰여 있는 노트, 그리고 분홍색 필통이 밀쳐진 채 있다. 고시생의 민법 문제집을 클로즈업하면 비뚤비뚤 쓰인 이름이 보인다.

한세상 자기 자리면 바로 얘기를 했어야지! 권리 위에 잠자는 자는 법의 보호를 받지 못하는 거야! 민법에는 취득시효라는 것이 있어. 알아? 남의 땅이라도 그 사실을 모르는 사람이 평화롭게 오~래 깔고 앉아 있으면 주인이 되는 거야.

임바른 그런 날강도 같은 법이 어딨어요!

한세상 민법에 있다고 방금 말했잖아. 근데, 저 여자애는 가만있는데 왜 니가 계속 난리야? 쟤 남자친구라도 되냐?

임바른 (얼굴이 빨개지며) 아, 아니 그런 건 아니지만…

플래시컷 〉 1부 11씬.

- 벤치에서 피아노 선생의 추행에 대해 얘기하는 박차오름.
- 도서관 형법 책들을 뒤지고 있는 임바른.
- 늦은 밤, 자기 방에서『누구나 쉽게 쓰는 법률식식집』이라는 책을 뒤

저가며 뭔가 쓰고 있는 임바른.

• 경찰서 에서

경찰관 강제추행 고발장? 니가 뭔데 이런 걸 들고 왔어? 이 여자애 남자 친구라도 되냐?

임바른 아, 아니 그런 건 아니지만… (얼굴이 빨개진다)

경찰관 가서 공부나 열심히 해. 응?

박차오름, 임바른의 옆모습을 안타깝게 보고 있다.

한세상 아니면 남의 일에 나서지 말고, 가서 공부나 해, 인마. (박차오름을 보며) 얜 가만있는데 왜 오바하고 난리야, 녀석 참.

박차오름 (안타까운 표정, 마음의 소리) 난 왜 가만있기만 할까. 자리를 뺏겨도… 피아노 선생님이 이상한 짓을 해도… (고통스러운 표정으로 눈을 질끈 감으며) 매일 밤 엄마가 아무 잘못 없이 맞아도…!

박차오름 (애써 주먹을 꼭 쥐더니, 용기를 쥐어짜내서) 아저씨! 여긴 제 자리예요! 전 절대 못 비켜요! 다른 자리로 가세요!

놀라서 쳐다보는 임바른, 주변 사람들도 웅성거린다.

한세상 (놀라며) 뭐야 얜 또. (두 손을 꼭 쥐고 노려보는 박차오름의 눈을 보더니, 눈을 피하며) 알았다, 알았어, 아주 잡아먹을 듯이 덤버느네, 요즘 애들 무서워서, 참 나. (짐을 싸서 화장실 앞 빈자리로 옮긴다)

한세상, 아무 일 없었던 양 민법 문제집을 펼쳐드는데, 펼쳐진 페이지가 공교롭게도 '등기부 취득시효' 항목이다.

한세상 (고개를 갸우뚱하며 혼잣말) 흠, 그러고 보니 한동안 2차 시험에 시효 문제가 안 나왔지 아마? 혹시? (한숨) 에휴, 이번에 또 떨어지면 취직자리나 알아봐야겠어… 내 팔자에 판사는 무신…

한편, 아까 자리에선,

임바른 (걱정스레 박차오름을 보며) 괜찮아?
박차오름 (마주보며 환하게 웃더니, 주먹을 슬쩍 치켜들어 내민다)
임바른 (어이없다는 듯 픽, 웃더니 환하게 웃으며 주먹을 마주 내밀어 부딪친다)

카메라, 서로 마주보고 환하게 웃는 임바른과 박차오름을 비춘다.

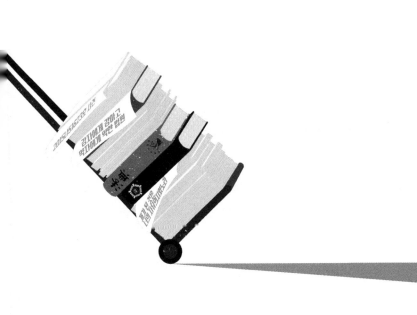

미스 함무라비2 문유석 오리지널 대본집

ⓒ 문유석 2018

1판 1쇄 2018년 7월 20일
1판 2쇄 2018년 8월 1일

지은이 문유석
펴낸이 염현숙
기획 김소영 | 책임편집 박영신 | 편집 황은주 임혜지 이경록
디자인 이효진 이주영 | 마케팅 정민호 이숙재 정현민 김도윤 안남영
홍보 김희숙 김상만 이천희
제작 강신은 김동욱 임현식 | 제작처 영신사

펴낸곳 (주)문학동네
출판등록 1993년 10월 22일 제406-2003-000045호
주소 10881 경기도 파주시 회동길 210
전자우편 editor@munhak.com | 대표전화 031) 955-8888 | 팩스 031) 955-8855
문의전화 031) 955-3578(마케팅) 031) 955-2697(편집)
문학동네카페 http://cafe.naver.com/mhdn | 트위터 @munhakdongne
북클럽문학동네 http://bookclubmunhak.com

ISBN 978-89-546-5214-8 04810
      978-89-546-5212-4 (세트)

www.munhak.com